LE MANÈGE ESPAGNOL

Dans une petite ville d'Aragon, tandis que le gouverneur opportuniste cherche, pour affermir sa situation, quelque profitable complot communiste à exploiter, un abbé intriguant essaie de soulever le clergé campagnard contre le coadjuteur de l'évêque. Carlos Sanchez, le fils du cabaretier de la ville, jeune étudiant atteint de folie mystique et qui prétend avoir des apparitions, sera l'enjeu, l'appât et la victime de toutes ces intrigues, après avoir provoqué des polémiques dans les salons et les sacristies madrilènes.

Une allègre fureur anime de bout en bout l'étonnante et cruelle mascarade à laquelle nous fait assister Michel del Castillo. Vaste comédie ecclésiastique et civile aux figures âprement cernées, le *Manège espagnol*, s'affirme comme une satire de la bourgeoisie issue de la guerre civile, mais aussi, grâce au personnage de Carlos Sanchez, comme une méditation douloureuse sur l'Espagne éternelle.

Né en 1933 à Madrid de père français et de mère espagnole, Michel del Castillo est aujourd'hui l'auteur d'une œuvre considérable. Il a été couronné par de nombreux prix littéraires dont le prix des Libraires en 1973 pour Le Vent de la nuit, *le prix Renaudot en 1981 pour* La Nuit du Décret, *en 1992, le prix RTL-Lire pour* Le Crime des pères, *et le prix Femina essai pour* Colette, *en 1999.*

Michel del Castillo

LE MANÈGE ESPAGNOL

ROMAN

Éditions du Seuil

Une première édition de cet ouvrage
a été publiée aux éditions Julliard en 1960

TEXTE INTÉGRAL

ISBN 2-02-048500-1
(ISBN 2-02-009994-2, 1re publication poche)

www.seuil.com

à François LE GRIX
cet hommage de ma reconnaissance
et de mon amitié profonde.

Première partie

« … ce peuple s'ennuyait depuis cent ans. »

Stendhal,
La Chartreuse de Parme.

1

Un silence pesant régnait sur la ville. Les rues étaient désertes ; les stores des cafés et des magasins baissés. Le vent du Sud soulevait une poussière sèche et râpeuse. Les platanes qui bordent l'avenue de la Gare dépérissaient. Les volets de toutes les maisons étaient clos. Huesca faisait songer à une ville interdite.

Assis sur des bancs, dans les allées du parc municipal, des soldats et des nurses s'épiaient. Eux, vêtus de kaki, s'épongeaient le front avec des mouchoirs sales. Ils semblaient perdus dans leurs uniformes ou trop grands ou trop étroits. Ils avaient ôté leurs calots et déboutonné leurs vareuses. Leurs regards exprimaient une même lassitude, un identique ennui. Ils ne riaient pas, ne plaisantaient pas. Ils n'avaient pas d'argent pour s'offrir une bière et fixaient avec envie les tables, le bar, la piste de danse et l'estrade pour l'orchestre. Le patron du café, un Andalou gros et sale, affaissé derrière son comptoir, s'éventait avec un journal. De temps à autre, il jetait sur les soldats un regard méprisant.

Lucas Sanchez — c'était son nom — dédaignait les pauvres. Les soldats, en Espagne, sont toujours pauvres. Ils achètent les cigarettes au détail et se mettent à plusieurs pour savourer une limonade.

Lucas Sanchez fait de bonnes affaires. Le soir, vers les sept heures, toute la jeunesse élégante vient chez lui pour boire l'apéritif et pour danser. (Une lueur cupide éclaire les yeux obliques de l'Andalou.) Les élèves des collèges religieux de la ville arrivent, leurs livres sous le bras, et prennent place autour des tables, à l'ombre des platanes. Ils se délassent, sous cette voûte de verdure, et dépensent leur argent. Ces jeunes gens ne sont pas avares. Ils commandent du vermouth et parfois même du xérès. Le fils du notaire boit du whisky. (Sanchez admire profondément ce jeune dandy, tiré à quatre épingles.) Les jeunes filles, vêtues de leurs uniformes noirs et coiffées de chapeaux de la même teinte, s'installent à leur tour.

Sanchez est un homme habile. Ses musiciens ne jouent que des airs décents. Il leur interdit les danses modernes, ainsi que les tangos que les frères maristes trouvent « lubriques ». L'Andalou se plie à toutes les consignes de décence données par l'évêché et par les supérieurs des collèges religieux. Il est membre de la confrérie de Notre-Dame de l'Angoisse et trésorier de l'Action catholique. Chaque dimanche, il assiste avec sa femme à la messe de sept heures et demie. Le couple traverse, les mains jointes, la grande nef de la cathédrale pour communier. Monseigneur les a, un jour, cités en exemple :

— Regardez ce couple chrétien dont la vie tout entière est illuminée par la parole du Christ. Dieu bénit cet homme et cette femme. Leurs affaires prospèrent ; leurs enfants, élevés suivant la Loi du Seigneur, ne leur donnent que des satisfactions. La piété de cette famille rejaillit sur la ville entière et leur exemple, tel un phare qui déchire les ténèbres, montre le chemin aux faibles et aux indécis.

M. et Mme Sanchez, en entendant ces paroles, ne purent s'empêcher de verser quelques larmes.

L'Andalou a d'ailleurs donné maintes preuves de sa fidélité à l'égard de l'Église catholique. Il mit à la porte de son établissement le fils du chirurgien Bragello pour qui la danse n'était qu'un prétexte à caresser les filles. L'histoire fit du bruit.

Bragello est l'homme le plus riche et le plus influent de la ville. Il possède une voiture et une grande villa construite en bordure du parc. Certains trouvèrent que Sanchez était allé trop loin.

— Un avertissement suffisait, dit à l'Andalou le président de l'Action catholique. Bragello est un homme célèbre. Les revues du monde entier publient des articles signés de lui. A quoi bon l'indisposer ? De plus, il dirige l'hôpital. Qui vous assure qu'un jour ou l'autre vous n'aurez pas besoin de ses services ? Imaginez — Dieu vous épargne ce chagrin ! — que votre fils tombe malade. A qui vous adresserez-vous ? Je sais... je sais... Bragello est un libre penseur. Son fils n'a pas reçu — et pour son plus grand malheur — l'éducation du vôtre. Mais, enfin, Bragello est l'un des meilleurs chirurgiens de l'Espagne actuelle.

Sanchez eut bien peur. Son gros visage de bovin se couvrit d'une sueur froide. Il envisagea de présenter ses excuses au chirurgien. Il regrettait sa maladresse. Mais l'évêché, une fois encore, vint à son secours et le soutint. Monseigneur donna son attitude fermement chrétienne en exemple à tous les cabaretiers de la ville et l'Andalou put relever la tête.

Cette soumission aux préceptes de l'Église méritait une récompense. L'établissement de Sanchez était le seul que les élèves des collèges religieux fussent autorisés à fréquenter. L'Andalou n'avait pas de concurrent et pouvait en toute tranquillité majorer ses prix. Ce bénéfice sur le bénéfice lui permettait de payer sa « dîme » (c'est ainsi qu'il l'appelait). Tous les vendredis, aux conférences de Saint-Vincent-de-Paul, il tendait, d'un air modeste, une enveloppe soigneusement cachetée. Ces largesses valurent à Sanchez une réputation d'homme charitable ainsi que l'amitié condescendante des épouses des notables de la ville. Elles étaient toutes présidentes d'une association de bienfaisance et faisaient souvent appel à la bourse de l'Andalou. Celui-ci ne refusait jamais d'aider les pauvres par l'intermédiaire des puissants de ce monde. Il satisfaisait ainsi sa conscience d'homme pieux et son penchant pour le snobisme.

S'agenouiller devant Monseigneur et baiser son améthyste, s'incliner devant Mme de Carros étaient pour Sanchez une joie voluptueuse.

Mme de Carros, l'épouse d'un avocat international, allait deux fois l'an à Paris pour y acheter ses robes et ses chapeaux. Elle jouait au bridge, au tennis et même (affirmaient certains) au golf. Aux doigts de ses mains effilées et blanches, des pierres précieuses luisaient. Mme de Carros était originaire de Madrid. Elle comptait parmi ses relations les plus grands noms d'Espagne. Dans sa villa, voisine de celle du chirurgien Bragello, elle avait hébergé un descendant du duc de los Altos, un membre de la famille des Atrajados. La ville entière l'avait su. Monseigneur avait été invité au dîner ainsi que le chirurgien Bragello. Mais Son Excellence le Gouverneur civil de la province de Huesca n'avait pas été de la fête. Cet affront infligé au plus haut dignitaire de la ville avait réjoui tout le monde. Sanchez lui-même avait ri de bon cœur. Car les opinions politiques de Mme de Carros n'étaient ignorées de personne.

2

Le gouverneur était un brave homme. Avec ses yeux ronds, son crâne chauve, son nez court et retroussé, il faisait songer à un oiseau déplumé. Sa taille petite et ses bras trop longs renforçaient encore cette impression. Mais sa situation devenait intolérable. Les notables l'ignoraient et le méprisaient, car ils jouaient ouvertement la carte monarchiste. Les phalangistes de la première heure le haïssaient. Les commerçants et les paysans le détestaient.

Or, Son Excellence incarnait la politique franquiste : il ne prenait nulle initiative et se contentait de maintenir l'ordre établi. Il évitait jusqu'aux discours patriotiques. Deux fois l'an seulement — le 18 juillet et le 1er avril —, il parlait de « la glorieuse croisade entreprise par le généralissime pour la défense de la chrétienté et de l'Espagne ». Il finissait ses harangues par un triple cri : « Pour la paix, la justice et la prospérité sociales, vive l'Espagne ! Vive Franco ! »

Le gouverneur n'était pas un homme instruit. Fils d'un apothicaire d'un village du Haut-Aragon, il possédait tout juste un brevet élémentaire. Il vivait dans la crainte perpétuelle de faire des fautes d'orthographe en rédigeant un rapport ou de commettre un impair devant les bourgeois de la ville qui l'épiaient, un sourire ironique au coin des lèvres. Son épouse lui avait acheté *le Manuel du parfait homme du monde* ainsi que *l'Art de bien parler*. Le gouverneur connaissait ces livres par cœur.

Son épouse avait sur lui cet avantage de ne pas connaître ses manques. Elle parlait de tout à tort et à travers, avec affectation. Elle eût aimé passer pour une intellectuelle et n'avait réussi qu'à se tailler une réputation de péronnelle. Mais Soledad Lopez de Lopez bravait courageusement le ridicule. Elle arborait des toilettes extravagantes achetées dans un grand magasin de Saragosse ; se fardait trop et mal. Son visage chevalin, barbouillé de rouge et de bleu qu'elle mettait un peu au hasard, faisait songer à un masque de carnaval. Elle ne pouvait même pas, comme son mari, prétendre à passer inaperçue. Grande, forte, avec un soupçon de moustache au-dessus des lèvres, elle attirait tous les regards. Les jeunes gens, en l'apercevant, souriaient et se poussaient du coude en se montrant ses pieds qui étaient, comme tout le corps, démesurément grands. Les mauvaises langues prétendaient que Soledad dégageait une écœurante odeur de fromage de chèvre.

Soledad cachait, sous ces dehors frustes, une âme droite. Elle n'aimait rien tant que la vie simple. Sa plus grande joie était de cuisiner pour son mari.

Le gouverneur perdait l'appétit et l'envie de vivre. Il maigrissait ; ses joues se creusaient ; ses yeux s'éteignaient. Il craignait d'avoir à prendre parti. Le régime semblait chanceler.

Des bruits contradictoires parvenaient aux oreilles de Son Excellence. Ce n'étaient encore que les premiers craquements, mais l'édifice pouvait bien s'écrouler d'un seul coup, rongé de l'intérieur. Cette éventualité posait des problèmes délicats. L'aristocratie et la grande bourgeoisie espagnoles devenaient antifranquistes. L'Église, avec prudence, tournait son regard vers le Portugal[1]. La Phalange se disait hostile à un rétablissement de la monarchie. La Vieille Garde diffusait ses tracts : « Nous ne voulons pas d'un prince à la Sissi. » La formule plaisait au gouverneur qui entendait raillerie. Malheureusement, la Phalange ne représentait plus grand-chose. Quelle serait, dans cette affaire, l'attitude de l'armée ? Le gouverneur se le demandait. Il invita le lieutenant-général

1. Le prétendant vit au Portugal.

Camaléon, gouverneur militaire de Huesca, à sa table, sans obtenir les éclaircissements désirés.

Camaléon était un honnête militaire, figé dans une attitude héroïque et tourné vers le passé. Son Excellence lui parla de Don Juan et de l'infant ; Camaléon, qui était sourd, répliqua que les Américains n'avaient aucune notion de la stratégie militaire. Les Russes pourraient réduire l'Europe en miettes avant même que les Américains aient le temps de s'en apercevoir.

— Que trouveront-ils face à eux, les Russes, veux-tu me le dire, cher Antonio ? (Les gouverneurs se tutoyaient.) Les Allemands ? Ils ont trop peur de la guerre et sont devenus antimilitaristes. Les Français ? Un peuple de fuyards et de poules mouillées. Sais-tu à qui incombe la tâche de sauver l'Europe ?... A l'armée espagnole ! Le fantassin espagnol est le plus courageux, le seul capable de tenir tête à une armée atomique. Nous nous battrons comme au temps des guerres napoléoniennes : à coups de balai, s'il le faut. Nous tiendrons bon. Les Pyrénées sont infranchissables. J'ai sérieusement étudié la question... Par où les Russes peuvent-ils passer ?

Le gouverneur civil insista :

— Que penses-tu de Don Juan, Paco ? hurla-t-il à l'oreille de Camaléon.

— Don Juan ? Mais il paraît que c'est un bon Espagnol et qu'il apprécie l'armée à sa juste valeur. Je me souviens de Teruel... Je commandais une division d'infanterie...

Son Excellence dut renoncer à tirer l'affaire au clair. Il en conclut que Camaléon était un parfait imbécile ou un rusé renard. Le lieutenant-général n'était ni sot ni calculateur : militaire et sourd.

Le gouverneur se tourna vers le clergé. Monseigneur aimait la bonne chère. Mme Lopez commanda un fin repas et d'excellents vins français. L'atmosphère, après le repas, semblait propice aux confidences.

— Savez-vous, monseigneur, qu'il est à Madrid de plus en plus question de rétablir la monarchie ?

— Vraiment ?... Je n'en serais pas fâché. Le roi d'Espagne est un fils soumis de notre Sainte Mère l'Église. Il réussira peut-être à nettoyer le pays du virus marxiste et athée. Peut-être ira-t-il jusques à interdire l'importation de films américains ? La jeunesse espagnole est pervertie par le cinéma.

Monseigneur était un bon buveur. Mme Lopez déboucha une deuxième bouteille de champagne.

— Veuve clicquot ? s'écria l'évêque. Cela me rappelle mon exil pendant la guerre civile. J'habitais en France, aux environs de Bordeaux. Les rouges menaçaient Huesca, et je m'étais vu contraint d'abandonner mon troupeau. Je partageais en pensée les souffrances endurées par ma chère cité. Bref, j'en arrive au champagne. Mon hôtesse — une noble et pieuse femme qui m'hébergeait dans son château... (tous les Français ne sont pas encore francs-maçons) —, mon hôtesse, donc, prétendait que le vin de Champagne est un remède souverain contre les rhumatismes, dont je suis affligé... (Chacun porte sa croix, n'est-ce pas ?) A chaque repas, elle débouchait — cette âme charitable — une bouteille de veuve clicquot. Vous ne le croirez peut-être pas : je souffrais beaucoup moins, mais beaucoup moins ! de mes rhumatismes.

L'évêque rit de bon cœur. Le gouverneur aussi, qui se demandait comment ramener la conversation dans le droit chemin.

— Croyez-vous, monseigneur, que les Espagnols accepteraient de gaieté de cœur le rétablissement de la monarchie ? demanda-t-il enfin.

Monseigneur hocha la tête et parut réfléchir. Ses mains esquissèrent un geste imprécis. Derrière ses épaisses lunettes, on devinait un regard malicieux. Il était assis dans un fauteuil et balançait ses courtes jambes. Il portait des soutanes impeccables ; le violet seyait à son teint pâle.

— Ce n'est pas à moi de me mêler de politique, mon cher gouverneur. Vous connaissez la phrase, n'est-ce pas ? « Rendez à César... » Que voulez-vous que je vous dise ? Je ne puis que prier pour le peuple d'Espagne afin que Dieu éclaire ses gouvernants, quels qu'ils soient. Des hommes, comme vous, voilà ce qu'il nous faut. Des chrétiens qui donnent toujours et partout l'exemple... A propos, il m'a semblé ne pas apercevoir Mme Lopez à la grand-messe, dimanche dernier.

— C'est vrai, monseigneur. J'étais souffrante. Une insolation sans doute. J'avais une forte fièvre..., s'empressa d'expliquer l'épouse du gouverneur.

— N'allez surtout pas croire que je mette en doute votre piété, ma fille. Je sais que vous êtes une bonne chrétienne et que vous observez scrupuleusement les commandements de Dieu et de l'Église. C'est parce que je connais vos sentiments que j'ai été étonné de ne pas vous voir à la cathédrale. Mais l'Église est une mère. Vous étiez souffrante. Elle ne saurait donc vous en tenir rigueur... J'aurais aimé savoir que vous gardiez la chambre ; je serais venu vous tenir compagnie. Les malades ont besoin de distractions. Ainsi moi, par exemple, quand je me vois obligé de m'aliter, je fais venir mon secrétaire, un jeune prêtre tout à fait remarquable (l'avez-vous entendu prêcher ? C'est le Bossuet espagnol, je vous assure). Je l'appelle le petit Rodrigo, bien qu'il ait dépassé la quarantaine. Je fais donc venir Rodrigo, et nous jouons à la canasta.

Le gouverneur dut s'avouer vaincu. L'évêque supportait le vin et ne se départait jamais de sa réserve.

3

— Qu'en penses-tu, Soledad ? Que dois-je faire ?

Mme Lopez connaissait son mari. Elle caressa son crâne chauve. La chambre était seulement éclairée par la lumière bleuâtre de la lune.

— Dors, mon petit Antonio. Le mieux, c'est d'attendre. *Wait and see,* disent les Anglais. Si la menace se précisait, tu pourrais toujours passer dans le clan monarchiste.

— Impossible, ma chérie. Tu connais Mme de Carros et les autres. Ils nous détestent.

— Il faudrait obtenir ta mutation dans une province plus importante où tu ne serais pas connu. Tu pourrais devenir le confident des monarchistes et jouer le double jeu. C'est ainsi qu'agit le gouverneur de Jaén.

Le gouverneur hésita.

— Ce serait terrible, murmura-t-il enfin.

— Qu'est-ce qui serait terrible, mon bel oiseau ?

— Le retour du roi. Nous serions évincés sur-le-champ. Je suis membre de la Phalange.

— Mais tu t'es inscrit dans la Phalange après la guerre. Tu laisseras entendre que tu n'as pris ta carte qu'afin de mieux servir les intérêts du prétendant. D'ailleurs, les phalangistes de la première heure te détestent. Tu tourneras cette haine à ton profit et la feras valoir, le moment venu.

Le gouverneur ne parvenait pas à s'endormir. Il songeait aux propos de sa femme qu'il admirait. Soledad lisait des romans étrangers et pouvait se faire comprendre en français.

Le lit à baldaquin occupait le centre d'une vaste pièce ;

les murs étaient couverts de tapisseries. Deux grandes fenêtres ouvraient sur la place du Gouvernement.

Cette partie de la ville qu'on appelle l' « élargissement » était un quartier neuf, sans arbres ni fleurs. Le palais du gouverneur se dressait ainsi à l'écart de la ville dans un isolement symbolique.

— Comment obtenir mon transfert dans une autre province, Soledad ?

— Pourquoi ne découvrirais-tu pas un complot ?

Le gouverneur regarda sa femme. Elle était coiffée d'un bonnet de nuit ; son visage couvert d'une crème démaquillante paraissait livide.

— Un complot ? demanda-t-il.

— Un complot, oui. C'est curieux. On dirait, par moments, que tu fais exprès de ne pas me comprendre.

Antonio Lopez bégaya. Il bégayait toujours quand il avait peur. Or, le gouverneur avait souvent peur. Il n'osait rien entreprendre de crainte de faire un faux pas.

L'idée de sa femme lui paraissait extravagante. Un complot dans une petite ville de province ? Il se redressa et s'assit dans le lit. Soledad épiait chacun de ses gestes. Elle savait que l'idée du complot ferait lentement son chemin.

— Et où le découvrirais-je ton complot ? demanda-t-il.

— Qui est le gouverneur ?

— Moi, bien entendu... ça ne change rien à l'affaire.

— Si. Tu es le gouverneur, c'est donc à toi de découvrir le complot. Je suis une femme, moi.

Le gouverneur caressa son crâne chauve. A travers les fenêtres, on apercevait la masse sombre des arbres. La lune éclairait un désert. La plaine aride, parsemée de cailloux et d'herbes roussies, scintillait comme un lac.

Antonio Lopez jeta un regard attendri sur ce qui l'entourait.

— Nous avons de la chance, Soledad. Dieu a rendu notre existence bien agréable. Regarde ces meubles... Ce sont des meubles d'époque. A Madrid, au ministère, ils m'ont appris que c'étaient des pièces uniques. (Il prit un temps.) Qui l'eût dit, Soledad ? Qui l'eût dit ? Nous avons une voiture, un chauffeur et deux motards pour nous escorter.

Soledad poussa un profond soupir.

— Oui, qui l'eût dit ? Nous avons eu de la chance. Sans me vanter, je puis d'ailleurs prétendre que ce succès est un peu mon œuvre.

— C'est vrai, Soledad.

— Je ne t'ai jamais donné de mauvais conseils.

— Jamais !

Ils se turent. Des grenouilles coassaient.

— Tu as vu l'évêque, Soledad ? Il ne veut pas se mouiller. Je sais pourtant qu'il ne cache pas ses sentiments antifranquistes. Il est très lié avec Mme de Carros...

Soledad posa sur son mari un regard méfiant.

— Tu ne vas pas t'en prendre à l'évêque, Antonio ?

— Non, femme [1], non... Je ne suis pas aussi bête que j'en ai l'air. L'Église est toujours la plus forte... Mais quand je pense aux pauvres paysans qui manquent d'eau, qui labourent des terres arides... tout de même !

— Ne répète pas « tout de même » sans arrêt. Si tu savais comme cette expression fait vulgaire !

Le gouverneur bégaya de nouveau :

— Vu... vulgaire ? Pour... pourquoi vulgaire ?

— Pourquoi ? C'est comme ça. Quand on commence une phrase, il faut l'achever. Les gens peuvent penser que tu es à court d'idées.

Il garda le silence.

La ville dormait. Les maisons, serrées les unes contre les autres, baignaient dans une lumière douce. Des chats et des chiens faméliques erraient dans les rues étroites et mal pavées.

— Ton idée de complot est bien drôle.

— Pourquoi drôle ?

Le gouverneur esquissa un geste vague. Assis sur le lit à baldaquin, dans cette pièce froidement luxueuse, Antonio Lopez paraissait perdu. Sa silhouette frêle se fondait dans la pénombre. A ses côtés, Soledad faisait songer à un gendarme. La voix de l'homme était faible, par moments criarde ; celle de la femme, impérieuse, avec des intonations rauques. On eût dit que dans ce couple les rôles

1. Femme, homme : expressions très usitées en Espagne.

avaient été intervertis. L'épouse avait les qualités de l'homme ; le mari, tous les défauts de la femme.

— Tout de même !... murmura soudain le gouverneur.

— Encore ? s'écria Soledad.

— Quoi, encore ?

— Tu viens de dire « tout de même » !

Il garda le silence.

Dehors, le vacarme grandissait. Les grenouilles coassaient toujours ; des grillons s'étaient mis à chanter ; des chiens hurlaient à la lune ; des chats en rut miaulaient avec rage. Tous ces cris rendaient plus solennel encore le silence de la nuit.

Le gouverneur se leva et s'approcha de la fenêtre. Devant lui, le parc ; à droite, sur la place du Gouvernement, le lycée ; à gauche, la ville basse, aux maisons coiffées de tuiles brunes, et la ville haute, juchée sur un piton. Au sommet de ce piton, la cathédrale de style gothique s'enveloppait d'une lumière argentée. On apercevait ses dentelles ajourées. C'était bête comme un décor romantique. Autour de la cathédrale, des rues étroites et sinueuses tissaient une toile d'araignée. Les maisons de la haute ville, avec leurs fenêtres minuscules et rectangulaires, étaient construites en une pierre ni grise ni verte. Elles avaient la couleur du désert.

Entre les villes haute et basse, le Coso, le grand boulevard de Huesca. Les magasins d'habillement et de chaussures, les cafés et les restaurants s'y coudoient. Le soir, on y voit briller trois affiches au néon : celle du « Select », un café moderne fréquenté par la jeunesse ; celle du « Flore », établissement respectable où se réunissent les notables pour boire un café et jouer aux dominos ; celle du « Ruzaca », bar louche où se retrouvent les hommes, après la sortie du cinéma.

C'est au Coso également qu'est située la Banque d'Espagne, imposant édifice, mi-palais mi-couvent. Deux *policias armadas* montent jour et nuit la garde devant une porte en bronze ciselé.

Les « grandes familles » habitent l'avenue du Général-Franco, celle qui longe le parc ; les commerçants et les fonctionnaires, le Coso ; les boutiquiers et les petits-bourgeois, la ville haute. Les pauvres logent dans des grottes, des cabanes en bois ou des maisons préfabriquées, de l'autre côté de la colline.

L'évêché se trouve à la gauche de la cathédrale. C'est un vieux palais du XVe siècle. De sa chambre, Monseigneur domine l'ensemble de son troupeau. D'un côté, les citoyens respectables ; de l'autre, ceux qu'il appelle « ses enfants déshérités et bien-aimés ». La ville entière est ainsi tournée vers son pasteur.

4

L'orchestre jouait *le Beau Danube bleu.* Le vacarme des conversations couvrait par moments la musique. Des couples dansaient, chastement enlacés. Les serveurs, le front ruisselant de sueur, circulaient parmi les danseurs. Dix heures venaient de sonner. Sanchez, assis derrière le comptoir, surveillait le va-et-vient de ses employés. La chemise entrouverte, l'Andalou s'épongeait le front avec une serviette. L'air était lourd, étouffant. Pas un souffle de vent. Les lampions suspendus aux branches des platanes demeuraient immobiles. Sanchez ferma ses yeux félins et sourit. Les affaires marchaient bien, ce soir. La chaleur poussait les jeunes gens à la dépense. Sur les tables, les soucoupes s'entassaient. La bière coulait à flots.

Les musiciens de l'orchestre s'arrêtèrent de jouer et descendirent de l'estrade. Les danseurs regagnèrent leurs tables. Un silence se fit ; puis le bruit des conversations reprit. L'Andalou s'adressa aux musiciens, d'un air renfrogné :

— On ne peut pas dire que le travail vous tue. Après chaque morceau, vous venez vous désaltérer. Vous êtes nés fatigués...

Les musiciens haussèrent les épaules et regagnèrent leur estrade. Ils attaquèrent un paso doble ; des couples de danseurs envahirent la piste. Sanchez grommela quelques invocations au Sacré-Cœur pour conjurer le mauvais sort, puis recommença de sourire.

Dans l'allée centrale du parc, une foule jeune et grouillante allait et venait ; les filles, d'un côté ; les garçons, de l'autre. Elles portaient des robes d'été avec des manches courtes ; eux, des costumes d'alpaga bleus ou noirs.

Au milieu de cette foule, deux prêtres se promenaient ; l'un, grand et fort, parlait et gesticulait ; l'autre, petit et trapu, enveloppé dans sa cape, l'écoutait avec ferveur. Le premier — l'abbé Risueño — dirigeait l'Action catholique masculine ; le second, un curé de campagne.

L'abbé Risueño, avec son visage rougeaud, son nez gros comme un piment, ses yeux vifs et luisants, faisait songer à un marchand de vin. Il riait souvent en découvrant des dents chevalines, jaunies par la nicotine. Il était curé de l'église de Saint-Laurent, patron de la ville. Sa paroisse, non loin du parc, était la plus riche de Huesca. A la messe de midi et demi, le dimanche, on pouvait y voir tous les bourgeois fortunés arborant des toilettes soignées et démodées. En hiver, les femmes portaient des manteaux de fourrure ; Mme de Carros en possédait un de vison.

L'abbé Risueño était riche et optimiste. Il habitait une maison confortable. Les femmes de la bonne société l'avaient choisi pour confesseur. Il passait pour un prêtre libéral. Les joies éternelles, il les goûtait à l'avance. L'abbé Risueño connaissait les secrets de ses paroissiens. Il aimait les intrigues et appelait les confidences. Homme habile, il partageait ces secrets avec Monseigneur. De la sorte, il s'assurait les bonnes grâces de son évêque. Car l'abbé Risueño tremblait à la seule idée de quitter sa paroisse et d'être envoyé dans un village isolé. Monseigneur était vieux ; il avait d'étranges caprices. De temps en temps, il faisait table rase et remuait tous les prêtres de la province. Les vieillards aiment à dérouter. L'évêque de Huesca venait de fêter son quatre-vingtième anniversaire. « A cet âge-là, pensait le curé de Saint-Laurent, on devrait les mettre à la retraite. »

Il craignait surtout l'influence prise par le chanoine Rodrigo sur le vieillard. Monseigneur ne pouvait plus se passer de son secrétaire. Celui-ci faisait la lecture à l'évêque, jouait aux cartes avec lui et poussait l'habileté jusques à perdre toutes les parties. Monseigneur était avare. Il aimait à caresser les liasses de billets de banque. Chaque *duro*[1] perdu par le chanoine Rodrigo renforçait l'amitié de l'évêque. Mais l'abbé Risueño soupçonnait le secrétaire de fomenter des intrigues. L'évêque s'en remettait pour toutes les affaires intéressant le diocèse à l'abbé Rodrigo. Les curés de campagne n'avaient plus aucun contact avec Monseigneur. Les requêtes, les plaintes et les suggestions passaient par les mains du secrétaire. Rien ne pouvait être fait en dehors de lui. Aussi l'abbé Risueño avait-il su se concilier l'amitié du tout-puissant chanoine. Mais, dans son for intérieur, le curé de Saint-Laurent cherchait le moyen de se débarrasser de son ennemi. Il encourageait les confidences désabusées des curés de campagne qui se plaignaient de ne plus pouvoir aborder leur évêque. Le mécontentement grandissait parmi le bas clergé. Des dispositions sévères prises par Monseigneur venaient de pousser leurs doléances jusqu'aux confins de la colère. Ne disait-on pas que les curés de campagne n'auraient plus le droit de monter à bicyclette ? Certains d'entre eux avaient cinq ou six villages à desservir. Comment le pourraient-ils ?

L'abbé Risueño comprit tout le parti qu'il y avait à tirer de cette affaire. Il invita plusieurs de ses confrères à venir en ville et les reçut chez lui avec une délicatesse touchante. Il écouta leurs plaintes et témoigna d'une grande compréhension pour ces prêtres campagnards. Il insinua avec habileté que ces mesures pouvaient ne pas être nées dans le cerveau de Monseigneur. Celui-ci, d'après l'abbé Risueño, serait malade ; ses facultés auraient subi un léger déclin. Au chanoine-secrétaire revenait donc la responsabilité de ces regrettables mesures.

Les curés de campagne n'avaient pas le goût de l'intrigue. L'influence secrète exercée par le chanoine sur leur évêque les révolta. Les conditions dans lesquelles vivaient ces pauvres prêtres les incitaient à l'amertume. Ils gagnaient à peine de quoi manger, ne pouvaient s'acheter ni livres ni remèdes. Ils côtoyaient la misère des paysans

1. Le *duro* vaut cinq pesetas.

de la Sierra sans pouvoir la soulager. Ils n'avaient même pas de lait à offrir aux enfants du catéchisme, maigres et sous-alimentés, guettés par la tuberculose. Le casuel des paroisses rurales était à peu près nul. Les curés n'avaient pour vivre que l'indemnité versée par le gouvernement. Que faire pourtant avec six cents pesetas ? Ces jeunes prêtres eussent aimé se tenir au courant de la vie intellectuelle du pays, s'abonner à des revues, recevoir au moins les catalogues des éditeurs. Ils ne le pouvaient pas. Ils passaient leurs journées à courir d'un village à l'autre. Le soir, ils se couchaient épuisés, le ventre creux.

L'abbé Risueño savait ce qu'il faisait en entretenant leur mécontentement. Il pourrait attendre tranquillement le dénouement du duel et intervenir à la dernière minute, comme médiateur. Pour éliminer le chanoine Rodrigo, il faudrait aller jusqu'à menacer le portefeuille de Monseigneur. « La bourse ou le secrétaire », voilà le langage qu'il faudrait tenir à l'évêque. Il choisirait la bourse et renoncerait à l'abbé. Avec lui, le chantage à l'argent réussissait toujours.

Or, les curés de campagne réclamaient maintenant de plus en plus fort une aide matérielle de l'évêché. Les paroisses de la ville étaient riches. Les quêtes et les donations rapportaient des millions. Les collèges religieux versaient une dîme à l'évêque. Où donc allait cet argent ? Qui bénéficiait de ces sommes ? Les charges du diocèse étaient infimes. Les églises détruites pendant la guerre civile étaient reconstruites aux frais de l'État, ainsi que les maisons paroissiales. L'entretien des édifices religieux incombait aux fidèles. Dans ces conditions, pourquoi ne pas soulager la misère des curés de campagne avec les sommes récoltées par l'évêque ?

L'exemple venait d'être donné par l'évêque de Malaga. Sur le trésor du diocèse, il prélevait de quoi doubler le traitement des prêtres. De plus, il avait créé une Bourse de solidarité pour les paroisses les plus défavorisées.

Le clergé de Huesca n'en demandait pas tant. L'avarice de Monseigneur était proverbiale. Tout ce que l'on pouvait espérer, c'était une prime infime qui viendrait s'ajouter à la somme versée par l'État.

— Que pensez-vous faire, cher Pérez ? demanda l'abbé Risueño à son confrère.

— Nous nous sommes réunis la semaine dernière. Nous sommes d'avis d'envoyer une délégation à Monseigneur.

Le curé de Saint-Laurent partit d'un rire sonore.

— Vous êtes naïfs comme des colombes ! Mais n'oubliez pas le conseil de Notre-Seigneur qui ajoutait : « ... mais prudents comme des serpents ». Réfléchissez un peu, voyons ! Vous envoyez une délégation. Primo, vos délégués ne seront pas reçus.

— Il est obligé de nous recevoir. Le droit canonique stipule...

— Mais, mon cher Pérez, le droit canonique n'a rien à voir là-dedans ! Je le connais aussi, ce droit. Monseigneur sera souffrant, voilà tout. Il *ne pourra pas* vous recevoir.

L'abbé Pérez ôta ses lunettes pour en essuyer les verres. Ses yeux bleus clignotèrent :

— Ce serait un mensonge, murmura-t-il.

— Allons ! Ne soyez pas plus papiste que le Saint-Père. Une restriction mentale, rien de plus.

— Mais que faire alors, Risueño ?

— Je ne sais pas... On trouvera bien...

Les deux prêtres étaient obligés d'interrompre souvent leur conversation. Des jeunes gens et des jeunes filles venaient leur baiser la main. L'abbé Risueño tendait la sienne machinalement. Avec sa haute taille, son visage de bon vivant et sa cape qui effleurait presque le gravier de l'allée, il faisait songer à un potentat oriental. L'abbé Pérez, au contraire, avait l'air d'un paysan. Ses gestes manquaient d'aisance. Ses bras pendaient gauchement le long de son corps. Derrière ses lunettes, ses yeux de myope demeuraient tristes. Son teint blême rappelait celui des tuberculeux. Il cachait, sous la cape que le curé de Saint-Laurent lui avait offerte, sa soutane rapiécée, usée.

Ils devaient parler fort. Le caquetage des conversations, le rire des filles et des garçons, la musique, faisaient un vacarme indescriptible. Le *paseo* battait son plein. Quelque mille personnes se bousculaient, serrées les unes contre les autres. Elles circulaient, dans le sens des aiguilles d'une montre, arpentant l'allée jusqu'à la fontaine de Cupidon et revenant sur leurs pas. Les garçons parcouraient le même trajet, mais dans le sens inverse. Ils croisaient les filles, plaisantaient, riaient haut et fort. Toute la vie de cette petite ville se concentrait dans l'espace de ces deux cents mètres. Des idylles s'ébauchaient ; des ruptures se consommaient ; des amitiés se nouaient ; des haines s'assouvissaient ; des calomnies prenaient leur essor.

Assises sur un banc, en bordure de l'allée, deux vieilles femmes vêtues de noir bavardaient. Elles suivaient des yeux le va-et-vient des jeunes. Pas un geste, pas un regard ne passaient inaperçus de ces gardiennes de la morale et de la décence.

Mariana Tasta ricana, en découvrant une bouche édentée :

— Vous avez vu, Antonia ? Le petit Bragello vient de glisser un billet à Lola, la fille du pharmacien ?

La grosse Antonia hocha la tête d'un air plein de sous-entendus :

— J'ai vu, Mariana, j'ai vu. J'ai encore de bons yeux, malgré mon âge.

— La petite ne perd pas son temps.

— Elle a des démangeaisons entre les cuisses. Elle a de qui tenir, la malheureuse.

— Pourquoi dites-vous ça, Antonia ?

— Je sais ce que je dis.

— La mère de Lola aimait son mari, c'était un saint homme.

— Oui, c'était un saint homme. Il savait vivre. Il aimait le vin, les taureaux et les femmes. Un grand gaillard. Je le connaissais bien. J'habitais le même immeuble que lui et le rencontrais tous les jours dans l'escalier. « Bonjour, mon bel œillet », me lançait-il. C'était un galant homme. Et quelle mort atroce que la sienne !

Mariana Tasta, la marchande de couleurs de la ville

haute, se pâma. Rien ne lui plaisait tant que les récits macabres. L'odeur de la mort dilata ses narines.

— Comment est-il mort, Antonia ? Tu l'as veillé ?

— Tu penses ! dit Antonia. Dès que j'ai su qu'il était malade, je suis descendue le veiller. J'avais une bonne raison : j'étais leur voisine.

— Quelle chance tu as eue, Antonia !

— C'est vrai. J'ai toujours de la chance pour les veillées funèbres. Il faut dire qu'on me connaît. Les gens s'affolent toujours dans ces cas-là. Moi, je ne perds pas la tête. Ainsi, j'ai fait toute seule la dernière toilette du père de Lolita...

Mariana Tasta pâlit de jalousie :

— Tu as fait ça ? Toute seule ?... Quelle chance tu as eue !

Et d'une voix où pointait une curiosité morbide :

— Raconte, Antonia. Comment était-il ?

— Comme le roi Philippe II, d'après les savants qui écrivent l'Histoire. Une seule plaie de la tête aux pieds.

— Vraiment ?

— Comme je le dis. Le cadavre dégageait une odeur fétide, sucrée, qui vous prenait à la gorge. Personne n'osait l'approcher. Alors, moi, je me suis dévouée et lui ai fait sa toilette.

Mariana Tasta s'écria d'une voix indignée :

— Et sa femme ne t'a pas aidée ?

— Non. Elle se consolait déjà dans les bras de son beau-frère.

— Le frère du mort ?

— Exactement.

La marchande de couleurs secoua la tête. Ce qui la glaçait d'horreur n'était pas que la mère de Lolita ait aimé son beau-frère, mais qu'elle n'ait pas voulu faire la dernière toilette de son mari. Ce refus lui apparaissait comme un crime. Si extraordinaire qu'elle parvenait à peine à croire son amie. Une femme espagnole qui refuse de veiller son époux mourant ou mort ne pouvait être qu'un monstre. L'adultère, par comparaison, n'était qu'une faute sans importance.

Antonia dévisageait son amie et savourait son triomphe.

Mariana croyait tout savoir des intrigues de la ville. Elle disait avoir la plus mauvaise langue de Huesca. Antonia venait de lui enlever ce titre de médisante numéro un. Mais, en bonne chrétienne, elle tint à adoucir l'effet produit par ses paroles.

— Il ne faut juger personne. La malheureuse a peut-être beaucoup souffert des infidélités de son mari, dit Antonia qui poussa un soupir prolongé.

— Infidélités? se récria Mariana Tasta. Mon mari — Dieu ait son âme! — me trompait tous les samedis soirs. Il fréquentait les bordels de la ville haute et s'y livrait à des orgies. Mais, que voulez-vous? les hommes sont comme ça. Ce n'est pas une raison pour ne pas les aider à bien mourir. Croyez-vous que j'aurais refusé de veiller mon époux sous prétexte qu'il me trompait?... Allons donc, cette femme n'a pas de cœur. De toutes les histoires sordides qu'il m'a été donné d'entendre dans ma longue vie — et Dieu seul sait si j'en ai entendu! —, celle que vous venez de me raconter me paraît la plus terrible.

Antonia croisa ses mains potelées sur son gros ventre; son double menton tremblait de satisfaction.

— Vous avez peut-être raison, Mariana. Une femme qui refuse de veiller son mari est un monstre. Vous êtes si perspicace, si lucide dans vos jugements!

— Mais non, Antonia. Vous l'êtes bien plus que moi. D'ailleurs je m'incline devant votre savoir. Je croyais ne rien ignorer des aventures des habitants de Huesca. Voilà plus de trente ans que je les tiens tous à l'œil. Vous venez de m'apprendre une chose importante. Laquelle de nous deux, d'après vous, mérite d'être appelée « perspicace »?

Antonia prit la main de Mariana Tasta. Les deux femmes échangèrent un sourire.

Garçons et filles continuaient de tourner en rond. On eût dit un manège.

L'abbé Risueño discutait toujours avec l'abbé Pérez. A l'ombre des platanes, l'orchestre jouait *les Feuilles mortes*.

— ... croyez-moi, mon cher Pérez, il faut déposer un mémoire. Un cahier de doléances, si vous voulez.

— Il ne le lira pas !

— Mais son secrétaire le lira pour lui et lui en parlera.

— Nous n'obtiendrons rien.

— Mais si ! Monseigneur craindra une intervention de Rome.

L'abbé Pérez rougit et balbutia :

— Rome ?... Vous croyez ?...

— Mais non, cher ami, vous n'en ferez rien. Vous menacerez tout simplement. Monseigneur n'est plus très jeune ; sa santé chancelle. Imaginez que le Saint-Père nomme un évêque auxiliaire pour le seconder dans sa tâche ?...

— Vous croyez que c'est possible ?

— J'en suis certain. Cela est déjà maintes fois arrivé.

L'abbé Pérez ferma les yeux :

— Ce serait l'idéal, murmura-t-il.

Le curé de Saint-Laurent éclata de rire en rejetant sa tête en arrière.

— Mais vous n'en êtes pas encore là ! cria-t-il. (D'une voix plus basse, il enchaîna :) De toute manière, vous ne risquez rien. Vous signez tous le document. Vous exposez en toute humilité vos besoins et vos désirs. Vous vous permettez d'insinuer — très charitablement — que votre évêque pourrait, à cause de son grand âge, ne plus jouir de toutes ses facultés. Vous citez quelques faits à l'appui. Vous concluez en vous mettant aux pieds du Saint-Père...

L'abbé Pérez sortit un grand mouchoir blanc, ôta son chapeau et s'essuya les cheveux qu'il avait noirs et coupés en brosse.

— Mais quels faits citer ? demanda-t-il.

Le curé de Saint-Laurent sourit avec condescendance.

— Je vous en fournirai.

— Vous ferez ça pour nous ? Je prierai tous les jours pour vous. Vous êtes un saint. Vous comprenez vos frères et les portez dans votre cœur.

L'abbé Risueño coupa court aux manifestations de son confrère :

— Allons boire quelque chose, à présent. J'ai soif. Pas vous, Pérez ?

L'interpellé hésita.

— ... Si... Mais pensez-vous que ce soit bien ?...

L'abbé Risueño partit d'un rire sonore.

— Vous êtes drôles, les curés de campagne ! Pourquoi serait-ce mal ? Jésus-Christ lui-même a accepté des invitations mondaines. Son premier miracle, c'est au cours d'un banquet qu'Il l'a accompli.

— Vous avez réponse à tout ! Comme vous aimez la vie !

— Le Seigneur a créé les choses. Les ignorer ou ne pas les apprécier à leur juste valeur, c'est faire injure au Bon Dieu. Allons-y, Pérez !

— Vous avez raison.

Sanchez les vit entrer, se leva d'un bond, boutonna sa chemise, baissa ses manches et courut à leur rencontre.

— Alors, pécheur, cria l'abbé Risueño de sa voix forte et profonde, toujours aussi gros, hein ?

L'Andalou baisa la main aux deux prêtres et dit avec un sourire angélique :

— Toujours, mon père. Et le médecin continue de me répéter que c'est mauvais pour ma santé. Mais, j'ai beau suivre des régimes amaigrissants, je grossis quand même.

— Sacré farceur, va ! Un de ces quatre matins tu vas tomber raide mort d'une crise cardiaque et ta vilaine graisse s'en ira pourrir dans la terre. Tu en nourriras des vers, toi !

L'Andalou devint blême. Pour la deuxième fois aujourd'hui, on lui annonçait sa mort. Il prit peur et porta sa main à hauteur de sa poitrine pour toucher sa médaille. Des jeunes gens assis à une table voisine avaient entendu les propos du curé de Saint-Laurent et se mirent à rire bruyamment.

L'abbé Risueño se tourna vers eux :

— Qu'avez-vous à rire ainsi, bande de coquins ? (Il jeta un regard sur la piste de danse et cligna de l'œil.) Vous agitez de mauvaises pensées, hein ?

— Non, mon père, hurlèrent-ils en chœur.

— Vous viendrez me dire ça au confessionnal, petits crétins !

Il rit encore. Puis s'adressant de nouveau à Sanchez :

— Tu nous paies à boire, gros pansu ?

L'Andalou sourit avec obséquiosité.

— Tout ce qu'il y a dans cette maison vous appartient, mon père.

— Tu serais bien ennuyé si je te prenais au sérieux... Deux bières suffiront, va.

L'Andalou inclina le buste et se dirigea vers le bar. L'orchestre attaquait une valse : *Mademoiselle de Paris*. Sanchez leva les yeux au ciel :

« Sainte Vierge du Pilar ! dit-il en pensée, que Vous ai-je donc fait ? Je ne vole pas, ne mens pas ; je respecte et vénère Notre Très Sainte Mère l'Église. Je fais la charité aux pauvres, pourquoi m'accabler ?... Ce sont des plaisanteries. Mais Vous le savez, Sainte Mère de Dieu, les Andalous sont superstitieux. A quoi bon les attrister ? Tenez, je Vous fais un vœu : si personne ne me parle plus de la mort aujourd'hui, demain, je vous offre un cierge. Et je ne lésinerai pas. Je choisirai le plus gros... »

Puis l'Andalou grommela quelques insultes à l'égard de l'abbé Risueño.

Sanchez n'aimait pas le curé de Saint-Laurent. Il le trouvait vulgaire. Il l'accusait de manquer de dignité. Mais il le respectait parce que c'était un prêtre et qu'il avait en charge la paroisse la plus riche de Huesca. D'étranges rumeurs étaient pourtant parvenues aux oreilles de l'Andalou. Monseigneur envisageait d'envoyer l'abbé Risueño dans une paroisse rurale, et de confier Saint-Laurent à l'abbé Rodrigo. Ces rumeurs trouvaient chez Sanchez un écho favorable. L'abbé Rodrigo était un homme cultivé. Ses sermons attiraient une foule nombreuse. Mais le curé de Saint-Laurent défendait âprement sa situation. Il venait de se faire élire aumônier-président de l'Action catholique masculine. De la sorte, sa mutation devenait difficile. Car le président de l'AC ne pouvait qu'habiter la ville. De plus, l'abbé Risueño avait su gagner l'amitié des curés de campagne. Lesquels ne cachaient pas leur mécontentement.

Sanchez hocha la tête et poussa un soupir. Que faire ? Il remplit de bière les deux verres posés sur le comptoir. Une idée traversa son esprit.

— Pepe ! appela-t-il.

— Voilà !...

Un garçonnet de huit à neuf ans surgit près de l'Andalou.

— Veux-tu gagner un *duro,* Pepe ?

— Parle toujours. On verra bien.

— Tu connais l'abbé Risueño ?

— Oui.

— Serais-tu capable de tendre l'oreille et de me rapporter une conversation ?

L'enfant sourit avec malice :

— Ça vaut cinq *duros,* ça.

— Serais-tu devenu fou, petit ? Cinq *duros,* c'est le salaire d'un employé. Je te donne trois *duros* et qu'on n'en parle plus.

Pepe arborait un sourire gouailleur :

— J'ai dit cinq. Je ne fais pas le mouchard à moins.

L'Andalou soupira. On eût dit un gémissement.

— D'accord. Ne perdons pas de temps. Va t'asseoir près d'eux et ouvre tes deux oreilles.

— Il faut payer d'avance.

Sanchez se fâcha :

— Tiens, canaille et fils de canaille. Je suis chrétien, moi.

— Les bons comptes font les bons amis. J'y cours.

Le *paseo* se vidait lentement. Onze heures venaient de sonner. Les promeneurs rentraient chez eux pour dîner. L'orchestre jouait encore, mais la piste était vide. Les consommateurs partaient par groupes compacts. Une brise à peine perceptible froissait les feuilles des platanes. Les pins qui bordaient l'allée centrale du parc frissonnaient d'impatience. La terre tendait ses bras exsangues vers le ciel.

L'abbé Risueño, jambes écartées, une main posée sur la hanche, s'éventait avec son chapeau.

— Ça vient, ces bières ? cria-t-il.

— Les voilà, mon père.

Le curé de Saint-Laurent but avidement ; l'abbé Pérez l'imita.

— Rien n'est meilleur que la bière par ces temps de canicule.

— Oui, il fait bien chaud, remarqua l'abbé Pérez d'une voix distraite.

— 38° 5 à l'ombre, ce matin à onze heures. Satan lui-même ne doit pas avoir aussi chaud en enfer.

L'abbé Risueño but une nouvelle gorgée de bière, puis éclata de rire.

— Allons, ne vous fâchez pas. C'est une plaisanterie. Notre religion doit être gaie. Les saints ont presque tous été d'un caractère enjoué.

— Je ne suis pas un saint.

— Qu'en savez-vous ? Nos curés de campagne sont tous des saints.

L'abbé Pérez baissa la tête et dit d'une voix sombre :

— L'année sera dure pour les paysans.

— Les récoltes ne seront pas bonnes ?

Le curé de campagne sourit amèrement. Les prêtres des villes posaient tous la même question absurde.

— Elle ne sera ni bonne ni mauvaise. Il n'y a pas de récolte. Rien que des cailloux.

— Mais comment feront-ils, alors ?

— Comme d'habitude. Ils vendront une chèvre, un âne et quelques poules. Ils feront des dettes.

— Pauvres gens ! Je prierai pour eux demain pendant le saint sacrifice de la messe.

L'abbé Pérez rougit. L'atmosphère de la ville le laissait déprimé. Il avait hâte de retrouver sa campagne. Il songea aux gamins du village qui devaient jouer aux dominos dans la grande salle délabrée de la maison paroissiale.

— Vous devez vous sentir bien seul là-bas, Pérez. N'aimeriez-vous pas venir ici, à Huesca ?

— Notre-Seigneur me tient compagnie. Je me sens bien là où je suis. Les paysans me connaissent ; les enfants me font confiance.

— Vous pourriez faire du bon travail ici ; vous occuper des jeunes gens d'Action catholique, par exemple. Ils ont besoin d'un aumônier jeune et dynamique. Je peux leur en parler pour qu'ils posent votre candidature, si vous le voulez bien.

L'abbé Pérez hésita :

— Non, merci. Je suis touché, Risueño, de ce que vous vous occupiez de moi. Mais ma place n'est pas ici.

Le curé de Saint-Laurent regarda son compagnon avec étonnement.

— Vous parlez sérieusement ?

— Très sérieusement.

L'abbé Risueño roula une cigarette et l'alluma.

— Je ne vous comprends pas, dit-il. Vous vous plaignez. Vous réclamez de meilleures conditions de vie. Je vous propose un poste lucratif et intéressant ; vous refusez... Je ne vous comprends pas...

Le curé de campagne leva ses yeux de myope et, à travers les branches des platanes, découvrit un pan de ciel chargé d'étoiles. Il esquissa un geste vague.

— Je ne me comprends pas moi-même, Risueño. La vie nous joue parfois d'étranges tours... Vous souvenez-vous de moi tel que j'étais au séminaire ?

— Oui. Toujours premier en tout. Nous croyions que vous deviendriez professeur, un jour.

— Je le pensais aussi... Mais Dieu ne l'a pas voulu. Je ne suis qu'un prêtre de campagne. Regardez mes mains, semblables à celles d'un laboureur...

Il tendit ses mains ouvertes vers son compagnon et poursuivit sur un ton plus bas :

— Au début, je croyais que je ne m'y ferais jamais. Je n'avais plus le temps de lire. Les autres curés de campagne me paraissaient frustes et ignorants. Puis je me suis mis à les aimer. Les paysans aussi... Les enfants du catéchisme, dans mon village, sont sales. Leurs yeux et leurs nez coulent. Mais je les aime quand même. Vous ne pouvez pas comprendre... Si vous saviez, Risueño, ce qu'il y a de sainteté cachée dans ces campagnes misérables !

Il se tut. Le curé de Saint-Laurent toussa pour cacher son émotion.

— Mais tout cela ne change rien à nos projets. Je veux obtenir une prime mensuelle. Pas pour moi. Je n'ai pas besoin de grand-chose. C'est pour les enfants... Je voudrais acheter du lait en poudre et un ballon.

L'abbé Risueño demanda :

— Les paysans n'ont pas de lait ?

— Ils n'ont pas de vaches.

— Mais...

— Ni d'argent, Risueño.

Le curé de Saint-Laurent baissa sa grosse tête. Il se rappelait ses années de séminaire et les rêves qu'il y avait caressés. Un imprécis regret le saisit à la gorge.

— Combien coûte un ballon, Pérez ?

— Trois cents pesetas environ.

— Et vingt-deux paires de bottes ?

— Trois mille.

Il y eut un silence. L'abbé Risueño sortit son portefeuille et tendit quatre billets de mille pesetas à son compagnon.

— Tiens, achète ton ballon, tes bottes et... demande à tes gosses de prier pour moi.

— Merci... Je ne peux pas... Comment finiras-tu ton mois ? Tu me donnes plus que je ne gagne en six mois. Je n'ai pas le droit...

Le curé de Saint-Laurent parut fâché :

— Tais-toi, dit-il. Je n'aime pas les discours. On achète bien des messes. Je te paie tes prières à l'avance. Prends l'argent et ne me remercie pas.

Les deux prêtres se tutoyaient maintenant.

Les musiciens de l'orchestre rangèrent leurs instruments et quittèrent l'estrade. Ils avaient une heure pour dîner. A partir de minuit, il leur faudrait jouer pour les notables de la ville qui viendraient boire leur café, leur liqueur et fumer leur cigare. Les serveurs, debout devant le comptoir, avalaient un sandwich et buvaient du vin rouge. Sanchez surveillait la bouteille d'un air distrait.

Le parc s'était petit à petit vidé. Autour d'un étang, des grenouilles coassaient.

L'abbé Pérez rangea les billets dans son portefeuille.

— Ils vont être heureux, les gosses ! dit-il d'une voix émue. Il y a cinq ans qu'ils rêvent d'avoir un ballon. Et des bottes, en plus ! Tu es un saint.

— Je t'ai dit de te taire.

— N'empêche que tu es tout de même un saint.

Ils gardèrent le silence. L'envie et la cupidité s'éveillèrent à nouveau dans le cœur du curé de Saint-Laurent. Il oublia son geste généreux. Dans son esprit, une idée venait de naître. Pourquoi ne serait-il pas nommé évêque auxiliaire de Huesca ? Il avait toutes les qualités requises pour cela. Mais cette idée lui parut suspecte. Aussi s'empressa-t-il de la déguiser. Il se dit qu'il pourrait aider le clergé pauvre et améliorer ses conditions de vie. Une fois son ambition travestie en projet charitable, il reprit d'une voix assurée :

— Quant à notre projet, je pense qu'il vous faut suivre mon conseil.

— Je suis d'accord. Mais quelles raisons alléguer ?

— Te rappelles-tu les incidents de l'année dernière pour la Saint-Laurent ? Monseigneur a été pris à partie par la foule qui l'a conspué ?

— Je m'en souviens vaguement. Quelle était exactement la raison du mécontentement ?

— Tu sais qu'une très ancienne tradition autorise les jeunes gens à danser derrière l'image du saint patron de la ville et qu'ils dansent même dans l'église ? Monseigneur interdit l'année dernière aux danseurs de suivre la procession. Le public indigné le traita — Dieu me pardonne ! — de « vieux gâteux ».

— Et cette année ?

— Il a dû revenir sur sa décision. Les danseurs suivront la procession et entreront dans l'église.

L'abbé Pérez hésita :

— Cet exemple suffira-t-il ?

L'abbé Risueño rit de bon cœur :

— Bien sûr que non, Pérez. Ce qu'il faut, c'est accumuler les petits faits... Vous parlerez de l'interdiction faite de danser, sous peine d'excommunication. Te rends-tu compte de l'énormité d'une telle mesure ? Tout le monde danse ici. Comment refuser l'absolution ?

— Toutes les danses ne sont pas interdites.

— C'est bien ce qui est comique. Car, de toi à moi, quelle différence y a-t-il entre un tango et un paso doble ? Soyons sérieux !

Le curé de campagne baissa la tête.

— Et l'interdiction de monter à bicyclette, et celle d'assister aux matches de football ainsi qu'aux courses de taureaux ?... Mais il y a de quoi écrire un livre, mon cher Pérez. Nous vivons au XXe siècle et pas au Moyen Âge !

Les deux prêtres perçurent, comme dans un songe, le silence qui les enveloppait.

— Risueño..., commença le curé de campagne, penses-tu vraiment que notre évêque soit... fou ?

— Fou est un bien vilain mot. Mettons que ce soient des lubies de vieillard malade. Il n'est plus capable de gérer son diocèse.

L'abbé Pérez parut réfléchir.

— C'est une grande responsabilité que nous allons prendre. Dieu veuille éclairer nos esprits !

— Tu dois songer au salut des âmes dont tu as la charge. Peux-tu les aider comme tu le souhaiterais ? Penses-tu que les revenus du diocèse soient distribués selon l'équité ? — Je ne dis pas selon la justice. — Non, n'est-ce pas ? Et que demandez-vous ? Un pasteur qui puisse vous diriger, vous soutenir et fasse siens tous vos besoins et toutes vos inquiétudes. Alors ?...

— Tu as raison, Risueño. J'en parlerai aux autres curés de campagne.

— Allons dîner à présent, veux-tu ?

Ils se levèrent. Sanchez vint leur souhaiter une bonne nuit. Pepe sortit de la haie dans laquelle il s'était caché pour espionner les deux prêtres.

— Alors, qu'as-tu entendu ? De quoi ont-ils parlé ?

— Du temps.

— Du temps ? Tu te moques de moi, garnement ?

— Je le jure sur ma mère ! (L'enfant cracha par terre.) Ils ont d'abord parlé du temps.

— Et ensuite ?

— Des paysans. Le curé de Saint-Laurent a donné quatre mille pesetas à l'abbé Pérez.

L'Andalou écarquilla ses yeux félins. Un frisson parcourut son dos.

— Es-tu sûr de ce que tu racontes ?

— Sûr et certain.

— Tu dis bien quatre mille pesetas ? Ce n'étaient peut-être que des billets de cent ?

— Non, monsieur. Quatre beaux billets verts de mille pesetas chacun. Je les ai vus comme je vous vois. Je n'en croyais pas mes yeux.

— Et pourquoi lui a-t-il donné cet argent ?

— Pour acheter un ballon et vingt-deux paires de bottes de football.

— Tu es certain ?

— Absolument.

— C'est tout ce qu'ils ont dit ?...

Pepe regarda l'Andalou et parut hésiter. Dans ses yeux bleus une lueur intelligente s'alluma.

— Non, grand-père, ils ont encore parlé...

— Raconte, raconte donc ! s'écria Sanchez avec impatience.

— Je veux bien. Mais il faut me donner trois *duros* de plus.

Les yeux de l'Andalou s'assombrirent :

— Nous avons convenu d'un prix, protesta-t-il. Tu n'as pas le droit de l'augmenter. C'est déloyal.

— J'avais fait un prix parce que je croyais que c'étaient de petites histoires ; maintenant, ça vaut plus...

Sanchez se gratta le menton :

— C'est si important ce que tu as à dire ?

Pepe prit un air mystérieux :

— Très important.

L'Andalou geignit et tendit la somme demandée, avec dégoût :

— Voilà, raconte maintenant.

— Ils ont parlé de l'évêque.

— Continue ! Ne t'arrête pas sans cesse.

— L'abbé Risueño disait à l'autre qu'il fallait le faire enfermer et nommer un autre à sa place.

— Faire enfermer l'évêque ? Mais où ? (Un doute assaillit Sanchez, l'affaire lui paraissait trop belle pour être vraie.) Tu mens, galopin, dit-il. Ils n'ont jamais dit ça.

— Je le jure sur la mémoire de mon père qui est mort d'une angine de poitrine. Ils l'ont dit.

— Mais l'enfermer où ? Pourquoi ?

— Je ne sais pas où. Mais la raison, ils l'ont donnée. L'évêque est fou.

— Tu as bien entendu, Pepe ? Tu ne me trompes pas ? Ils ont dit « fou » ? Ils ont prononcé le mot ?

— Oui. Ils ont aussi traité l'évêque de « vieux gâteux ».

L'Andalou demeura comme cloué sur place par l'émotion. Il savourait son triomphe. A présent, l'abbé Risueño était perdu. Nulle force ne pourrait plus le sauver de la disgrâce. Depuis longtemps, Sanchez guettait l'occasion de débarrasser la ville de ce prêtre vulgaire. A présent, c'était chose faite.

— Écoute-moi, petit, dit-il avec douceur, si tu sais garder ce secret, je t'emploierai à d'autres commissions. Tu gagneras de l'argent et deviendras quelqu'un. Un jour tu pourras peut-être devenir serveur chez moi. Tu auras des pourboires. Mais si tu parles... (sa voix se fit sourde), si tu parles, je saurai te punir. Tu as compris ?

— Je ne dirai rien. Je le jure.

— C'est bon. Rentre chez toi à présent.

L'enfant s'en alla en courant. L'Andalou demeura songeur. Il était tenté de se rendre à l'évêché et de rapporter aussitôt à Monseigneur la conversation des deux prêtres. Mais il sentait ce que sa démarche aurait eu d'insolite. Il décida donc de garder provisoirement le secret, de ne rien dévoiler du complot dirigé contre l'évêque, et de ne faire éclater l'affaire qu'au bon moment. Il ne lui fallait que patienter un peu. Sa vengeance n'en serait que plus délectable.

« Sainte Vierge, murmura-t-il comme pour lui-même, Vous venez de sauver l'Église par le moyen de ma modeste personne. Je Vous remercie de l'honneur que Vous me faites. Je ne suis qu'un pauvre pécheur indigne d'une telle grâce. Je vous prie de pardonner à l'abbé Risueño et d'éclairer son intelligence. Quant à moi, je n'userai de ce secret que pour le plus grand bien de Votre Église. »

Puis Sanchez se dirigea vers le kiosque où le bar était installé. Il ôta sa veste blanche et appela l'un des serveurs :

— Occupez-vous des affaires. Je vais voir ma femme et reviendrai plus tard. Surveillez les musiciens. Dites-leur, si

Mme de Carros arrive, de jouer le prélude du IIIe acte de *Madame Butterfly*. C'est une mélomane avertie.

— Bien, patron.

— N'oubliez pas non plus de verser un cognac dans le café du notaire Ambrosio. Sa femme lui interdit de boire de l'alcool.

— Entendu, patron.

L'Andalou partit en boutonnant le col de sa chemise, puis, tout en marchant, noua sa cravate. Il courait presque et son gros ventre se balançait de haut en bas. Ses jambes courtes et enflées l'obligeaient à sautiller. Il ressemblait à un gros crapaud. Essoufflé, il respirait avec peine.

Il traversa la place du Casino. Cet édifice baroque, construit sous la République, avait été, pendant la guerre civile, transformé en hôpital militaire. Dix-huit ans après, les vastes salles aux plafonds décorés de fresques abritaient toujours des soldats tuberculeux. Dans la journée, les malades descendaient le perron et s'asseyaient sur les bancs qui entourent la fontaine du Progrès. Ils restaient là des heures, à tousser et à cracher leurs poumons.

Deux grandes avenues s'ouvraient sur cette place. L'une conduisait à la gare ; l'autre, à gauche, vers le Coso et la ville haute. Un édifice imposant faisait le coin de cette dernière et de la place du Casino, l'*Abastos*. Cet immense palais aragonais, qui datait du XVIIe siècle, abritait neuf cents fonctionnaires. Personne ne pouvait dire ce qu'ils faisaient. Leur service avait disparu depuis cinq ans. Mais l'État ne savait à quoi les employer ; aussi continuaient-ils d'aller régulièrement au bureau. Ils y lisaient des romans policiers ou étudiaient des langues étrangères. Certains de ces fonctionnaires avaient un autre emploi et touchaient par conséquent une double paye.

Sanchez passa devant l'*Abastos* et prit l'avenue conduisant au Coso. Il marcha sous les arcades. Les terrasses des cafés étaient vides. Les postes de TSF diffusaient le journal parlé du soir. L'Andalou entendit quelques phrases où il était question de la guerre civile en France. Le général de Gaulle, après avoir pris trois mois plus tôt le pouvoir, se faisait plébisciter. Sanchez méprisait la démocratie. Il haussa les épaules d'un air excédé.

Il atteignit le Coso. Cette avenue semi-circulaire qui sépare la ville haute de la ville basse avait été percée sur l'emplacement des anciennes murailles.

Huesca n'était aux IXe et Xe siècles qu'un bourg juché sur une colline. Pendant la Reconquête, sa situation privilégiée en fit une capitale. Elle ressemblait alors à toutes les villes fortes du royaume d'Aragon, avec ses fortifications, ses miradors et ses ponts-levis.

Les touristes qui traversent Huesca montent tous au clocher de la cathédrale. De là-haut, la vue s'étend sur l'immense plaine d'Aragon, aride et parsemée de cailloux. Elle n'a ni la majesté de celle de Castille ni la nonchalance de celle de l'Andalousie. Elle n'est ni rouge ni dorée mais grise. Elle émeut par son pathétique. Nue, sans fards ni apprêts, elle ouvre ses bras. Par les soirs d'été, on entend la plainte qu'elle exhale, rauque et déchirante, et qui monte au ciel. Pas un arbre. Rien n'arrête le regard. Nulle satisfaction n'est acordée à la vue. La terre et le ciel. Une terre sèche, morcelée qui, depuis des millénaires, agonise de soif ; un ciel hautain, dur et coupant comme la lame d'une épée. Pas un nuage. Impossible même de rêver ou d'espérer. La terre aragonaise porte inscrite dans ses rides le tragique de sa condition.

5

Sanchez pénétra dans un immeuble moderne situé sur le Coso. Il monta lentement, s'arrêtant souvent, jusqu'au troisième étage. Les voisins écoutaient la radio. Au premier étage, des chansons sentimentales ; au deuxième, un concours de jeux radiophoniques.

L'Andalou essuya la sueur qui ruisselait sur son front et gémit faiblement. Puis il ouvrit la porte de l'appartement. Une odeur d'ail et de friture le prit à la gorge. Une voix de femme cria :

— C'est toi, Lucas ?

— C'est moi, chérie, répondit l'Andalou qui ôta sa veste et l'accrocha sur le portemanteau.

Les murs de ce vestibule étaient tapissés d'un papier sombre. Sanchez entra dans la salle à manger.

C'était une vaste pièce dont les fenêtres ouvraient sur le Coso. Les volets étaient clos. Au milieu de la pièce, une table en acajou verni, tachée de graisse et salie par des empreintes de doigts. Une rangée de chaises au siège recouvert de reps vert était adossée au mur de droite ; un buffet, à celui de gauche, surmonté d'une vitrine. Des plats et des couverts en argent s'y entassaient. Sur le buffet, deux photographies dans un cadre argenté : M. et Mme Sanchez, âgés de trente-cinq ans environ ; lui, mince, avec des cheveux noirs et frisés et des lèvres de gitan ; on retrouvait, dans ce visage, le nez écrasé et les yeux orientaux ; elle, frêle et menue, avait des cheveux longs, un nez court et droit et des yeux tendres. La deuxième photographie représentait leur fils, un livre de prières à la main, vêtu d'un costume marin. Avec ses grands yeux noirs bordés de longs cils, son nez droit, ses lèvres minces et ses cheveux bouclés, il avait l'air d'une fillette. Le regard traduisait un penchant pour la rêverie en même temps qu'une délicate mélancolie.

Aux murs, un tableau représentant la Cène. Dans un coin, une image du Sacré-Cœur entourée de fleurs en papier ; un cierge brûlait devant l'image. Au-dessus de la porte donnant accès à la chambre à coucher de M. et Mme Sanchez, un portrait de Pie XII.

Sanchez jeta autour de lui un regard satisfait. Il se dit qu'il habitait une belle maison et possédait des meubles confortables. Cette pensée le remplit de contentement.

Mme Sanchez arriva, une pile d'assiettes dans les mains. Elle était, comme sur la photographie, mince et petite. Mais ses cheveux blancs, les rides profondes qui sillonnaient son visage délicat, son teint pâle, lui donnaient un air maladif. Ses ongles noirs et, sur son cou mince, des taches suspectes attiraient le regard. Elle portait une robe noire, aux manches longues. Ses pieds étaient chaussés d'espadrilles.

— Il faut que je te parle, Lucas, dit-elle de sa voix sèche et pointue.

— Vraiment ? Moi aussi, femme, j'ai des choses à te raconter.

— Ce que j'ai à te dire est important.

— Moi aussi.

Elle s'approcha de lui et ajouta sur un ton confidentiel :

— Tu dois parler à Magda.

— A Magda ? Qu'a-t-elle fait ?

— Elle fréquente des hommes !...

L'Andalou regarda sa femme avec surprise. Il avait du mal à croire ses paroles. Mme Sanchez hocha la tête d'un air affirmatif. Il prit une chaise et s'assit près de la fenêtre. Sa femme imita son exemple. Les volets n'étaient qu'à moitié clos. Les époux pouvaient de la sorte suivre le va-et-vient des passants sur le Coso.

Lucas Sanchez se plaignit de la chaleur. Sa femme ne lui répondit pas.

— Magda ? commença-t-il enfin. Mais elle n'est qu'une gamine.

— Gamine ? Mme Sanchez ricana d'un air plein de

sous-entendus. A quatorze ans, ta mère était enceinte de cinq mois.

L'Andalou leva les yeux au ciel. Sa femme ne manquait jamais l'occasion de lui rappeler ce souvenir pénible. Mais ce soir, Mme Sanchez n'insista pas.

— Comment l'as-tu su ? interrogea Lucas.

— Voilà. (Son épouse remua sur sa chaise.) Je voulais aller faire ma neuvaine à l'église des jésuites, mais c'était le jour des confessions. Je me suis donc rendue chez les frères maristes.

» J'entre dans l'église. Qu'aperçois-je ? Magda ! Cela m'a fait plaisir, tu l'imagines aisément. Je voulais diriger mes pas vers son banc, lorsque je vis, derrière elle, le petit Manuel Saugréa. D'abord je n'y ai pas attaché d'importance. Puis — comme un pressentiment de mère ! —, la chose m'a paru suspecte. Je me tapis dans l'ombre, derrière un pilier. Magda se lève ; le petit dévergondé aussi. Elle sort ; il la suit. Je reviens sur mes pas et quitte l'église. Que vois-je ? Magda et Manuel Saugréa qui marchent bras dessus, bras dessous.

L'Andalou poussa un petit cri rauque :

— Sainte Vierge del Pilar !... Tu en es sûre ? Bras dessus, bras dessous ?

— Certaine !

Sanchez feignit de s'arracher les cheveux. Ses yeux s'emplirent de larmes :

— Vierge Marie ! Qu'ai-je fait ? Prends-moi ! Tue-moi ! Mais ne m'accable pas ainsi !

— Calme-toi, Lucas. Calme-toi.

— Me calmer ? Mais c'est le déshonneur ! T'en rends-tu compte ?... Et avec le fils d'un épicier encore !... Un épicier, saisis-tu, Remedios ?

— Oui, Lucas, oui. Mais il faut garder ton sang-froid. Tu es un homme. Ils n'ont peut-être pas fait de mal. La petite étudie chez les sœurs. Elle n'a eu que de bons exemples. Elle ne connaît rien de la vie.

— Mais toi, Remedios, qu'as-tu fait ?

— Je l'ai giflé !

— Magda ?

— Non, l'autre, l'épicier.

— Bravo, Remedios ! Si je le rencontre dans la rue je lui crache dessus à ce petit... à ce...

— Ne t'énerve pas, Lucas. C'est mauvais pour ton foie.

— Mais Magda, que dit-elle, la malheureuse ?

Remedios haussa ses maigres épaules :

— Rien. Je l'ai enfermée dans sa chambre. Elle rit. Elle n'a pas répondu à mes questions. « Je ne parlerai qu'à papa », voilà ce qu'elle m'a dit.

— Elle rit !... Mais c'est incroyable, inouï, insensé ! Je vais la questionner, moi !

Remedios se leva :

— Je l'appelle ?

L'Andalou hésita. Il aimait sa fille et la craignait en même temps. Il avait peur du jugement qu'elle pouvait porter sur ses parents. De plus, elle était d'un caractère solitaire et renfermé. Sanchez n'avait jamais su lui parler. Le sourire ironique que Magda arborait en toutes circonstances l'effrayait.

— Fais-la venir ! dit-il enfin.

Sanchez prépara quelques phrases. Une fillette brune et svelte entra dans la salle à manger. Elle paraissait plus âgée que son âge. Ses yeux noirs et moqueurs se posèrent sur Sanchez. Celui-ci demanda d'une voix sévère :

— Qu'est-ce que cette histoire que vient de me raconter ta mère ? Tu fréquentes des épiciers, à présent ?

Magda sourit et répondit d'une voix calme, aux intonations graves :

— Manuel est un fort beau garçon, papa.

Sanchez écarquilla les yeux et ouvrit la bouche. Pas un son ne s'échappa de sa gorge. Il crut qu'il allait tomber raide mort d'une apoplexie. Les paroles de l'acte de contrition lui vinrent à l'esprit. Il eut du mal à reprendre une contenance.

— Ma petite !..., commença-t-il d'une voix faible, je sais que tu es sage et vertueuse. Tu es une bonne chrétienne et ressembles à ta mère. Tu n'as rien fait de répréhensible avec ce garçon. Tu as commis une imprudence, voilà le mot...

Sanchez détestait les ennuis et les fuyait. Tout s'arrange dans la vie. Il suffit d'un peu de patience. Il ne redoutait rien tant que d'avoir à prendre parti. Il implorait sa fille du regard et voulait tout pardonner. Il se refusait à connaître la vérité et demandait à Magda de mentir.

— Tu te trompes, papa. Je ne suis pas comme maman. J'ai fait des choses répréhensibles.

L'Andalou posa sur sa fille un regard haineux. Il ne la haïssait pas d'avoir mal agi mais de le lui avouer. Il lui en voulait de troubler son existence paisible. Il gémit.

Magda se tenait devant lui. Ses cheveux d'ébène tombaient sur ses épaules. Elle était vêtue de l'uniforme noir du collège de Sainte-Anne. Une ceinture bleue serrait sa taille mince. Le faux col blanc soulignait la fraîcheur de son teint. Ses longs cils rappelaient ceux de son frère.

L'Andalou eut une idée.

— Je comprends, ma petite fille bien-aimée. Vous vous êtes fixé des rendez-vous secrets, vous vous êtes même embrassés... Cela n'est pas bien grave. Tu demanderas pardon à la Sainte Vierge. Allons, oublions cette vilaine affaire.

Il fit un geste comme pour balayer le passé. Magda ne l'entendait pas ainsi :

— Tu te trompes, papa. Nous nous sommes donné rendez-vous et je me suis mise toute nue devant lui.

Sanchez poussa un cri déchirant. Sa femme accourut aussitôt. Il était devenu blême.

— Mes pilules ! s'écria-t-il. Mes pilules !

Remedios se précipita pour chercher les pilules. Magda assistait impassible à cette scène et continuait d'arborer son sourire narquois. Sanchez crut suffoquer.

— Putain ! hurla-t-il. Petite dévergondée ! Je t'ai donné de l'instruction ! Je t'ai payé des études dans un collège religieux... Et voilà le résultat ! Putain !

— Tu t'énerves, papa. C'est mauvais pour le cœur. Et pour le foie.

Il hocha la tête d'un air affirmatif et devint brusquement cramoisi :

— Mais elle se moque de moi !... Remedios ! Remedios !

Sa femme arriva avec les pilules et un verre d'eau. Il

avala son médicament et but une gorgée d'eau. Magda regardait d'un air indifférent les lumières du Coso.

Sanchez se lamenta d'une voix faible. Il invoquait la Sainte Vierge, les saints apôtres et la Très Sainte-Trinité. Sa femme le dévisageait sans comprendre.

— Qu'y a-t-il, Lucas?

— Ce qu'il y a?... Nous sommes déshonorés, voilà ce qu'il y a.

Remedios ouvrit grands ses yeux et demanda :

— Tu veux dire que Magda et Manuel...?

— Exactement.

Mme Sanchez bondit sur sa fille et l'empoigna par les cheveux. Magda se défendit farouchement. Elle donnait des coups de dents et de pied. Elles tombèrent ensemble sur la table et roulèrent par terre. L'Andalou pleurait et les incitait au calme.

— Ordure ! criait Mme Sanchez. Ordure !

— Tu peux parler, toi. Papa ne t'a pas trouvée vierge, que je sache.

— Taisez-vous, femmes! Les voisins vont arriver!... Sainte Vierge, que vous ai-je donc fait?

La sonnette de l'appartement retentit. La mère et la fille se séparèrent et arrangèrent leurs cheveux décoiffés. Magda saignait du nez et se retira dans sa chambre. Sanchez se dirigea vers la porte et l'ouvrit.

— Bonsoir, don Lucas... Puis-je vous aider? Y a-t-il un malade chez vous? J'ai entendu du bruit et suis descendue. Je vous prie de m'excuser.

Antonia, l'amie de Mariana Tasta, se tenait sur le palier. Elle coulait un regard furtif dans l'appartement. Mais la porte de la salle à manger demeura close. Antonia essaya alors de pénétrer dans le vestibule. L'Andalou l'en empêcha doucement.

— Il ne se passe rien, doña Antonia. Merci beaucoup. Le Seigneur vous récompensera de vous être ainsi dérangée. C'est très aimable à vous.

— Il m'avait pourtant semblé entendre des cris et des insultes. Votre femme n'est pas malade, je l'espère?

— Du tout, doña Antonia. La petite a eu un évanouissement. Ma femme se tient près d'elle.

Antonia se jeta de tout le poids de son corps volumineux vers l'appartement ; Sanchez n'était pas frêle et pouvait supporter le choc.

— Un évanouissement ! Êtes-vous sûr que ce n'est pas le cœur ? Le fils des Arrabal est mort ainsi. Ses parents croyaient qu'il s'agissait d'un simple évanouissement...

— Tout va bien, à présent. Je vous remercie.

L'Andalou commençait à perdre patience. Antonia comprit qu'on ne voulait pas d'elle. Sa poitrine débordante haleta d'émotion ; ses yeux sans couleur se chargèrent de mépris.

— Je puis être très utile dans ces cas-là...

— Vous êtes une grande et belle âme, doña Antonia. Nous sommes heureux de vous avoir pour voisine. Nous ferons appel à vous si l'un de nous venait à tomber malade. Mais, maintenant, le danger est passé. Magda n'a besoin que de sommeil.

Il poussa légèrement la porte. Mais Antonia s'avança pour qu'il ne pût la fermer.

— Comme vous voudrez, don Lucas. Je ne pense qu'à vous rendre service. Mais votre épouse faisait un tel vacarme ! J'entendais de telles insultes que je me suis dit qu'il y avait peut-être un blessé. Dieu merci, il n'en est rien et je m'en réjouis pour vous. Bonne nuit.

Sur ce, la grosse Antonia sortit.

Sanchez s'assit sur une chaise, dans le vestibule. Il pleurait d'accablement. Sa femme ouvrit la porte de la salle à manger et vint vers lui.

— Qu'y a-t-il, Lucas ?

— Vous m'avez déshonoré. Je ne pourrai plus mettre les pieds dans la rue. Les voisins vont me montrer du doigt. Antonia est venue ; j'ai eu du mal à l'empêcher d'entrer. Elle a tout entendu. La ville entière sera demain au courant.

— C'est de la faute de la petite, dit Remedios de cette voix haut perchée qui exaspérait l'Andalou.

— La petite, la petite ! La tienne aussi, femme ! Tu réagis comme une marchande de poisson.

— J'étais exaspérée... As-tu entendu ce qu'elle m'a dit, la malheureuse ?

L'Andalou fit oui de la tête. Il ne savait que faire. Le malheur venait de frapper à sa porte. Sanchez n'aimait pas le malheur. Depuis des années, pour mieux le fuir, il en niait l'existence. A présent, il ne pouvait plus fermer les yeux. Il fallait prendre une décision. Mais laquelle? Il demeura un long moment comme frappé par la foudre. Il cherchait une solution qui lui permît de ne pas réfléchir. Sanchez détestait la réflexion. Son idée était faite : sa fille était folle. Comment expliquer autrement sa manière d'agir? Lucas ne voulait surtout pas comprendre sa fille. Pour cela, il aurait fallu approfondir trop de problèmes. L'Andalou désirait trouver une solution simple, humaine, qui satisfît sa conscience de catholique fervent et lui permît de « vivre comme avant ».

— Nous ferons une neuvaine à sainte Rita, dit-il soudain.

Remedios acquiesça.

— Et demain nous prierons pour notre fille à l'heure de la sainte messe.

Ce fut Mme Sanchez qui reprit :

— Qu'allons-nous faire de Magda?

Lucas Sanchez hésita et poussa quelques profonds soupirs.

— Que faut-il faire d'après toi, Remedios?

— D'abord l'enfermer à clef dans sa chambre et raconter partout qu'elle est malade.

— Excellente idée! Mais après?

Remedios haussa les épaules :

— Après? répéta-t-elle. Je ne sais pas...

Une idée vint à Sanchez. Son visage s'éclaircit :

— J'ai trouvé, s'écria-t-il.

— Quoi?

— Nous allons la marier.

— La marier? Mais elle n'a que quatorze ans.

— Tant pis pour elle!

— Mais elle n'est peut-être pas enceinte, Lucas? Pourquoi gâcher sa vie?

— Tu ne te rends donc pas compte qu'elle nous déteste? Elle va raconter à tout venant qu'elle a couché avec le fils de l'épicier.

— Ne parle pas si fort, Lucas. Les voisins pourraient entendre.

Il toussa. La grosse Antonia se redressa et regagna le cinquième étage, un sourire triomphant sur les lèvres. Depuis dix minutes, elle guettait, l'oreille collée à la porte de l'appartement, chaque parole échangée par les Sanchez. Elle repartait satisfaite. La soirée n'était pas perdue.

— Pourquoi nous haïrait-elle ? demanda Mme Sanchez. Nous avons toujours été bons pour elle. Je ne comprends pas.

L'Andalou regretta ses paroles. Il ne voulait pas penser.

— C'est une mauvaise âme, dit-il. Elle nous envie et cherche à nous faire du mal.

Cette explication lui parut plausible. Il ne tarda pas à se convaincre que telle était la réalité.

— Mais avec qui la marier ?

— Avec l'épicier.

Remedios pâlit.

— Tu n'y songes pas ?

— Pourquoi ?

— Tu ne peux pas faire ça, se récria-t-elle. Que deviendront nos projets pour Carlos ? Mme de Carros ne voudra jamais du beau-frère d'un épicier pour gendre, fût-il ingénieur.

— Carlos épousera la fille de Mme de Carros, je te le promets. Quant à Magda, puisqu'elle aime l'épicier, qu'elle l'épouse.

L'Andalou se leva :

— Je vais d'ailleurs le lui annoncer.

Il entra dans la salle à manger et frappa à la porte de la chambre de sa fille. Aucune réponse. Il ouvrit et aperçut Magda devant la fenêtre. Les lumières étaient éteintes. La chambre baignait dans la pénombre. Sanchez toussa. Magda ne bougea pas.

— Je suis venu te parler..., commença-t-il.

Elle tourna vers lui ses yeux profonds. Son regard n'exprimait rien.

— Voilà... Ta mère et moi avons décidé de t'autoriser à épouser Manuel.

Il attendit une réponse. La jeune fille sourit. Son sourire était celui d'une femme mûre.

— Je vous remercie. Mais je ne veux pas l'épouser.

L'Andalou sortit un mouchoir, s'essuya le front, le cou, et sa poitrine velue. Il essaya de dire quelque chose, mais ne le put. Il joignit ses mains et leva les yeux au ciel. Magda tourna son regard vers le spectacle de la rue.

— Pourquoi ne veux-tu pas l'épouser ?

— Parce que je ne l'aime pas.

— Mais alors, ce que tu m'as raconté tout à l'heure ?...

— Était la vérité pure. J'ai fait l'amour avec lui pour passer le temps. Ce n'est pas une raison pour devenir sa femme.

Sanchez s'assit sur le lit de sa fille. Il entrevoyait confusément qu'une parole aurait suffi pour ramener la paix dans ce cœur tourmenté, mais ne la trouvait pas. Magda avait le pouvoir de décontenancer son père. Devant elle, l'Andalou se sentait vaguement coupable sans qu'il sût dire en quoi. Il essaya de deviner la raison de cette sourde hostilité qu'il pressentait chez sa fille. Rien à faire. Il se découvrit innocent comme un agneau.

— Nous allons t'enfermer dans cette chambre et dire aux voisins que tu es malade. Nous verrons plus tard ce qu'il conviendra de faire.

— Tu ne feras pas cela, papa.

Elle parlait d'une voix assurée. Il la regarda, surpris d'entendre cette voix étrangère.

— Et pourquoi, s'il te plaît ?

— Parce que je hurlerai et ameuterai tout le quartier. Tu auras des ennuis. Ensuite, je raconterai à Mariana Tasta et aux autres bonnes âmes de Huesca la vérité. Tu seras déshonoré.

Il la dévisagea avec épouvante. Avec ses joues tombantes, son double menton et son teint blafard, il faisait pitié.

— Tu nous détestes. Nous avons toujours été bons, ta mère et moi. Pourquoi veux-tu nous faire souffrir ?

Elle posa sur lui son regard vieilli. Un sourire triste creusa deux rides dans son beau visage.

— Je ne vous déteste pas. Je veux être tranquille.

— Que dois-je faire, alors ?

— Me laisser seule. Je ne mettrai plus les pieds chez les bonnes sœurs pour commencer. Elles m'écœurent...

Il eut un sursaut :

— Ce sont de saintes femmes !

— Tant mieux pour elles ! Je n'aime pas les professionnelles de la vertu. Pas plus que celles du vice, d'ailleurs.

Sanchez ne reconnaissait plus sa fille. Il ne savait quelle attitude prendre. Depuis un an, il observait chez elle des sautes d'humeur bizarres. Mais il n'y avait pas attaché trop d'importance. Il avait attribué ces bizarreries à l'âge de Magda. Maintenant, la jeune fille qu'il avait devant lui devenait une ennemie. Rien ne les rattachait plus l'un à l'autre.

— Ma petite fille...

— Laissons ces simagrées, veux-tu ?

Il rougit, honteux. Il sentait le regard de sa fille braqué sur lui. Une sensation de malaise l'envahit. Il voulut s'excuser, mais de quoi ? Il cherchait, sous l'épaisse écorce du catholique de façade, ses sentiments d'homme. Mais de même que son cœur était entouré de graisse, sa nature profonde l'était d'habitude de fausse vertu. Il s'épongea le front et promena un regard implorant autour de lui.

— Je ne peux pas te laisser sortir...

— Alors, tant pis ! Je vais appeler « au secours ».

— Tu n'agiras pas ainsi, Magda !

— Pourquoi pas ?

L'Andalou posa sur elle un regard de chien battu.

— Ne t'inquiète pas, papa. Je ne dirai rien. Tu feras courir la rumeur que j'ai eu un étourdissement ; que mon cœur est fragile. Je ne démentirai pas tes paroles.

— Comment vas-tu vivre ?

— D'abord, je vais me reposer. Après ?... Après, je quitterai la ville et tu n'entendras plus parler de moi. Tu n'auras plus rien à craindre.

Il baissa la tête, honteux :

— Comme tu voudras, ma petite.

6

Magda demeura immobile. Les lumières du Coso éclairaient faiblement sa chambre. De rares passants rentraient à la hâte chez eux. La ville s'emplissait de la rumeur de la TSF ; chacun mettait son poste au maximum de sa puissance ; car un poste de TSF était un signe de richesse. L'air s'imprégnait d'odeurs de cuisine. Pas un souffle d'air. La chaleur nocturne devenait moite. On entendait, au loin, dans les pinèdes du parc, le chant des grillons. Mille plaintes montaient vers le ciel saturé d'étoiles et atteignaient, par moments, au paroxysme de l'angoisse.

La jeune fille ôta lentement son uniforme et passa une robe d'été. Elle brossa ses cheveux, prit dans un tiroir de sa table de chevet un paquet de cigarettes et traversa l'appartement. Ses parents, assis derrière la fenêtre de la salle à manger, parlaient à voix basse. Ils interrompirent leurs chuchotements pour la regarder partir.

Magda descendit le Coso, passa sous les arcades de l'avenue de la Gare, traversa la place du Casino et prit la route de Saragosse. Les maisons s'espacèrent. La campagne apparut bientôt. La plaine s'étendait à l'infini ; on eût dit qu'elle respirait. Un chien, dans une ferme, aboya. Des chevaux hennissaient d'impatience et d'énervement.

La jeune fille marcha longtemps. Elle prit une petite route qui monte à l'Ermitage de Saint-Georges.

Au milieu du désert, à trois kilomètres de Huesca, une colline boisée se dresse. Elle fait songer à une oasis. L'eau coule d'une source enfouie dans une pinède. Des saules pleureurs, des chênes, des peupliers et des pins entourent une église blanchie à la chaux. Du haut de cette colline on aperçoit, la nuit, les lumières de la ville, adossée à la

Sierra, et l'infini désert qui s'étend autour d'elle, comme une mer, de toutes parts. Les habitants de Huesca s'y rendent une fois l'an pour la Saint-Georges. Après la messe, ils pique-niquent autour de l'église. A l'ombre des pins et des saules pleureurs, les jeunes gens et les jeunes filles boivent et dansent.

Magda s'engagea dans un sentier parmi les arbres. Elle entendait le bruit de l'eau coulant dans la verdure et se dirigea vers la source. Elle but et s'aspergea la figure. Puis elle s'assit sur l'herbe fraîche. Le silence du désert l'enveloppa. La brise arrachait aux pins de sourds gémissements que les appels de la terre étouffaient. La jeune fille se coucha sur l'herbe et pressa son corps contre la terre. L'orage grondait dans son âme. Elle se sentait heureuse d'avoir obtenu sa liberté ; mais l'angoisse l'empêchait de s'abandonner à ce bonheur. C'était comme un vertige devant cette vie qui s'ouvrait devant elle.

Magda haïssait ses parents. Depuis trois ans, cette hostilité n'avait cessé de grandir et de se manifester. Tout en eux la révoltait : le pharisaïsme de son père ; cette manière qu'il avait de faire en sorte que les intérêts de Dieu devinssent les siens ; ce cynisme qui lui permettait d'amasser une fortune tout en se disant juste et charitable ; ce manque d'indulgence pour les fautes d'autrui et cet aveuglement devant les siennes... sa lâcheté surtout ; son refus d'envisager la vie avec noblesse et d'assumer ses responsabilités vis-à-vis de ses frères ; cette attitude qui consistait à nier jusqu'à l'existence de la misère, de la maladie et de la mort ; cet optimisme de bien-pensant qui croit ingénument que Dieu rôtit les poulets qu'il mange... Elle était écœurée de tant de paroles onctueuses, d'attitudes pudibondes ; de calomnies sur les « autres » ; de rapines et de vols arrosés d'eau bénite. L'atmosphère de cette ville, avec ses mille intrigues et ses clans qui se jalousent et se combattent, l'étouffait. Magda ne se sentait pas le courage de vivre dans le mensonge. Elle rêvait de cette paix promise aux hommes de bonne volonté. Mais qui, à Huesca, possédait cette bonne volonté ?

Elle se redressa enfin et repartit vers la ville.

— Il faut attendre l'arrivée de Carlos. Il saura parler à sa sœur. Une bonne paire de gifles, voilà ce dont elle a besoin.

Remedios parle en se penchant vers son mari, effondré dans une chaise longue. Il écoute attentivement sa femme parce qu'il éprouve le besoin d'être rassuré sur son bon droit.

— Elle l'aura voulu.

— Mais que peut faire notre fils, Remedios ?

— La tuer à coups de bâton, voilà ce qu'il peut faire. Nous avons nourri une vipère. Elle nous hait. Eh bien ! elle ne l'emportera pas. Nous l'obligerons à épouser son épicier ou quelqu'un d'autre.

— Quelqu'un d'autre ?

— Pourquoi pas, Lucas ? Une vermine comme Magda, on l'écrase.

Il hocha la tête d'un air approbateur. Remedios insista :

— Nous lui trouverons un mari.

— Mais comment ?

— Elle n'a qu'à agir comme elle l'a fait avec Manuel, mais cette fois nous l'aiderons à choisir son partenaire...

— Femme ! protesta-t-il faiblement.

— Nous les surprendrons et contraindrons le garçon à l'épouser.

Il y eut un silence. Une voiture klaxonna. Sanchez se pencha en avant.

— C'est la Citroën de Bragello..., remarqua-t-il.

Il s'interrompit pour dévisager sa femme. Elle soutint son regard.

— Tu crois, Remedios ?

— Il aime les filles. Cette fois-ci, il en aura une. Et pour de bon.

L'Andalou hésita :

— Tu penses que nous pourrions ?...

— Pourquoi pas ?

— Tu as peut-être raison.

Il parut réfléchir, puis ajouta sur un ton doucereux :

— C'est pour le bien de la petite, n'est-ce pas ?

— Nous n'avons jamais voulu que son bien, Lucas.

Il acquiesça, avant d'ajouter :

— Ce ne serait pas mal ! Bragello et de Carros dans la famille !...

Cette perspective laissa Sanchez rêveur. Un doute pourtant l'assaillit :

— Les Bragello ne fréquentent pas l'église, Remedios.

— Ce sont de braves gens. Lui soigne les pauvres pour rien ; il paraît même qu'il les installe dans des chambres individuelles...

— Il est peut-être communiste ?...

Remedios haussa les épaules :

— Ils ont une belle fortune.

— C'est vrai. Leur maison sur l'avenue du Parc doit valoir... Voyons, elle doit valoir soixante mille *duros*. La clinique en vaut autant. Plus l'équipement chirurgical. Cela fait quelque quatre-vingt mille *duros*.

— Et leurs terres de Barbastro ? Et leur maison à Saint-Sébastien ? Ils ont trois ou quatre millions devant eux, ces gens-là !

Il demeura silencieux, plongé dans une douce rêverie. Des chiffres s'entassaient dans son esprit. Sanchez aimait les longues colonnes de chiffres. Souvent il réclamait à la Banque d'Espagne son relevé de compte, rien que pour caresser du regard la somme inscrite sur le papier.

— Il faudra donner une dot à Magda, Remedios !

— Serais-tu fou ? Il la déshonore et nous devrions payer !

Cette judicieuse remarque fit sourire l'Andalou. Il aimait les bonnes affaires ; celle-ci se présentait bien. Devenir le beau-père d'un Bragello !...

Les lumières s'éteignaient l'une après l'autre. L'air se détendait et se chargeait de lourds effluves de jasmin et de romarin. Des jeunes gens sortirent d'un café en chantant à tue-tête.

— Vive le vin de la Rioja ! hurla l'un.

— Vivent les femmes ! répondit un autre.

— Au bor-del ! Au bor-del ! crièrent-ils en chœur.

L'Andalou fit une moue.

— Heureusement que je ne travaille pas pour cette clientèle !

— Toi, tu es un chrétien, Lucas. Lopez, lui, n'est qu'un cabaretier. Son père était un rouge.

— Tu en es sûre ?

— Tiens ! Sûre, absolument. Il a été fusillé ici même. Et tu connais le dicton : « Tel père, tel fils... »

Il hocha la tête, releva le pan de sa chemise pour s'essuyer le front. Les deux époux se tenaient tapis dans l'ombre, toutes lumières éteintes. La lueur des réverbères éclairait faiblement la salle à manger. Les églises et les couvents égrenèrent lentement leurs coups ; l'air cessa de bouger pendant un instant.

— Une heure déjà ? murmura l'Andalou. Que peut-elle bien faire dehors ?

Mme Sanchez ricana :

— Elle n'est pas allée à confesse, va !

— Tu crois que ?...

— Elle porte le vice dans la peau. Elle est attirée par l'odeur du mâle comme les chiennes en rut. Elle tient de ta mère.

— Tu ne vas pas recommencer, Remedios ? Ma mère n'était pas une putain et la tienne, que je sache, n'était pas une sainte.

— Maman n'était pas enceinte à seize ans.

— Elle savait mieux s'y prendre.

— Lucas !...

M. et Mme Sanchez tendirent l'oreille. Des pas résonnaient dans l'escalier, hésitants et timides. Les époux se levèrent d'un bond.

— Qu'allons-nous faire ?... demanda l'Andalou.

Il faisait songer à une araignée repue, gonflée de sang. Ses petits yeux exprimaient la cruauté des lâches. Il guettait sa proie, et cette proie était sa fille. Sa femme jouissait à l'avance de la scène qui allait se dérouler. Elle souriait intérieurement. Elle se vengerait sur Magda de cette vertu qu'elle portait comme une croix ; elle se déchargerait sur la jeune fille de toute la rancune accumulée depuis des années. La petite paierait pour toutes les caresses refusées, les baisers espérés, les appels de sa chair insatisfaite. Remedios avait de lourds comptes à régler avec la vie. Elle avait eu un amour, elle aussi, dont il ne lui restait, comme souvenir, que des odeurs de mer et de sable mouillé. Il s'appelait Armando. Il était officier de la République espagnole ; les Nationaux l'avaient torturé et achevé d'une balle dans la nuque. Elle s'était vue contrainte d'épouser ce Lucas Sanchez qu'elle détestait et supportait depuis vingt ans. Vingt ans ! Sept mille trois cent nuits partagées avec cet être qui ne songeait qu'à manger et amasser de l'argent ! (Elle avait un jour fait le calcul des nuits vécues dans l'écœurante odeur de ce corps.) Et sept mille trois cents journées au service de cet homme lâche et faussement dévot ! Depuis vingt ans, telle une avare ses pièces d'or, Remedios amassait cette haine, l'enfermait au fond de son cœur dans l'espoir de l'assouvir un jour. Longtemps elle avait caressé le rêve de partir, de tout laisser derrière elle, et de répondre à l'étouffant appel de cette chair qui la torturait. Les années vont plus vite que les rêves. Remedios sait que son existence s'achève. Sa vie n'aura été qu'une tragique méprise. Ce gros ventre qu'elle a épousé ne se doute pas des orages qui ont agité son cœur.

7

Le train avançait péniblement. Une plaine calcinée s'étendait à perte de vue. Pas un arbre. Après Calatayud, le ciel s'était couvert de nuages noirs. L'orage tournait autour de cette plaine et semblait chercher une proie. Il faisait nuit en plein jour ; dans les compartiments, l'électricité venait d'être allumée. La chaleur devenait accablante ; les voyageurs avaient ôté leurs vestes et leurs cravates. Ils jetaient des regards inquiets sur le ciel menaçant. La terre soulevait ses flancs creux. Des éclairs fulguraient ; on percevait les grondements sourds que le bruit du train n'étouffait pas.

Carlos regardait ce spectacle sans inquiétude. Il ne craignait pas les orages. Les déchaînements de la nature ne sauraient troubler la paix d'une conscience droite. Le jeune homme sentait monter en lui une joie profonde. Il aimait cette terre déchirée ; ces plaines qui s'étendaient à l'infini étaient sa patrie. Carlos aimait l'Espagne. Il savait que son pays avait été choisi par Dieu pour montrer la voie aux autres peuples. Il voyait l'Espagne comme un cierge éclairant de sa flamme les ténèbres du dehors : l'Univers étant ce « dehors ».

Carlos voyageait dans un compartiment de troisième classe, avec des paysans et des femmes du peuple.

— Les médecins sont tous des voleurs, opinait une vieille paysanne au visage ridé d'où émergeaient des yeux noirs.

Elle tenait un panier sur ses genoux ; une poule, dans le panier, piaillait faiblement. La paysanne, de noir vêtue, un foulard noué sous le menton, n'arrêtait pas de parler. Elle racontait son histoire aux autres voyageurs ; cette histoire n'avait rien d'extraordinaire : un dentiste lui avait demandé cinquante pesetas pour lui soigner une dent malade. Elle rentrait chez elle sans avoir soigné sa dent.

— « Cinquante pesetas », m'a-t-il dit. Je l'ai regardé droit dans les yeux et lui ai répondu : « Je la garde, ma dent malade. Ce qui ne m'empêchera pas de devenir centenaire comme ma mère et ma grand-mère... »

La paysanne pouffa de rire.

— Moi, je viens de Madrid, dit un homme vêtu d'un costume de velours côtelé noir.

Tous les regards se tournèrent vers lui.

— De Madrid ? demanda la vieille paysanne.

— De Madrid, femme. Tu n'y es jamais allée ?

— Je ne suis pas encore sortie de ma province, homme. Deux fois l'an, pour les fêtes de Notre-Dame del Pilar, je me rends à Saragosse. C'est une grande et belle ville, Saragosse.

— Certes, répondit l'homme. Moins grande pourtant que Madrid.

La paysanne paraissait perplexe. L'homme ajouta :

— Madrid pourrait contenir dix villes comme Saragosse.

— Dix villes ? Tu ne mens pas, homme ? Et, se tournant vers une autre paysanne moins âgée qu'elle, la vieille murmura : Je me méfie des hommes : tous des menteurs.

— Demande au jeune homme. Il vient aussi de Madrid.

— Tu connais la capitale, enfant ?

Carlos regarda la paysanne avec une extrême douceur et répondit d'une voix mélodieuse :

— J'y habite neuf mois par an.

— Neuf mois ! Et que fais-tu là-bas, fils ?

— Je suis étudiant.

Le jeune homme rougit et sourit comme s'il cherchait à se justifier.

— Étudiant ? D'où es-tu ?

— De Huesca.

— Les gens de Huesca sont loyaux, dit la paysanne.

Puis elle demanda :

— Qui est ton père ? Je connais tout le monde à Huesca.

— Lucas Sanchez. Celui qui tient le dancing du parc municipal.

— Tu es le fils de Sanchez ? Viens que je t'embrasse, mon enfant.

Carlos reçut un baiser sonore sur chaque joue.

— Je connais ton père depuis dix ans. Tu as de la chance, enfant : ton père est un saint. C'est un homme charitable. Notre-Seigneur saura récompenser ses hautes vertus. Tu dois d'ailleurs lui ressembler ; tu as un regard qui me plaît. Tu es un saint, toi aussi.

Le jeune rougit. Il balbutia quelques paroles confuses. Il sentit que le moment était venu de mettre en pratique ses bonnes résolutions. Il invoqua la Sainte-Trinité afin de se donner du courage et prononça d'une voix ferme :

— Mon père n'est pas un saint. Moi non plus.

— Tu es modeste, enfant.

La vieille paysanne se tourna vers l'homme qui avait vu Madrid :

— Son père distribue tous ses biens aux pauvres ; il communie chaque matin. Il...

— Mon père fait de bonnes affaires, il aime l'argent. Sa foi n'est qu'hypocrisie. Il s'incline devant les puissants et méprise les faibles.

— Enfant ! s'écria la paysanne. Serais-tu devenu fou ? Est-ce ainsi qu'un fils doit parler de son père ?

— Qui donc est mon père ? Je suis le fils de Jésus-Christ.

La paysanne regarda l'étudiant avec inquiétude. Carlos s'exaltait ; au fur et à mesure qu'il parlait, son regard devenait brillant comme celui d'un fou.

— Tu as lu trop de livres, fils. C'est mauvais. La lecture dérange le cerveau.

Le jeune homme sourit. Il avait un beau sourire d'enfant. Sa figure tout entière s'illuminait.

— Tu as raison, femme. J'ai lu trop de livres. J'ai perdu mon temps.

— Ne t'en fais pas, petit. Cela passera. L'air de Huesca te remettra d'aplomb.

Les autres voyageurs approuvèrent. Il y avait, dans le compartiment, huit personnes en tout. Elles suivaient cette conversation avec curiosité. Une institutrice, qui se rendait à Saragosse, fixait Carlos avec insistance. Elle trouvait le jeune homme beau. Son visage ovale, ses cheveux noirs et ondulés, ses grands yeux bordés de longs cils, son nez fin et droit, ses lèvres épaisses exerçaient sur elle un irrésistible attrait.

— Je suis institutrice. Peu avant mon concours d'entrée à l'École normale, je suis tombée malade des nerfs... Trois mois de repos ont tout arrangé.

Carlos posa sur elle son doux regard.

— Je ne suis pas malade des nerfs... C'est mon âme qui est malade.

Le visage de l'institutrice s'empourpra ; le regard du jeune homme la troublait.

— L'âme aussi se soigne, dit la vieille paysanne. Tu n'as qu'à demander conseil à ton père ou à Mosén [1] Risueño, le curé de Saint-Laurent. C'est un prêtre qui connaît la vie. Il saura te parler.

Carlos eut une expression mélancolique :

— Je n'ai pas besoin des conseils des prêtres : ceux du Christ me suffisent. Je suis venu pour apporter aux humbles la parole du Seigneur. Une parole consolatrice.

L'homme au complet de velours regarda l'étudiant comme les enfants au zoo regardent les singes : avec une malsaine curiosité.

— L'Église est la dépositaire de la parole de Dieu.

— La parole du Christ est notre bien à tous. Nous devons la répandre afin qu'elle porte des fruits.

— As-tu déjà parlé à ton père de toutes ces choses ? interrogea la paysanne.

— Non. Mon père ignore encore ma mort et ma résurrection.

L'inquiétude grandissait chez les voyageurs. Ils se demandaient si ce fou n'allait pas se précipiter sur eux pour les mettre à mal. Ils se concertèrent et décidèrent de ne plus contredire le jeune homme. Même l'institutrice prit peur. Son trouble grandissait avec la peur qu'elle

1. Mosén : titre donné aux prêtres en Aragon.

ressentait. Elle jouissait de ce tremblement de son âme.

— Dis-nous ce qui t'est arrivé, mon fils, fit la paysanne.

— Je vivais, comme vous tous, dans les ténèbres. J'exerçais la vertu machinalement ; j'observais la lettre et non pas l'esprit de la Loi.

Les voyageurs écoutaient avec attention ces étranges propos. Ils ne comprenaient pas très bien où le jeune homme voulait en venir. Ils essayaient de se rassurer en pensant que Carlos n'était pas un fou dangereux. Celui-ci parlait d'une voix douce. Son regard paraissait absent. On eût dit qu'il s'adressait à un interlocuteur imaginaire : esprit ou fantôme. La vieille paysanne frissonna. Elle était superstitieuse et se demandait si l'étudiant n'était pas un sorcier. Elle récita un Ave Maria.

— Une nuit, comme je dormais, j'entendis dans mon rêve une voix qui m'appelait : « Carlos !... Carlos !... » Je me réveillai en sursaut. La voix m'appelait de nouveau ; je demandai : « Qui es-Tu ? Que me veux-Tu ? » La voix répondit : « Je suis Celui que tu cherches. Suis-Moi. Quitte ta famille et ta cité ; va prêcher à tous la Vérité que Je mettrai sur tes lèvres... » J'ai longtemps hésité. Je suis allé consulter des prêtres et des médecins. Mais chaque nuit j'entends la voix. Un jour, elle me parut triste : « Pourquoi doutes-tu, Carlos ? — Je suis indigne, Seigneur. Je crains de me tromper. Comment pourriez-Vous m'élire, moi ?... — Annonce aux pauvres Ma parole... » Alors, j'ai obéi.

Le silence régnait dans le compartiment. Personne ne mettait en doute la folie de l'étudiant. Mais les voyageurs hésitaient sur l'attitude à prendre. Enfin l'homme reprit d'une voix ferme :

— C'est bien, mon garçon. Il faut toujours obéir à la volonté de Dieu.

La vieille paysanne hésitait : Carlos était-il un fou ou un élu ? Elle demanda :

— Tu as entendu la voix, fils ?

— Comme je t'entends, femme.

— Combien de fois l'as-tu entendue ?

— Chaque nuit pendant trois mois.

— Était-ce une voix d'homme ou de femme ?

Les autres voyageurs, bouche bée, buvaient les paroles du jeune homme.

— Ce n'était voix ni d'homme ni de femme. C'était une voix persuasive comme un chant de guitare.

Les voyageurs se dévisagèrent. Ils ne savaient que penser et n'osaient parler devant Carlos de peur qu'il ne se fâchât. Un miracle se produisit : le train s'arrêta. Aussitôt la vieille paysanne se leva :

— Où sommes-nous ?

— Près de Saragosse.

— Je vais descendre ici. J'ai des parents dans le pays. Au revoir, garçon.

D'autres voyageurs imitèrent son exemple. Ils parcoururent le train et s'installèrent dans un autre wagon. Après avoir échangé leurs impressions sur cette affaire étrange, ils conclurent que Carlos était fou à lier.

Bientôt le bruit se répandit dans le train qu'un fou, qui se prenait pour Jésus-Christ, se rendait à Huesca. Tous les voyageurs commencèrent alors d'arpenter les couloirs pour voir le dément ; des enfants s'arrêtaient devant la porte du compartiment de l'étudiant et le fixaient avec moquerie. Le jeune homme les regardait en souriant et les enfants se mettaient à pleurer. Quelqu'un suggéra que ce fou pourrait bien avoir le mauvais œil et le wagon dans lequel voyageait l'étudiant se vida presque entièrement.

Le contrôleur était ennuyé. Fallait-il ou non prévenir la police ? Le train arriverait dans une heure à Saragosse. Mieux valait attendre.

— Vous n'allez pas les rejoindre ?

Carlos regardait l'institutrice. Elle n'avait pas quitté sa place. Lui était assis dans un coin de fenêtre ; elle, près du couloir.

— Pourquoi serais-je partie ?

Le jeune homme sourit. Elle se demanda *pourquoi* son sourire la troublait, mais ne put trouver de réponse.

— Vous n'avez pas peur de moi ?... *Ils* m'ont pris pour un fou... Mais vous, qui pensez-vous que je sois ?

L'institutrice hésita. C'était une femme au visage délicat, âgée d'une cinquantaine d'années. Elle teignait ses cheveux qui commençaient à blanchir et était fardée avec soin. Carlos la regardait et ne la voyait pas. Il la supposait bonne et pensait qu'elle restait dans le compartiment pour l'entendre parler du Christ. Elle n'était, hélas ! ni bonne ni simple, mais veuve, et se demandait comment et où elle pourrait s'isoler avec l'étudiant. A vrai dire, elle *savait* où ; mais comment l'y conduire et sous quel prétexte ? Elle ne doutait pas, une fois seuls, d'amener l'étudiant à remplir ses devoirs de mâle. L'institutrice faisait confiance à la nature.

Le temps pressait ; le train se rapprochait de Saragosse. Dans une heure, ils seraient arrivés et devraient se séparer. Le jeune dément n'accepterait jamais de passer une nuit avec elle dans une chambre d'hôtel. L'institutrice connaissait pourtant l'adresse d'une pension de famille... Mais il fallait agir vite.

Doña Tardia prit une décision soudaine :

— Je sais qui tu es, s'écria-t-elle d'une voix forte. (Elle avait longtemps préparé cette phrase.) Tu es un prophète, un élu...

La figure du jeune homme s'illumina.

— Heureuse es-tu, femme, car tu es la première à ne pas avoir douté.

L'institutrice se leva et s'agenouilla devant Carlos.

— Pardonne-moi. Je suis une grande pécheresse. Daigne écouter ma confession.

— Je n'ai point besoin que tu énumères tes péchés : je te pardonne et te bénis.

L'institutrice reprit d'une voix suppliante :

— Tu dois m'entendre. Il me faut t'avouer mes péchés, sans quoi toute paix me sera refusée. Je te prie de m'écouter...

— Qu'il soit fait comme tu le désires.

L'institutrice se releva :

— Viens. Cherchons un coin tranquille. On pourrait nous apercevoir.

L'étudiant fixa doña Tardia avec sévérité :

— Je ne crains pas le ridicule et ne saurais m'incliner devant les railleries du monde.

L'institutrice perdait patience. Le désir qui s'était emparé d'elle la torturait. Ce pauvre fou embrouillait tout.

— Je ne crains pas le ridicule et me sens le courage de braver le monde. Mais je dois me confesser à toi et voudrais n'être pas dérangée. A toi seul, je pourrai faire le récit de mes fautes.

L'étudiant accepta et se leva à son tour. Doña Tardia poussa un soupir de soulagement. (« Quel niais ! pensait-elle. Il est bien plus fou que je ne le croyais. Mais beau ! J'aime les hommes qui ont le type gitan. Voyons ! quand ai-je, pour la dernière fois... ? Je ne sais plus. Cela doit faire bien longtemps. Avec ce pauvre dément je n'ai rien à redouter. Il ne parlera pas. ») Ils traversèrent le wagon. Doña Tardia franchit la première la porte des toilettes ; le jeune homme, étonné, la suivit.

— Pourquoi me conduisez-vous dans cet endroit ?

C'était une étroite cabine. Une ampoule électrique l'éclairait à peine. L'institutrice verrouilla la porte.

— Tu ne comprends toujours pas, mignon ?

L'étudiant pâlit puis rougit. Il hochait la tête :

— Non, murmura-t-il. Ne me tente pas... Non...

Doña Tardia déboutonna sa robe. Le jeune homme aperçut des seins flasques et maigres. Il recula. Le dégoût le saisissait à la gorge.

— Allons, mon garçon ! Tu es un homme, oui ou non ?

La sueur ruisselait sur le front de l'étudiant.

— Sortez ! murmura-t-il d'une voix sourde. Sortez !...

— Tu n'y songes pas ! Tu me plais, figure-toi !

Elle s'approcha du jeune homme, les yeux brillants. Carlos poussa un cri :

— Laissez-moi ! Laissez-moi !

Il se précipita sur la porte et tenta de l'ouvrir. L'institutrice l'en empêcha.

— Tais-toi ! Mais tais-toi donc, malheureux ! Le contrôleur va nous surprendre ; la police nous embarquera.

— Ouvrez ! hurlait le fou. Contrôleur, ouvrez !

L'institutrice se mordit les lèvres de rage et de dépit. Elle porta ses mains à hauteur de son cou ; ses ongles s'incrustèrent dans sa peau ridée ; le sang jaillit. Elle se décoiffa, déchira sa robe et commença de hurler à son tour :

— Au secours ! Contrôleur ! Contrôleur ! Au viol !... Lâchez-moi ! Ce fou veut me tuer !... Au secours !

Le jeune homme la regardait sans comprendre. Il demeurait comme cloué sur place et privé de parole. L'institutrice se précipita sur lui et le frappa au visage. Elle criait de plus en plus fort :

— Au secours... Contrôleur !... Au viol !... Au viol !...

Elle se laissait prendre à son propre jeu, frappait l'étudiant et se jetait contre la porte... Elle avait la gorge et le visage couverts de sang.

Ses cris avaient été entendus ; le contrôleur était allé chercher les inspecteurs du train. Ceux-ci accoururent et dégainèrent leurs pistolets.

— Ouvrez ou nous tirons ! hurlèrent-ils.

Doña Tardia fut saisie de panique.

— Ne tirez pas. Le fou m'étouffe contre la porte. Il va me tuer.

— Ouvrez la porte ! criaient les policiers.

— Je ne peux pas !... Au secours ! reprenait l'institutrice.

Elle ouvrit enfin la porte et tomba dans les bras d'un inspecteur. Elle sanglotait.

— C'est affreux !... Il a voulu m'étrangler et me violer !... C'est un fou !... De l'air ! Je vais m'évanouir !...

Les voyageurs accouraient de toutes parts. Quelqu'un avait tiré sur la sonnette d'alarme et le train s'était arrêté en pleine campagne. Les mécaniciens descendirent de leur locomotive et arrivèrent aussi.

La vieille paysanne s'entretenait avec un voyageur de première.

— J'en étais sûre ! disait-elle. Son regard m'effrayait. C'est un fou dangereux ! Heureusement qu'elle a pu crier. Il l'aurait étranglée...

— Ces jeunes gens lisent trop ; ils assimilent mal leurs lectures. Voilà où conduit la démocratisation de l'enseignement..., affirmait le voyageur de première, d'une voix distinguée.

— Que faut-il faire ? demandait l'un des mécaniciens au visage noirci par le charbon.

— Il faut repartir, opina le contrôleur. A Saragosse, nous le livrerons à la police.

Les inspecteurs s'étaient emparés de Carlos et lui avaient passé les menottes. Le jeune homme pleurait et récitait mentalement des prières. Il comprenait enfin dans quelle situation l'institutrice l'avait mis. Mais son esprit troublé s'exaltait dans cette épreuve. N'avait-on pas insulté et traité de fou son Divin Maître ? Les saints ont plus à souffrir que le commun des mortels ; Carlos voulait voir un signe dans cette machination montée contre lui par une vieille femme hystérique ; le Ciel lui montrait quel serait son destin et ce qu'il lui faudrait subir. Il acceptait d'avance ce destin de souffrance ; il saurait ne pas se révolter contre son sort.

Les policiers le tirèrent dehors. La foule des voyageurs s'entassait sur l'étroite plate-forme. Le jeune homme parut ; le silence se fit. Les femmes se hissaient sur la pointe des pieds afin de mieux apercevoir le fou. Celui-ci regarda l'institutrice et prononça d'une voix solennelle :

— Femme, je te pardonne.

La foule ricana.

— Mais il est complètement dérangé ! s'écria la vieille paysanne.

Les autres voyageurs s'esclaffèrent. Carlos se tourna vers eux :

— Pourquoi me haïssez-vous ? Que vous ai-je donc fait ?

— Cochon !... Satyre !.. Assassin !

Les insultes jaillirent ; les femmes surtout paraissaient furieuses : elles se sentaient frustrées et jalousaient l'institutrice. Mais personne n'eût osé exprimer à voix haute de tels sentiments...

— Je jure...

Les cris redoublèrent ; l'étudiant éleva la voix et parvint à dominer le vacarme.

— Je jure que je n'avais aucunement l'intention de violenter cette femme. C'est elle qui m'a entraîné dans cet endroit... Je...

Des rires fusèrent. Le voyageur de première demanda :

— Et sous quel prétexte, monsieur, cette femme vous a-t-elle entraîné dans cet endroit ?...

— Elle voulait me confesser ses péchés.

La foule se convulsait de rires et d'insultes mêlés.

— Car vous avez le pouvoir d'absoudre les péchés ? insista l'élégant voyageur.

Carlos hésita, fixa l'homme dans les yeux et dit :

— J'ai ce pouvoir, monsieur.

Les policiers levèrent les yeux au ciel ; les voyageurs redoublèrent de plaisanteries.

— On devrait enfermer ce genre d'individus, remarqua l'homme distingué. (Il était vêtu d'alpaga bleu.) Ils troublent l'ordre public.

Le contrôleur approuva. Il avait du respect pour les voyageurs de première.

8

Lucas n'en croyait pas ses yeux. Il relut le télégramme et se précipita dans la chambre. Remedios dormait. Son mari la secoua furieusement ; elle sursauta :

— Que se passe-t-il ? Mon Dieu ! qu'y a-t-il ? La petite s'est échappée ?

— Il s'agit bien de la petite ! gémit l'Andalou. Tiens, lis.

Lucas tendit à sa femme le télégramme qu'il venait de recevoir.

— Ce n'est pas possible ! hurla Remedios. Il doit s'agir d'une erreur.

— Bien sûr, qu'il s'agit d'une erreur. Cela n'empêche pas que Carlos soit en prison. A l'heure qu'il est, la ville entière doit connaître la nouvelle. « Le fils de Lucas Sanchez est en prison à Saragosse, accusé de viol et tentative d'assassinat. »

— Mais c'est monstrueux ! Il faut agir, Lucas.

L'Andalou fit semblant de s'arracher les cheveux, leva les yeux au ciel, gémit :

— Que vous ai-je fait, Sainte Vierge del Pilar ? D'abord ma fille ; ensuite, mon fils !... Pourquoi ?...

Remedios réfléchissait. Elle aimait son fils autant qu'elle détestait sa fille : passionnément ! Il fallait le sauver et conserver intact son honneur !

— Lève-toi, Remedios. Nous allons nous rendre à l'église et prier Dieu de nous éclairer.

— Nous n'avons pas de temps à perdre, Lucas. Partons pour Saragosse. Nous devons faire libérer Carlos sur-le-champ.

— Le faire libérer ?... Et par quels moyens ? Seul le ciel peut nous sauver.

— « Aide-toi et le ciel t'aidera », affirme le dicton.

— C'est facile à dire.

— Mais Lucas, tu ne vas tout de même pas laisser ton fils moisir dans une cellule !

— Que faire, femme ?

Ils gardèrent le silence, absorbés dans leurs pensées. Soudain, Remedios s'écria :

— J'ai une idée, Lucas !

— Quelle idée ?

— Je te raconterai plus tard. A présent, rase-toi, habille-toi.

— J'aimerais tout de même savoir...

— Tu vas te confesser, Lucas.

— Me confesser ? Pourquoi donc, Remedios ?

— J'ai une idée...

— Laquelle ?

L'Andalou obéissait pourtant. Il ouvrait le tiroir d'une commode et choisissait une chemise et une cravate propres ; son épouse commençait de brosser son costume.

— Te souviens-tu de ce que tu m'as raconté hier, à propos de l'abbé Risueño ?

— Oui.

— Tu vas aller le trouver.

Sanchez dévisagea sa femme avec ébahissement.

— Trouver l'abbé Risueño ? Il me déteste...

— Justement.

Il baissa la tête et murmura :

— Les femmes !...

— Tu lui avoueras ton péché ?

Cette fois, il eut peur.

— Quel péché ?

— N'est-ce pas un péché que d'espionner un prêtre dans l'intention de le perdre ?

L'Andalou s'assit sur le lit conjugal.

Le jour venait de naître. Les cloches des églises se mirent à sonner.

— Tu exagères, Remedios. Je ne peux pas lui avouer une chose pareille...

— Mais si. Il peut nous sauver ; il doit nous sauver. Tu le tiens, Lucas. Il faut, pour qu'il accepte de nous aider, qu'il sache que nous sommes au courant de ses manœuvres.

Sanchez hésita. Sa tête lui faisait mal. Depuis quarante-huit heures, il pensait trop. L'Andalou n'avait pas l'habitude de penser ; il manquait d'entraînement.

— Et s'il refuse de nous aider ?

— Il ne refusera pas.

— En es-tu sûre ?

— Certaine... Qu'adviendrait-il du curé de Saint-Laurent si tu t'en allais tout raconter à l'évêque ?

L'argument parut à Sanchez de taille. Un doute pourtant subsistait dans son esprit :

— Je n'ai pas de preuves, Remedios. Après ce qui vient d'arriver à mon fils, Monseigneur lui-même aurait le droit de mettre ma parole en doute.

Remedios sourit. Sa figure ridée esquissa une hideuse grimace.

— J'y ai pensé, Lucas. Je pense à tout.

— C'est vrai, admit-il.

Elle fit une pause :

— Qu'avons-nous offert à Carlitos [1] l'an dernier, pour son anniversaire ?

Le visage de l'Andalou s'illumina ; ses yeux obliques se bridèrent davantage encore. Il pouffa de rire :

— Je vois, femme, je vois... Tu voudrais ?

— Exactement. Tu feras croire à ce nigaud de curé que le magnétophone de Carlos conserve les preuves de sa culpabilité...

Ils se regardèrent avec émotion. Ils s'attendrissaient sur leur ruse comme sur un enfant nouveau-né. Leur calcul les comblait de joie.

— Dieu nous éclaire, murmura Sanchez.

— Dieu vient toujours au secours des opprimés.

Ils faisaient du Bon Dieu le complice de leurs machinations avec une entière bonne foi. Ils n'étaient point méchants, mais stupides. Ils vivaient installés dans le mensonge et ne s'en apercevaient plus.

1. Diminutif de Carlos.

— Dis-moi, Remedios : ne vais-je pas commettre un nouveau péché ?

— Lequel ?

— Une confession mensongère ! C'est peut-être un sacrilège, après tout. La confession est un sacrement, n'oublie pas cela.

— Il y va de l'honneur de ton fils, de ton avenir et de celui de Carlos. De plus, quel sacrilège commettrais-tu ? Tu ne dis rien que de vrai et ne mens que sur un point...

— Tu as raison, Remedios. Nous n'avons pas le choix des moyens. Le Bon Dieu saura nous pardonner.

L'Andalou partit d'un pas décidé. Sept heures et demie venaient de sonner. De noir vêtu, son missel à la main, il descendit le Coso, passa sous les arcades et traversa la place du Casino. Sur les bancs qui entourent la fontaine, des malades s'installaient déjà. Recroquevillés sur eux-mêmes, ils avaient des figures cendreuses et toussaient d'une petite toux sèche. Sanchez les regarda ; il en eut pitié et promit à la Vierge de faire, pour Noël, un don à l'hôpital militaire.

La petite ville se réveillait. Des femmes rasaient les tristes façades des immeubles. Elles se rendaient à l'église, une *mantilla* sur leurs cheveux coiffés en chignon, un rosaire entre les doigts. Leurs corps desséchés disparaissaient derrière d'épaisses étoffes noires. On eût dit une procession de fantômes.

Des chiens sans collier fouillaient dans les poubelles. Des gosses chaussés d'espadrilles, portant des manteaux trop amples, ramassaient des mégots. Des prêtres circulaient au milieu de cette détresse avec une froide assurance. Les marchandes de *churros* allumaient leurs poêles ; des *guardias civiles* regagnaient la caserne, enveloppés dans leurs capes.

Sur la plaine aragonaise, le ciel se teintait de rose, de vert, de bleu. Le désert exhalait une plainte grave : celle de son espérance déçue. Des paysans, rompus de fatigue, reprenaient leur labeur.

9

Antonia traversa le Coso en courant. Elle prit la rue Jésus. C'est une rue en pente qui mène à la cathédrale. Des immeubles dégringolent les uns sur les autres et s'épaulent pour ne pas tomber. Ces vieilles maisons aux fenêtres grillagées, aux vastes portails s'ouvrant sur des patios, semblent assoupies. Quelques boutiques crasseuses jalonnent cette rue. On y vend des cierges, des images pieuses et des statuettes du Sacré-Cœur en plâtre colorié.

Antonia s'arrêta, essoufflée, pour reprendre haleine. Elle courait ainsi depuis la gare. Dans sa poitrine débordante, son cœur battait précipitamment. La sueur ruisselait sur son front et collait ses cheveux gris aux tempes. Ses jambes lui faisaient mal. Elle demeura un instant immobile, puis reprit sa course.

La rue Jésus se rétrécissait. Les toits coiffés de tuiles brunes se touchaient presque. L'air, dans cette ruelle sombre, s'imprégnait d'odeurs fades : huile, cierges brûlés, choux bouillis. Ces écœurantes odeurs rappelaient celles des hôpitaux et des casernes.

Antonia s'arrêtait souvent. Elle s'épongeait le front avec un mouchoir sale qu'elle tenait dans la main droite. Elle atteignit enfin la place de la Cathédrale.

C'était une vaste place carrée, limitée à droite par le palais de justice, la cathédrale et le palais de l'évêché ; à gauche se dressait l'*Ayuntamiento*.

Antonia se dirigea vers l'*Ayuntamiento* et s'arrêta devant une boutique d'aspect modeste ; une porte étroite donnait accès au magasin. Sur cette porte, on pouvait lire : Objets pieux — Laines et lingeries. La grosse Antonia poussa la porte ; une sonnette retentit. Un chat qui dormait, caché derrière une pile de missels, se leva, bâilla, s'étira.

— Qui est là ?

— C'est moi, Antonia.

— Entre, entre.

Antonia passa derrière le comptoir et pénétra dans l'arrière-boutique. Une pièce sombre, encombrée de meubles. Au milieu, une table ronde recouverte d'un tissu vert ; sous la table, un brasero. A gauche, un buffet sans style, d'une repoussante laideur ; à droite, dans une sorte d'alcôve, un lit défait. Sur les murs, des images pieuses, des rameaux bénits, une statuette de Notre-Dame del Pilar, un portrait de Pie XII, un autre du général Franco. Il régnait dans cette pièce une obscurité presque complète.

La grosse Antonia prit une chaise et s'assit près de la table, les pieds posés sur les bords du brasero. Mariana Tasta demanda :

— Tu as déjà pris ton café ?

— Non. Je ne suis pas encore allée à la messe.

Mariana Tasta parut. Elle se tenait derrière les rideaux de l'alcôve. Elle finissait de s'habiller. Ses petits yeux avides luisaient :

— Est-ce donc si grave ?

— Très. Tu n'en reviendras pas, ma bonne amie.

Mariana Tasta s'approcha d'Antonia. Les deux commères échangèrent un baiser sonore.

— Moi aussi, j'ai quelque chose à t'apprendre.

Antonia dévisagea son amie avec méfiance. Serait-elle au courant ? Elle feignit pourtant l'indifférence.

— Vraiment ?

— Oui.

— Est-ce important, Mariana ?

— Je le pense.

Antonia réfléchit. Elle ne voulait pas livrer son secret la première.

— Je t'écoute, Mariana.

— Mais non, raconte d'abord.

Antonia secoua la tête :

— Non, non !... Je t'écoute. Mon histoire est trop longue et pas aussi importante que je le pensais.

Mariana Tasta hésita :

— Attends. Je vais refermer le magasin. Personne ne nous dérangera et nous pourrons bavarder tranquilles.

Elle revint quelques instants plus tard et prit la main molle et grasse d'Antonia entre les siennes :

— Antonia, ma chère Antonia, nous sommes de véritables amies, n'est-ce pas ?

— Bien sûr.

— Tu me promets de ne rien garder pour toi de ce que tu apprendras ; veux-tu que nous partagions réellement tous nos secrets ?

— Je te le promets, Mariana.

— Nous pourrions faire de grandes choses ensemble.

— Certes, Mariana. A nous deux, rien ne saurait nous échapper des saletés commises par les habitants de cette ville. Mais qu'as-tu donc à m'apprendre ?

Mariana Tasta fit une pause.

— Mosén Risueño veut se défaire de notre évêque. Il prépare un véritable soulèvement. Il veut envoyer un rapport à Rome, signé par tous les curés des villages...

La grosse Antonia devint cramoisie. Elle faillit étouffer. Mariana Tasta l'observait avec curiosité. Elle prenait sa revanche. Cette grosse commère avait cru la détrôner ! On ne lutte pas impunément contre Mariana Tasta. Elle est et restera la première médisante de Huesca.

— Qu'as-tu, ma chère Antonia ? Te sens-tu mal ? Veux-tu un verre d'eau ?

Antonia secoua la tête avec énergie. Enfin elle s'écria :

— Comment ? Tu apprends une chose pareille et tu restes ici tranquillement assise ? Tu n'es pas une véritable amie, Mariana. Tu n'as pas bien agi.

Mariana Tasta se récria :

— Mais je viens seulement de l'apprendre et m'apprêtais à partir pour t'annoncer la nouvelle ! Tu ne dois pas douter de mon amitié, Antonia. Nous sommes inséparables.

Les deux femmes ne tardèrent guère à se réconcilier. Elles se détestaient, mais ne savaient se passer l'une de l'autre.

Il y eut un silence. Enfin Mariana Tasta interrogea à son tour.

— Mais toi, Antonia, que venais-tu me raconter de si bonne heure ?

La grosse Antonia minauda :

— Je ne sais à présent si cela en vaut la peine.

— Mais si ! Raconte. Nous verrons bien.

— Il s'agit du fils de Lucas Sanchez...

— L'étudiant ?

— Lui-même.

— Qu'a-t-il fait, celui-là ?

Antonia dévisagea son amie. Un imperceptible sourire passa sur ses lèvres. Ses yeux marron s'éclaircirent.

— Il est en prison, à Saragosse.

Ce fut le tour de Mariana Tasta de suffoquer.

— Tu appelles ça « un rien », ma fille ?

Antonia eut le triomphe modeste ; elle baissa les yeux.

— Après ce que tu viens de me dire ?

— N'exagérons rien. Le curé de Saint-Laurent est un intrigant. Mais le fils de Lucas Sanchez ! Et pourquoi est-il en prison ?

Antonia jeta un regard inquiet à droite et à gauche, puis se pencha vers son amie. Leurs visages se touchaient presque. Celui de Mariana Tasta sentait la cire et l'eau bénite ; celui d'Antonia, gras et luisant, faisait songer à un masque de carnaval.

— Pour attentat aux mœurs, murmura Antonia.

Mariana se leva d'un bond. Elle ouvrit la bouche pour dire quelque chose, mais se ravisa. Enfin, elle reprit :

— Et tu prétendais que c'était sans importance ?

Il y eut un silence. Antonia ne lâcherait pas sa proie ; Mariana devrait s'incliner devant son savoir-faire.

— En es-tu sûre, Antonia ? Pour attentat aux mœurs ?

— Absolument sûre. Il a essayé de violer une institutrice dans le train. Il a voulu l'étrangler.

Mariana Tasta pâlit et se mordit les lèvres de dépit.

— Comment l'as-tu appris, Antonia ?

— Par hasard. Je me trouvais à la gare. Un ami de Paco Fuentès racontait l'affaire à Lucio, celui qui tient le bureau de tabac place Santa-Teresa.

Mariana Tasta ricana :

— Tu peux dire que tu en as de la chance, toi ! (Puis,

changeant brusquement de ton, elle demanda :) Et c'est, bien entendu, par hasard que tu te trouvais à la gare ?

Les seins d'Antonia eurent un tressaillement :

— Que cherches-tu à insinuer, Mariana ?

— Rien, ma chère. Tout le monde sait que tu n'es qu'une intrigante ; les gens te fuient.

— Une intrigante ? Moi ? Une intrigante ?

La voix de la grosse commère était secouée par une sincère émotion :

— Tu oses me traiter d'intrigante ?... D'ailleurs, tu peux parler, toi ! Sais-tu comment t'appellent les jeunes ?

La marchande d'objets pieux se dressa d'un bond. Sa voix devint perçante :

— Je ne tiens pas à écouter tes sales ragots...

Antonia tremblait. Sa peau flasque était secouée de convulsions :

— Mes sales ragots ? cria-t-elle. Tu mérites bien ton surnom, va ! Ce n'est pas pour rien qu'on t'appelle « Mariana-la-voyeuse ».

— Dehors ! hurla celle-ci. Ne remets jamais les pieds dans cette maison.

La grosse Antonia se dirigea avec une dignité tout étudiée vers le magasin.

— Ne t'inquiète pas. Je n'en ai nulle envie. Je ferai comme ton second mari qui est parti pour ne jamais revenir. Il avait bien raison, le malheureux !

— Vipère ! cria Mariana. Tu n'es qu'une sale vipère ! Une colporteuse de potins... une...

Antonia ne pouvait plus l'entendre. Elle descendait déjà la rue Jésus et se dirigeait vers la paroisse de Saint-Laurent pour entendre la messe.

10

« Mes frères !... Un jeune riche s'approche de Jésus et lui demande : “ Que dois-je faire pour entrer au paradis ? ” Le Seigneur le regarde à peine et répond : “ Tu connais les commandements de la Loi ; observe-les. — Je les observe depuis l'enfance, Maître... ” Alors, Jésus le regarde avec amour... Mes frères bien-aimés : songez-y ! Ce n'est *qu'alors* qu'Il pose sur ce jeune homme un regard d'amour... »

L'abbé Risueño fit un geste de découragement. Il se sentait maladroit. Depuis six mois, il préparait et répétait ses sermons devant la glace de sa chambre à coucher. Il étudiait ses gestes. Mais il ne faisait aucun progrès. Il connaissait pourtant par cœur *l'Art de bien parler en public*. De la théorie à la pratique, le pas était difficile.

Chaque matin, pendant une heure, il s'exerçait à réciter ses sermons ou à lire à haute voix ceux de Bossuet. (Monseigneur avait séjourné en France et professait une admiration sans bornes pour « l'Aigle de Meaux ».) Mais l'abbé Risueño n'avait rien d'un orateur. Il ne parvenait pas à maîtriser sa voix qu'il avait trop forte. Il avait beau faire : ces nuances, que l'abbé Rodrigo savait donner aux textes les plus plats, lui échappaient complètement.

Le curé de Saint-Laurent ne voulait pourtant pas reconnaître la supériorité du secrétaire de l'évêque. C'eût été contraire à sa nature. Bravement, une heure durant, il gueulait des textes et mimait des gestes grotesques devant sa glace. Parfois, il apercevait l'image que cette glace lui renvoyait : une figure chevaline, un corps de charretier, des mains épaisses et velues. Alors, il se décourageait. Mais, aussitôt, il surmontait ces instants de faiblesse et recommençait à gueuler de plus belle. Paloma, sa gouvernante, haussait les épaules et levait les yeux au ciel. Elle était vieille, bossue, et admirait profondément l'abbé Rodrigo. Elle allait chaque dimanche à la cathédrale pour entendre ses sermons. Alors, elle songeait au curé de Saint-Laurent et disait à voix basse : « Tu peux toujours courir, mon pauvre ! Tu n'es qu'une brute, comparé à cet homme. » Paloma était restée vieille fille. Elle aimait l'abbé Rodrigo comme les jeunes filles aiment les vedettes de cinéma : de savoir inaccessible l'objet de leur tendresse exalte leur passion au lieu de la tuer.

Paloma aimait l'abbé Rodrigo. Elle l'aimait à distance. N'ayant aucun espoir d'être payée de retour, elle voyait dans cette épreuve infligée à son amour comme un signe du destin. Les humains se consolent comme ils peuvent. Paloma ne voulait pas songer à sa laideur. Elle se disait que la soutane seule la séparait de son bien-aimé. Cette fatalité qui s'acharnait contre elle, Paloma l'acceptait. Les grands amoureux n'ont-ils pas toujours été persécutés par le Destin ? Paloma se contentait d'aider et de servir l'abbé Rodrigo comme elle le pouvait. Elle l'accablait de lettres anonymes ; le tenait au courant des agissements de l'abbé Risueño. Celui-ci ne se doutait guère d'avoir introduit l'ennemi dans sa propre maison. Il prenait la servilité de sa gouvernante pour de l'attachement. Il voyait du dévouement là où il n'y avait que de la haine. Les grands complots se trouvent ainsi déjoués par des êtres obscurs auxquels personne ne songerait à attribuer un rôle en quelque affaire que ce fût.

Il est vrai que Paloma savait feindre. Elle accablait son idole d'injures ; elle affirmait n'éprouver pour le tout-puissant secrétaire de l'évêque que mépris et indifférence. Le malheur voulait que le curé de Saint-Laurent la crût et ne s'en défiât pas.

Paloma comparait en pensée les mains fortes et velues de l'abbé Risueño à celles, blanches et fines, de l'abbé Rodrigo ; la voix douce et chaude de celui-ci à celle, haute et mal timbrée, de l'homme qu'elle servait. Toutes ces comparaisons ne tournaient pas, on s'en doute, en faveur du curé de Saint-Laurent. Paloma ne restait d'ailleurs auprès de cet homme fruste et mal élevé qu'afin de mieux accomplir sa mission : servir son idole et déjouer les cabales montées contre lui.

L'abbé Risueño continuait de vociférer son prêche et de gesticuler devant la glace. Paloma, dans la salle à manger, s'interrogeait. Elle avait, la veille, surpris une conversation de son maître avec l'abbé Pérez. Ces deux mauvais prêtres envisageaient de se défaire de leur évêque et d'éliminer l'abbé Rodrigo. Or, Paloma hésitait. Son premier mouvement avait été de prévenir l'objet de son culte. Mais la nuit porte conseil. La gouvernante se demandait maintenant s'il ne valait pas mieux attendre la suite des événements : laisser les deux hommes s'enferrer dans leurs plans ténébreux et ne les dénoncer qu'au moment choisi par elle. Elle souriait en imaginant leurs mines déconfites le jour où leur complot serait éventé.

Paloma se tenait assise près du fourneau. Elle était petite et de noir vêtue ; les cheveux blancs coiffés en un chignon. Ses yeux de myope avaient des lueurs inquiétantes. En souriant elle découvrait une bouche édentée : « Il me prend pour une idiote !... Mais il est à ma merci. Un jour prochain je l'écraserai, comme on écrase une vipère... Rira bien qui rira le dernier, mon bonhomme ! Tu veux devenir évêque de Huesca, hein ? Tu finiras tes jours dans une paroisse perdue dans la Sierra, au milieu de villageois pauvres et sans instruction. Tu pourras alors répéter tes sermons en toute tranquillité... » La vieille femme eut un ricanement sinistre.

Soudain, la sonnette de la porte d'entrée retentit. Paloma leva les yeux, hocha la tête, essuya ses mains potelées dans le tablier bleu qu'elle portait sur sa robe noire et se dirigea vers la porte.

— J'arrive, j'arrive ! murmurait-elle.

La vieille gouvernante entrebâilla la porte et promena sur Sanchez un regard chargé de suspicion. L'Andalou sourit avec obséquiosité. L'homme et la femme se détaillaient comme deux insectes d'espèces différentes : amis ou ennemis ?

— Bonjour, Paloma. J'aimerais parler avec Mosén Risueño, dit Lucas Sanchez d'une voix douceâtre.

Paloma parut hésiter.

— Impossible, répondit-elle. Il prépare son sermon et ne veut pas être dérangé. (Puis elle ajouta avec curiosité :) Pourquoi voulez-vous le rencontrer à cette heure ?

L'Andalou baissa les yeux et murmura :

— Je *dois* le voir, Paloma. Il s'agit... Je veux me confesser...

Le regard de Paloma devint perçant comme la lame d'une épée de Tolède :

— Vous confesser ? Mais Mosén Risueño passe trois heures par jour au confessionnal. De cinq à huit. Il ne reçoit aucun pénitent en dehors de ces heures-là...

— Il s'agit d'un cas urgent... Je vous serais tellement reconnaissant de le prévenir de ma visite...

La vieille femme grommela quelques phrases inintelligibles.

— Entrez, dit-elle enfin.

Elle ouvrit la porte. L'Andalou se confondit en excuses et en remerciements.

Paloma traversa lentement l'appartement et frappa à une porte. Le curé de Saint-Laurent vint en personne l'ouvrir.

— Qu'y a-t-il, Paloma ?

— C'est Lucas Sanchez, chuchota la gouvernante. Il veut que vous entendiez sa confession. Il s'agit, d'après lui, d'un cas urgent.

L'abbé Risueño partit d'un rire sonore.

— Fais entrer cette crapule, Paloma. Peut-être a-t-il assassiné sa femme ?

La vieille haussa les épaules, esquissa une grimace de dégoût et revint sur ses pas. « Quelle vulgarité ! songeait-elle. Il ne peut parler sans vous inonder la figure de ses sales crachats. Il manque de dignité, de délicatesse. C'est un rustre. Comment a-t-on pu ordonner prêtre ce paysan rongé d'ambition ?... » Elle posa sur l'Andalou ses yeux de myope :

— Il vous attend. La dernière porte au fond du couloir...

Lucas Sanchez adressa à Paloma son plus humble sourire. Elle le regarda partir. « Que vient-il faire à une heure aussi matinale ? Pourquoi se montre-t-il d'une obséquiosité pareille ? Sa démarche me paraît louche... » Elle hésita et parut prendre une décision subite. Elle quitta l'appartement de Mosén Risueño et gravit en silence les marches de l'escalier.

11

La chambre de Paloma était située juste au-dessus du bureau de l'abbé. Le papier de tenture, jauni par le temps, s'imprégnait d'humidité. L'eau dessinait sur les murs des taches aux formes étranges.

La pièce donnait sur une étroite cour plantée d'arbres. Des enfants y jouaient en poussant des cris stridents. Paloma les maudit intérieurement. Elle haïssait le rire des enfants. Elle haïssait tout ce qui rappelait le bonheur de vivre. Elle aimait le silence auguste des églises et celui, douloureux et pesant, des salles d'hôpitaux. La vieille femme ferma les volets et demeura dans la pénombre. Puis elle ferma la porte de sa chambre à clef et se coucha à même le sol.

Avec des gestes précis et délicats elle souleva une planche. Son regard plongea dans le bureau de l'abbé.

Celui-ci se tenait debout devant une bibliothèque aux étagères remplies de livres. Les uns aux reliures somptueuses ; d'autres brochés, écornés par l'usage.

— Pourquoi n'es-tu pas venu me trouver à l'église ?

— Je voulais me débarrasser d'un affreux péché, mon père... Je... Je n'ai pas dormi de la nuit...

Le curé de Saint-Laurent dévisagea son pénitent.

— Pourquoi mens-tu, Lucas ?

L'Andalou rougit. L'abbé Risueño sourit avec amertume. Son visage paraissait transformé.

— Je te connais depuis longtemps, Lucas. Tu ne peux pas me tromper. Tu es venu me trouver parce que tu as besoin de mes services. Soit. Mais je refuse d'écouter ta confession.

— Mais il le faut, mon père !

Le prêtre pouffa de rire :

— Il le faut !... Et pourquoi, Lucas ?

Il y eut un silence embarrassé. Le curé de Saint-Laurent fit le tour d'une table chargée de papiers et s'installa dans un fauteuil de cuir ; l'Andalou se tenait debout de l'autre côté de la table. Les deux hommes se dévisageaient avec un identique dégoût.

— Tu n'es guère psychologue, Lucas. Tu es venu me trouver parce que tu me crois un mauvais prêtre. Peut-être le suis-je en effet ? Mais jamais je n'accepterai de me prêter à un sacrilège...

L'Andalou feignit l'étonnement :

— Sacrilège ? Quel sacrilège, mon père ?

Mosén Risueño fixa Lucas Sanchez avec un intérêt passionné. Ces joues flasques et tombantes, ces yeux obliques dans lesquels brillait une lueur cupide, ces mains petites et potelées dégoûtaient le prêtre.

— Pour qui me prends-tu ? demanda ce dernier d'une voix sèche. Pour un imbécile ? Pour ton pareil ?... Je ne suis ni l'un ni l'autre. Mauvais prêtre peut-être ; mais pas un Judas.

Le curé de Saint-Laurent parut excédé. Il haussa les épaules.

— Finissons-en, Lucas. Je n'ai pas de temps à perdre. Encore une fois je refuse de t'entendre en confession. Dis ce que tu es venu dire.

L'Andalou réfléchissait. Il n'était guère habitué à ce ton direct. La franchise le décontenançait. Il avait l'impression que ce prêtre était en train de prendre le dessus. Il se demandait ce qu'il convenait de faire. Remedios n'était pas là pour le conseiller. Il prit un ton geignant :

— Il m'arrive un grand malheur, Mosén Risueño !... Je suis sur le point de perdre mon bonheur... J'ai besoin de votre aide...

— Pourquoi t'adresses-tu à moi ? Quelles raisons aurais-je de t'aider ?

L'Andalou baissa la tête.

— J'ai pensé qu'entre hommes... enfin... il m'a semblé... Peut-être ai-je aussi un service à vous rendre ?

Mosén Risueño sourit avec mépris :

— Quel service peux-tu me rendre ?

L'Andalou haussa les épaules, leva les yeux au ciel et soudain éclata en sanglots.

— J'ai commis un affreux péché, mon père... Je suis indigne...

Sanchez unissait à tous ses talents celui de pouvoir verser des larmes à volonté. Ces larmes étaient vraies. Elles ruisselaient sur ses joues grasses, glissaient sur sa peau molle, emplissaient ses yeux étroits. L'abbé Risueño fut ému par le spectacle de cette douleur. Sa voix se fit douce :

— Quel péché as-tu commis, Lucas ?

L'Andalou sourit intérieurement. La victoire qui lui échappait lui était maintenant acquise. Le curé de Saint-Laurent avait bien des défauts ; il avait encore des progrès à faire sur les voies de l'hypocrisie.

— Je vous ai fait espionner pendant le *paseo*. J'ai placé un magnétophone sous votre table et j'ai gardé l'enregistrement de la conversation que vous avez eue avec l'abbé Pérez... Mon intention était de tout révéler à Monseigneur afin que celui-ci vous éloignât de Huesca... Mais je suis à mon tour dans le malheur ; la souffrance habite mon cœur. Dans cette épreuve douloureuse je vois un châtiment du ciel... Jamais je n'aurais dû espionner un prêtre...

Les larmes de Sanchez redoublèrent :

— Croyez-moi, mon père... Je souffre et me repens... Pardonnez-moi... Mon Dieu ! Jamais plus je ne commettrai une action aussi vile, aussi basse !...

Les paroles de l'Andalou avaient produit sur le curé de Saint-Laurent un effet immédiat. Mosén Risueño était devenu livide ; puis rouge écarlate ; de nouveau sa figure pâlissait. Il comprenait enfin que le cabaretier s'était joué de lui. Mais il était trop tard. La peur s'emparait du prêtre. Il voyait ses plans découverts par cet homme, sa carrière détruite. Il fallait traiter avec Sanchez.

Un silence pénible s'installa entre les deux hommes. D'une voix altérée, l'abbé Risueño demanda :

— Que voulez-vous de moi ? Que dois-je faire ?

Lucas Sanchez renifla, se moucha bruyamment, puis murmura :

— Aidez-moi, Mosén Risueño. Aidez-moi et je vous promets une reconnaissance éternelle, efficace.

Il accentua cette dernière parole. Le prêtre eut du mal à cacher son dégoût.

— Que t'arrive-t-il ?

— Mon fils est victime d'une machination abominable. On cherche à travers lui à m'atteindre dans mon honneur ; on veut ma perte...

L'Andalou fit une pause, poussa un soupir et reprit :

— Je fais des affaires, Mosén. Dieu bénit mes entreprises et les rend prospères. Mais on m'envie. On cherche ma ruine... Alors, ils ont inventé cette calomnie grossière, stupide... Un garçon comme lui, Mosén !... Un saint !... Un savant !... Un sage !...

Sanchez jugea le moment opportun. Il redoubla de larmes. Mais, cette fois, ses sanglots ne produisirent pas l'effet escompté. Il les arrêta.

— Qu'a-t-on fait à ton fils ? De quoi l'accuse-t-on ?

— On vient de l'arrêter sous une inculpation mensongère. Il est en prison à Saragosse... Il faut le tirer de là, Mosén !...

L'abbé Risueño parut réfléchir. Il fixait ses mains velues avec une sorte de pitié.

— De quoi l'accuse-t-on, Sanchez ?

— « Viol et tentative d'assassinat... » Or, vous le connaissez, n'est-ce pas ?... Vous ne pouvez pas...

— Qu'importe ce que je crois, commença le prêtre d'une voix sévère. Ce n'est pas au prêtre que tu fais appel, mais à l'homme faible que je suis. Tu es venu me proposer un marché ; je pourrais le refuser... Je *devrais* le refuser...

L'Andalou pâlit. La sueur perlait sur son front. Le curé de Saint-Laurent garda le silence ; cette pause parut interminable à Lucas Sanchez.

— Je *devrais*... Malheureusement je ne m'en sens guère le courage. Trop tard pour changer ma vie.

Avec un sourire désabusé, Mosén Risueño ajouta :

— Je ne suis plus un séminariste ; je n'ai plus d'enthousiasme... Je suis, comme tu le penses, un mauvais prêtre. J'accepte ton marché. Seulement, je te préviens : il faut que tu me remettes la bande magnétophonique. Je ne t'aiderai pas avant que tu ne l'aies donnée... Entendu ?

Sanchez acquiesça. Mais l'angoisse nouait sa gorge. Comment rendre à Mosén Risueño ce qu'il ne possédait pas ?

— Oui ou non, Lucas ?

— Oui, Mosén. Comme vous voulez.

— Quand me l'apportes-tu ?

— Mais nous devrions partir sur-le-champ pour Saragosse, Mosén ! Mon fils doit être libéré ce matin sans quoi le bruit de sa détention ferait le tour de la ville...

Le curé de Saint-Laurent consulta sa montre.

— Il est à présent neuf heures et quart. Va chercher la bande ; je vais me procurer une voiture. Tu seras de retour dans une demi-heure ; nous partirons aussitôt. A midi Carlos sera à Huesca. Je t'en donne ma parole.

— Je ne sais comment vous remercier, Mosén... Vous êtes...

— Ne perds pas ton temps, Lucas. Sache-le : tu me dégoûtes.

12

Lucas Sanchez s'assit mollement sur une chaise dans la salle à manger. Sa figure était pâle. Remedios dévisagea son époux avec angoisse.

— Et alors ? demanda-t-elle.

— Alors, rien. Il ne veut pas nous aider.

L'Andalou hocha la tête et leva les yeux au ciel. Deux larmes coulèrent le long de ses joues. Remedios fit un geste d'impatience.

— Qu'a-t-il dit ?

— Il veut la bande magnétophonique. Sans bande, point de départ pour Saragosse.

— Ah ! le salaud !

Lucas Sanchez jeta un regard peureux autour de lui.

— Surveille ton langage, femme. On pourrait nous entendre.

— Nous entendre ? Et que m'importe ? Notre fils est perdu, tu comprends. Déshonoré. Marqué à vie... C'est tout ce que j'ai, moi, ce fils dont tu ne te soucies point...

Elle parlait d'une voix étouffée de sanglots. Il la regarda avec affolement.

— Que faire, femme ?

— Comment le saurais-je ? Tu es le père, ce me semble. A toi de prouver que tu es un homme...

— Il n'y a rien à faire, murmura l'Andalou avec découragement.

Remedios s'avança vers lui. Comme elle le haïssait en cet instant ! Il se tenait là, sagement assis, écrasé sous le poids de son incapacité. Carlos risquait le déshonneur ; la vie peut-être ?... Lui ne trouvait rien à dire. Il était résigné ; il envisageait déjà d'abandonner leur fils à son triste sort et ne songeait qu'aux conséquences que ce malheur pourrait avoir pour lui. Car il ne pensait qu'à lui.

— Je te préviens, Lucas...

Il leva ses yeux bridés ; son regard rencontra celui de sa femme. Mais Sanchez ne reconnaissait plus son épouse. Elle semblait avoir perdu la raison. Il eut un geste de lassitude :

— Calme-toi, Remedios, geignit-il.

— Me calmer ? Tu as bien dit : me calmer ?

Lucas cherchait une parole douce. Remedios ne lui laissa pas le temps de la trouver :

— Je te préviens, Lucas... Si Carlos ne couche pas ici cette nuit, c'est moi qui partirai. Et pour toujours.

L'Andalou poussa un soupir prolongé, puis fit mine de s'arracher les cheveux.

— Qu'y puis-je ? murmura-t-il. Qu'y puis-je ?

Remedios détaillait avec une froide objectivité cet homme qui était son mari. Elle le voyait tel qu'il était réellement ; elle se demandait comment elle avait pu épouser un tel homme. Comment savoir ? La guerre venait de s'achever par la victoire franquiste. Elle se retrouvait seule et désemparée. Elle aurait alors épousé n'importe qui ; Lucas Sanchez, par exemple.

Il arrivait à Madrid, venant de Malaga. Sans doute fuyait-il son pays d'origine. Il avait une belle somme d'argent, avec laquelle il projetait d'ouvrir un café. Il craignait pour sa vie. La guerre, certes, était finie ; mais elle se perpétuait par un triste cortège de haines et de vengeances. On fusillait vite à l'époque. La dénonciation d'un voisin suffisait. Qui pouvait se sentir à l'abri des mouchards ? Qui donc avait la conscience tranquille ? On jugeait un homme sur son attitude pendant les années de guerre. Mais bien des gens n'avaient pris parti que poussés par la peur et l'ignorance. Cette guerre civile — suivant une affirmation fort répandue — avait été une guerre géographique. Un tel était arrêté comme « rouge » parce qu'il habitait Madrid et que la capitale s'était rangée dans le camp loyaliste. A Madrid, tout le monde, plus ou moins, souhaitait la victoire des républicains. Il y avait les bombardements des franquistes, la faim, la propagande gouvernementale. Personne n'était libre de choisir. Les journaux et la radio aidaient les indécis à choisir leur camp. Mais bien des hommes et des femmes n'aspiraient qu'à vivre malgré tout. Ils criaient les slogans à la mode. Ils cherchaient à passer inaperçus. Ainsi Remedios. Elle levait le poing, disait « salut, camarade ! », injuriait « les fascistes », sans savoir ce que ces paroles signifiaient. La fin de la guerre la laissa désemparée. Elle n'avait tué personne. Sa conscience ne lui reprochait aucun méfait. Savait-on pourtant ce que l'avenir vous réserverait ? La haine poursuivait sa basse besogne. Les voisins d'un même immeuble se regardaient avec méfiance : qui dénoncerait qui ? De quoi serait-on accusé ?

Remedios essaya de nouer des amitiés parmi les officiers franquistes ; elle choisit un confesseur et fréquenta régulièrement l'église. Hypocrisie ? Non. Elle croyait fermement à l'existence de Dieu ; elle cherchait dans la demeure du Seigneur une protection efficace. La Sainte Vierge devait la protéger. Remedios voulait survivre à cette folie collective ; elle s'accrochait à la vie avec un désespoir farouche. Elle n'était d'ailleurs pas la seule à agir de la sorte. La moitié de l'Espagne tremblait avec elle. La plupart des Espagnols devenaient franquistes par peur ; puis par reconnaissance : le Général les avait épargnés.

L'Eglise exerçait une dictature imbécile et cruelle. C'était l'époque où les billets de confession tenaient lieu de carte d'identité. La foule se pressait dans les églises ; le clergé triomphait. Le pays se prosternait devant ses évêques, car ceux-ci disposaient de sa vie.

Lucas Sanchez... qu'avait-il à se reprocher ? Jamais Remedios ne le sut avec précision. D'où provenait l'argent qu'il possédait ? Mystère. L'Andalou agissait comme les autres. Il passait ses journées à l'église, s'inscrivait à l'Action catholique et aux conférences de Saint-Vincent-de-Paul. Avec l'appui du clergé, son passé demeura dans l'ombre. Sanchez ne demandait qu'à oublier ce passé. Il épousa Remedios et avec elle partit pour Huesca. Personne ne le connaissait dans cette petite ville de province. Son catholicisme fervent et l'argent qu'il possédait lui ouvrirent les portes des sacristies. Ainsi s'effacent certaines actions louches : par un malentendu.

Tout dans la vie de ce couple n'avait été que malentendu : leur amour et leur foi. L'équivoque de leur existence trouvait sa source dans cette équivoque générale qu'avait été la guerre civile.

Les années passèrent. La peur avait dicté à ces deux êtres un comportement ; l'habitude fit le reste. On s'habitue à tout dans la vie ; même à porter un masque. Comment d'ailleurs auraient-ils pu rejeter leur passé ? On ne recommence jamais rien ; on ne *refait* pas sa vie. Il est des choix, dans l'existence, qui laissent des empreintes que rien ne peut plus effacer. On ne saurait non plus condamner ce couple, si semblable à d'autres. Ils ne furent pas maîtres de leur destin. Les événements les surprirent, sur lesquels il leur fut impossible de porter un jugement.

Remedios souvent songe à leur passé. Elle ne peut s'empêcher de haïr son mari. Elle le sait pourtant innocent. Il agit comme les autres : comme tous ceux qui rêvent de se « faire une situation ». Chez cet homme gras et mou par lâcheté, elle retrouve ses propres défauts. De les revoir ainsi chez autrui comme déformés, la rend haineuse. Elle se méprise en son mari.

A présent la guerre civile est oubliée. La nouvelle génération n'y croit plus guère. Pour les moins de trente ans, cette lutte fratricide appartient déjà à l'Histoire. Ils n'ont connu ni la peur ni l'angoisse. Ils ne peuvent donc comprendre leurs aînés et les jugent avec insolence. Ils les accablent de sarcasmes. L'hypocrisie, les gestes privés de sens dégoûtent les jeunes. Ce jugement qu'on porte sur eux indispose les aînés, qui voudraient être compris. Ils méritent qu'on les comprenne. Ils ne furent ni meilleurs ni pires que beaucoup d'autres hommes. Ils essayèrent de survivre. La peur les rendit lâches. Mais quel homme pourrait se sentir à l'abri de la peur ?

Remedios voit tout cela confusément. Magda la méprise ; Carlos est en prison. Mais de quel droit ses enfants la jugent-ils avec tant d'assurance ? Elle les a élevés, soignés, aimés : mérite-t-elle d'être ainsi payée de retour ? Bien sûr, l'atmosphère de ce foyer devient irrespirable. Remedios s'en aperçoit. Elle voudrait, elle aussi, ouvrir les fenêtres et laisser pénétrer l'air du dehors dans ces pièces aux odeurs fades. Comment faire pourtant ? Tout le monde vit de la sorte. On ne peut respirer le grand air sans s'attirer les plus basses calomnies. La ville entière respire cet air marécageux. Il faut s'y résigner.

Lucas Sanchez ne songe guère à s'interroger sur les raisons de son malheur. Il se lamente tout simplement. Il ne *veut* pas qu'on dérange son bien-être. Quel péché a-t-il commis pour mériter une punition pareille ? Il a beau faire son examen de conscience : il se découvre pur de toute faute. Alors ? Dieu voudrait-il l'éprouver ? Mais Lucas Sanchez ne prétend aucunement à devenir un saint. Il ne s'en sent pas le courage. Une vie paisible, une mort édifiante — voilà son plus cher désir.

— De toute manière, il *faut* agir. Si Carlos reste en prison, je n'ai plus qu'à fermer boutique. Les clients iront ailleurs. Monseigneur cessera de me protéger...

Il parlait d'une voix basse. Remedios hocha la tête. Les paroles de son mari la rappelèrent à la vie réelle. Il fallait agir, en effet.

— Mais qu'a-t-il dit, Lucas ?

— Rien. Il m'attend chez lui, dans une demi-heure. Si je lui remets la bande, nous partons sur-le-champ pour Saragosse.

Le cœur de Remedios cessa de battre, l'espace d'un instant.

— Tu as bien dit sur-le-champ, Lucas ?

— Oui. Mais pourquoi cette question ?

Lucas regarda sa femme. Elle arborait un sourire triomphant. Il se dit qu'il ne parviendrait jamais à la comprendre.

— Tu ne saisis toujours pas, Lucas ?

— Non.

— Si vous partez tout de suite, Mosén Risueño n'aura pas le temps d'écouter la bande enregistrée ?

Un sourire rusé éclaira le visage de l'Andalou.

— Tu crois qu'on pourrait... ?

— Pour sûr ! Quand il découvrira la supercherie il sera

déjà trop tard. De plus, nous le tiendrons encore à notre merci.

La figure de Lucas Sanchez se rembrunit.

— Il serait capable de nous tuer, femme. L'as-tu vu en colère ? Cet homme a un caractère violent.

— Je me chargerai de le voir. Nous verrons bien s'il ose me toucher. Maintenant, dépêchons-nous. Il doit attendre.

Remedios alla dans la chambre de son fils et en rapporta une boîte métallique, plate et ronde.

— Qu'est-ce ? demanda Lucas.

Sa femme pouffa de rire :

— Un cours d'algèbre... Enfin, quelque chose dans le genre.

Lucas s'approcha de Remedios. Les époux s'embrassèrent avec effusion. Ils se regardèrent avec attendrissement.

— Quelle chance j'ai eue de te rencontrer, Remedios ! Tu es une femme merveilleuse. Sans toi, je ne saurais rien entreprendre d'utile

Elle haussa les épaules :

— Va, Lucas. Nous vaincrons. Nous sommes plus malins que les autres.

Ils rirent de bon cœur.

Deuxième partie

« ... encore un de ces êtres comme je les aime, extraordinaire, un peu fou, en dehors de tout le cadre social, de toute la médiocrité de la vie courante. Ils ne sont pas si fréquents, ces êtres. Quand on en rencontre un, il ne faut pas se lasser de songer à lui et de l'aimer. Cela nous sort, nous lave de notre au jour le jour... »

Paul Léautaud, *Journal littéraire.*

1

Un dicton castillan affirme que l'homme de raison et le malade mental ne sont séparés que par une étroite barrière. Ce proverbe paraît excessif; le proverbe est l'exception érigée en règle. Mais ce dicton contient une part de vérité. Il s'applique notamment au fils de Lucas Sanchez.

Carlos Sanchez était né en 1939. La guerre civile venait de prendre fin. Ses parents fréquentaient l'église avec assiduité. L'enfant fut élevé dans ce milieu trop pieux ; les délices éternelles et l'horreur de l'enfer frappèrent son imagination. Il devint pieux avant l'âge de raison. La Sainte Vierge, les saints apôtres et leurs miracles lui tinrent lieu de contes. Il grandit dans le merveilleux et l'exceptionnel. Cette éducation, qui n'empêchait point ses parents de songer à s'enrichir, le poussa, lui, sur les voies de la contemplation. Les adolescents ne décèlent pas l'hypocrisie ; les mensonges des grandes personnes leur sont étrangers. Ils acceptent le rêve et lui accordent une réalité aussi substantielle que celle qui les entoure. Pour Carlos, la Sainte Vierge était aussi réelle que sa mère ; il s'adressait à elle familièrement. Il lui semblait même entendre ses réponses grâce à cette « voix de la conscience » qu'il écoutait avec ferveur. Ses parents se montraient ravis de sa piété ; ils l'encourageaient dans les voies de la vertu. Mais l'exercice de la vertu comporte des dangers.

Carlos fit ses études secondaires chez les frères maristes. Ces hommes vertueux encouragèrent encore sa piété qui devint bientôt ferveur. Ses professeurs lui parlèrent des miracles accomplis par les saints, enflammant ainsi son imagination. L'adolescent rêva de devenir un saint. Âgé de douze ans, avec l'approbation de son confesseur, il fit à la Sainte Vierge vœu de chasteté. Mais pour un an seulement. Une année plus tard, il renouvela ce vœu. Son confesseur, un vieux prêtre plein d'expérience, lui interdit de prononcer ce vœu à vie, comme Carlos se proposait de le faire. Le vieux prêtre avait vu juste.

Carlos grandissait. Il était devenu un garçonnet fort et solide. Des camarades plus âgés lui firent des confidences ; ils l'initièrent à leurs jeux intimes. Le fils de Lucas Sanchez commit à l'âge de quatorze ans son premier péché mortel. Puis il perdit la foi, commença de fumer en cachette ses premières cigarettes, il jura, blasphéma, provoqua le ciel. Il se croyait damné et ne doutait pas que la terre, un jour, s'ouvrirait sous ses pas. Il lançait à la miséricorde divine un défi puéril. Mais seul le silence répondait à ses appels désespérés. Il avait beau blasphémer : aucune voix ne répondait à la sienne. Il découvrit alors sa solitude et sa liberté d'homme. Il comprit qu'il devrait faire son salut dans le silence de la pitié divine. Son confesseur lui parla de l'infinie patience de Dieu.

— Tu auras beau faire, mon petit. Si grands tes péchés soient-ils, plus grande encore sera la miséricorde de Dieu. Jésus-Christ est mort pour toi, tu comprends. Il a versé pour toi Son sang précieux. Il a pris sur Ses épaules l'écrasant fardeau de l'ingratitude humaine... Jamais tu ne parviendras à effacer ce sang qui a coulé pour notre rédemption.

L'abbé Palos était âgé d'une cinquantaine d'années environ. Il avait des yeux bleus d'une candeur enfantine. Son regard chargé d'innocence semblait vous percer jusqu'à l'âme.

— Tu as péché par orgueil. Car l'orgueil est de croire que nos péchés puissent épuiser la miséricorde de Dieu.

Le confesseur de Carlos souriait. Depuis vingt ans, il voyait de jeunes âmes se débattre ainsi contre le Malin. Une infinie pitié envahissait le prêtre. Il leva ses mains longues et transparentes :

— Il ne faut jamais désespérer de Dieu, mon petit. C'est le seul péché qui ne nous sera pas pardonné...

Puis avec douceur il ajouta :

— Sois modeste, Carlitos. Tu dois t'en remettre à la providence divine. Elle veillera sur toi...

Et, sur le ton d'une confidence faite à voix basse :

— Écoute-moi bien... Je crois qu'il ne faut pas avoir peur du péché. Le Malin se réjouit de notre peur ; une âme qui tremble est une proie facile pour lui. Nous devons avancer d'un pas tranquille et assuré. Ne regardons pas en arrière. Dieu marche à nos côtés. Songeons le moins possible à l'enfer...

L'abbé Palos sourit avec malice. Son sourire creusait ses joues.

— Je me demande si l'enfer n'est pas une blague du Bon Dieu... Enfin, je veux dire : une demi-blague. Sans doute l'enfer existe-t-il. Mais il n'est pas pour nous. Dieu veut notre salut. Comment échapper à la volonté de Dieu ?

Carlos traversa une nouvelle crise de mysticisme. Il se repentit de son manque de confiance et pleura des larmes amères. Il fréquenta de nouveau l'église. Ses parents parurent soulagés ; ils avaient craint que leur fils ne perdît définitivement la foi.

Le jeune homme obtint son baccalauréat. Il dut alors songer à embrasser une carrière. Il hésita entre le droit et l'École des mines. Il opta pour cette dernière. Carlos possédait en effet une intelligence ouverte aux sciences comme aux lettres. Ses professeurs avaient toujours admiré cette ouverture d'esprit. Ils affirmaient que le jeune homme pourrait entreprendre n'importe quoi : il réussirait aisément.

Remedios et Lucas dévisageaient leur fils avec émerveillement ; ils l'entouraient de soins. Aucun sacrifice ne leur semblait trop grand. L'Andalou envoya Carlos à Madrid. La fierté qu'il ressentait devant les succès universitaires de son fils lui faisait oublier la peine qu'il éprouvait à bourse délier. Il arrive ainsi que des avares se ruinent par amour.

A Madrid, Carlos se vit contraint de réviser son jugement sur le monde. Ses parents, dans l'éloignement, lui apparurent tels qu'ils étaient réellement : mesquins et hypocrites. Les lettres du jeune homme à sa mère s'espacèrent et se firent de plus en plus froides. Sa mère s'en plaignit ; elle craignait qu'une femme ne fût à l'origine de cette fêlure. Carlos se sentit seul et incompris. C'est alors qu'il se tourna vers Magda. Il avait toujours aimé sa sœur. Six années les séparaient. Mais, à quatorze ans, une fillette insensiblement devient femme. Magda pouvait comprendre ce grand frère qu'elle admirait. Elle partagea son dégoût ; elle le réconforta dans son isolement. Carlos l'entretenait de ses projets et de ses rêves. Elle lui prodiguait des conseils et des encouragements. Ils se trouvaient d'accord pour accabler leurs parents, voulaient bâtir leurs jeunes vies dans la vérité. Ils envisageaient l'avenir avec optimisme.

En 1958, Carlos eut la révélation des Saintes Écritures. Il s'acheta une Bible et la lut pour la première fois. Il fut d'abord aveuglé par tant de lumière.

Le jeune homme ne perdit pas la raison en un jour ; mais il sombra lentement dans la folie. Vainement essaya-t-il d'opposer une résistance farouche aux ténèbres qui envahissaient son esprit. Il perdait l'appétit et maigrissait à vue d'œil. Les nuits devinrent pour lui un supplice raffiné. Il avalait des somnifères ; mais ses idées s'entrechoquaient dans sa tête et y produisaient un tumulte indescriptible. On eût dit qu'une légion de mineurs creusaient une galerie dans son cerveau. Ces bruits lui arrachaient des larmes de dépit. Il se tournait et se retournait dans son lit. Il voulait dormir. *Il lui fallait* dormir. La nuit se peuplait de craquements et de grincements sinistres ; des voix déchiraient le silence. Carlos fermait les yeux et se bouchait les oreilles. Son cerveau ressemblait à une boîte de résonance : l'écho entretenait le bruit et l'empêchait de s'éteindre.

Carlos commença de redouter la nuit. Il la fuyait. Il marchait dans les rues de la capitale, les arpentait au hasard. Jamais il ne s'arrêtait. Ses pieds étaient douloureux ; ses aisselles, trempées de sueur ; son front, moite ; ses cheveux, humides et collants. Ses voix poursuivaient le jeune homme, s'interpellaient dans son cerveau alourdi. Impossible de ne pas les entendre. Elles couvraient les bruits mêmes de la circulation. Carlos accélérait l'allure. Sa bouche était sèche ; ses lèvres, gercées ; ses jambes gourdes et molles. L'effort physique et la tension psychique le laissaient épuisé. « Deviendrais-je fou ? » se demandait-il avec angoisse. Il ne le voulait ; il lutterait jusqu'au bout...

L'aube naissait. Carlos pleurait de soulagement. Il aimait la lumière et accueillait la naissance du jour avec un tremblement de tout son être. Il eût aimé, comme les sujets des Pharaons, se prosterner devant le soleil et l'adorer. Le soleil chassait les ténèbres et la peur animale. Sa venue était pour Carlos le signe de sa résurrection. Le jeune homme rentrait chez lui, se laissait choir tout habillé sur son lit et s'endormait, à bout de forces.

Des journées confiantes succédaient à ces crises. Carlos se sentait renaître. Il retournait à l'école, y retrouvait ses amis, riait aux plaisanteries de ses camarades et se laissait aller à espérer que le mal était conjuré. Il retrouvait l'appétit et le sommeil. Tout semblait rentrer dans l'ordre.

Mais les trêves étaient de courte durée. Le mal reprenait le dessus. Les cauchemars et les angoisses nocturnes faisaient à nouveau leur apparition. Carlos se surprenait à parler seul. Il s'adressait à des êtres imaginaires et frappait les murs de sa chambre de ses deux poings fermés en s'écriant :

— Laissez-moi tranquille ! Laissez-moi tranquille ! J'ai besoin de lumière !...

2

Sa voisine de palier était une vieille femme, âgée d'une soixantaine d'années. Elle habitait seule dans un appartement trop vaste. Un chien lui tenait compagnie. Elle s'appelait doña Paz. Son mari était décédé d'une angine de poitrine ; ses deux fils avaient été tués pendant la guerre. Elle n'avait ni parents ni amis. Elle redoutait que des mauvais garçons vinssent forcer sa porte pour la voler et l'assassiner. Elle verrouillait soigneusement cette porte et fermait ses volets. Elle ne sortait qu'une fois par jour, le matin, pour se rendre à l'église. Une vieille domestique venait faire son ménage et sa cuisine.

Doña Paz s'inquiéta de l'arrivée d'un nouveau locataire. Elle chercha à se renseigner sur son compte. Le curé de sa paroisse lui fournit ces renseignements : c'était un étudiant ; un garçon sérieux et pieux. La vieille dame parut soulagée. Elle se dit qu'elle préférait, après tout, ne pas demeurer seule sur son palier. Cet étudiant venu de Huesca pourrait accourir au cas où elle se sentirait menacée ou, plus simplement, malade. Elle essaya donc de faire sa connaissance et lui adressa la parole à plusieurs reprises.

C'était un dimanche. Carlos venait de fermer à clef la porte de son appartement ; celle d'en face s'ouvrit. Doña Paz portait un manteau d'astrakan et était coiffée d'un chapeau noir orné de fleurettes blanches. La vieille dame inclina la tête et sourit à l'étudiant. Celui-ci lui rendit son salut.

— Excusez-moi, monsieur, de vous adresser la parole... mais vous êtes bien étudiant, n'est-ce pas ?

Elle parlait d'une voix timide. Elle avait une peau

blanche et ridée ; ses yeux marron paraissaient tendres.

— Oui, madame.

— Je suis votre voisine. L'abbé Sangria a daigné me parler de vous en des termes fort élogieux. Je m'étais permis de me renseigner un peu sur votre compte...

Carlos rougit. Doña Paz sourit.

— Je vis seule et ne suis plus jeune. Vous comprendrez certainement mon inquiétude. Nous autres, vieillards, sommes à la merci de gens sans scrupule. De plus, il me faut vous avouer qu'il m'arrive de me sentir bien seule dans cet appartement devenu trop vaste. Heureusement que j'ai Mickey...

Comme le jeune homme marquait quelque surprise, elle ajouta en baissant les yeux :

— C'est mon chien. Il me tient compagnie. (Puis, avec inquiétude :) Cette bête vous dérange-t-elle ? Aimez-vous les animaux ?

Carlos tint à la rassurer. Il sourit. Son sourire illumina sa figure pâle et mince :

— J'aime beaucoup les bêtes, madame. Votre chien ne me dérange pas. Je vous en donne ma parole.

Il garda le silence et demanda à son tour :

— De quelle race est-il ?

Doña Paz parut ravie qu'on voulût bien s'intéresser à Mickey. Elle adressa à l'étudiant un sourire plein de reconnaissance.

— C'est un cocker, un « golden cocker ». Il était fort beau, dans sa jeunesse. J'aurais pu le présenter à des expositions canines. Il eût certainement remporté un premier prix. Mais, à présent, il est vieux et commence de perdre ses dents ; sa vue baisse...

La vieille dame poussa un soupir, puis ajouta :

— Il m'est arrivé de songer à prendre un chien plus jeune qui saurait me protéger davantage. J'hésite pourtant. Mickey n'a pas l'habitude des autres chiens. Peut-être serait-il malheureux ? Je crains, en prenant un nouveau chien, d'abréger ses jours. Or, j'y suis habituée et l'aime tendrement.

Carlos approuva ce raisonnement.

— Vous avez raison, madame. Mickey serait sûrement

jaloux d'un autre chien. Il faut lui épargner ce chagrin.

Doña Paz était ravie de découvrir chez son interlocuteur une semblable délicatesse d'âme. Elle lui demanda s'il était pressé de sortir ; l'étudiant répondit qu'il n'était attendu nulle part.

— C'est comme moi, conclut la vieille dame.

Ils rirent de cette réflexion.

Elle l'invita alors à entrer chez elle afin de connaître Mickey. Il accepta son invitation de bonne grâce. Elle se dit que ce jeune homme était charmant et fort bien élevé. Elle l'introduisit dans un salon encombré de meubles et de portraits de famille. Des housses blanches recouvraient les sièges. Les volets clos laissaient filtrer une timide lumière. On eût dit une sacristie monacale.

Mickey fit mille grâces au jeune étudiant. Celui-ci trouva le chien beau et vif. Ces compliments touchèrent le cœur de doña Paz. « Décidément, songeait-elle, ce jeune homme est bien le plus modeste et le plus charmant de ses camarades. L'abbé Sangria avait raison de m'en dire le plus grand bien. Il mérite toute l'affection et l'intérêt qu'on lui porte. De plus, fort bien élevé. Il me plaît, ce garçon. »

Doña Paz s'ennuyait. Ses journées se ressemblaient toutes. Elles étaient longues. La vieille dame, par sympathie et par loisir, s'intéressa à son voisin. Elle épia ses allées et venues, apprit à reconnaître ses amis. Elle guettait, à huit heures du matin, son départ ; à six heures de l'après-midi, son retour. Elle écoutait le bruit de ses pas dans la chambre contiguë à son propre salon. Une cloison séparait les deux pièces.

L'après-midi, elle l'attendait en relisant les œuvres d'Alexandre Dumas. Elle lisait l'un après l'autre tous les romans de cet auteur, puis les recommençait. Ainsi une année après l'autre.

Un jour, doña Paz quitta son appartement pour se rendre chez le pharmacien. Elle se trouva nez à nez avec Carlos et lui souhaita le bonjour. L'étudiant sembla ne pas avoir entendu. Il bouscula même la vieille dame.

— Excusez-moi...

Elle souriait déjà ; son sourire se flétrit sur ses lèvres. Carlos la regardait, les yeux hagards, et semblait ne pas la reconnaître. La sueur perlait sur le front du jeune homme. Il marchait comme un automate. Doña Paz fut prise de panique et regagna son appartement. Elle alla se mettre à la fenêtre pour voir sortir l'étudiant. Elle l'aperçut qui traversait la chaussée sans prêter attention aux automobiles. Des freins grincèrent ; deux coups de klaxon retentirent. Carlos ne s'aperçut de rien. Il marchait en gesticulant.

Doña Paz s'assit dans un fauteuil et caressa la tête de son chien. Elle se demandait ce qui avait bien pu bouleverser ainsi son jeune voisin. Elle réfléchit longuement et décida d'attendre son retour pour l'interroger.

Il rentra à dix heures du soir. La vieille dame reconnut le bruit de son pas et ouvrit la porte de l'appartement. Carlos s'arrêta, comme essoufflé, sur le palier. Doña Paz fut frappée par la pâleur de son visage.

— Vous ne vous sentez pas bien ?... Je vous ai croisé tout à l'heure dans l'escalier, et...

Carlos fixa la vieille dame. Celle-ci recula.

— Je n'ai rien...., balbutia-t-il. Rien.

— Vous êtes peut-être souffrant ? Vos yeux semblent fiévreux. Puis-je... ?

— Je ne suis pas malade.

Elle fut étonnée par le ton de sa voix. Il parlait durement, avec brusquerie. Elle voulut insister.

— Laissez-moi, voulez-vous ? Je n'ai pas besoin de votre aide. Pourquoi cherchez-vous à me faire du mal ? Pourquoi me persécutez-vous ainsi ?

Doña Paz écarquilla ses yeux et demeura perplexe. Elle finit par se dire que le jeune homme était en proie à un accès de fièvre.

— Couchez-vous, dit-elle d'une voix douce. Vous êtes sûrement fiévreux. Cela passera. Je vais préparer un lait chaud. Cela vous fera du bien.

L'étudiant soudain s'emporta ; il se mit à crier. Ses yeux étaient injectés de sang. La vieille dame était comme clouée sur place.

— Laissez-moi ! hurlait Carlos. Je ne suis pas malade !... Je ne veux pas me coucher ! Je ne veux pas qu'on m'enferme dans une cellule noire !

Doña Paz battit prudemment en retraite. Elle murmura quelques paroles apaisantes, atteignit la porte de son appartement et s'y précipita. L'étudiant continuait de jeter des cris. La concierge accourait ; des voisins se penchaient aux différents étages. Carlos rentra chez lui. Les autres locataires discutèrent encore un moment, s'interrogeant sur ce qu'il convenait de faire. La concierge était d'avis qu'on appelât la police.

La vieille dame, debout derrière sa porte, écoutait ces propos. Mickey gémissait faiblement. Doña Paz éprouvait une grande sympathie pour l'étudiant. Elle ne pouvait croire qu'il eût perdu la raison. Elle cherchait un moyen de l'aider, mais ne le trouvait pas. Elle se décida enfin à téléphoner à l'abbé Sangria.

3

C'était un prêtre, rond de partout, aux cheveux blancs, aux yeux d'un noir luisant, qui pouvait avoir entre soixante et soixante-dix ans. Mais son allure et sa démarche demeuraient celles d'un jeune homme. Il était curé de la paroisse de l'Immaculée-Conception, sise dans la rue Goya, la plus riche des paroisses madrilènes. Ses soutanes neuves, ses capes doublées de satin, ses chaussures importées d'Italie témoignaient de cette position privilégiée qu'il occupait dans le clergé de la capitale. Il s'était fait, à peu de frais, une réputation d'homme d'esprit et de libéral. Son esprit et son libéralisme n'avaient d'égale que son ignorance qui était incommensurable. Il ne lisait rien, hormis son bréviaire. Encore eût-il été bien en peine de traduire en espagnol ces phrases latines qu'il récitait par cœur.

A défaut de lumières, l'abbé Sangria avait du savoir-faire. Il savait s'attirer les confidences des dames influentes qui habitaient le quartier de Salamanca. Il rendait la religion plus douce et moins austère à ces paroissiennes de choix. Elles pouvaient tout à la fois s'encanailler et se sanctifier. L'abbé Sangria fermait les yeux sur leurs péchés et feignait de les croire vertueuses. Comme ces dames manquaient du courage de se damner volontairement, elles savaient gré à leur curé de les hisser jusqu'au paradis sans exiger qu'elles changeassent leur façon de vivre.

L'abbé Sangria devint le prêtre à la mode. On l'invita dans les salons aristocratiques. Il eut le bon goût de paraître ébloui. Des dames de la haute société lui témoignèrent de la bienveillance. Leur vie n'avait de sens que dans l'éblouissement de leur entourage ; elles jouaient un rôle et voulaient qu'on les applaudît. Le ravissement marqué par l'abbé Sangria fit sa fortune. Désormais on l'invita partout. Le curé de l'Immaculée-Conception devint un personnage redouté et redoutable. A l'archevêché on lui prodiguait les marques de sympathie et d'intérêt.

Parmi les protectrices de l'abbé Sangria, la comtesse de Rosatonta était l'une des plus influentes.

Cette femme grande, svelte, dont les cheveux soyeux encadraient un visage ovale, au teint délicat, réunissait dans son hôtel de la rue Velasquez les plus grands noms de la société madrilène ainsi que les artistes à la mode. Elle aimait en effet à passer pour une femme intelligente. Elle y réussissait sans peine en n'ouvrant la bouche que pour dire des choses fort banales. On la soupçonnait de se taire par esprit d'observation ; on n'osait croire que ce fût par ignorance. Elle savait entretenir cette équivoque. Comme on lui demandait son avis sur un livre ou sur un peintre, elle répondait avec son accent d'outre-Atlantique et son plus mystérieux sourire :

— Jé n'ai pas d'évis bien défini... Il faut atteindre. (Elle voulait dire attendre.) L'art est un mouvement...

Son interlocuteur découvrait un sens caché à ce qui n'était que phrase creuse.

La comtesse de Rosatonta était américaine. Elle prenait son titre de comtesse fort au sérieux. Son papier à lettres, ses menus, étaient marqués aux armes de la maison des Rosatonta. La comtesse pouvait d'ailleurs s'enorgueillir d'appartenir, par son mariage, à l'une des plus anciennes familles d'Espagne. Le premier Rosatonta faisait son apparition avec l'instauration par Louis XIV des Bourbons en Espagne[1]. Ce Rosatonta, le premier de la lignée, ne participa à nulle bataille sanglante. (Les chroniqueurs de l'époque le dépeignent comme un homme délicat, ennemi de la violence.) Il était en revanche un remarquable diseur de vers. Il introduisit à la cour la délicatesse et le

1. Il existe bien sûr une plus ancienne noblesse. Mais la comtesse le nie.

raffinement des mœurs françaises. Il fut le confident de bien des amours naissantes ; c'est à lui que les dames de la noblesse recouraient pour versifier les billets galants qu'elles envoyaient à leurs chevaliers servants. Eugenio Rosatonta fut, on le voit, le premier écrivain à succès. Car ses services n'étaient point gratuits.

Depuis, la lignée des Rosatonta s'est enrichie de maints hommes illustres. Des cardinaux, des généraux, des écrivains perpétuent, à travers trois siècles, le génie de la famille, dont la devise orne le frontispice de l'hôtel habité par les actuels héritiers du titre : « Arrière - ne connaissons pas. » La formule peut paraître obscure. Elle ne l'est point pour la comtesse qui l'interprète ainsi : « Toujours les premiers. »

La comtesse de Rosatonta, née Mary Wills, s'était fait, dans son pays d'origine, une certaine idée des qualités qu'un noble doit posséder. En épousant le comte, elle décida donc de demeurer fidèle à cette idée. Elle ne parla plus que du bout des lèvres et s'intéressa à la philosophie hindoue. Elle fréquenta des peintres et des écrivains. A vrai dire, elle eut d'abord du mal à assimiler une culture qui lui était étrangère. Mais Mary Wills descendait d'une famille irlandaise. Elle avait les qualités de sa race : courage et force de volonté. Aucun obstacle ne lui parut infranchissable. Elle commença par lire *Don Quichotte*. Elle trouva ce livre drôle, mais enfantin. Calderón de la Barca et Lope de Vega ne l'intéressèrent pas davantage : le premier, trop obscur ; le second, trop frivole. Elle étudia alors la philosophie et les écrits théologiques de saint Thomas d'Aquin, se passionna pour ces jeux intellectuels et s'entoura d'abbés et de religieux. Elle passait ses journées à discuter théologie avec eux. La nuit, elle cherchait encore des arguments. Mais, bientôt, elle se lassa de cette compagnie trop austère et plutôt ennuyeuse. Une comtesse espagnole se devait de pratiquer des sports. Mary Wills s'en allait le matin, en amazone, parcourir à cheval les allées de la Casa del Campo ; l'après-midi, elle jouait au golf. Le soir, elle présidait un dîner d'artistes. Ces activités multiples soulevèrent l'admiration de la bonne société de Madrid ; on se mit à dire de la comtesse qu'elle connaissait tout et savait tout faire, simplement parce qu'elle touchait à tout. Ainsi s'établissent les réputations.

Le comte ne se souciait guère de son épouse. Il s'intéressait à ses terres et à la restauration du château hérité de son père. Il avait fort à faire à diriger les maçons et les peintres qui travaillaient dans l'auguste demeure. Il parcourait le chantier, donnait des ordres à l'architecte. Car son rêve se réalisait sous ses yeux : la dot de Mary Wills lui permettait de remettre en état la demeure de ses ancêtres.

Placido Rosatonta venait d'atteindre la quarantaine tout en demeurant fort bel homme. De taille moyenne, les cheveux noirs et ondulés, le teint basané et le profil accusé, ses succès féminins ne se comptaient plus. Le comte ne se montrait d'ailleurs guère exigeant sur ce chapitre. Une servante, une paysanne ou une ouvrière faisaient aussi bien son affaire qu'une marquise. « Les histoires de c... se ressemblent toutes », aimait-il à répéter.

Il avait, on le voit, son franc-parler. Ceux qui le connaissaient bien affirmaient qu'il ne parlait ainsi que pour étonner son auditoire. Il y réussissait sans peine. Car sa conversation était émaillée de jurons et de propos orduriers. La comtesse feignait de ne rien entendre. Elle continuait de sourire et de parler du bout des lèvres, comme si de rien n'était. Cette attitude amusait Rosatonta. On aurait pu se demander s'il ne lançait pas ces mots dans le dessein de choquer sa femme qu'il méprisait. Comment Placido Rosatonta eût-il pardonné à son épouse d'être américaine et de l'avoir sauvé de la faillite ?

Il ne manquait donc pas une occasion de la ridiculiser. La voyant s'entourer d'artistes et de prêtres, il s'écria :

— J'avais une femme sotte. Elle pouvait passer inaperçue. Mais la voilà qui veut se distinguer ! Je vous le dis, ces peintres et ces hommes en noir lui tournent la tête. Elle se prend pour Catherine de Médicis. Va-t-elle se mettre à écrire des vers ? La mesure du ridicule serait alors comble.

L'abbé Sangria sentit qu'il ne pouvait rester neutre dans ce conflit. Après maintes hésitations, il choisit le camp de la comtesse en songeant : « Il porte le nom, mais elle détient la bourse. Que vaut un nom sans écus ? » Le curé de l'Immaculée-Conception était fin diplomate. Il eût fait un excellent prélat.

4

L'abbé Sangria s'inclinait humblement devant les grands noms sans négliger toutefois les membres de la haute bourgeoisie. Les premiers avaient l'influence ; les seconds possédaient la fortune. Or, que serait une Église sans l'appui des financiers ? On juge une paroisse suivant ce qu'elle rapporte. Comme le disait, avec finesse, l'évêque de Madrid-Alcala : « L'Église est une entité spirituelle, soit. Mais elle est aussi une communauté humaine. Elle a, de ce fait, des besoins à satisfaire. Un prêtre doit savoir non seulement réconforter et amener au Christ les âmes dont il a la charge, mais encore gérer proprement ses affaires. Il doit concilier ces deux exigences. » De ce point de vue, le curé de l'Immaculée-Conception était un prêtre parfait. Il administrait les âmes et les écus avec une égale sagesse.

Doña Paz était vieille ; riche aussi. D'où les soins dont l'entourait son curé. Cette bonne paroissienne n'avait plus longtemps à vivre. On ne lui connaissait ni parents ni amis. A qui léguerait-elle sa fortune ? Le curé de l'Immaculée-Conception songeait évidemment au plaisir qu'éprouverait Monseigneur au cas où sa paroisse serait bénéficiaire de ce don. Tous ses efforts tendaient vers ce but : amener la vieille dame à laisser sa fortune à cette paroisse qui était la sienne.

L'abbé Sangria ne doutait guère d'obtenir gain de cause. Il était le confesseur de doña Paz. Celle-ci vieillissait et s'inquiétait du sort qui lui serait réservé dans l'autre monde. L'abbé Sangria la réconfortait. Il lui parlait de l'Église qui était l'Épouse mystique du Christ. Doña Paz observait les commandements de l'Église et mourrait dans les bras de cette bonne Mère. Aussi n'avait-elle rien à redouter.

Si la vieille dame pouvait dormir tranquille, le curé de l'Immaculée-Conception, lui, redoutait les jésuites. Ceux-ci ne manqueraient pas de s'intéresser à cette dame âgée et solitaire. Ils dépêcheraient auprès d'elle un des leurs qui ne la quitterait pas qu'elle n'ait rendu le dernier soupir. Ils disposaient toujours de deux ou trois religieux oisifs prêts à accomplir ce genre de besogne. L'abbé Sangria en savait long sur leurs méthodes. Il les detestait. Nous devons dire à la décharge de l'abbé Sangria que, deux ans plus tôt, ce même cas s'était produit. Une paroissienne fort riche, de l'Immaculée, se mourait. Elle n'avait pas de descendants. Il avait espéré jusqu'au bout qu'elle léguerait sa fortune à la paroisse. Les jésuites avaient fait leur métier : ils héritèrent de la totalité de ses biens.

Cette fois, l'abbé Sangria entendait mettre tous les atouts dans son jeu. Il rendait chaque jour visite à doña Paz et l'écoutait patiemment. Il s'intéressait à Mickey. Il priait la vieille dame de l'entretenir de son époux et des circonstances de sa mort. Sur ce point, doña Paz était intarissable. Elle retrouvait chaque jour de nouveaux détails. L'Espagne est un pays de veuves. Celles-ci n'aiment rien tant que de conter l'agonie de leurs époux. Elles puisent dans ces récits le courage et la force de leur survivre le plus longtemps possible.

Le curé trouvait la vieille dame ennuyeuse. Mais il avait le sentiment d'accomplir un devoir. Les prêtres espagnols ne manquent jamais à leur devoir. Si l'abbé Sangria eût été un homme cultivé, il aurait pu se dire que si Paris valait bien une messe, la fortune de doña Paz valait assurément l'ennui qu'il éprouvait à l'écouter parler. Mais ce curé était un ennemi farouche de la culture.

Nous ne saurions nous étonner de ce que dix minutes après que doña Paz eut téléphoné à son confesseur, celui-ci sonnât à la porte de la vieille dame.

— Que se passe-t-il, doña Paz? Vous n'êtes pas malade, j'espère?

Il épiait les traits de sa pénitente d'un œil averti. « Combien de temps lui reste-t-il à vivre ? se demandait le bon abbé. Elle ne semble guère malade. Avec la vie qu'elle mène, elle peut en avoir encore pour cinq ans. C'est long. Décidément, je ne suis pas au bout de mes peines. Ces vieilles dames nous causent bien des soucis. Elles sont bien capables, à la dernière minute, d'appeler un jésuite. »

Puis, avec résolution, il ajouta pour lui-même : « Il ne faut pas lui laisser le temps de s'ennuyer. Un vieillard qui s'ennuie est capable de toutes les lubies. »

Doña Paz introduisit le curé dans le salon. Il y régnait un froid glacial. L'abbé Sangria maudit l'avarice des vieillards et se dit qu'il aurait dû prendre un épais manteau. Mickey vint se frotter contre lui. Ce chien était vieux et malade. Il salivait et bavait. La soutane du curé en fut bientôt toute tachée. L'abbé Sangria eut un haut-le-corps ; mais il reprit vite contenance et caressa la tête du chien avec un sourire bonhomme. « Me voilà propre ! songeait le saint homme. Une soutane toute neuve ! Je suis à présent obligé de l'envoyer chez le teinturier. Le nettoyage coûtera bien cinquante pesetas. Il est vrai que la teinturerie Royale, rue Velasquez, fait une réduction de vingt pour cent aux prêtres et aux religieux. C'est un brave homme, ce teinturier. Je prierai pour lui demain pendant le saint sacrifice de la messe... »

La vieille dame fermait avec précaution la porte du salon. Elle s'assit près de l'abbé Sangria, dans un fauteuil et commença d'une voix mystérieuse :

— Vous souvenez-vous, monsieur le curé, de ce jeune homme dont vous m'aviez dit grand bien et qui habite sur ce même palier ?

— Carlos Sanchez ? Oui, je me le rappelle fort bien. Il est venu me trouver. Il était porteur d'une lettre de recommandation de Son Excellence l'évêque de Huesca, qui fut mon condisciple au séminaire de Vitoria. Son Excellence me parlait de ce jeune homme et de sa famille en des termes fort chaleureux.

Doña Paz acquiesça. Elle paraissait triste. Le curé s'inquiéta : s'ennuierait-elle ?

— Pourquoi ces questions ? Ce jeune homme vous aurait-il manqué de respect ?

— Au contraire. C'est un garçon charmant. Fort bien élevé. Il aime les chiens.

L'abbé Sangria prit un air inspiré pour dire :

— Ceux qui aiment les animaux ne peuvent avoir une mauvaise nature. Les bêtes sont nos frères inférieurs. Saint François d'Assise...

Doña Paz ne lui laissa pas le temps d'achever sa phrase. Le curé avait une tendance à parler comme s'il s'adressait, de sa chaire, à l'assemblée des fidèles.

— Ce garçon est malade, reprit la vieille dame avec emphase.

Le curé la regarda, surpris. Il ne comprenait pas où elle voulait en venir.

— Il est malade, poursuivit-elle, mais ne veut pas se soigner. Il a le délire.

— Mais, chère amie, que pouvons-nous faire ? Il faudrait appeler un docteur peut-être ?

— Il ne le recevrait pas.

— Mais alors ?...

Doña Paz fit un geste d'impatience.

— Voyons, monsieur le curé ! Ce garçon vit seul à Madrid ; ses parents habitent Huesca. Il n'a pas de parents dans la capitale. La charité chrétienne voudrait qu'on l'aidât à se soigner. Ce jeune homme vous a été recommandé par l'évêque de Huesca. Votre responsabilité est en quelque sorte engagée. De plus, je soupçonne fort que sa maladie soit une maladie de l'âme.

L'abbé Sangria remua sur son siège ; il sortit de sa poche un mouchoir à carreaux et s'épongea le front. Il trouvait les propos de doña Paz légèrement décousus.

— Une maladie de l'âme ? Comment cela ?

La vieille dame se pencha vers lui et jeta un coup d'œil méfiant à droite et à gauche. Le curé frissonna.

— Si vous voulez mon avis, monsieur le curé, ce jeune homme est un saint.

L'abbé Sangria sursauta. Il regrettait à présent d'être venu.

— Un saint ? demanda-t-il.

Sa voix trahissait son désarroi.

— Un saint, oui.

Le curé hésita :

— Mais il n'y a plus de saints, chère amie.

Doña Paz eut un mouvement de recul et fixa son confesseur avec sévérité.

— Qu'en savez-vous ? Dieu seul sait quand et pourquoi Il envoie des saints.

L'abbé Sangria battit en retraite.

— Certes, chère amie. Dieu envoie ses saints à n'importe quelle époque et en n'importe quel lieu de son élection. Mais, enfin, les saints ne font leur apparition qu'en des époques exceptionnelles. Or...

— Vous trouvez que notre époque n'est pas exceptionnelle ? Que faites-vous du cinéma ? De cette immoralité qui règne sur toute la surface de la terre ?

Le curé poussa un soupir qui semblait lui déchirer l'âme :

— Vous avez raison, chère amie... Je suis entièrement d'accord avec vous. Mais, voyez-vous, il me semble, à moi, autant que je puisse pénétrer les desseins de l'infinie sagesse de Dieu... il me semble que les saints nous sont accordés comme un don à des époques où la foi est directement menacée par une hérésie. Ainsi, par exemple...

— Et le communisme athée, qu'en faites-vous, monsieur le curé ?

L'abbé Sangria demeura sans voix. Doña Paz s'agita sur son siège. Elle venait de remporter une victoire.

— Admettons... Enfin qu'est-ce qui vous fait supposer que ce jeune homme soit... ?

— Tout ! ! !

Le curé dévisagea sa pénitente avec perplexité. Il n'aimait pas se trouver dans des situations semblables. Il se disait qu'il lui faudrait gagner du temps afin de prendre conseil à l'évéché.

— Tout ? interrogea-t-il.

— Oui...

— Mais ne pouvez-vous me donner un détail, une preuve ?...

— Mille preuves.

Elle raconta à l'abbé Sangria la scène qui avait eu lieu, dans l'après-midi, sur le palier. Le vieux prêtre éclata de rire :

— Mais le comportement de ce jeune homme ne me paraît nullement édifiant. Il vous a répondu sur un ton fort grossier et s'est mis ensuite à jeter des cris. Cet étudiant, je le crains, est surmené. On étudie beaucoup trop à présent. Les jeunes gens ne savent plus où donner de la tête. L'histoire, la géographie, le grec, le latin, leurs programmes sont surchargés. Quel est le résultat? Les cliniques psychiatriques se remplissent ; l'élite de la nation se compose d'individus tarés, déséquilibrés. La comtesse de Rosatonta me le répétait encore hier soir : l'instruction généralisée se révèle funeste.

L'abbé Sangria connaissait le penchant des bourgeois espagnols pour le snobisme. Il trouvait moyen de glisser dans sa conversation le nom de Rosatonta. Cela ne manquait pas de produire un effet immédiat.

Cette fois, pourtant, doña Paz ne se laissa pas impressionner par cette allusion à la comtesse, qu'elle n'avait jamais rencontrée. De ses mains menues, elle fit un geste impérieux. Le curé se tut, étonné.

— S'il n'y avait que cet incident, je ne vous aurais point appelé. Mais ceci n'est qu'un détail. Je sais que vous êtes un homme réaliste...

L'abbé Sangria fit mine de protester. L'alerte était chaude. Aurait-elle connu un autre prêtre, aux allures mystiques ? Il n'eut pas le temps d'éclaircir ce point.

— Ce jeune homme a des visions, poursuivait la vieille dame, imperturbable. Satan vient, la nuit, le tenter.

Le curé de l'Immaculée-Conception n'était pas un méchant homme. Il croyait en Dieu, aux saints et aux miracles. Mais il y croyait comme les enfants croient aux fées : ces merveilles se produisent dans des royaumes imaginaires. Mais à Madrid, en 1959 ?...

— Enfin, chère amie...

— Vous mettez en doute ma parole ?

— Non, bien sûr ! Mais... Peut-être vous êtes-vous trompée ? La nuit, il arrive qu'on éprouve quelque peine à s'endormir ; on croit entendre des bruits ; on les interprète. Bref, on se leurre. Cela m'est maintes fois arrivé.

— Je ne me leurre point, monsieur le curé. Je sais ce que je dis. J'en prends la responsabilité devant Dieu.

La vieille dame parlait avec une énergie surprenante. Elle ajouta :

— Pourquoi refuserions-nous la possibilité d'un miracle ? La toute-puissance de Dieu, pour un chrétien, ne saurait être un vain mot. Je vous l'affirme : ce jeune homme est tenté par Satan.

— Sur quoi vous basez-vous pour avancer une affirmation aussi... grave ?

— Je l'ai entendu.

L'abbé Sangria se sentait mal à son aise. Son visage rond comme une boule de billard, son corps trapu bougèrent. Il passa une main petite et potelée sur ses cheveux blancs. Doña Paz s'apercevait de son trouble ; elle ne quittait pas son confesseur des yeux. Il sentait ce regard perçant posé sur lui et craignait de se rendre ridicule.

— Vous l'avez entendu ?... Satan ?

— Pas Satan, l'étudiant.

Le curé poussa un soupir de soulagement et s'épongea de nouveau le front qu'il avait étroit, strié de rides.

— J'aime mieux ça, dit-il.

— Pourquoi ?

— Je craignais que vous ne fussiez victime d'une illusion. Une sorte de mirage, si vous voulez.

— Mais je ne retire rien de ce que j'ai dit ! Satan vient, chaque nuit, depuis une quinzaine de jours, tourmenter ce garçon. Je l'ai entendu qui se débattait contre le Malin. Il se frappait avec un bâton et s'adressait à Satan.

— Il se frappe avec un bâton ?

— Oui, monsieur le curé. Il se jette contre les murs de sa chambre en hurlant : « Ne me tentez plus — laissez-moi tranquille. Je ne suis qu'un pauvre pécheur. »

Doña Paz prononça ces paroles avec solennité.

Il va sans dire que l'abbé Sangria ne croyait pas un mot de ce que la vieille dame venait de lui raconter. Il sentait pourtant qu'elle portait un grand intérêt à cet étudiant et ne voulait pas la heurter de front.

« Les vieillards se ressemblent tous, pensait-il avec mélancolie. Ils sont comme des enfants. Ils croient au Diable et aux miracles. Le premier charlatan venu peut les mener par le bout du nez. Évidemment, doña Paz s'ennuie. Tout le monde s'ennuie. Est-ce une raison pour croire aux miracles ? Comme si l'Église n'en avait déjà pas assez avec les miracles accomplis dans les siècles passés ? Je l'ai toujours pensé : les saints troublent les âmes simples... Bien sûr, cet étudiant pourrait bien être un saint. Nous sommes tous appelés à la sainteté. " Nombreux sont appelés mais peu sont élus... " Si seulement il y avait un signe !... Mais, voilà : il n'y aura pas de signe. Comment pouvons-nous reconnaître un saint si le ciel ne nous le désigne pas ? Les saints de l'Antiquité accomplissaient des miracles. Il était aisé de les reconnaître. Mais allez donc reconnaître, en 1959, un saint !... Monseigneur me rirait au nez ; je serais couvert de ridicule. Décidément, c'est trop compliqué pour moi. Et puis, qu'avons-nous besoin de saints à notre époque ? »

Doña Paz observait attentivement le curé.

— Alors, que dites-vous ?

— Eh bien !... Mon Dieu !...

— Vous n'êtes pas convaincu ?

La vieille dame paraissait indignée. L'abbé Sangria balbutia quelques phrases confuses.

— Si, chère amie... Bien sûr... C'est-à-dire...

Il toussa pour s'éclaircir la voix.

— L'Église, voyez-vous, est une mère prudente. Elle ne peut s'avancer à la légère. Il lui faut des preuves, des témoignages irrécusables. Ces affaires sont extrêmement délicates... Heu... extrêmement graves...

Il fit une pause pour essuyer la sueur qui perlait sur ses joues écarlates comme deux pommes trop mûres.

— Je pense qu'il faudrait consulter l'archevêché, prendre conseil... Prier...

— Mais nous ne pouvons pas laisser ce jeune homme aux mains de Satan, se récria doña Paz avec indignation.

— Je vous comprends... (L'abbé Sangria esquissa un geste onctueux.) Mais Dieu seul sait pourquoi Il permet qu'une âme soit tentée...

Doña Paz changea de position. Ses yeux marron avaient des lueurs d'énergie.

— Moi, je vous dis qu'il faut aider ce garçon !

— L'aider ? Mais comment ?

— J'y ai pensé. Nous devons exorciser sa chambre. De la sorte, Satan en sera chassé à tout jamais.

Le curé se leva d'un bond. Il faisait songer à ces bonshommes que les enfants dessinent sur les murs : deux boules posées l'une sur l'autre, deux courtes jambes qui soutiennent le tout. Il paraissait ennuyé et jeta sur sa pénitente un regard pitoyable.

— Exorciser ? demanda-t-il... Mais ces pratiques ne sont plus... Je veux dire : si on apprenait cela, je serais limogé. Monseigneur se moquerait de ma crédulité.

— Personne n'en saura rien.

— Je vous crois, chère amie. Je connais votre discrétion et votre délicatesse. Seulement, ce que vous me proposez là est...

— Extrêmement grave, je le sais. Vous me l'avez dit. Je vous pose donc simplement la question : voulez-vous oui ou non m'aider ?...

L'abbé Sangria était resté debout devant doña Paz. Le jour se mourait. Les marchands de journaux criaient leurs titres à plein gosier ; les réverbères s'allumaient. Les lumières de la ville éclairaient faiblement ce salon aux odeurs fanées. Une pendule détraquée battait calmement la mesure tout en affichant une heure erronée.

Le curé promena ses mains sur son ventre rond. La perplexité et l'ennui se lisaient sur son visage.

— Il me faudrait réfléchir, avoir le temps de peser le pour et le contre. Ce que vous me demandez de faire est un acte qui entraîne des risques. L'exorcisme, voyez-vous...

Doña Paz se leva à son tour. Elle dévisagea son confesseur avec une expression de gravité dans ses yeux marron.

— Comme vous voudrez. Je connais un prêtre de la Compagnie de Jésus qui, j'en suis sûre, saura m'aider.

Le curé de l'Immaculée-Conception crut qu'il allait s'évanouir.

« J'avais raison de me méfier, songeait-il. Elle connaît

un jésuite. Ce charlatan fera n'importe quoi pour s'emparer de cette âme que je protège depuis cinq ans. Quand je parle d'âme, c'est bien par délicatesse ! Les jésuites ne s'intéressent qu'aux âmes qui valent leur pesant d'or. Ils nous laissent à nous autres, prêtres séculiers, les pauvres et les estropiés. Il est vrai que Dieu saura reconnaître les siens. Je rirais bien si tous ces jésuites se retrouvaient en enfer. Mais il me faut prendre une décision. Risquons le tout pour le tout. Monseigneur comprendra sûrement les raisons que j'ai eues d'agir comme je le fais. »

— Voyons, chère amie !... Vous savez bien que je ferai ce que vous voudrez. Je tenais simplement à vous faire comprendre et partager mes scrupules.

— Je vous l'ai dit : j'en prends devant Dieu la responsabilité.

— Soit.

Ils gardèrent le silence, conscients de la gravité de la décision qu'ils venaient de prendre.

Doña Paz était au comble de la joie. Elle avait remporté une victoire décisive. Car, nos lecteurs l'auront deviné, cette vieille dame ne connaissait aucun jésuite. Elle n'avait aucunement l'intention de léguer ses biens aux disciples de saint Ignace et, pour tout avouer, avait déjà rédigé son testament : elle laissait la totalité de sa fortune à la Société protectrice des animaux pour la construction d'un refuge pour chiens errants.

— Et, maintenant, qu'allez-vous faire ?

— Je crois, chère amie, qu'il faut commencer par le début : voir ce jeune homme et lui parler. Car s'il se prouvait qu'il fût, lui-même, possédé par le Diable, tous nos exorcismes ne serviraient de rien et pourraient même avoir un effet contraire.

La vieille dame acquiesça. Son confesseur espérait gagner un peu de temps. Mais elle le pria de rendre visite à l'étudiant sur-le-champ.

— Parlez haut et fort, recommanda-t-elle au curé. Une cloison sépare mon salon de la chambre du jeune homme. Je pourrai tout entendre.

Puis en baissant les yeux, elle ajouta :

— *Ad majorem Dei gloriam.*

5

Doña Paz avait en effet entendu les cris que Carlos Sanchez poussait dans ses nuits d'insomnie. Mais, depuis trois jours, le jeune homme dormait régulièrement. Après une ultime crise, notre infortuné héros était devenu totalement fou. On aurait d'ailleurs tort de se le représenter comme un dément. Il s'était *installé* dans la folie. Son cerveau n'ayant pu résister à la tension épuisante que lui imposait son imagination, Carlos avait fini par assimiler ses propres étrangetés. On peut donc considérer qu'en Carlos Sanchez il y avait deux individus : l'un, sensé et pondéré dans ses jugements, l'autre, exalté et convaincu de son bon droit. Le jeune homme mangeait, dormait, parlait comme chacun de nous. Mais, en même temps, il était convaincu d'avoir été élu par Dieu pour apporter aux autres hommes l'enseignement de l'Évangile.

Un détail fort curieux suffira pour démontrer la folie de l'étudiant. Carlos Sanchez était devenu méfiant. Il parlait peu et comme à contrecœur. Il épiait son interlocuteur et se demandait si ce n'était pas un adversaire. Car il se croyait entouré d'ennemis acharnés à le perdre. Il redoutait qu'on voulût l'enfermer dans un asile en l'accusant d'avoir perdu la raison. Cette attitude ne saurait surprendre. Les plus fous se comportent souvent en hommes fort raisonnables et se montrent capables d'une singulière lucidité. Mystère de l'âme humaine ? Certes. Nous n'essaierons d'ailleurs pas d'émettre des hypothèses pour tenter d'expliquer cette anomalie. Il nous suffit de constater des faits.

Mais, alors, se demandera-t-on, comment pouvait-on s'apercevoir que Carlos n'avait plus sa raison ? Le lecteur soulève ainsi l'un des problèmes majeurs de l'art d'écrire. Le narrateur est obligé d'aligner des mots l'un après l'autre. Il n'a pas, comme le peintre, le pouvoir d'évoquer, d'un coup, une *vision complète.*

Essayons donc de *voir* Carlos Sanchez. En le voyant, nous ne mettrons plus sa folie en doute. Elle s'imposera à nous comme une évidence.

Il mesure un mètre soixante-huit centimètres et pèse à peine cinquante kilos. Ses cheveux sont noirs et bouclés ; son nez, droit ; ses lèvres, épaisses comme celles d'un gitan de Grenade ; son visage, allongé comme celui d'un personnage du Greco. Mais ce qui frappe surtout, ce sont, dans cette figure longue et pâle, ses yeux noirs, brillants, bordés de longs cils. Ces yeux ne trahissent aucun sentiment humain. Ils vous fixent. Ils ont l'immobilité qu'on voit aux yeux des grands malades. On ne peut soutenir un regard pareil sans éprouver aussitôt une impression de malaise. On dirait qu'un cadavre vous dévisage. Ce regard évoque aussi celui des animaux. Car il n'a rien d'humain ; il ne juge pas, n'interprète pas : il se contente de *voir.*

La voix de Carlos surprend également. Une belle voix grave, aux intonations mélancoliques. Mais le débit du discours est lent. On dirait que l'étudiant doit arracher de sa conscience les paroles qu'il laisse tomber, l'une après l'autre, comme malgré lui. Cette extrême lenteur crée chez l'interlocuteur une gêne. On a l'impression de perdre pied, de ne plus parler un langage connu. Les mots s'enveloppent de mystère et prennent un sens nouveau. Souvent, l'étudiant s'arrête, hésite, semble chercher une parole qui lui échappe. Ces silences, qui s'installent régulièrement dans la conversation, on n'ose les troubler. Car ils demeurent lourds de l'étonnement douloureux de ce jeune homme qui se débat dans les ténèbres.

Quant à essayer d'expliquer les causes de la maladie mentale de Carlos Sanchez, c'est impossible. Était-il destiné à sombrer dans la folie ? Cette folie était-elle le résultat de son éducation et de son penchant pour le mysticisme ? Impossible d'en décider. Ce qui est certain, c'est que Carlos est fou à lier. Il n'est âgé que de vingt ans.

L'abbé Sangria hésita avant d'appuyer sur la sonnette. Il récita mentalement un Ave Maria en latin, mais se trompa en plusieurs endroits. Il finit par dire sa prière en espagnol.

Carlos ouvrit la porte. L'abbé sourit au jeune homme de toutes ses dents jaunies par la nicotine. L'étudiant ne répondit pas à son sourire, se contentant de regarder le curé. Celui-ci sentit ce regard braqué sur lui avec la fixité d'un œil de caméra. En apercevant ce visage livide, aux traits tirés, ces yeux d'une très grande beauté, le confesseur de doña Paz eut honte de son ventre arrondi et de sa figure de bon vivant. Il se consola en songeant que la véritable vertu se doit d'être gaie.

— Vous venez me voir ?

L'étudiant posa cette question avec tant de lenteur que le bon abbé Sangria ressentit de l'inquiétude.

« Serait-il vraiment fou ? se demanda l'ecclésiastique. Je me méfie des fous. Ils ont l'air doux et, brusquement, vous sautent à la gorge. Il est certainement fou à lier. Son regard le trahit. Saint Michel ! vous qui avez su vaincre Satan et le chasser du paradis, venez à mon secours ! »

L'abbé Sangria n'était point courageux. De plus, il était ennemi du surnaturel, et le mystérieux royaume de la folie l'effrayait. Il fut donc tenté de rebrousser chemin et de renoncer à l'héritage de doña Paz. Mais il pensa à la colère de Monseigneur lorsqu'il apprendrait que les jésuites, une fois encore, étaient gagnants. Notre homme poussa un profond soupir.

— Oui, mon petit, je viens vous voir. Puis-je entrer ? Merci.

Carlos habitait un appartement de deux pièces qui avait dû appartenir à doña Paz. Le désordre le plus complet régnait dans sa chambre. Un papier de tenture sombre recouvrait les murs. Le mobilier était des plus simples : un lit, une armoire, une table et deux chaises. Le parquet ciré reluisait. Une fenêtre s'ouvrait dans la rue Goya.

L'abbé Sangria jeta un regard choqué sur cette pauvreté. Des livres traînaient un peu partout. Le curé aperçut un exemplaire de *l'Imitation de Jésus-Christ*, une Bible ; au mur, un crucifix. Dans un coin, à demi caché par la table, un cilice.

L'abbé s'assit sur une chaise :

— Mon cher enfant, commença-t-il, je vois que vous menez une existence simple. Il est bon pour un jeune homme de fuir les frivolités du monde avec cette force de volonté et ce courage moral qu'un chrétien doit posséder au plus haut point.

Il se souvint de la recommandation de doña Paz et poursuivit d'une voix plus forte :

— Je me réjouis aussi de constater que votre vie est toute tournée vers la contemplation. Vous êtes une âme élevée et Dieu, dans son infinie miséricorde, vous a peut-être réservé une destinée peu commune. Vous devez lui rendre grâces. Car c'est un don magnifique qu'Il vous fait en vous choisissant parmi tant d'autres. N'oubliez pas cependant ce qui est écrit : « Multi vocati... »

L'abbé Sangria fit une pause et toussa pour clarifier sa voix. L'étudiant tournait le dos à la fenêtre et demeurait debout. Il fixait le curé. Celui-ci trouvait le jeune homme beau et se demandait s'il ne serait pas un saint, après tout.

— Tout cela est bien, mon enfant. Je me dois pourtant d'attirer votre attention sur un point. Le Démon vous guette. Il épie chacune de vos réactions. Les âmes comme la vôtre sont particulièrement exposées. Et les ruses du Malin sont innombrables.

» Voyez-vous, le danger, pour des esprits comme le vôtre, c'est qu'ils risquent d'être tournés par leur gauche, pour reprendre une expression fort en vogue sous la République. Je veux dire : le Démon peut devenir plus saint encore que vous. Or, la vertu, comme le vice, a des limites. Il est dangereux de les dépasser... Le péché d'orgueil vous guette, mon petit. Les saints ont accompli de grands actes de vertu, c'est vrai. Dieu les soutenait. Mais il est une autre voie de sanctification pour un chrétien : celle de l'humble devoir quotidien. Là, point de danger. Il nous faut être modestes, mon petit... Nous humilier devant Dieu. Comme sainte Thérèse de Lisieux... Ainsi ce cilice, par exemple.

L'étudiant changea de couleur. L'abbé Sangria fit un geste comme pour dire : je sais, je sais !

— Je ne vous blâme pas. Des saints ont employé parfois ces moyens extrêmes. Mais, je vous le répète : l'exercice de la vertu comporte des dangers. Mieux vaut fuir que de provoquer le Malin...

Le curé sourit :

— Ne vous fâchez pas ! Je sais que vous êtes un garçon pieux, vertueux. Dieu vous a peut-être choisi. Je vous parle avec mon cœur, tout simplement... Comme votre père spirituel que je suis.

Puis élevant encore la voix, afin d'être entendu par la vieille dame :

— Doña Paz vous estime beaucoup. Elle vous tient pour un saint. Qu'en pensez-vous ?

Il y eut un long silence. Enfin l'étudiant dit de sa voix grave :

— Je ne suis pas... un saint... Je ne voulais pas... J'ai refusé jusqu'au bout... Je...

L'abbé Sangria parut intéressé.

— Qu'avez-vous refusé ?

Carlos secoua la tête et se lissa les cheveux d'un geste machinal et anxieux.

— C'est Dieu... qui... m'a appelé...

Le curé hocha sa petite tête ronde :

— Certes, je vous crois. Mais n'oubliez pas que nous sommes tous appelés à la sainteté.

Carlos poursuivit, comme s'il n'avait pas entendu les paroles de l'abbé :

— Je L'ai vu... Comme je vous vois... Il m'appelait par mon prénom... Je ne... voulais pas... Je me sentais... indigne...

— Vous avez vu Notre-Seigneur ? s'écria l'abbé en se signant. Vous en êtes sûr ?

L'étudiant eut un sourire triste.

— Pourquoi souriez-vous ? Pourquoi vous signez-vous ? demanda-t-il. Vous doutez de mes paroles, n'est-ce pas ? Vous ne me croyez pas.

« Il ne faut pas le contrarier, se dit l'abbé Sangria. Il

pourrait se fâcher. Je me suis laissé dire qu'il fallait traiter ce genre d'exaltés par la douceur. »

— Mais non, je ne doute pas de vos paroles, mon cher enfant. Seulement, elles me prennent un peu au dépourvu. Les personnes qui ont aperçu Notre-Seigneur ne courent pas les rues. Vous êtes, je dois le confesser, la première... qui...

Notre curé n'en croyait pas plus Carlos que doña Paz. Mais il devina tout le parti qu'il pourrait tirer d'une aventure aussi extraordinaire auprès de Monseigneur et de la comtesse de Rosatonta. Aussi s'empressa-t-il de demander, d'une voix qu'il voulait calme mais que la curiosité troublait :

— Comment était-Il, mon petit ?

Carlos hésita et tourna le dos à l'abbé. Il ferma les yeux et parut accomplir un effort douloureux pour répondre :

— Si vous L'aviez rencontré dans la rue... Je veux dire... Il n'était pas beau. Il avait un visage mélancolique et... ravagé. Il portait... des vêtements... Il était pauvrement vêtu... Comme un mendiant... C'est cela... Comme un mendiant...

Un doute assaillit l'abbé Sangria : si ce jeune homme disait vrai ? S'il avait réellement vu le Christ ? Ne commettait-il pas lui-même un péché mortel à se moquer ainsi intérieurement de ce malheureux garçon ? Mais la raison véritable et profonde des scrupules qui tourmentaient ainsi le curé n'avait rien à voir avec la foi.

L'abbé Sangria était ému. Il se souvenait d'avoir été jeune et plein d'enthousiasme. Il croyait alors aux miracles. Carlos parlait avec tristesse. On eût dit que cette vision lui pesait ; qu'elle était pour lui un fardeau. Son beau visage grave s'illuminait ; un sourire de l'âme éclairait ses prunelles noires. Sa figure pâle était comme transfigurée.

Un silence pesant régnait dans l'étroite chambre. Il faisait nuit. L'étudiant n'avait pas allumé l'électricité. Sur le papier sombre qui recouvrait les murs, les enseignes au néon se reflétaient. Cet éclairage changeant soulignait la minceur du visage de Carlos. L'éclaboussement régulier de ces lumières fatiguait le curé.

« Je ne vais tout de même pas me laisser attendrir à mon âge, pensa-t-il. Ce garçon est sans doute sincère. Mais il me paraît évident qu'il a perdu la raison. Bien sûr, Dieu pourrait, s'Il le voulait, accomplir un miracle. Mais Il n'en accomplit plus à notre époque. »

L'abbé se leva avec lenteur. Une douleur encore diffuse le fit grimacer.

« C'est mon foie. Avec toutes ces émotions !... Je prendrai mes gouttes ce soir. »

Puis, à haute voix :

— Encore un détail, si vous me le permettez : comment Notre-Seigneur était-Il vêtu ?... Je m'entends : portait-Il une tunique ?

L'étudiant tardait à répondre. Des secondes s'écoulèrent, qui parurent interminables à l'abbé Sangria. Celui-ci se sentait mal à son aise. Cette voix grave, ces silences entre chaque phrase, ce débit lent impressionnaient notre curé.

— Comme moi... Comme n'importe qui... Mais en... Fort pauvre... Le pantalon... rapiécé...

L'abbé Sangria ne douta plus de la folie de l'étudiant. Que le Christ pût se montrer à Carlos Sanchez, c'était difficile à admettre. Mais en costume du XXe siècle ? Avec un pantalon rapiécé ?

— Mon cher enfant, je vais beaucoup prier pour vous. Je demanderai au Seigneur qu'Il daigne éclairer nos âmes. Mais, en attendant, je voudrais que vous me promettiez une chose...

Carlos regarda le curé avec curiosité. L'abbé Sangria posa ses mains sur les épaules du jeune homme dans un geste paternel.

— Ne racontez à personne ce que vous venez de me dire, voulez-vous ?

Le jeune homme secoua la tête.

— Je ne peux pas... Je dois parler... porter témoignage. Je n'ai pas le droit de... me taire... Je ne... peux... Il m'est impossible...

Le curé de l'Immaculée-Conception poussa un soupir :

— Comme vous voudrez, dit-il. Je ne puis vous commander d'obéir. Agissez selon votre conscience. Dieu vous bénisse.

L'abbé quitta l'appartement. Carlos se mit à pleurer. Pourquoi ? D'épuisement peut-être ?

Doña Paz alla au-devant de son confesseur.

— Ne vous l'avais-je pas dit ? demanda-t-elle. Ce garçon est un saint. Avoir vu Notre-Seigneur !

La vieille dame joignit ses mains et leva les yeux au ciel.

— Quel honneur pour notre maison !... Ne trouvez-vous pas, monsieur le curé, que la miséricorde divine est infinie ?

L'abbé acquiesça. « Me voilà refait, pensait-il. Cette vieille folle croit aux miracles. Elle est à présent convaincue d'avoir saint Ignace pour voisin. Il ne manquait plus que cela ! »

— Maintenant, vous êtes, je l'espère, décidé à m'aider. Nous devons éloigner le Diable de ce jeune homme. Nous allons chasser le Malin.

Doña Paz était au comble de la joie. Telle une collégienne à la veille des grandes vacances. Il convient de dire à sa décharge qu'elle s'ennuyait depuis sa naissance. Son mari avait été un époux modèle : travailleur, sobre, vertueux. Mais ennuyeux. Il passait le plus clair de ses journées au Cercle royal à boire du café et à jouer aux échecs. La présence d'un saint dans son immeuble mettait un peu d'imprévu dans une existence aussi terne.

— Je ferai ce que vous voudrez. Je viendrai demain et apporterai mon formulaire d'exorcismes. Seulement, je vous en prie, chère amie, gardez le secret.

— Demain ? Mais il nous faut agir tout de suite ! Mon voisin va quitter la maison à dix heures. Il ne reviendra pas avant l'aube. Nous profiterons de son absence pour exorciser sa chambre.

L'abbé Sangria commençait à perdre pied. Ses plans s'effondraient l'un après l'autre. Il avait espéré gagner une journée afin de demander conseil à son confesseur. Le curé sortit son mouchoir à carreaux qui était à présent trempé de sueur et s'essuya de nouveau le front et la nuque.

— Mais, chère amie, dit-il avec une joie secrète. Nous ne pouvons entrer dans l'appartement de ce jeune homme. Nous n'en possédons pas la clef.

La vieille dame eut un sourire imperceptible. Elle se dirigea vers sa chambre et revint, un instant plus tard, en brandissant une clef.

— Nous l'avons, monsieur le curé ! Dieu veille sur nous.

Le curé dut s'avouer vaincu. Il essaya encore de protester :

— Mais comment avez-vous... ?

— Cette clef ? Elle m'appartient. Les deux pièces habitées par ce jeune homme faisaient jadis partie de mon appartement. J'ai gardé cette clef. Dieu sans doute m'avait inspiré ce geste.

L'abbé Sangria haussa les épaules et leva ses deux bras dans un geste de désarroi. Ce brave curé se disait qu'il vivait une journée à miracles.

— Très bien. Je vais chercher mon étole, de l'eau bénite et le *Livre des exorcismes.*

La vieille dame fit un pas en avant :

— Je vous accompagne.

Son confesseur n'eut pas le courage de protester.

Mais Dieu n'abandonne jamais les siens. Tout en marchant, une idée vint au curé de l'Immaculée-Conception. Doña Paz ne comprenait pas le latin : elle ne saurait donc faire la différence entre les formules d'exorcisme et d'autres phrases latines. Cette idée, l'abbé Sangria l'accueillit comme une grâce du ciel. Ceux-là mêmes qui refusent de croire aux miracles sont parfois obligés de s'incliner devant le surnaturel.

L'abbé Sangria retrouva sa bonne humeur. Il sortit de la sacristie heureux comme un enfant. Il tenait dans ses mains le seau d'eau bénite et le *Livre des exorcismes.* Il y avait glissé quelques feuilles arrachées à un *De Viris illustribus.*

Onze heures venaient de sonner à l'horloge de la Puerta del Sol. Les rues étaient presque vides. En ce début de juillet, la chaleur à Madrid devenait étouffante. Mais une brise légère charriait des parfums de fleurs.

Ils montèrent lentement les deux étages et s'arrêtèrent pour reprendre haleine.

— Comment ferons-nous pour nous assurer qu'il est parti ? interrogea le curé.

Doña Paz réfléchit. Ses yeux s'assombrirent un peu.

— Nous allons sonner. S'il ouvre, nous lui dirons que nous venions prendre de ses nouvelles.

Ils sonnèrent à la porte de l'étudiant ; personne ne répondit. La vieille dame sortit sa clef et nos exorcistes pénétrèrent dans l'appartement de Carlos.

« Si Monseigneur apprenait cela ! se disait notre curé. Je serais certainement limogé. Je n'ai pourtant pas le choix des moyens. Si j'avais refusé de l'entendre, cette vieille folle aurait été capable d'aller chercher un jésuite. Lequel eût exorcisé la chambre pour de bon. Décidément, le vendredi est pour moi un jour de malchance. »

Doña Paz regardait la chambre de notre héros avec dévotion. Il lui semblait respirer une odeur de sainteté. La vieille dame n'osait toucher à rien. Elle regardait le lit défait, les livres épars, la table et les chaises comme si ces objets eussent été des reliques.

L'abbé Sangria passa l'étole autour de son cou.

— Voilà, dit le curé d'un air visiblement satisfait. Nous allons à présent procéder à la cérémonie. Il nous faudrait un cierge.

Doña Paz parut décontenancée :

— Mais je ne possède pas de cierge.

— Une bougie alors.

— Non plus.

Ils demeurèrent perplexes. Soudain, la vieille dame s'écria :

— Il y a un briquet sur cette table. Cela ira-t-il ?

— A défaut de cierge...

Puis d'une voix sérieuse l'abbé Sangria reprit :

— Les prières que nous allons prononcer remontent aux plus anciens temps. L'Église primitive les récitait souvent afin de chasser les démons des personnes possédées par le Malin. Nos Pères ne faisaient que suivre l'exemple donné par Notre Divin Maître lequel, vous le savez, chassa à maintes reprises les mauvais esprits. Cette cérémonie est donc imprégnée de sens. Chaque mot évoque pour nous cette époque lointaine où l'Église usait de son pouvoir d'éloigner d'un homme le Malin.

Le curé toussa et reprit :

— Vous allez marcher devant moi en tenant cette flamme symbolique. Nous ferons par trois fois le tour de la chambre en l'arrosant d'eau bénite. Après quoi, le Diable aura été chassé de ce lieu qu'il osait fréquenter.

Il est évident que les détails de cette cérémonie, notre curé venait de les inventer. Il eût été d'ailleurs bien en peine de décrire les diverses cérémonies de l'exorcisme. Il voulait simplement impressionner sa pénitente en même temps que l'obliger à marcher devant lui. De la sorte elle ne pourrait pas apercevoir les pages glissées par lui dans le livre qu'il était censé lire.

L'abbé Sangria ne se trompait guère. Doña Paz était impressionnée et ravie à la fois. Des récits extraits de la *Vie des saints* lui revenaient à l'esprit. Elle voyait en imagination les gravures qui la terrifiaient dans son adolescence : des démons à tête d'animal et à corps humain étaient précipités en enfer par un ange qui les menaçait de son épée. La vieille dame éprouvait une peur mêlée de curiosité : la peur que ressentent les enfants devant l'inconnu. Elle se demandait si elle verrait le Diable et ce qu'il conviendrait alors de faire.

— Allons-y.

Ils se signèrent avec dévotion. Doña Paz alluma le briquet. La petite flamme vacilla. L'abbé Sangria marmonna quelques invocations. Ils commencèrent de faire lentement le tour de la chambre. Doña Paz, petite et menue, de noir vêtue, marchait d'un air appliqué, le curé s'efforçait de prendre une allure majestueuse. Quiconque aurait vu ces deux êtres marchant ainsi l'un derrière l'autre aurait éclaté de rire.

Le curé lisait avec gravité un passage des *Commentaires* auquel il ne comprenait rien. Un nom dans ce récit revenait avec insistance : Vercingétorix. Mais l'abbé Sangria ignorait, tout comme doña Paz, que ce fût là un nom propre. Il lisait ce texte d'une voix monocorde. De temps à autre il haussait le ton et aspergeait le mur d'eau bénite :

— *Vade retro, Satanas !*

Ces paroles semblaient mystérieuses à la vieille dame qui jetait des regards furtifs à droite et à gauche dans la crainte (ou l'espoir ?) d'apercevoir un personnage démoniaque. Mais aucun ne se révéla, on le devine aisément.

Après le troisième tour, l'abbé Sangria demanda à doña Paz d'ouvrir la fenêtre. Le curé se plaça au milieu de la pièce et d'une voix puissante répéta, trois fois encore, cette adjuration :

— *Vade retro, Satanas !*

Ils restèrent alors silencieux.

Doña Paz était légèrement déçue, mais n'osait se l'avouer. Elle se contenta de demander :

— Croyez-vous qu'il soit parti ?

— Le Diable ? Certainement. L'efficacité de ces prières a été maintes fois prouvée.

— Vous allez vous moquer de moi, avoua doña Paz avec un soupir. Mais je redoutais un peu d'entendre un bruit, d'apercevoir une ombre.

— Je vous comprends, chère amie. Mais le Malin, voyez-vous, a changé de tactique. Au XXe siècle, il devient invisible, afin de mieux accomplir sa besogne.

Cette explication satisfit la vieille dame. Le curé de l'Immaculée-Conception s'excusa et prétexta une migraine pour rentrer chez lui. Doña Paz regagna son appartement.

« Il compte déjà sur mon héritage, murmura-t-elle. Pauvre homme ! Quand il saura que je laisse tout mon bien à la Société protectrice des animaux ! Je ris toute seule à cette idée. »

Elle riait, en effet, comme riait, dans la rue, l'abbé Sangria.

« La voilà satisfaite. Je suis sûr maintenant de l'avoir convaincue. Pauvre dame ! Si elle savait que mes prières n'étaient que discours d'un auteur latin ! Dieu me pardonne ce petit mensonge ! Je l'ai fait pour le bien de la paroisse, ne pouvant tout de même pas me prêter à cette lubie de vieillard. Je verrai avec la comtesse de Rosatonta ce qu'il convient de faire.

» Ces femmes du monde peuvent être fort utiles dans ce genre de circonstances, se disait-il. Elles ont tant d'expérience ! De plus, cette histoire l'amusera, j'en suis sûr. Un saint au XXe siècle ! Notre-Seigneur avec un pantalon rapiécé ! Décidément la démocratisation de l'enseignement mène l'Espagne à la faillite. »

6

La comtesse de Rosatonta s'ennuyait. Que pouvait-elle faire d'autre que s'ennuyer à Madrid, en plein mois de juillet ? Ses amis étaient partis pour Saint-Sébastien ou pour Marbella ; ses enfants prenaient leurs vacances à Torremolinos avec leur père. Mary Rosatonta demeurait dans la capitale pour éviter son mari. Elle passait ses journées à lire des romans de Simenon et à rédiger de charmantes lettres pour ses amis absents. Dans ces lettres, la comtesse leur décrivait Madrid comme un véritable désert où l'on pouvait se promener, toute une journée, sans rencontrer visage connu. La comtesse, pour confesser la vérité, se contentait de signer ces missives qu'un jeune écrivain, fort pauvre, rédigeait pour elle. Mais une femme du monde, spirituelle et cultivée, ne saurait se satisfaire d'écrire des lettres pleines de charme. Il lui faut aussi des distractions. Or, celles-ci se faisaient de plus en plus rares. Ce qui explique qu'elle s'ennuyât et qu'elle fût d'humeur mélancolique.

— J'ai l'impression de vivre dans un couvent, disait-elle à sa femme de chambre. Tout le monde est parti. Personne à recevoir ; personne avec qui bavarder. Même les artistes s'en vont. Bientôt, nous vivrons comme en France. Le gouvernement instaurera le système des congés payés, et l'été deviendra invivable. Je me demande ce que font tous ces gens à la montagne ou au bord de la mer. Madrid est une ville si délicieuse en cette saison ! Les rues sont vides... c'est merveilleux.

Avec l'accent américain, ces propos étaient fort plaisants. Mais la comtesse devait être atteinte de cécité morale ; car Madrid était loin d'évoquer un désert. Une foule nombreuse envahissait les rues. Un million et demi de Madrilènes demeuraient dans la capitale. Il est vrai que ces Madrilènes n'avaient jamais pris de vacances. Mary Rosatonta connaissait peut-être ce vers : « ... Un seul être vous manque et tout est dépeuplé ! » Quoi qu'il en soit, la comtesse s'ennuyait et broyait du noir.

L'abbé Sangria se fit annoncer peu avant minuit. Le domestique refusa d'abord de déranger la comtesse. L'ecclésiastique insista. Il s'agissait d'une affaire importante. On l'introduisit dans un salon décoré avec un goût parfait. Des boiseries Louis XV recouvraient les murs ; des meubles de style Louis XV et Louis XVI y composaient ensemble une atmosphère raffinée. Une fenêtre s'ouvrait sur un jardin fort calme. Le bruit d'une fontaine berçait la nuit.

La comtesse arriva bientôt. Elle était vêtue d'une robe d'intérieur en velours bleu. Elle avait dénoué ses cheveux. Sans fard, sa figure paraissait plus pâle et plus transparente. L'abbé Sangria se leva et s'inclina gauchement devant sa pénitente.

— Que se passe-t-il, cher ami ? Vous m'avez effrayée. J'ai d'abord pensé qu'une révolution venait d'éclater.

La comtesse venait de lire la *Marie-Antoinette* de Stéphan Zweig, et cette lecture l'avait bouleversée. Aussi vivait-elle dans la hantise d'une révolution.

— Pardonnez-moi, madame la comtesse. J'ai cru pouvoir me permettre d'enfreindre les règles de la politesse en faisant appel, pour me présenter ici si tard, aux sentiments amicaux que vous avez daigné souvent manifester à mon égard et qui m'honorent, je vous prie de le croire.

Notre curé s'inclina de nouveau aussi bas que la rondeur de son ventre le lui permettait.

— Est-ce donc si grave ? Asseyez-vous, monsieur le curé. Vous paraissez fatigué.

Il obéit et poussa un soupir avant de poursuivre :

— Je suis très ennuyé, madame la comtesse. Car il m'arrive une aventure extraordinaire. Je dirai même plus : in-cro-yable !

La comtesse de Rosatonta s'installa dans un fauteuil et fit un geste gracieux, comme pour dire : je vous écoute.

L'abbé Sangria raconta alors la visite qu'il avait faite à doña Paz, l'entretien qu'il avait eu avec Carlos Sanchez et, pour clore ce récit, la séance d'exorcisme.

— Si Monseigneur apprend cela, je suis perdu ! s'écria notre curé d'une voix déchirante. Il faut que vous m'aidiez. Monseigneur vous admire ; des liens d'amitié l'unissent à vous. Mon honneur est entre vos mains.

La comtesse partit d'un rire enjoué. Elle paraissait beaucoup s'amuser.

— Mais, cher ami, s'écria-t-elle, c'est absolument merveilleux ce que vous venez de me raconter là ! Un fou qui se prend pour un inspiré et qui prétend avoir vu Notre-Seigneur ! Je vous le dis comme je le pense : vous êtes un homme merveilleux.

L'abbé Sangria esquissa un geste de protestation.

— Mais si, mais si, insista la comtesse. Vous avez agi, dans cette histoire, avec un tact et une diplomatie absolument remarquables. Vous feriez un excellent prélat. Tenez, je vais vous proposer un marché : vous me promettez de m'amener ce garçon chez moi mercredi prochain et je me charge de raconter toute l'histoire à Monseigneur, lequel vous adressera ses félicitations.

Notre curé inclina la tête :

— Vous êtes une femme étonnante, répondit-il. Votre amitié m'est précieuse. Je tâcherai de convaincre cet étudiant de venir mercredi.

La comtesse joignit ses mains en un geste charmant.

— Je vais convier quelques amis. Ils viendront certainement à Madrid pour assister à un spectacle aussi curieux. De plus, j'attends l'arrivée de Judith Leeds, la célèbre journaliste américaine. Elle parlera de nous partout où elle écrit. Vous allez voir, vous allez devenir célèbre. Bien entendu, vous serez des nôtres mercredi prochain. (Avec un sourire elle ajouta :) Je compte sur vous.

L'abbé Sangria se confondit en remerciements et prit congé de la comtesse.

« Me voilà assuré de son appui, pensa notre saint homme en quittant l'hôtel de la rue Velasquez. Monseigneur admire et respecte la comtesse, qui est une généreuse bienfaitrice. Il n'osera pas l'indisposer en prenant contre moi des mesures disciplinaires ; si Monseigneur trouve cet incident intéressant, je suis sauvé. J'aurai, dans cette affaire, gagné l'héritage de doña Paz et la considération de ma protectrice. Il ne me reste plus qu'à convaincre ce nigaud d'étudiant de se rendre avec moi à l'invitation de la comtesse. J'y parviendrai en lui disant que c'est une sainte femme désireuse de changer de vie et de se perfectionner. Il voudra la convertir. J'avoue que le spectacle sera divertissant. »

La comtesse ne put s'endormir. Elle était dans un état d'extrême agitation. Un saint dans son salon ? Ses amies allaient sans doute pâlir de jalousie. Il s'agissait de les décider à rentrer pour deux ou trois jours à Madrid sans éveiller leur curiosité.

La comtesse de Rosatonta recevait chez elle toutes sortes de gens : ambassadeurs, prélats, académiciens, hommes de lettres, peintres, musiciens et philosophes. Mais aucun fou n'avait encore franchi les portes de son hôtel. Le lecteur devinera donc son excitation. On en parlerait dans toute la ville. Judith Leeds serait enchantée d'écrire pour ses lecteurs américains qu'elle avait, en Espagne, déjeuné avec un dément qui prétendait avoir parlé avec Jésus-Christ. Les Américains se passionneraient pour cette affaire. Sans doute les fous abondent-ils aux États-Unis ; mais ils relèvent tous plus ou moins de la pathologie sexuelle ; un mystique leur ferait l'effet d'une sensationnelle nouveauté.

Mary Rosatonta arpentait sa chambre. Des fresques couvraient les murs : des nymphes s'y prélassaient au bord d'une rivière ; des bergers jouaient de la flûte. Le lit à baldaquin, posé sur une estrade, occupait le centre de la pièce. Le mobilier de style, les étoffes somptueuses, composaient à cette chambre une atmosphère luxueuse et intime. Une grande fenêtre donnait sur le jardin. On apercevait des cyprès, des saules pleureurs, des magnolias. Des parfums de jasmin montaient jusqu'à la comtesse. Le bruit de l'eau retombant dans un bassin incitait à la rêverie.

La comtesse appela sa femme de chambre qui ne parut nullement surprise d'être dérangée à une heure aussi avancée de la nuit. Elle était habituée aux caprices de sa maîtresse.

— Veuillez téléphoner à ce crétin de Mendoza, Isabelle. J'ai besoin de lui. Qu'on l'introduise dans ma chambre aussitôt arrivé.

— Très bien, madame la comtesse.

Mendoza arriva une demi-heure plus tard. Avec ses cheveux longs, son teint blafard et son regard de myope, il ressemblait assez au personnage qu'il était : un écrivain sans le sou. La comtesse lui avait promis de faire éditer son prochain livre et d'obtenir pour lui le Grand Prix du roman subjectif. Car Mendoza était un fervent disciple de Faulkner et de Proust. Il écrivait de longs romans à la première personne. L'un de ces romans, *la Jument de Jonathan*, était l'histoire d'un guerrier amoureux de sa jument. Les passages scandaleux y abondaient. Le style compliqué, aux incidences multiples, en rendait la lecture plus difficile encore. Car Mendoza avait le culte du vocable rare. Il aimait les images obscures. La comtesse avait lu ce livre et, ne l'ayant pas compris, avait décidé que le jeune homme possédait un talent original. Elle avait eu ce mot profond :

— Mendoza écrit comme nos peintres modernes peignent. Ses livres sont de la peinture abstraite.

Le comte s'était contenté de pouffer de rire. Car, à défaut de culture, Placido Rosatonta avait du bon sens.

Des critiques littéraires avaient parcouru l'ouvrage. Ils l'avaient trouvé « intéressant », « plein de choses », se gardant toutefois de préciser ce qu'étaient « ces choses ». Les éditeurs ne partagèrent pas cet enthousiasme. Ils demandèrent à réfléchir et réfléchissaient depuis bientôt trois ans. Mais la comtesse avait fait de la publication de cet ouvrage une question d'amour-propre. Elle venait de recevoir une lettre d'acceptation d'un éditeur ainsi qu'un traité en trois exemplaires, que le nouvel auteur devait renvoyer signés par lui. La comtesse ne cacha pas sa joie. Cet ouvrage lui était dédié. Elle passerait aux yeux des gens avertis pour une protectrice des belles lettres.

On sait déjà combien la comtesse aimait à jouer ce rôle.

Elle pensa d'abord téléphoner la bonne nouvelle à son protégé, mais décida aussitôt d'ajourner cette surprise. Notre malheureux auteur ignorait donc encore qu'il fût sur le point d'être édité. Il broyait toujours du noir et songeait à se suicider. Heureusement, les lettres espagnoles n'eurent pas à subir cette perte. Mendoza avait projeté, avant de se donner la mort, d'écrire un nouveau roman, *l'Ultime Assaut,* qui serait son testament littéraire. On pense bien qu'un ouvrage de cette importance ne s'écrit pas en un an.

Notre jeune auteur arriva l'air mal éveillé. En voulant baiser la main de la comtesse, il trébucha et renversa un vase de Sèvres posé sur une table basse. Mendoza devint cramoisi et se confondit en excuses. La comtesse ne put s'empêcher de rire.

— Vous êtes un vrai poète, lui dit-elle. Toujours dans la lune. N'ayez pas souci de ce vase. Aucune importance.

Le jeune homme se sentait humilié. Des larmes de dépit mouillaient ses yeux. Il maudissait en silence cette femme qui le traitait de si haut.

« Un jour, je serai célèbre, songeait-il. Alors ces femmes seront à mes pieds ; elles voudront m'inviter à leur table. Je refuserai leurs invitations et leur ferai payer cher les humiliations subies. Je hais leur monde et leurs phrases creuses. Celle-ci me traite en esclave, elle qui ne sait même pas rédiger une lettre et qui n'a rien lu, rien compris. Je me vengerai. »

Il crispait ses poings et ravalait ses larmes. Mendoza souffrait de sa maladresse et de sa laideur. Ce qui explique son amertume. Sa misère lui pesait également, à lui qui rêvait d'habiter une maison semblable à celle des Rosatonta, encombrée d'objets d'art. Sa sensibilité se déchirait à des épines imaginaires. Car, quels que fussent les défauts de la comtesse, celle-ci se montrait d'une extrême bienveillance à l'égard de Mendoza, lui donnant de l'argent, des vêtements et l'invitant souvent à déjeuner. Mais ces marques d'attention blessaient notre auteur au plus vif de son amour-propre. Il se croyait moqué, ridiculisé par ces gens du monde. Incapable de comprendre l'ironie et la légèreté, Mendoza découvrait à chaque réplique échangée devant lui des intentions et des allusions perfides. En sortant de l'hôtel des Rosatonta, l'auteur de *la Jument de Jonathan* s'enfermait dans sa chambre, pour pleurer d'amertume. Il frappait l'oreiller de ses poings fermés.

« Ils se moquent de moi et croient que je ne m'aperçois de rien. J'ai beau n'être que le fils d'une blanchisseuse de Vallecas, je sais percer à jour leurs discours aimables et chargés d'ironie à mon égard... Cette manière qu'ils ont de me dévisager et de m'adresser la parole comme à un enfant : " Parlez, mon petit. Nous vous écoutons. " Je les hais !... S'ils savaient ce que je pense d'eux ! S'ils pouvaient lire dans mes pensées !... Et cette insensibilité, ce manque total de culture !... Ces grands airs et cette morgue !... »

Mendoza avait tort de tant souffrir. Car personne, chez les Rosatonta, n'attachait d'importance à ce jeune homme, gauche et timide, qui se tenait à l'écart, l'air sombre et renfrogné. On le plaignait d'être pauvre. On respectait sa solitude. Mais l'amour-propre ressemble à ces grandes passions qui se nourrissent d'empêchements imaginaires.

— Asseyez-vous, Mendoza. J'ai une bonne nouvelle à vous apprendre.

Le jeune homme s'assit et fixa le tapis. L'incident du vase l'avait indisposé. Il se déchargeait de sa maladresse sur la comtesse qui s'était montrée fort aimable à son égard. Mais notre auteur n'entendait pas les choses ainsi. Il voyait dans la promptitude de la comtesse à l'excuser un nouveau moyen de l'humilier.

— Vous n'êtes pas curieux de savoir ce que j'ai à vous annoncer à une heure aussi avancée de la nuit ?

Mendoza haussa les épaules avec impertinence.

— J'attends que vous me l'appreniez, madame.

Il se faisait un point d'honneur de ne jamais donner son titre à la comtesse. Celle-ci ne semblait pas s'en apercevoir et reprit de sa voix la plus douce :

— Vous avez tort, Mendoza, de vous fâcher ainsi pour

un incident sans importance. Ce genre de maladresse, chacun de nous en commet. Vous êtes jeune et pourriez être heureux. Ne gâchez donc pas vos belles années.

D'une voix mélancolique, elle ajouta :

— Elles passent vite, tellement vite ! Croyez-moi, la vie n'a pas ces couleurs sombres dont vous vous obstinez à la vêtir.

Mendoza se rembrunit.

— Je ne suis pas fâché, dit-il sèchement.

— Mais si, vous l'êtes ! Cela se lit sur votre visage. C'est d'ailleurs sans importance. J'ai une grande nouvelle à vous apprendre qui, je l'espère, vous comblera de joie.

La comtesse lut à son protégé la lettre de Sabio. Celui-ci remerciait la comtesse de lui avoir envoyé ce manuscrit. Il comparait *la Jument de Jonathan* aux romans de Proust et à la musique de Debussy ; il concluait en se félicitant de ce nouvel auteur promis à la gloire. « Ce garçon ira loin ; son génie s'imposera comme une évidence. »

Cette lecture achevée, la comtesse regarda le jeune homme. Il s'était levé ; son visage pâle trahissait son émotion. Il demeura quelques secondes sans prononcer une parole, puis détourna la tête et pleura à chaudes larmes. Ses épaules maigres tremblaient. Des sanglots secouaient son dos légèrement voûté. La comtesse le laissa pleurer sans mot dire. Quand il eut repris son sang-froid, elle lui tendit les exemplaires de son traité.

— Voilà, Mendoza. Il ne vous reste plus qu'à signer ces papiers et attendre vos jeux d'épreuves. A présent, vous êtes un écrivain.

Il baisa la main de la comtesse avec ferveur. « Sot que je suis, pensa-t-il. J'ai insulté cette femme à part moi ; je l'ai maudite alors qu'elle ne se souciait que de mon avenir. Que serais-je devenu sans elle ? Sans doute mon talent aurait-il fini par s'imposer ; mais j'aurais dû attendre un an ou deux peut-être. Je suis un ingrat et un salaud. »

J'ai parlé plus haut de la vanité des hommes de lettres ; on ne s'étonnera donc pas que Mendoza ait pris les paroles de M. Sabio pour l'expression de la vérité. Notre auteur ne se doutait pas que l'éditeur avait décidé de publier ce livre avant même de l'avoir lu et pour obliger la comtesse de

Rosatonta. Mais les âmes inspirées ne sauraient entrer dans des calculs aussi médiocres.

— A présent, il me faut vous demander un service.

— Je suis à vos ordres, madame.

— Il m'arrive une chose extraordinaire. Imaginez que mon confesseur a fait la connaissance d'un fou qui se prend pour un saint et prétend que Jésus-Christ lui est apparu à deux reprises. J'ai réussi à convaincre l'abbé Sangria de m'amener ce garçon. Ce sera une histoire assez drôle...

Mendoza était redevenu de bonne humeur. Son roman allait être publié. Plein de fierté, il se prenait déjà pour un romancier célèbre. Il commit sa première bassesse. Au lieu de blâmer la comtesse pour l'idée saugrenue qu'elle avait conçue d'inviter ce pauvre fou chez elle, il se permit quelques plaisanteries de mauvais goût. Tant il est vrai que les esprits vaniteux s'avilissent facilement.

— Tâchez, reprit la comtesse, de rédiger une lettre qui incite mes amis à rentrer à Madrid, sans toutefois dévoiler le spectacle qui les attend. Ils en seraient jaloux et voudraient saboter ma petite fête. Essayez d'éveiller leur curiosité... Enfin, cher ami, vous trouverez bien quelque chose.

Mendoza rougit de plaisir. Il baisa la main de la comtesse et dit seulement :

— Ils viendront, je vous l'assure.

— Bien entendu, vous serez des nôtres. Après tout, pour un romancier, ce genre de spectacle peut être fort intéressant.

— Avec joie, madame. Je saurai faire parler ce garçon. Je suis sûr que nous nous amuserons beaucoup.

La comtesse sourit aimablement. Mendoza se retira. Son cœur bondissait de joie.

7

A une heure vingt, les premiers invités franchirent le seuil de l'hôtel Rosatonta. La comtesse, à peine maquillée, vêtue d'une robe noire fort simple, alla leur souhaiter la bienvenue.

— Comme c'est aimable à vous, Roberto, de vous être dérangé. Je ne sais comment vous remercier.

— Les termes de votre invitation m'ont tellement intrigué, chère amie, que je n'aurais pu refuser. Mais de quoi s'agit-il ? Quelle surprise nous réservez-vous ?

La comtesse posa l'index sur ses lèvres :

— Je vous dirai cela plus tard, lorsque tout le monde sera là.

— Que de mystère, chère amie ! On dirait un complot...

— C'est un peu ça.

— Vraiment ? Vous n'avez pas invité le général Franco, j'espère ? Vous connaissez mes convictions.

— Ne vous inquiétez pas, Roberto. Ni Franco ni les Villaverde ne seront ici.

— Ah ! tant mieux...

Roberto Pocolisto, membre de la Royale Académie de la langue, écrivait dans *ABC* des éditoriaux pleins de charme où il évoquait le Madrid d'antan. Il avait, dans sa jeunesse, publié deux romans que personne ne connaissait, mais dont tout le monde disait le plus grand bien. Roberto Pocolisto était célèbre sans avoir rien fait pour le devenir. On le disait intelligent. Il ne doutait pas de l'être. Aussi ne faisait-il rien pour le prouver. Un excellent homme. Il parlait d'une voix douce, efféminée, avec des gestes arrondis. Sa figure était poudrée, ses lèvres peintes.

Il avait perdu ses cheveux ; il portait donc perruque.

La comtesse le quitta pour accueillir d'autres invités parmi lesquels les marquis de los Picos et Miguel Pitorreo, l'un des hommes les plus en vue de Madrid. Grand, fort, les cheveux grisonnants, une moustache à la prussienne, le nez fin et, sous les sourcils rapprochés et broussailleux, un regard pénétrant, il parlait haut et fort pour attirer sur lui l'attention. Il tenait dans un grand quotidien du soir la rubrique littéraire. On le disait cultivé. Sans doute l'était-il. Ses articles, longs et obscurs, émaillés de citations d'auteurs grecs et latins, faisaient l'étonnement des lettrés. On admirait son aisance et, pour mieux dire, sa fatuité. Cet homme distribuait des brevets de génie comme les instituteurs des bons points. Il poussait les uns, écartait les autres, infligeait des blâmes et des récompenses ; les auteurs le redoutaient autant qu'ils le haïssaient ; car sa critique pouvait décider de l'échec ou du succès d'un livre. Pitorreo ne cachait pas son dédain de la littérature contemporaine. En homme prudent, il ne travaillait que sur des valeurs sûres : Cervantès, Lope de Vega, Góngora et Valle Inclán. On le croyait sévère : il n'était que lâche. Son succès comme critique littéraire s'expliquait par le fait qu'il n'avait, comme la plupart de ses lecteurs, d'avis sur rien. Il se contentait de prendre l'air du temps et de répéter à haute voix ce que le public pensait tout bas. Cet enregistrement de l'opinion de ses lecteurs lui valait la considération et l'estime générales. On admirait en lui la sottise commune. Il rassurait. « Puisque Pittoreo l'a dit... »

De plus, il s'était fait, à peu de frais, une réputation d'« honnête homme ». Il fréquentait les salons, aimait la chasse, se disait heureux de vivre, mangeait avec appétit, appréciait les bons vins, faisait une cour discrète aux jolies femmes. Homme heureux, il écrivait des recueils de maximes où il célébrait le bonheur et la douceur de vivre, l'amour, les voluptés intellectuelles ; de-ci de-là, des notations mélancoliques propres à plaire aux femmes : le temps qui passe, les souvenirs qui s'estompent...

Il salua la comtesse en parfait homme du monde, échangea quelques propos avec Pocolisto, son confrère à l'Académie, alla complimenter la marquise de los Picos qui arborait une toilette extravagante.

— Chère amie, il m'est arrivé d'écrire qu'une femme vieillit à partir de l'âge de vingt ans. Je ne vous connaissais pas encore. Le temps semble ne pas couler pour vous qui demeurez ce que vous étiez, il y a trente ans.

La marquise sourit :

— *Flatteur !* répondit-elle en français.

— *Non, madame : sincère.*

La marquise de los Picos ne paraissait pas son âge. Elle conservait un visage de jeune femme alors qu'elle avait dépassé la cinquantaine. Mince, menue, les cheveux noirs, les yeux marron, elle possédait, sans être belle, un charme incomparable. Son teint maladif et son regard mélancolique plaisaient aux hommes.

La marquise de los Picos souffrait de neurasthénie. Elle se plaignait de migraines, s'exprimait avec lenteur, semblant ne s'intéresser à rien et s'ennuyer partout à mourir. Fort riche, elle habitait un château médiéval, bâti sur un piton, aux environs de Zamora. Elle prétendait que son château était hanté par des fantômes et l'affirmait avec un tel sérieux que personne n'osait en rire. Ceux qui la voyaient pour la première fois demeuraient perplexes et convaincus de l'avoir rencontrée déjà. La marquise de los Picos ressemblait en effet à un Nattier. Il va sans dire qu'elle cultivait cette ressemblance avec soin, arborant des robes fort décolletées et prenant des poses alanguies. On l'invitait partout bien qu'elle n'eût l'air de se plaire nulle part. Elle se tenait à l'écart, un sourire mélancolique au coin des lèvres, attentive seulement à bouger le moins possible. Les plaisanteries la trouvaient de glace.

Judith Leeds venait de faire son entrée dans le salon de sa compatriote, devenue comtesse de Rosatonta. Les conversations s'arrêtèrent ; tous les regards se tournèrent vers cette femme grande et sèche, qui avait fait sa fortune en colportant des potins sur les personnalités du monde entier.

Judith acceptait avec bonhomie la curiosité qu'éveillait partout sa présence. On la redoutait et on l'enviait à la fois. Des artistes, des hommes de lettres, des ministres et des rois sans couronne se disputaient l'honneur de l'avoir à leur table.

Le salon de la comtesse s'emplissait maintenant de gens qui semblaient éprouver le plus vif plaisir à se retrouver. Miguel Pitorreo bavardait avec l'ambassadeur de France.

— Ce que je ne puis comprendre, disait le critique littéraire, c'est ce pessimisme qu'on retrouve chez tous les jeunes écrivains de votre pays. Ils dépeignent la vie sous des couleurs sombres. Ils manquent entièrement d'ironie.

L'Excellence eut un sourire amusé :

— Ils ont vécu la guerre, mon cher. Ils continuent de la vivre...

— Mais nous avons eu la guerre civile en Espagne. Un million de morts, cela ne vous dit rien. Mais cela ne nous empêche nullement d'aimer et de célébrer la vie. Tout n'est pas tragique, que diable ! Prenez le cas de Buffet, par exemple...

— C'est un grand artiste.

— Vous croyez ? D'ici trente ans, sa peinture sera oubliée. C'est une mode, une invention des marchands de tableaux.

L'épouse de Miguel Pitorreo qui était sourde comme un pot s'écria :

— Buffet ? J'ai beaucoup aimé son exposition sur Jeanne d'Arc. Je l'ai trouvée fort intéressante.

Son mari se pencha vers elle et lui cria à l'oreille :

— Je disais à l'ambassadeur que la peinture de Buffet ne restera pas.

Mme Pitorreo se tourna vers le représentant de la France et lui demanda avec un sourire timide :

— Vous n'aimez pas Buffet ?

— Si, au contraire.

— Vous avez tort. C'est un artiste très original.

La marquise de los Picos intervint à son tour :

— Buffet ? Je n'ai aucune toile de lui chez moi. Qui est-ce ?

L'ambassadeur de France entreprit de lui faire un cours sur Bernard Buffet et sa peinture. Quand il eut fini de parler, la marquise conclut, avec un charmant sourire :

— Je n'aime pas la peinture moderne. Je possède deux Goya, trois Velasquez, un Rubens et deux Greco. Aucun Picasso.

Judith Leeds paraissait beaucoup amuser ses interlocuteurs. Ceux qui arrivaient allaient grossir son groupe. La comtesse allait de l'un à l'autre, distribuant des sourires et des amabilités.

Mendoza arriva. La comtesse le prit à part.

— J'ai invité, lui dit-elle, Miguel Pitorreo... Tâchez de lui plaire. C'est un critique influent. Il préside le jury du Prix du roman subjectif. Parlez-lui de Lope de Vega qu'il admire. Ne soyez pas timide. Je lui ai parlé de vous. *Il vous est tout acquis.*

Ces dernières paroles furent prononcées en français, langue que l'auteur de *la Jument de Jonathan* connaissait mal.

Les invités de la comtesse arrivaient de plus en plus nombreux. Certains avaient le teint hâlé. Ils étaient rentrés à Madrid attirés par la mystérieuse invitation de Mme de Rosatonta parce qu'ils s'ennuyaient prodigieusement dans leurs résidences d'été. Ils cherchaient à deviner qui pouvait bien être cette « personnalité originale » qu'on allait leur présenter. Mais le secret était bien gardé. Ambassadeurs, généraux et académiciens attendaient patiemment d'apprendre quel était le héros de cette fête. Ils s'interrogeaient mutuellement avec bonne humeur :

— Savez-vous, mon cher, quelle surprise nous réserve la comtesse ?

— Je suis comme vous. J'ai cherché à soudoyer le valet de chambre. Rien à faire.

— Il n'y a que Mary pour avoir des idées aussi originales ! J'ai hâte d'élucider ce mystère ! s'écriait la générale Adelante d'une voix pointue.

La comtesse posa sa main sur l'épaule de Miguel Pitorreo. Celui-ci se retourna.

— Voici, cher ami, l'auteur de *la Jument de Jonathan*. ce livre dont je vous ai tant parlé. Sabio publie le roman.

Le critique dévisagea Mendoza avec une arrogance qu'il prenait pour de la simplicité :

— Ainsi vous écrivez, cher monsieur? Vous trouvez sans doute qu'il n'y a pas assez de livres?

Notre jeune auteur rougit. « Cela commence mal, se dit-il. Il n'a pas l'air bien disposé à mon égard. »

— Oui, maître, j'écris, j'ai cette faiblesse, rétorqua Mendoza d'un air modeste.

Pitorreo se radoucit :

— Qu'écrivez-vous?

— Un roman, maître.

— Bien... Il faut toujours commencer par un roman. Autobiographique, je suppose?

— J'ai voulu, maître, éviter ce piège. J'ai préféré, suivant vos conseils, me fier à mon imagination.

Pitorreo, tout à fait radouci, se mit à discourir de Cervantès, de Shakespeare et de Balzac avec entrain. Mendoza l'écoutait, bouche bée. De temps à autre, il hochait la tête ou s'écriait, le regard brillant d'admiration : « Comme c'est juste!... C'est merveilleux!... Je n'avais pas encore songé à cela!... » Le critique académicien commençait à trouver que notre auteur avait l'air intelligent, qu'il devait avoir du talent.

— Je lirai votre roman avec plaisir, jeune homme. J'aime les talents neufs. Ce qui importe, voyez-vous, c'est l'originalité dans la tradition. Nous sommes tous les disciples de quelqu'un. L'essentiel est de ne pas imiter servilement, mais de repenser les grandes œuvres et de les ramener à soi. Ne manquez pas de m'envoyer votre livre. J'en parlerai sûrement.

Mendoza devint cramoisi. La joie l'étouffait. Il baissa les yeux et balbutia :

— Ce me sera un grand honneur, maître...

— Mais non, mais non! Les critiques ne demandent pas mieux que de découvrir de jeunes talents. Cette joie leur est, hélas! rarement accordée.

Deux heures sonnèrent. Un domestique entra et murmura quelques mots à l'oreille de la comtesse. Celle-ci tapa dans ses mains. Aussitôt les conversations cessèrent et les regards se tournèrent vers la maîtresse de maison qui prononça d'une voix forte :

— Mes chers amis! Je tiens à vous remercier d'être

venus, surtout ceux d'entre vous qui avez quitté Saint-Sébastien et Malaga pour vous rendre à mon invitation. J'en suis profondément touchée.

Elle fit une courte pause avant de poursuivre :

— Je vous ai priés de venir pour vous présenter un garçon étrange et m'aider à me faire une opinion sur lui. C'est un étudiant, âgé de vingt ans. Il se prend pour un voyant et un inspiré !

Quelques murmures. Des sourires ironiques. Des regards complices.

La comtesse enchaîna :

— Il croit fermement que Notre-Seigneur lui est apparu à deux reprises, vêtu de loques et d'un pantalon rapiécé.

Des protestations se firent entendre. La générale Adelante s'écria de sa voix pointue :

— Mais c'est un fou !

— Voilà ce que nous voudrions savoir, l'abbé Sangria et moi-même. Est-ce un fou ? Est-ce un saint ? Vous en jugerez. Un éminent psychiatre se trouve parmi nous : le professeur Hermann Keffermann. Son avis nous sera fort précieux. Il pourra, pendant le déjeuner, observer cet étudiant à loisir. Il nous fera part de ses impressions.

Quelques applaudissements se firent entendre. Le professeur inclina le buste. Grand, maigre, le profil énergique, les cheveux blancs, les yeux d'un bleu lavé, les femmes décidèrent aussitôt de lui faire confiance.

— *That's wonderful !* s'écria Judith Leeds avec entrain. *How exciting ! That was a very fine idea, my dear, to ask me for coming here. I think we'll have a lot of fun.*

Tout le monde approuva. La comtesse reprit :

— Nous allons l'introduire parmi nous. L'abbé Sangria lui a expliqué que nous étions une sorte de société philosophique. Je vous prie donc de ne pas le détromper. J'ai pensé qu'il pourrait être intéressant, pour des hommes de lettres, de rencontrer un personnage aussi... exceptionnel.

Il y eut quelques murmures d'approbation. On louait l'esprit d'initiative de la comtesse, son éclectisme. Tant il est vrai que la curiosité est un sentiment qui l'emporte sur beaucoup d'autres et obnubile chez certaines gens jusqu'au sens de l'honneur.

Carlos, vêtu de noir, entra, précédé par le curé de l'Immaculée-Conception. Un silence se fit. Les femmes furent frappées par sa beauté ; les hommes le jugèrent prétentieux. Il jeta sur cette assemblée un regard surpris. Il faisait songer au cerf que la meute a rejoint et qui sent sa mort prochaine.

La comtesse le salua en ces termes :

— Je vous remercie d'être venu. Nous sommes un groupe d'amis qui avons en commun le goût d'une haute vie spirituelle. L'abbé Sangria nous a parlé de vous. Nous pouvons, en quelque sorte, vous considérer comme notre guide puisque aussi bien vous êtes parvenu aux sommets de cette vie contemplative que nous recherchons.

Carlos baissa la tête, sans desserrer les lèvres. L'abbé Sangria essaya de le faire parler, mais en vain.

Mendoza sentit le moment venu pour lui de se faire valoir. Son livre était pris par les éditions Sabio ; Pitorreo lui avait promis de parler de lui dans une de ses chroniques. Rempli de fatuité, le jeune auteur se croyait déjà célèbre. Il se proposa donc d'amuser l'assistance aux frais de l'étudiant. Ils étaient jeunes l'un et l'autre. L'auteur de *la Jument de Jonathan* s'avança vers Carlos et lui dit :

— Nous sommes très heureux de vous accueillir parmi nous. Depuis longtemps déjà, nous souhaitions faire appel à vos lumières, mais redoutions de vous importuner ou de vous indisposer.

Carlos semblait distrait. Il promenait un regard étrange sur les meubles d'époque, et les bibelots précieux. Jamais il n'avait pénétré dans une demeure aussi luxueuse. Il en demeurait étonné.

Mendoza surprit ce regard et se souvint de sa propre gêne lorsqu'il avait été introduit dans ce salon pour la première fois.

— Ce décor peut vous étonner, cher monsieur. Mais il ressemble aux décors de théâtre ; les acteurs s'y promènent ; le luxe qui les entoure ne leur appartient pas. Notre hôtesse a fait don de cette maison aux orphelins de Buenavista ; nous ne sommes ici que des figurants...

Carlos sourit et prit un air inspiré pour déclarer :

— Heureuse sois-tu, femme, car tu as su rejeter les agréments du monde pour accéder à une plus haute vie.

La comtesse de Rosatonta tressaillit ; les propos de Mendoza l'avaient déconcertée. On n'aime pas se laisser dépouiller de ses biens, ne fût-ce qu'en paroles. Elle n'eut pas le temps d'ouvrir la bouche. Judith Leeds interrogeait :

— *How exciting ! What did he say ?*

Pocolisto lui traduisit les paroles de Carlos et elle se hâta de prendre quelques notes tout en glapissant de joie. La générale Adelante se contenta de murmurer :

— Ça, par exemple !

Miguel Pitorreo avait sorti un lorgnon de son gilet et toisait avec une intense curiosité le héros de la fête. Le professeur Keffermann, installé dans un fauteuil, l'épiait comme le chat guette la souris.

Mendoza éclatait de fierté : il avait réussi à mettre Carlos en confiance.

— Notre hôtesse est en effet une sainte personne. Elle n'osait point vous convier. Vous avez gravi, l'un après l'autre, les degrés de l'échelle de Jacob... Vous avez atteint les sommets de la contemplation. Nous ne sommes hélas ! que de pauvres pécheurs...

Le professeur Keffermann s'exprimait en espagnol avec un fort accent germanique. Il parlait l'allemand avec un accent autrichien et les Autrichiens lui découvraient un accent prussien. Notre homme était tout simplement d'origine israélite. Il avait passé la guerre en Espagne ; après la victoire des Alliés, il avait ouvert une clinique psychiatrique aux environs de Lausanne. Les vedettes du théâtre et du cinéma allaient y soigner leurs complexes et y résoudre leurs problèmes. Ces problèmes, s'ils accablaient les malades, enrichissaient le professeur qui venait d'acquérir une propriété aux environs de Madrid. Son accent bizarre conférait à ses paroles une signification mystérieuse. Nous nous devons de dire qu'aucun des invités de la comtesse, hormis Roberto Pocolisto, n'avait feuilleté un manuel de psychiatrie. Leur ignorance en cette matière n'avait d'égale que leur crédulité. Les paroles du professeur plongèrent l'assistance dans une rêverie songeuse. Chacun s'efforçait de découvrir les secrètes intentions du psychiatre ; tous avaient l'impression d'assister à une cérémonie mystérieuse.

La célébrité de Hermann Keffermann s'étendait d'un bout à l'autre du monde. Il collaborait à de nombreuses revues spécialisées, partait en tournées de conférences, publiait des ouvrages que ses confrères eux-mêmes trouvaient admirables. Il pouvait passer pour le grand prêtre de cette nouvelle religion qu'est la psychanalyse. Il s'était opposé à Freud dont il avait réfuté de nombreuses thèses ; il avait également combattu Jung et ses disciples. N'étant de l'avis de personne, l'originalité de sa pensée s'imposait comme une évidence.

— Vous pourriez pourtant nous combler de joie, cher monsieur, reprit-il à l'adresse de Carlos, en nous disant s'il est vrai, comme nous l'affirme l'abbé Sangria, que Notre-Seigneur vous est apparu à trois reprises. Nous ne mettrons pas vos paroles en doute. Nous croyons à la toute-puissance de Dieu ; qu'Il ait pu vous élire ne nous étonnera pas. Mais nous aimerions que vous nous le confirmiez afin que nous puissions nous en réjouir avec vous... et entonner, tous ensemble, un cantique de reconnaissance.

Si le pauvre Carlos avait pu deviner que l'homme qui parlait ainsi ne croyait ni à Dieu ni à Diable, sans doute s'en fût-il méfié. Hélas ! Carlos était naïf. Les paroles du professeur l'émurent ; des larmes emplirent ses yeux. D'une voix qu'il voulait assurée, il répondit :

— Nous pouvons nous réjouir, en effet. Car j'ai vu Notre-Seigneur comme je vous vois... Moi, le plus indigne parmi les indignes, j'ai été choisi par Lui. Et vous qui avez cru, soyez bénis par Lui...

L'abbé Sangria, qui buvait un whisky et mangeait des biscuits salés, s'écria, la bouche pleine :

— Deux fois... trois fois même, il a vu Notre-Seigneur. En complet veston...

Des regards sévères se posèrent sur l'abbé ; ses grosses joues s'empourprèrent. Il s'empressa d'avaler ses biscuits.

« Mais cet homme est complètement fou ! » songeait la générale Adelante.

« Il a l'air gentil », pensait Mme Pitorreo, qui n'avait rien entendu des propos échangés.

« Aux Indes, j'ai vu des hommes plus intéressants, se disait avec ennui la marquise de los Picos. Les inspirés abondent dans ces pays-là ; ils y sont, pour ainsi dire, un produit national. On les fabrique en série. Comme les miracles. Pour dix dollars, on guérit devant vous un paralytique. Décidément, l'Occident se meurt. C'est un signe des temps que de faire tant de bruit autour d'un garçon qui a vu Jésus-Christ. Au Moyen Age, tout le monde avait des apparitions. Les anges et les démons n'avaient rien à faire que d'apparaître et disparaître à volonté. »

Judith Leeds paraissait radieuse. Elle venait de trouver un titre à son article : « Le commissaire et le yogi. » Le premier était, bien entendu, le professeur ; le second, l'étudiant. Elle montra son papier à Pitorreo qui acquiesça avec un sourire émerveillé. La commère ne pouvait se douter que ce fût le titre d'un livre connu ; comment eût-elle pu le deviner ? Sa découverte la comblait de joie.

Le professeur reprit d'une voix émue :

— Nous sommes heureux d'entendre de votre bouche la confirmation de notre secret espoir. Nous allons nous agenouiller et réciter un Pater.

Les invités se regardèrent avec étonnement. Le professeur s'agenouilla ; quelques autres l'imitèrent, puis d'autres, avec mille précautions. La marquise surtout parut ennuyée. Elle craignait de déranger sa coiffure et de s'abîmer les genoux. Elle se laissa donc glisser sur le tapis, tout en se disant que cette aventure commençait à devenir ennuyeuse. La journaliste américaine, au contraire, exultait. Elle avait parcouru le monde, rencontré des vedettes, des princes, des monarques, séjourné dans un couvent tibétain, parmi des moines au crâne tondu, assisté au jeûne prolongé d'un disciple de Gandhi ; jamais elle n'avait vu un saint. Cinq millions d'Américains liraient à l'heure du breakfast comment Judith Leeds avait assisté au duel oratoire d'un mystique et d'un psychiatre dans la patrie de sainte Thérèse d'Avila. Bref, elle rédigeait déjà mentalement son article et jouissait à l'avance de l'effet qu'elle produirait.

C'était un spectacle étrange que de voir ces gens du monde à genoux sur les tapis de la comtesse. Le professeur toussa et fit un clin d'œil à la générale Adelante ; il ignorait les paroles du Pater ; la générale les connaissait, mais craignait de se tromper ; ce fut Mendoza qui récita la prière. Le curé de l'Immaculée-Conception ne pouvait parler, ayant la bouche pleine de ces biscuits qu'il avalait pour tromper sa faim.

Ils se relevèrent. L'abbé Sangria ne put s'empêcher de remarquer :

— Nous pourrions peut-être déjeuner à présent ? Après les nourritures spirituelles, les nourritures tout court.

8

La salle à manger était de style gothique. Du moins la comtesse de Rosatonta le pensait-elle. Une tapisserie recouvrait le mur de droite ; une fenêtre s'ouvrait sur celui de gauche. Des vitraux remplaçaient les carreaux. Une table longue et étroite, en bois de chêne, occupait le centre de la pièce. Les fauteuils en bois étaient richement sculptés ; ils ressemblaient à ces sièges de chanoine qu'on voit dans le chœur des cathédrales. Pas de tapis. Deux candélabres étaient posés sur la table. Quant aux armoiries des Rosatonta, qu'on se rassure : on les voyait partout. Dans l'un des vitraux, au bas de la tapisserie, sur le dossier de chacun des fauteuils, sur les menus posés devant chaque couvert...

Ces menus étaient rédigés mi en anglais, mi en espagnol. On y lisait : *tomato juce, bacalao à la vizcaína*[1], *cheese, fresas con Chantilly*[2]. L'abbé Sangria ne put réprimer un geste de déception ; la comtesse aimait la bonne chère : pourquoi ce repas de Vendredi saint ? Il se consola en pensant qu'il pourrait toujours goûter au presbytère.

— J'espère que notre déjeuner vous conviendra, dit la comtesse à Carlos avec un sourire. Nous sommes gens sobres.

L'étudiant répondit qu'il ne goûtait nullement les plaisirs de la table. La comtesse se dit charmée de sa simplicité. Pitorreo grimaça : il n'aimait pas les tomates, et la morue lui était interdite. Il maudit en silence Carlos

1. Morue à la basquaise.
2. Fraises à la crème Chantilly.

Sanchez ; ce jeune exalté n'intéressait pas notre académicien qui trouvait décidément la plaisanterie un peu longue. Seule Judith Leeds paraissait enchantée. Des phrases de l'article qu'elle écrirait lui venaient à l'esprit. « Le saint ne mange point de viande ; il vénère la vie sous toutes ses formes ; il marche les yeux rivés au sol de peur d'écraser une fourmi... » Viendrait ensuite le menu idéal d'un mystique. La commère trouverait le moyen de glisser quelques mots sur telle marque de jus de tomate.

Les invités s'assirent. Carlos se trouvait à la droite de la comtesse et à la gauche de Judith Leeds ; le professeur était assis face à l'étudiant.

— Que font vos parents, cher monsieur ? interrogea le psychiatre.

Carlos rougit :

— Mon père tient à Huesca... Enfin... Il est cafetier.

Judith Leeds s'écria :

— *That's wonderful !*

L'Américain moyen serait ravi d'apprendre que les saints se recrutent dans sa catégorie sociale.

Carlos Sanchez trouvait toutes ces personnes fort aimables. Il ne doutait pas de leur sincérité. Sa méfiance l'avait entièrement quitté. Il parlait à cœur ouvert, convaincu d'être entouré d'amis sûrs et fidèles. Il raconta ses songes et ses visions avec une candeur étonnante. La comtesse l'encourageait par des regards complices ; le professeur souriait avec compréhension et posait des questions apparemment anodines auxquelles l'étudiant répondait avec naïveté.

— Votre mère doit être une sainte femme et votre père un bien brave homme, n'est-ce pas ?

Hermann Keffermann attendit avec intérêt la réponse de Carlos. Celui-ci parut hésiter. Son visage s'empourpra ; d'une voix à peine perceptible, il répliqua :

— Mes parents ressemblent... Ils sont... comme tout le monde. Ils... font des affaires et... Ils sont fort pieux... Je veux dire... Ils...

Carlos hésita. Pour la première fois de sa vie, il parlait sincèrement de ses parents — sans aucune arrière-pensée. Il craignait de les juger mal. Il cherchait à définir leur fausse vertu et ne trouva d'autre mot que :

— Hypocrites... C'est cela... Ils sont hypocrites...

Tous les regards étaient tournés vers le jeune homme. Miguel Pitorreo s'ennuyait ; la générale Adelante se demandait si notre héros était ou non dangereux ; la marquise levait les yeux au ciel ; l'abbé Sangria rougissait. Ce saint homme se sentait mal à l'aise. L'étudiant dévoilait ses tourments devant cet auditoire avide de sensations fortes ; ce spectacle rendait l'ecclésiastique mélancolique. Il souhaitait presque que l'étudiant découvrît la machination dont il était victime. Roberto Pocolisto transpirait ; la sueur faisait fondre son maquillage. Sur son visage sans âge, chaque goutte de sueur traçait, dans l'épaisse couche de poudre, un lourd sillon.

Helléniste distingué, il partageait le goût des Grecs pour les jeunes hommes. La figure grave et belle de Carlos Sanchez troublait l'académicien qui en oubliait de manger. Les questions du psychiatre, qu'il était seul à comprendre, plongeaient cet homme délicat dans le désarroi.

« Pauvre garçon ! se disait-il. Pourquoi se livre-t-il de la sorte ? Comment ne devine-t-il que cet homme lui tend des pièges ?... Comme il est beau !... Dieu sait pourtant que j'ai passé l'âge des emballements !... Jamais je n'oserais poser les lèvres sur ce visage trop parfait ! Je souffre pour lui. Est-il fou ? Qui ne l'est pas ? Nous sommes tous fous dans cette maison. Il ne me semble pas malade. Il devrait fuir, regagner sa lointaine province et retrouver la paix intérieure. Que de fois n'ai-je cru perdre la raison, moi aussi ! L'envie me prenait de me suicider. J'errais comme lui, dans les rues de la ville, implorant un sourire, un regard chargé de tendresse. Je me contentais de cette ombre de l'amour qu'est le vice. Je me méprisais le lendemain d'avoir cédé. Je recommençais pourtant. Une force irrésistible me poussait au-dehors et les nuits lugubres succédaient aux nuits solitaires... Comme je le comprends, ce garçon dévoré par la soif de l'absolu ! Comme je le plains aussi ! Le monde se rétrécit. Les grandes âmes n'y trouvent plus leur place. Elles sont condamnées à périr ou à se renier. Il doit me trouver ridicule avec mes gestes de douceur et ce masque de carnaval qui recouvre mes traits. Il ne sait pas que je suis le seul à l'aimer ici ; il ne le saura jamais. Je mourrai sans avoir pu oublier une seule de ses expressions. Et lui, demain, ne se souviendra plus de moi.

» Il rêve à voix haute devant ce Keffermann ennemi des songes. Que peut comprendre cet homme à cette âme, lui qui ne croit pas à l'âme ? Cet étranger, que peut-il saisir de ce qui fait la grandeur de notre race et de notre peuple ?... »

Roberto Pocolisto agitait ces pensées tout en dévorant Carlos Sanchez des yeux. Celui-ci ne pouvait en effet deviner que cet homme déjà vieux, au visage poudré et aux gestes efféminés, qui le fixait avec insistance, fût le seul à songer à lui avec une tendre compréhension.

— Hypocrites ? demandait le professeur avec son sourire le plus engageant. Je comprends ce que vous voulez dire. Il me semble néanmoins que c'est grâce à vos parents et aux exemples qu'ils vous ont donnés que vous avez pu accéder à cette haute spiritualité... ?

Carlos fixa ses mains avec une attention concentrée :

— Je n'ai pas... de parents, murmura-t-il avec une extrême hésitation. Dieu seul est mon Père...

— Certes, répliqua Keffermann. Vous aimiez pourtant votre mère, n'est-ce pas ?

— Peut-être... Je ne sais... Oui, je crois.

— Et votre sœur, l'aimiez-vous, ou bien la trouviez-vous trop jeune, trop puérile ?

— Je l'aime encore... Ma sœur... Magda est... ma seule amie... Elle comprend... Elle est ma plus sûre... Une confidente...

Le psychiatre promena un regard triomphant sur l'assistance comme quelqu'un qui vient de remporter un vif succès.

— Mais c'est très bien !... Elle me paraît fort sympathique, cette sœur. J'aimerais beaucoup la connaître. Est-elle jolie ?

L'étudiant changea de couleur ; il ouvrit la bouche comme pour dire quelque chose, se ravisa, puis :

— Très jolie, balbutia-t-il enfin.

Le professeur s'épanouit.

— Je m'en doutais, remarquez-le bien, conclut-il.

La comtesse s'agitait sur sa chaise. Judith Leeds écarquillait des yeux déformés par la curiosité. Elle buvait les paroles du psychiatre et les interprétait au fur et à mesure. Par exemple, elle était maintenant convaincue que des pensées d'inceste avaient dérangé le cerveau de l'étudiant. Cette hypothèse transportait Judith Leeds de bonheur. Son article ferait le tour de l'Amérique ! On en parlerait à San Francisco comme à New York. Les milieux scientifiques se passionneraient pour ce jeune saint aux tendances inavouables. La chronique de Judith ferait autant de bruit que le rapport Kinsey.

La marquise ne cachait pas sa déconvenue. « Que ces fous sont ennuyeux ! pensait-elle. Ils manquent absolument d'originalité. J'aimerais tellement mieux rencontrer un fantôme ! C'est plus drôle. Mais ces exaltés qui parlent de la beauté de leur sœur en rougissant ! Pouah !... »

Les domestiques se glissaient adroitement parmi les convives et jetaient des regards curieux sur notre héros. Le bruit s'était répandu à l'office qu'un fou déjeunait avec la comtesse ; l'un après l'autre, les serviteurs venaient assister au spectacle.

Notre étudiant ne se doutait pas des sentiments divers que suscitait sa présence. Il parlait douloureusement du manque de foi qu'il constatait chez ses amis. Le psychiatre approuvait ; la comtesse suggéra que le cinéma pouvait être à l'origine de cette déchristianisation ; Pitorreo opina d'une voix grave que le gouvernement devrait rétablir l'Inquisition ; la générale Adelante partageait cet avis.

— Très juste ! s'écria-t-elle. On devrait aussi brûler la plupart des romans qui encombrent les librairies. Une censure sévère interdirait la circulation des écrits tendancieux. Les Français inondent notre pays de leurs livres athées.

Elle parlait avec fureur et sérieux. Elle avait cru que le grand critique livrait sa véritable pensée.

Roberto Pocolisto reprit avec un sourire :

— Vous avez raison, madame la générale. A bas l'intelligence !

La générale redressa sa courte taille ; ses yeux ronds s'emplirent de fierté.

— Je suis heureuse, ajouta-t-elle, que nous soyons tous du même avis. L'Espagne est un pays chrétien.

La conversation s'anima ; Judith Leeds commençait de perdre pied. Parlait-on sérieusement ? Elle dévisageait les invités de sa compatriote avec étonnement.

La comtesse se leva ; tous l'imitèrent et regagnèrent le salon par petits groupes. Ils échangeaient à voix basse leurs impressions. Miguel Pitorreo déclarait Sanchez fou à lier.

— Il a l'esprit complètement faussé, dit-il à la générale Adelante. On devrait l'enfermer. Il raisonne, par moments, comme vous et moi ; n'est-ce pas la preuve qu'il est en puissance ce qu'on appelle un « fou criminel » ?

La générale, petite et grasse, tressaillit. Elle portait une robe sans manches, au large décolleté, qui laissait entrevoir la naissance de ses seins débordants.

— Vous pensez qu'il puisse devenir dangereux, cher maître ?

— On ne sait jamais, madame la générale. Ces exaltés se comportent normalement et soudainement extravaguent.

L'académicien parut réfléchir.

— Ses études lui ont tourné la tête. La démocratisation de l'enseignement est une mesure dont les effets se révèlent funestes.

Mme Pitorreo qui errait parmi les groupes, un sourire fané sur les lèvres, crut avoir entendu quelque chose :

— J'aime beaucoup Bernard Buffet..., commença-t-elle.

Roberto Pocolisto s'isola dans la bibliothèque contiguë au salon, prit une feuille de papier et, en caractères d'imprimerie, écrivit :

Monsieur, on se moque de vous. Vous vous trouvez chez l'une des femmes les plus en vue de Madrid. Un psychiatre a été chargé de vous observer. Fuyez. Rentrez chez vous, préparez votre bagage et regagnez votre province. Je vous aiderai à quitter Madrid.

UN AMI LOYAL.

Il plia soigneusement ce billet et sourit intérieurement. Il était heureux de soustraire Sanchez à cette farce macabre et désireux de le revoir sans témoins. Les hommes rarement agissent sans arrière-pensées ; l'impur toujours se mêle à leurs plus nobles impulsions. Malgré les promesses qu'il s'était faites, Roberto Pocolisto espérait poser la main sur le beau front du jeune homme. Comment l'en blâmer ? Il croyait agir loyalement.

La comtesse servait le café. Carlos Sanchez, assis dans un fauteuil de velours rouge, se tenait à l'écart. Pocolisto s'approcha de lui et, habilement, lui glissa le billet. L'étudiant le regarda avec étonnement. Il déplia le billet et le lut.

— Un sucre ou deux ? demanda la comtesse.

Notre héros se leva d'un bond. Son visage était pâle ; ses traits, altérés ; son regard, fixe et brillant. La comtesse prit peur et laissa tomber la tasse qu'elle tenait. Une stupeur se lisait sur tous les visages.

— Vous m'avez trompé, s'écria l'étudiant. Je suis venu ici parce qu'un prêtre me l'avait demandé... Je vous ai laissé parler... Je vous pardonne !... Je ne suis pas fou !... Je ne suis pas fou !...

La générale ouvrit la bouche, puis oublia de la refermer. Elle se demanda si elle devait ou non s'évanouir.

L'abbé Sangria fut pris de tremblements. « Il va me tuer, songeait-il. Il va se ruer sur moi. Mon Dieu ! pourquoi me suis-je mêlé de cette affaire ! Saint Michel, protégez-moi ! »

— Calmez-vous, jeune homme, hasarda Miguel Pitorreo d'une voix mal assurée.

L'étudiant s'emporta ; il criait :

— Vous vous êtes moqués de moi ! J'ai ajouté foi à vos paroles hypocrites... Vous vouliez m'enfermer dans un asile, hein ? Vous me prenez pour un fou. Je ne suis pas fou. Mais vous êtes indignes d'entendre la voix de la vérité. Vous vous êtes amusés à mes dépens... Je...

Il se tourna vers le curé de l'Immaculée-Conception. Le bon abbé devint cramoisi ; la sueur perlait sur son front. « Il m'a vu, pensait-il. Je suis perdu. Il est en crise, cela saute aux yeux. Pourquoi ne se ruent-ils pas sur lui pour le ligoter ? Il va me tuer. Mon Dieu ! mon foie me tourmente. Quelle journée, Seigneur ! Quelle journée ! »

Carlos Sanchez traversa le salon au milieu de l'ébahissement général. Seul le psychiatre conservait son sourire.

L'abbé Sangria recula ; il se trouva coincé entre les rideaux d'un lourd damas et un secrétaire ancien. L'étudiant fut bientôt devant le confesseur de la comtesse. La figure ronde et empourprée de l'ecclésiastique exprimait une peur animale ; celle, grave et tendue, de Sanchez trahissait un douloureux étonnement.

— Eux, je les comprends..., balbutia-t-il. Mais vous ?... Un prêtre ?... Un serviteur de Dieu ?... Comment avez-vous pu ?...

— J'ignorais... Je vous assure que je n'étais pas au courant...

Le curé de l'Immaculée-Conception se tut. Carlos Sanchez pleurait. Deux grosses larmes hésitèrent au bord de ses longs cils ; le soleil les fit scintiller ; elles glissèrent sur son nez et vinrent humecter ses lèvres charnues. Le jeune dément les but. Il parut hésiter, tourna le dos à l'abbé et s'enfuit en courant.

Personne n'avait, pendant cette scène, prononcé une parole. Après la fuite de Sanchez, chacun se sentit soulagé. La comtesse balbutia quelques excuses ; la générale Adelante décida de ne point s'évanouir ; l'abbé Sangria essuya la sueur qui mouillait ses tempes ; la marquise bâilla discrètement ; Roberto Pocolisto baissa les yeux, avec inquiétude. Tous attendaient les commentaires du professeur Keffermann. Celui-ci se leva, promena un regard hautain autour de lui et commença d'une voix qui ménageait les silences avec habileté :

— Comme vous avez pu le constater, ce malheureux étudiant a l'esprit troublé...

Le psychiatre fit une pause ; les auditeurs échangèrent des sourires qui signifiaient : « Quel homme de génie ! »

— Contrairement à ce que son attitude pourrait laisser supposer, le malade n'appartient pas à la catégorie des « fous criminels ». Il n'est nullement dangereux. C'est un fou parfaitement inoffensif. Sa démence n'est pas héréditaire. Elle ne semble d'ailleurs pas remonter à bien loin.

Deux ou trois mois, tout au plus. Ce genre de fous emplissent les cliniques psychiatriques. Ils souffrent d'un dédoublement de la personnalité. Ou, pour être plus précis, d'une confusion de personnages. Ils se prennent pour quelqu'un d'autre : héros de l'Antiquité, personnages de roman, etc. Ce jeune homme est convaincu d'être un saint. Son comportement est parfaitement conforme à celui de son personnage. Carlos Sanchez n'est plus lui-même ; il a perdu la notion de son « moi ». Mais sa raison demeure intacte à l'intérieur de cette folie. Il agit et pense normalement.

Le professeur parlait avec son accent germanique. « Vous » dans sa bouche devenait « fou ». L'auditoire éprouvait quelque peine à s'y habituer.

Hermann Keffermann aimait à briller. Il parla longtemps, avec une application digne d'éloge. Il analysa le processus de la maladie, ses chances de guérison qu'il considérait comme nulles. Il ennuya, mais ne s'en aperçut pas. Lorsqu'il se tut, seule Judith Leeds applaudit vigoureusement l'orateur. On ne sut si elle l'applaudissait plus de parler ou de se taire.

9

Les vieillards ressemblent en ceci aux enfants qu'ils ne savent pas garder un secret.

Doña Paz, ce mercredi 12 juillet, se leva de bonne heure ; elle brossa Mickey, le cajola, le prit dans ses bras et descendit chez la concierge.

Grande, forte, carrée, un soupçon de barbe sur le menton, les cheveux gris et hirsutes, le regard trouble, doña Pilar présidait aux destinées des locataires de son immeuble. Ce que la vie lui avait refusé — c'est-à-dire tout —, elle le vivait par leur entremise : mariages et décès, voyages, liaisons extra-conjugales, amours interdites. Rien ne se faisait dans l'immeuble que doña Pilar ne le sût ou le devinât. Les jours d'été, la concierge les passait sur le seuil de la porte, assise sur une chaise de cuisine, son gros chat tacheté de noir et de blanc couché en boule sur ses genoux. Elle observait le va-et-vient des habitants du quartier tout en s'éventant avec des journaux pliés. Ses yeux, d'un gris lavé, remarquaient l'hésitation d'une démarche, l'angoisse d'un regard traqué. Doña Pilar non seulement aimait à connaître les secrets de chacun, mais encore cette curiosité était-elle, avec l'alcool, le plus profond besoin de sa nature. Elle vivait par procuration et cherchait dans le vin rouge l'oubli d'elle-même.

Personne ne connaissait le passé de doña Pilar. Peut-être cette femme virile et malpropre n'avait-elle point d'histoire. Elle était veuve, comme la plupart des Espagnoles ; la photographie de son mari trônait sur le poste de TSF au beau milieu de la loge. Il était mort d'une pneumonie. Elle le pleurait souvent et l'appelait « mon cher Armando ». Mais ces larmes ne renseignaient guère sur l'amour qu'elle lui avait voué. Les Espagnoles pleurent leurs maris défunts avec la même fougue qu'elles mettent à les persécuter de leur vivant.

De cette union, hélas ! trop brève — « dix années de bonheur ! » se plaisait à répéter doña Pilar —, un fils naquit. Il était parti en Argentine pour faire fortune. Depuis vingt ans, sa mère demeurait sans nouvelles de cet enfant prodigue. Elle le pleurait avec plus de désespoir encore que son feu mari.

A l'heure incertaine où le ciel pâlit et les premières étoiles s'allument, la concierge s'enfermait à clé dans sa loge et s'enivrait de souvenirs et de vin rouge. Elle tournait le bouton de son poste de TSF et sanglotait en écoutant Luis Mariano chanter *Granada* en espagnol, avec un accent français. Car doña Pilar aimait la musique. Son chat — Cariño — s'asseyait sur la table et buvait dans le verre de sa maîtresse. Femme et chat échappaient ensemble à l'angoisse de vivre.

Doña Pilar avait, on le voit, bien des défauts, qu'une qualité — rare chez une femme espagnole — rachetait : elle n'était point bigote. Les locataires de l'immeuble ne pouvaient que se louer de cette indifférence en matière de religion : l'écho de leurs débauches ne parvenait pas jusqu'à la paroisse. L'Espagnol aime la volupté, mais redoute l'enfer. Les prêtres détiennent les clés du paradis ; mieux vaut donc pour chacun les tenir dans l'ignorance de ses vices cachés. En Espagne, rien de répréhensible ne se fait au grand jour ; c'est à croire que le Bon Dieu respecte l'intimité des alcôves et jugera sur les apparences.

Doña Pilar buvait le soir et le matin ; le reste de la journée, elle le passait tapie dans l'ombre, son chat auprès d'elle. Les locataires défilaient devant la loge, prenaient leur courrier, demandaient des nouvelles de Cariño, s'inquiétaient des rhumatismes de doña Pilar et s'en allaient, qui travailler, qui se promener au Retiro.

Le numéro 56 de la rue Goya était l'un de ces immeubles en pierre de taille construits au début du siècle. Rien ne le distinguait des autres immeubles de cette rue élégante, hormis des *miradors* à chaque étage ; les femmes passaient le plus clair de leur temps dans ces cages en verre, d'où elles pouvaient suivre les allées et venues des passants et surveiller leurs cuisinières à l'heure du marché. Des bourgeois riches, donc respectables, habitaient cet immeuble. La propriétaire, doña Asunción, veuve d'un général, vivait claustrée dans son appartement comme dans un couvent. Elle ne sortait que le dimanche pour se rendre à la grand-messe, à la paroisse de l'Immaculée-Conception. Son chauffeur l'attendait devant la porte. Doña Asunción, de noir vêtue, une épaille *mantilla* sur ses cheveux blancs, son paroissien et son sac à la main, quittait dignement l'immeuble. L'Hispano-Suiza traversait la rue ; le chauffeur ouvrait la portière et attendait devant l'église. Au deuxième étage, habitait don Tiburcio, marié, père de deux filles âgées de seize et vingt-trois ans respectivement. Elles étaient aussi laides que coquettes. Leurs parents donnaient de nombreuses fêtes dans l'espoir de les marier. « Elles sont riches et cela doit pouvoir se faire. »

Don Tiburcio, grand, brun, mince et toujours bien mis, est directeur de banque. Il parle peu et comme à contrecœur. Les samedis soir, il sort pour jouer au bridge dans un cercle de la Castellana ; doña Pilar connaît le nom de ce prétendu cercle : il s'appelle Manolita, trente-deux ans, sans profession avouable. Don Tiburcio n'est pas homme à perdre la tête, fût-ce pour une femme jeune et jolie. Il trompe son épouse régulièrement et convenablement : une fois par semaine seulement. Il appartient donc à la catégorie des maris et des pères exemplaires. Il n'a, aux yeux de la concierge, qu'un seul défaut : les chats lui font horreur.

L'épouse de don Tiburcio, malgré ses cinquante ans passés, demeure délicate et menue. On la dit coquette. Les femmes mariées, si elles ne prennent pas de l'embonpoint, sont, en Espagne, regardées avec suspicion. La vertu d'une épouse se mesure à la rondeur de ses hanches. Alicia Cayetano de Menendez, avec son teint pâle, et ses jambes bien faites, souffre d'un mal mystérieux qu'on nomme l'ennui. Cette maladie se traduit par de fausses crises cardiaques qui plongent la famille dans l'angoisse. Ses filles ouvrent les fenêtres, posent sur le front de leur mère des serviettes imprégnées d'alcool ; don Tiburcio quitte son bureau et se précipite dans la chambre conjugale. Depuis trente ans, Alicia Cayetano se meurt. Ni son époux ni ses filles ne se lassent de ce spectacle monotone. Les distractions familiales sont, hélas ! bien rares. Aussi don Tiburcio voue-t-il une reconnaissance secrète à son épouse qui, de temps à autre, bouscule le rythme uniforme des journées. De plus, cette maladie fournit un excellent sujet de conversation. Chez les Cayetano, on parle de l'angine de poitrine comme on parle de Dieu dans un couvent : interminablement.

Alicia Cayetano vit dans une pièce dont la fenêtre s'ouvre sur la cour de l'immeuble. Le bruit incommode la malade qui souffre d'insomnie ; la lumière du soleil blesse ses yeux, aussi fragiles que son cœur. Alicia passe donc ses journées couchée, les rideaux fermés, l'électricité allumée. Elle dévore les volumes de la bibliothèque municipale. Elle a lu quantité de romans policiers ; douée d'une mémoire vacillante, elle relit trois fois le même livre, sans s'en apercevoir.

Ses filles ne sortent pas plus que leur mère. Elles bavardent dans le *mirador* et poussent des gloussements bizarres lorsqu'elles aperçoivent un garçon. Du matin au soir, elles restent là, enfoncées dans leurs fauteuils, prêtes à répondre au moindre appel de leur mère malade. Elles ne se taisent jamais. On dirait un jacassement de perruches.

L'aînée, Maruja, grande et sèche, les cheveux noirs et le nez trop grand, a des tics nerveux. Elle ne peut s'empêcher de cligner des yeux, ce qui est fâcheux pour une jeune fille ; cette habitude prête en effet à toutes sortes de malentendus. Maruja a été fiancée à un officier de cavalerie, fort, carré d'épaules, au regard cruel ; une moustache ombrageait ses lèvres. Elle l'aima passionnément. Mais la mère de la jeune fille s'opposa avec force à cette union. Elle gémit que Maruja l'abandonnait pour suivre « un homme », menaça de se laisser mourir de chagrin, versa tant de larmes que don Tiburcio redouta de la voir tomber réellement malade. Les fiançailles furent rompues et la vie reprit comme devant.

Alicia Cayetano ne supportait pas la solitude. Il lui

fallait sentir la présence de ses filles autour d'elle. Dix, quinze fois par jour, elle les appelait à tour de rôle pour réclamer un verre d'eau, un jus d'orange ou le tube d'aspirine. Une infirmière, ou plus simplement la femme de chambre, aurait évidemment pu la soigner. Mais l'épouse de don Tiburcio ne pouvait supporter les visages des « gens du peuple ». Les mains des domestiques la dégoûtaient. Aussi la femme de chambre portait-elle des gants. Mais, sous les gants, Alicia Cayetano devinait les doigts épais.

On ne s'étonnera donc pas de ce que la malade passât des heures à soigner ses mains. Elle les enduisait de crèmes, les massait, les séchait délicatement, les contemplait avec ravissement.

— Les mains, mes petites, disait-elle à ses filles, sont des colombes. Elles doivent, lorsque nous parlons, s'envoler dans un doux froissement d'ailes ; de par leur blancheur et leur transparence, suggérer des visions célestes. Elles sont, plus que les yeux, le reflet d'une âme. Une femme bien née se devine à ses mains. Soignez les vôtres, mes filles ; ne vous lassez pas de les aimer.

Un avocat véreux — Evaristo Hablador — venait, une fois par semaine, s'entretenir avec la malade. Il arrivait, une serviette noire sous le bras, s'enfermait dans la chambre de sa cliente et y restait plusieurs heures. Car Alicia Cayetano souffrait d'une maladie morale aussi grave que son angine de poitrine : elle était née roturière. Cette particule qui manquait à son nom obsédait l'épouse de don Tiburcio. Elle y songeait le jour et la nuit ; elle examinait avec une attention soutenue son arbre généalogique dans l'espoir de se découvrir un ancêtre noble. Hélas ! ses arrière et arrière-grands-parents appartenaient à la plus petite bourgeoisie. Une autre femme qu'Alicia Cayetano s'y fût résignée. Mais la malade n'entendait pas les choses ainsi. On aimerait peut-être savoir quel titre elle ambitionnait. Malheureusement, l'épouse du très honorable Tiburcio Menendez hésitait encore : comtesse ou marquise ! Ce grave dilemme occupait son esprit. Tantôt elle penchait pour le premier, tantôt pour l'autre.

Evaristo Hablador plaidait peu. Il préférait les causes

embrouillées ; celles qui ne l'étaient pas, il s'employait à les compliquer. Il usait le meilleur de son talent à maintenir intacte l'espérance dans le cœur de ses clients. Il y réussissait aisément. On louait son intelligence. Il en déployait beaucoup pour retarder le cours de la justice. Mais les hommes sont rarement pressés de l'obtenir ; ce qu'ils veulent surtout, c'est pouvoir affirmer que le droit se trouve de leur côté.

Evaristo Hablador plaisait aux femmes. Il leur souriait avec politesse, s'inclinait devant elles pour leur baiser la main et savait habilement glisser quelques compliments dans ses propos. Qu'elles fussent belles ou laides, jeunes ou vieilles, le jeune avocat avait pour toutes les femmes les mêmes attentions délicates. Sa mise élégante, ses mains longues et blanches lui donnaient un air de ressemblance avec certain personnage de Guy de Maupassant. On l'appelait « Bel-Avocat » par allusion à « Bel-Ami » que bien des femmes espagnoles préfèrent à don Juan.

Evaristo Bel-Avocat n'était pas seulement versé dans l'art de retarder un procès, mais encore pouvait-on le consulter comme on feuillette un Bottin mondain. Il connaissait les alliances de toutes les grandes familles espagnoles, aussi bien que leurs ascendances. Sur ce chapitre, il était imbattable... Ses clientes, recrutées de préférence dans la haute bourgeoisie, lui téléphonaient pour savoir lequel d'un diplomate ou d'un évêque elles devaient placer à leur droite ou quelle robe elles arboreraient pour un déjeuner à la campagne. Il passait pour l'arbitre de la mode masculine et féminine. Une cravate mal assortie à un complet, une fleur épinglée avec négligence sur une robe blessaient les yeux d'Evaristo. On l'invitait partout. Il aimait à médire autant et mieux qu'une femme. Il est bien connu que les femmes se plaisent dans la compagnie des jeunes hommes qui ont leurs défauts. Elles se sentent de la sorte protégées.

On devine avec quel plaisir Evaristo Hablador avait accepté de s'occuper des affaires d'Alicia Cayetano. Depuis bientôt cinq ans, il préparait ce procès qui permettrait à la malade de reprendre le titre qu'elle revendiquait. Tous les mercredis, à cinq heures précises, notre homme arrivait. Il complimentait sa cliente sur sa nouvelle robe d'intérieur, sur un bouquet de fleurs « divinement arrangé » ; il posait sur sa main d'ivoire un baiser discret, s'extasiait, une nouvelle fois, sur la transparence de sa peau et la finesse de ses doigts, s'asseyait dans un fauteuil, rapportait les derniers potins, moquait toutes les femmes qu'il avait approchées, critiquait le dernier éditorial de l'*ABC*, louait une comédie jouée au *Teatro Eslava*, contait les mésaventures conjugales de l'actrice chargée du premier rôle... Alicia Cayetano riait aux éclats, évoluait en imagination dans un monde peuplé de comtes et de ducs. Evaristo Hablador lui parlait enfin de son procès.

— J'ai une excellente nouvelle à vous apprendre, chère madame, et... — vous me le permettez ? — *chère, chère* amie...

Alicia Cayetano arborait son plus gracieux sourire, tendait son bras, qu'on devinait mince et rond sous les dentelles ; Bel-Avocat baisait à nouveau la main de sa cliente.

— Vous n'êtes point, comme vous pourriez le penser, l'arrière-petite-fille de cet Augusto Cayetano, tenancier d'un estaminet à Trujillo ; vous êtes...

Nouveau sourire ; nouveau regard tendrement respectueux.

— Vous êtes, chère madame, la fille naturelle du duc de los Pepinos et de la comtesse del Muriendo Amor...

Alicia Cayetano crut s'évanouir ; la curiosité l'en empêcha.

— La comtesse était, hélas ! mariée ; son époux, une brute à la face de démon, la délaissait pour courir le sanglier. Survint alors le duc de los Pepinos. Il possédait un château voisin de celui du comte ; à un rendez-vous de chasse, il rencontra la comtesse. Sa beauté n'avait point d'égale ; son intelligence était vive et profonde. Elle parlait le français et l'italien, lisait Dante et Pétrarque, jouait au clavecin des sonates de Mozart. Le duc, lui aussi, aimait la poésie et la musique. Ces deux grandes âmes s'éprirent l'une de l'autre ; leur amour passionné fait songer à celui de Tristan pour la blonde Iseult. De cette passion, un fils naquit. La comtesse s'était réfugiée chez des amis du duc pour mettre son enfant au monde ; le comte n'en connut pas l'existence. On confia l'enfant à cet Augusto Cayetano. Hélas ! la fatalité s'acharna contre les amants ; la comtesse mourut bientôt d'une maladie mystérieuse ; le duc provoqua le mari de sa bien-aimée en duel et fut tué par ce barbare...

Alicia Cayetano sortit son mouchoir et s'essuya les yeux. Elle pleurait sur le sort tragique de ses ancêtres. Son cœur battait à se rompre.

— Je le savais ! s'écria-t-elle. Je savais depuis toujours que je ne pouvais pas être une femme de peu ! Le voile enfin se déchire ! La lumière se fera. Je vous devrai cela, mon grand ami !

Ravissement mutuel ; regards chastement complices, sourires émus.

— Il ne reste plus qu'à trouver les preuves qui vous permettront de reprendre ce titre de duchesse de los Pepinos qui fut celui de vos ancêtres.

— Duchesse ? Mon Dieu !... Sera-ce long, cher ami ?

— Je pense réussir bientôt... D'ici cinq ou six mois vous pourrez faire imprimer vos nouvelles cartes de visite. Évidemment, je me dois de vous avertir que les frais seront lourds ; il nous faut payer des employés, des avoués et des notaires. Ces gens-là sont insatiables.

— Des frais ? Peu importe, Evaristo. Réussissez, c'est l'essentiel.

— Nous réussirons, chère amie.

Un lecteur français trouvera les procédés d'Evaristo Hablador fort douteux. Mais en Espagne l'inégale répartition des richesses excuse bien des choses. Les gens riches sont capricieux ; quelle tentation pour un jeune avocat peu scrupuleux que de satisfaire ces caprices !

Doña Pilar n'en revenait pas. Un saint dans l'immeuble ? Comment avait-elle pu ignorer une chose aussi importante ? Elle regarda doña Paz avec suspicion :

— Vous êtes sûre que ce n'est pas un charlatan ?

La vieille dame hocha la tête avec indignation :

— Un saint, je vous l'assure. L'abbé Sangria le sait mieux que personne. Tenez, seriez-vous capable de garder un secret ?

— Vous doutez de ma discrétion, doña Paz ? Voici plus de trente ans que je suis concierge de cet immeuble ; me suis-je jamais mêlée de vos affaires ? Vous me chagrinez, madame…

— Ne vous fâchez pas, Pilar. Mais il s'agit d'une affaire fort grave. L'abbé Sangria pourrait avoir des ennuis avec l'évêché au cas où l'affaire s'ébruiterait.

La concierge tressaillit et pencha en avant son buste de hussard :

— C'est si grave que cela ?

— *Très* grave.

Il y eut une pause. Cariño, couché sur le poste de TSF, fixait avec hargne le chien de la vieille dame. Mickey grognait et montrait ses dents jaunes. Doña Paz jeta un regard mystérieux autour d'elle.

— Personne ne peut nous entendre ? demanda-t-elle.

— Personne, doña Paz.

— Voilà !… L'abbé Sangria et moi avons exorcisé la chambre du jeune homme.

Doña Pilar suffoquait :

— Exorcisé ?

— Ce rite a pour but de chasser les démons.

La concierge se demanda si elle était ou non soûle ; pour s'en assurer, elle se leva péniblement et avala un verre d'eau. Elle renifla et revint s'asseoir auprès de doña Paz.

— Chasser les démons ? interrogea-t-elle.

— C'est cela même. Le Diable venait chaque nuit tenter l'étudiant. Celui-ci jetait des cris et se cognait aux murs comme pris de folie.

Doña Pilar vacilla. Ces dernières paroles, prononcées par doña Paz d'une voix mystérieuse, lui donnaient le frisson.

— Le Diable venait chaque nuit… Vous en êtes sûre ?

— Sûre et certaine. L'abbé Sangria a chassé le Malin. Le jeune homme est à présent délivré de son angoisse. Mais jurez-moi de n'en rien dire à personne…

— Doña Paz !

— Je sais. Vous êtes une femme discrète...

La vieille dame se pencha vers la concierge et lui glissa quelques mots à l'oreille.

Doña Pilar écarquilla les yeux et s'écria :

— Ça, alors !...

— Comme je vous le dis. Et pas une seule fois ; mais trois fois.

— Notre-Seigneur... ?

Les deux femmes firent le signe de la croix.

— Notre-Seigneur, Pilar.

— Mais comment l'avez-vous appris ?

— C'est M. Sanchez lui-même qui l'a avoué à l'abbé Sangria. J'ai tout entendu...

— Ça, alors !... répéta la concierge.

Après un court silence :

— Mais qu'en pense votre confesseur ?

— Que nous avons un saint dans notre immeuble ; un saint authentique.

— Il fait des miracles ?

Doña Paz demeura perplexe :

— Sûrement. Les saints accomplissent toujours des miracles.

Les deux femmes bavardèrent encore longtemps ; elles se séparèrent après de mutuelles recommandations de discrétion. Les conseils que les femmes se prodiguent sont, hélas ! rarement écoutés.

À peine doña Paz avait-elle refermé la porte de son appartement que la concierge ferma la loge à clef et se précipita chez doña Asunción, sa propriétaire.

Une veuve, le fût-elle d'un général, est souvent dévorée par l'ennui. Doña Asunción n'échappait pas à ce destin. Elle passait le plus clair de son temps à mettre de l'ordre dans les Mémoires de son défunt époux. Le général Cangrejo y exposait ce que serait la prochaine guerre mondiale et prévoyait même le lieu où serait livrée la bataille décisive : en Castille, après la défaite de l'Allemagne et de la France. Doña Asunción n'avait rien d'un stratège ; elle s'occupait de la publication des Mémoires du général par piété plutôt que par plaisir.

Le récit de la concierge laissa notre veuve sans voix.

Après une brève hésitation, doña Asunción décida :

— Je veux le voir, Pilar. Postez-vous devant l'immeuble ; dès que vous l'apercevrez, prévenez-moi, je vous en prie.

Alicia Cayetano ne fut pas moins surprise que doña Asunción ; la malade éclata en sanglots, appela ses filles et demanda qu'on l'habillât et que, couchée sur un brancard, on la descendît au second étage.

— Il va me guérir, je le sens ! Notre-Dame del Pilar, faites que je guérisse et puisse reprendre goût à la vie ! Un saint, mes filles, vous rendez-vous compte ?

Bientôt, non seulement l'immeuble mais la rue entière furent en émoi. Les malades, les estropiés affluaient de toutes parts ; des femmes s'agenouillaient devant la maison, récitant à haute voix leur rosaire ; des hommes, que la santé de leur femme inquiétait, formaient devant la porte d'entrée une haie dense. Doña Pilar, tel un gardien de la paix, veillait au bon ordre ; d'un geste autoritaire, elle dégageait une partie du trottoir ; aux malades et aux estropiés, elle accordait de pénétrer dans le vestibule étroit ; elle ordonnait aux autres de se tenir en retrait. La concierge acceptait avec condescendance les billets froissés qu'on lui tendait timidement. Il ne manquait, pour faire de la maison un centre de pèlerinage, que la présence d'un évêque ; malades remplis d'espoir, femmes angoissées et naïves, commerçants et profiteurs étaient déjà en place.

Vers quatre heures de l'après-midi, la foule devint de plus en plus dense. Un mystérieux phénomène de télépathie semblait propager l'étonnante nouvelle : un saint vivait à Madrid, qui pouvait guérir les malades et ressusciter des morts. Déjà des légendes naissaient. On affirmait que le saint avait guéri une paralytique de quinze ans. Doña Pilar, ivre de bruit et de son importance, propageait ces récits avec une inconsciente bonne foi. Les heures passaient. Personne ne partait ni ne voulait céder sa place. La foule attendait patiemment ; des cantiques religieux s'élevaient. Nombreux étaient ceux qui, arrivés les premiers, n'avaient pas déjeuné ; ils mangeaient des sandwiches que la concierge allait chercher dans un café voisin et qu'elle revendait avec bénéfice. Un marchand des quatre-saisons avait installé son éventaire devant l'immeuble ; les femmes lui achetaient des melons et du raisin. La foule demeurait, attentive au moindre bruit, soulevée par l'espérance et la foi, insensible à l'accablante chaleur de cette journée. Le soleil faisait fondre le goudron, mais n'avait nul pouvoir sur ces corps soutenus par l'espoir de guérir.

10

Une foule, toujours aussi dense, stationnait devant la maison. L'abbé Sangria, qui avait appris l'événement, s'était précipité chez doña Paz. La vieille dame feignit l'étonnement. Comment ces gens avaient-ils appris qu'un saint logeait dans la maison ? Elle l'ignorait. Par la concierge sans doute, qui passait sa vie à épier ses locataires. Le bon abbé, le visage pâle et les traits tirés, se lamentait :

— Je suis perdu, doña Paz. Monseigneur apprendra cela et m'enverra dans une paroisse rurale. Qu'ai-je fait au ciel ? Si du moins nous pouvions disperser la foule !

L'ecclésiastique se pencha au balcon. Combien étaient-ils, ces pèlerins de l'espoir ? Deux cents peut-être ? Ils récitaient des prières et chantaient des cantiques. Aux premiers rangs, les grands malades couchés sur des brancards. Un garçonnet de huit ans à peine, atteint sans doute de poliomyélite, était assis dans un fauteuil roulant ; on apercevait ses jambes squelettiques. Sa mère, de noir vêtue, le visage usé, se tenait à ses côtés. Le curé de l'Immaculée-Conception considérait cette mère dont les mains usées égrenaient un chapelet. Elle priait et pleurait à la fois. Elle regardait la façade de l'immeuble avec une fixité étrange. Comme si ces pierres eussent pu redonner à son fils malade la santé perdue. De temps en temps la foule se taisait, s'agitait comme une mer soulevée par la tempête ; des cris jaillissaient :

— Pitié !... Sainte Vierge del Pilar, tournez Vos regards vers nous !

— Je crois, Seigneur !

— Ne m'abandonnez pas, mon Dieu !

— Mon fils, doux Jésus !... Guérissez mon enfant !

Des femmes criaient, tâchaient de couvrir les autres voix. Les malades se soulevaient, tendaient leurs bras décharnés. Puis le silence se faisait à nouveau. La foule paraissait abattue. L'espoir bientôt la reprenait.

— Il faut empêcher cela, doña Paz !

L'abbé Sangria s'essuya le front et les paumes qu'il avait trempés de sueur.

— J'ai une idée !... s'écria-t-il.

La vieille dame le regarda avec un doute.

— Quelle idée ?

— Téléphonons à la police.

Doña Paz redressa sa courte taille :

— Vous ne ferez pas cela, monsieur le curé. Je m'y oppose.

L'abbé Sangria haussa les épaules :

— Nous ne pouvons tout de même pas laisser là tous ces gens ! Ils croient que... enfin ils espèrent guérir, ils réclament un miracle !

La vieille dame leva les yeux au ciel :

— Pourquoi Notre-Seigneur n'accomplirait-il pas un miracle ?

Le curé de l'Immaculée-Conception demeura sans voix :

— Un miracle ?... Mais c'est impossible !... Ce garçon est fou, doña Paz ! Fou à lier.

— Qu'en savez-vous, mon père ? demanda-t-elle sèchement.

— Mais... mais...

Notre curé prit une voix gémissante :

— Vous n'allez pas prêter foi à ces racontars, doña Paz ?... Vous êtes une femme sensée, raisonnable... Vous ne pouvez pas...

Le curé se laissa choir dans un fauteuil :

— Je vous assure, doña Paz, que ce garçon n'est pas un saint. Nous avons déjeuné aujourd'hui chez la comtesse de Rosatonta ; un psychiatre assistait au repas ; il l'a examiné ; sa conclusion a été formelle...

La vieille dame pâlit et se mordit les lèvres de dépit.

— Vous avez fait cela, monsieur le curé ?

— Je me devais de consulter un spécialiste, chère amie... Je ne pouvais pas...

— Vous me décevez, mon père. Et je vous le dis loyalement : dès à présent, je ne me considère plus comme votre pénitente.

— Mais, chère amie, il faut être extrêmement prudent dans ce genre d'affaire ! Je...

— Je comprends vos raisons et vous prie de comprendre les miennes.

Il se leva et d'une voix humble reprit :

— Ne me condamnez pas, doña Paz ! Vous seule pouvez sauver mon honneur de prêtre... J'ai peut-être commis une imprudence, je l'avoue. Je vous prie de me pardonner. Tout cela est tellement... imprévu.

Doña Paz hésita et, magnanime, déclara :

— Soit. Nous allons convenir de ceci : nous attendrons Carlos Sanchez sur le palier. Si ce garçon accomplit un miracle, vous conviendrez avec moi que c'est un saint ; dans le cas contraire, je vous demanderai à genoux l'absolution.

— Comme vous voudrez, chère amie. Mais je vous l'affirme : il ne peut pas y avoir de miracle.

La vieille dame et son confesseur sortirent de l'appartement. Sur le palier, une quinzaine de personnes attendaient. Au milieu d'elles, Alicia Cayetano entourée de don Tiburcio et de leurs filles. La future duchesse de los Pepinos, étendue sur un brancard, le visage défait, le regard triste, prenait son rôle d'incurable fort au sérieux ; elle détaillait par le menu les symptômes de sa maladie.

— Si Notre-Seigneur voulait accomplir un miracle en mon humble personne ! Je ne vis pas, voyez-vous. Je suis incapable d'entourer mon mari comme il le mériterait.

Sur ce, coup d'œil déchirant vers don Tiburcio qui arborait un sourire mélancolique.

— Pardonne-moi, Tiburcio. Tu sais que je ne suis pas une mauvaise femme. J'aurais tant aimé te soigner, t'entourer d'attentions ! Pardonne-moi.

Alicia Cayetano sortit alors de son sac un mouchoir finement brodé et s'essuya les yeux. Elle n'essuyait pas des larmes feintes ; elle pleurait vraiment à chaudes larmes.

Elle s'accusait à voix haute d'avoir négligé son cher mari et ses deux filles bien-aimées. Mais que pouvait-elle faire dans l'état où elle était ?

Les personnes présentes l'approuvaient avec véhémence.

— Vous n'avez rien à vous reprocher, madame, affirmait une brave femme. Vous étiez gravement malade... N'est-ce pas, monsieur l'abbé, que madame n'a commis aucune faute ?

Le curé de l'Immaculée-Conception hésita ; son visage rond s'empourpra quand il répondit :

— Certes non, madame. Vous êtes une épouse irréprochable, une mère exemplaire, une chrétienne.

L'abbé Sangria connaissait don Tiburcio de vue. Il le savait fort riche et n'ignorait pas que son épouse fût, depuis de longues années, atteinte d'un mal incurable : le cancer. Car l'angine de poitrine n'avait pas semblé une maladie suffisamment intéressante à doña Pilar, qui l'avait transformée en un cancer généralisé.

Alicia Cayetano baissa modestement les yeux :

— Vous êtes trop bon, mon père. J'aurais tout de même pu faire un effort. Je me suis peut-être trop écoutée ? Une femme doit savoir se sacrifier...

Le confesseur de doña Paz s'approcha de la malade :

— Mais non, chère madame. Je vous le répète : vous êtes une épouse exemplaire. Cessez de vous tourmenter.

L'abbé Sangria savait qu'Alicia Cayetano n'avait pas de confesseur attitré : n'était-ce point la Providence qui lui envoyait cette paroissienne abandonnée à elle-même et riche, de surcroît ? Il se pencha sur la malade et lui glissa à l'oreille :

— Vous devriez rentrer chez vous, madame.

L'épouse de don Tiburcio parut surprise.

— Pourquoi ?

— Vous aurez une désillusion. Ce garçon... ce prétendu saint... C'est un fou, madame.

Alicia Cayetano hésita, puis versa quelques larmes, les essuya discrètement, et, d'une voix brisée par l'émotion :

— Je vais peut-être mourir bientôt, monsieur le curé ; laissez-moi, je vous prie, tenter cette chance...

Le curé de l'Immaculée-Conception n'eut pas le temps de répondre. Des cris retentirent dans la rue et dans le vestibule de l'immeuble. Un concert de pleurs, de prières et de plaintes déchirantes. La foule se bousculait; les malades étaient piétinés. La mère du jeune paralytique hurlait à perdre la voix :

— Bénis mon fils, saint Carlos ! Bénis-le ! Pitié ! Bénis-le !... C'est mon seul enfant.

Carlos Sanchez venait d'arriver. Il avait aperçu la foule qui stationnait devant l'immeuble, mais n'avait pas imaginé qu'elle pût s'être rassemblée là pour lui. Lorsqu'il s'en aperçut, il était trop tard. Il se sentit entraîné, pressé par cette foule pitoyable, aperçut, comme dans un songe, ces malades, ces estropiés, entendit les cris de douleur et d'espoir qui montaient vers lui. Il demeurait étonné, devant ce spectacle, ne trouvait rien à dire. Il comprenait à peine. Une stupeur douloureuse envahissait son âme ; une débordante pitié montait en lui à la vue de tous ces misérables. Lentement, avec une tendre compassion, il leva son bras droit et traça une croix dans l'air. La foule cessa, comme par enchantement, de respirer. Carlos, dans le silence, prononça lentement :

— Je vous bénis, au nom du Père et du Fils et du Saint-Esprit.

Puis il commença de gravir les marches de l'escalier. La foule ne bougeait pas. Elle attendait le miracle, et ne pouvait croire que c'en fut fini de son immense espérance.

Le miracle eut lieu. Carlos atteignit le premier palier. Alicia Cayetano, d'une voix déchirante, s'écria :

— Bénissez-moi, saint homme !... Je suis malade !...

Sanchez traça le signe de la croix sur le front de la malade ; Alicia Cayetano se leva d'un bond.

— Miracle ! hurla-t-elle. Je suis guérie ! Merci, Seigneur !

Le bruit du miracle se propagea comme une traînée de poudre ; la foule, au-dehors, commença à crier à son tour. Les femmes se racontaient les détails de cette guérison :

— C'était une femme paralysée. Il lui a dit : « Lève-toi et marche. » Elle s'est levée.

La fable allait s'amplifiant. Il fut bientôt question de

deux miracles au lieu d'un. Un enthousiasme indescriptible s'empara de la foule ; des chants s'élevèrent…

Doña Paz était tombée à genoux. Elle levait les bras au ciel et récitait le Credo.

L'abbé Sangria, dans un coin, gémissait intérieurement.

Alicia Cayetano trouvait enfin un rôle à sa mesure. Elle descendit dans la rue, le visage ruisselant de larmes, les bras tendus vers le ciel ; d'une voix pathétique, elle répétait :

— Miracle !… Le saint m'a imposé les mains ; un frisson a parcouru mon corps et je me suis retrouvée debout... Miracle !...

La foule criait avec elle :

— Miracle !... Miracle !...

Les femmes sanglotaient. L'épouse du très honorable don Tiburcio, qui s'ennuyait depuis l'adolescence, se voyait promue au rang de vedette. On l'entourait ; on buvait ses paroles. Alicia Cayetano ne se lassait pas de raconter sa guérison miraculeuse ; elle ajoutait chaque fois de nouveaux détails. Elle fit tant et si bien que son mari et ses deux filles finirent par croire au miracle…

La frénésie, comme la peur, est contagieuse. Ce ne fut plus bientôt qu'un concert de cris, de pleurs et de chants, entrecoupés d'invocations au Sacré-Cœur. Le fanatisme ancestral légué par les Arabes aux descendants des Ibères se réveillait soudain dans cette foule. Les hommes, à genoux, se frappaient la poitrine ; leurs épouses baisaient le trottoir foulé par le saint ; les malades criaient leur allégresse à tue-tête. (On se demande pourquoi, étant donné qu'ils étaient toujours aussi malades.)

Un romancier tendancieux voudrait voir en cette foule en transe un phénomène religieux. Un chroniqueur ne le peut. Ces gens auraient manifesté cette même allégresse en assistant à un défilé militaire ou dans une nuit de carnaval. Les Grecs connaissaient ces tendances obscures qui mettent l'homme hors de lui-même pour en faire un héros ou un scélérat ; un dieu était le régulateur de ces désordres. Nous avons tué Dionysos et Apollon. Que nous reste-t-il pour expliquer chez l'homme ces deux instincts, également puissants, du déchaînement et de la mesure ?

Hélas ! le désordre engendre le désordre. La foule ne se contenta pas de crier et de gesticuler ; le bruit courut que les vêtements d'Alicia Cayetano conservaient le pouvoir de guérir. Les femmes n'hésitèrent pas et se jetèrent sur cette malheureuse future duchesse. Elle crut qu'on voulait l'assassiner.

— Au secours ! Au secours ! criait-elle en vain.

Quelques instants plus tard, la miraculée se retrouva aussi dévêtue qu'au jour de sa naissance ; c'est dans cette tenue qu'elle dut regagner son appartement. Don Tiburcio en voyant son épouse, les cheveux en désordre et nue comme Ève avant le péché, crut que la malheureuse était devenue folle ; ses deux filles, dont l'intelligence laissait à désirer, pouffèrent de rire. L'abbé Sangria pensa s'évanouir. Notre saint homme maigrissait à vue d'œil.

« J'avais bien raison de me méfier des miracles ! songeait-il. Voilà cette infortunée malade devenue folle à son tour. Quel scandale ! J'ai aperçu une femme aussi nue qu'une statue antique... Comment raconterai-je cela à Monseigneur ? Je suis perdu ! Mon Dieu, pourquoi avez-vous créé les saints ? Ils troublent les esprits simples. »

Carlos Sanchez, après les événements de cette journée, n'avait plus qu'un désir : quitter Madrid au plus vite et regagner sa province. Il fit rapidement sa valise et attendit patiemment que cette fièvre tombât. Mais la foule, au-dehors, patientait aussi. L'étudiant retrouva tout seul cette vérité fondamentale que si l'union fait la force, la force finit toujours par l'emporter. Ces gens ne céderaient pas ; ils se relaieraient jour et nuit. C'est lui qui serait obligé de céder, c'est-à-dire de sortir à tout prix ou de se laisser mourir de faim. Carlos Sanchez aurait pu choisir cette seconde solution, qui eût hâté son procès de béatification... L'Église aime les saints qui meurent jeunes. Mais le malheureux garçon songea qu'il lui restait beaucoup à faire ici-bas et décida de s'enfuir par les toits.

A minuit donc, il monta jusqu'au cinquième étage, grimpa sur une chaise, souleva un vasistas et se retrouva sur le toit. Huesca est une province montagneuse ; mais Carlos n'avait malheureusement pas pratiqué l'alpinisme. C'est en rampant qu'il atteignit un immeuble voisin, où il refit à l'inverse ce qui venait de lui réussir, et se retrouva enfin libre et seul. Il passa le reste de la nuit à se promener dans les rues de la capitale et, à huit heures du matin, prit place dans un compartiment de troisième classe. Comment, dans ce train, il fit la connaissance d'une institutrice, ce qu'il en advint, mes lecteurs le savent déjà. Car si tous les chemins mènent à Rome, nombreux sont aussi ceux qui conduisent en prison.

Troisième partie

« Et l'Esprit qui le suit dans son pèlerinage, pleure de le voir gai comme un oiseau des bois. »

Charles Baudelaire, *Les Fleurs du mal*.

1

Le train s'arrêta à Saragosse, et Carlos Sanchez dut en descendre. Deux inspecteurs escortaient l'étudiant. L'un gros, et donc débonnaire, éprouvait une sorte de pitié pour le jeune homme ; l'autre ne s'en souciait guère.

Une foule de voyageurs se trouvait sur le quai de la gare ; des regards perplexes suivirent cet étrange trio. Des femmes hochèrent la tête avec compassion. Mais l'aventure survenue à l'institutrice fut connue en un instant de cette foule qui, aussitôt, changea d'attitude. Des cris hostiles se firent entendre. Carlos baissa la tête et se mordit les lèvres. Son excitation était tombée ; le désespoir s'abattait sur lui. La situation délicate où il se trouvait lui apparaissait soudain. L'étudiant se serait mis à pleurer si, par bonheur, le souvenir des saints et des martyrs qu'on conduisait au supplice parmi des foules ennemies n'eût traversé son esprit, déformant à nouveau la réalité qui l'entourait. En une seconde, le malheureux garçon fut convaincu d'être un de ces martyrs. Il releva la tête et ses lèvres murmurèrent ces mots :

« Je vous remercie, Seigneur, de cette chance que Vous m'offrez, à moi, pécheur indigne, de témoigner de Votre gloire et de Votre infinie bonté. Daignez me soutenir ; veuillez, comme Vous le fîtes jadis pour David dans son combat contre Goliath, m'accorder le courage de persévérer sur la voie que Vous m'avez tracée... »

La foule s'aperçut alors que l'étudiant parlait à voix basse et crut qu'il maugréait des injures. Cela l'exaspéra. Des femmes se jetèrent sur lui et lui assenèrent des coups en criant : « Satyre !... Assassin !... » Ces coups ne firent qu'exciter davantage l'esprit de l'infortuné Carlos, qui levant les yeux au ciel, dit à voix haute :

— Seigneur, pardonnez-leur, car ils ne savent ce qu'ils font.

L'étudiant se trompait ; la foule savait parfaitement ce qu'elle faisait et voulait lyncher cet ennemi de la morale. Les inspecteurs cherchaient, au péril de leur vie, à défendre le prisonnier. Des coups pleuvaient aussi sur les représentants de l'ordre qui, sans l'intervention énergique de trois *guardias civiles* alertés par les cris de la foule, auraient sans doute rendu là leur dernier soupir. Mais l'ordre fut rétabli à coups de gourdin et de crosse ; force resta à l'autorité. On put enfin dénombrer les blessés de part et d'autre. Trois femmes souffraient de contusions multiples ; un jeune homme, gras et petit, gisait par terre à demi inconscient. On l'emporta sur une civière.

Carlos saignait. L'inspecteur débonnaire avait un œil au beurre noir. Son chapeau, dont il se montrait fort satisfait, avait été piétiné par la foule. Il le ramassa, le regarda avec attendrissement et, dans un accès de fureur, se rua sur le prisonnier. L'autre inspecteur avait reçu un coup de pied à la cheville. La souffrance le rendit à son tour ivre de rage. Quant aux trois *guardias civiles,* ils crurent, naïvement, que le jeune homme était un dangereux malfaiteur qui avait essayé de s'enfuir. Ils se précipitèrent, eux aussi, sur lui, le matraquant sans pitié. La foule exultait de joie de se voir ainsi vengée. Jamais passage à tabac ne fut aussi populaire et unanimement applaudi que celui-là. Une voix timide se fit soudain entendre :

— Mais vous allez le tuer !...

Les policiers cessèrent de frapper le détenu et s'aperçurent que celui-ci s'était évanoui. Ils se convertirent sur-le-champ en infirmières, s'empressant autour de notre héros. On alla à la hâte quérir un médecin ; on étendit l'étudiant sur un banc ; une vieille femme, qui dix minutes auparavant se montrait ravie, pleurait à présent à chaudes larmes.

— Si ce n'est pas une honte de maltraiter de la sorte un tout jeune homme !... Si j'étais sa mère, je déposerais une plainte !...

— La police est sans cœur ! surenchérissait un homme vêtu avec élégance.

— Tous des assassins !...

— Pauvre petit !...

Les deux inspecteurs ne savaient plus ce qui leur arrivait. Ils n'étaient pas assez intelligents pour faire d'amères constatations sur l'inconstance des foules ni assez sots pour ne pas comprendre qu'on allait rejeter sur eux la responsabilité de cette boucherie. Ils se lamentaient et se concertaient sur l'attitude à prendre. Le médecin arriva. Un silence impressionnant se fit pendant qu'il examinait et soignait le blessé. Il murmura :

— Vous l'avez joliment arrangé !...

Le gros inspecteur frissonna.

— Va-t-il mourir, docteur ? demanda-t-il.

— Mourir ? Non. Je ne le pense pas, du moins. Mais il faudrait le transporter à l'hôpital. Le plus ennuyeux, ce sont les blessures à la tête. Tout dépend des radiographies. On peut toujours redouter une hémorragie interne. Évitez, pendant le transport, les mouvements brusques.

Les policiers se dévisagèrent, consternés. Il leur était formellement interdit de frapper les détenus en public. Un touriste étranger pouvait assister à cette scène et en prendrait prétexte pour décrier le régime et affirmer partout que la police franquiste exerçait sur le pays une dictature sans merci. Ces allégations mensongères, propagées complaisamment par la presse démocrate des pays républicains, faisaient le jeu des communistes.

2

Le commissaire Marranito, fonctionnaire consciencieux et zélé, n'avait qu'une ambition : devenir commissaire principal avant d'atteindre l'âge de la retraite. Il faisait tout ce qui était en son pouvoir pour mériter cette promotion, se montrant impitoyable envers les misérables et servile envers les puissants. Ce brave homme avait en effet très tôt compris que le rôle d'un policier n'est pas, comme le pensent les esprits simples, de punir le vice, mais de protéger les riches contre la jalousie des pauvres. Il en avait tiré les conclusions qui s'imposent. Il agissait toujours avec une extrême prudence et savait, le cas échéant, se montrer compréhensif pour les égarements des gens fortunés. Il acceptait avec simplicité les menus présents que des commerçants prospères lui envoyaient et fermait les yeux sur des opérations suspectes effectuées par ses généreux donateurs. Il y a mille manières de voler comme il y a mille manières de mentir et tous les délits ne présentent pas un identique caractère de gravité. Est-ce vraiment voler, par exemple, que de revendre à prix d'or des marchandises venues, par des voies mystérieuses, de l'étranger et dont l'importation est interdite ? Dans sa jeunesse, Marranito eût répondu par l'affirmative ; les jeunes gens croient toujours qu'il n'est qu'une loi, la même pour tous. Mais la vie avait appris à ce policier bonhomme et souriant qu'il faut se garder de confondre les affaires, même louches, des honnêtes gens avec les délits commis sans l'excuse d'un gain à obtenir. Cette sage politique avait valu à Marranito l'estime et la considération de ses supérieurs ainsi que l'amitié des commerçants et des industriels de Saragosse. Ces derniers savaient aussi, le cas échéant, prouver leur reconnaissance au commissaire qui ne pouvait vraiment pas se plaindre de son sort. Il était père de deux fils qui fréquentaient le collège des jésuites et préparaient leur baccalauréat ; son épouse l'aimait et le respectait ; ses voisins le saluaient avec déférence. Sa carrière allait s'achever dans le calme. Il possédait une assez belle fortune et avait l'intention de se retirer à la campagne où il finirait ses jours menant l'existence d'un retraité paisible. Il pourrait s'adonner à la chasse et à la pêche, ses sports favoris, tout en surveillant l'éducation de ses fils. Peut-être irait-il jusqu'à s'acheter une de ces petites voitures construites par Renault et dont il rêvait depuis sa plus tendre enfance ?

Marranito était entré dans la police sans trop savoir pourquoi. Trop jeune en 1936 pour partir au front, il eut, après la victoire franquiste, l'heureuse idée de s'inscrire à la Phalange. Doué d'une rare sagacité et d'un caractère réservé autant qu'observateur, il fit, dans ce parti, une rapide carrière. Il sut, en effet, mériter la confiance de ses chefs en espionnant et mouchardant ses camarades. Il eut vite fait de comprendre qu'il devait son ascension rapide dans la hiérarchie phalangiste à ses qualités d'espion. L'idée lui vint alors qu'il pourrait cultiver ces qualités dans la police secrète. Car Marranito avait l'âme d'un fonctionnaire ; la Phalange n'était qu'un parti politique à l'avenir incertain. « Les partis passent mais la police reste. » Ce raisonnement d'une logique admirable le décida. Il troqua son uniforme bleu et son béret rouge contre l'insigne discret de la police secrète.

Celle-ci, au lendemain de la guerre civile, jouissait d'un pouvoir sans limites. Seule l'Église pouvait s'opposer à ses décisions sans appel. Encore le clergé évitait-il de se mêler des affaires policières, jugeant, avec prudence que, son royaume n'étant pas de ce monde, il était de son intérêt de laisser au bras séculier le soin de purger le pays des éléments douteux qui pourraient encore y rester. Les années de l'après-guerre furent celles d'une vaste remise en ordre de la société espagnole. La police contrôlait toute la vie de la nation. Elle était partout présente. Elle incarcérait des milliers de suspects, parfois pour de longues années, sans que la justice pût s'y opposer. Elle disposait, en souveraine absolue, de la vie ou de la mort. Était-on incroyant ? Avait-on un parent, même lointain, ayant combattu dans l'armée républicaine ? On disparaissait, sans laisser de trace, dans une *Jefatura*[1], sans que personne s'avisât de demander des nouvelles, de peur d'attirer sur soi l'attention. Après le règne de la mort violente, ce fut le règne, plus redoutable encore, de la mort lente. On ne fusillait plus dans les cours des prisons ; on achevait les torturés d'une balle dans la nuque dans les sous-sols humides des commissariats. On se débarrassait discrètement des intellectuels suspects d'avoir eu des sympathies pour la République ou accusés de ne pas fréquenter l'Église. Car l'Église était la grande bénéficiaire de cette purge gigantesque destinée à venger le sang chrétien répandu par les rouges. C'était l'époque heureuse où une seule pièce d'identité était en vigueur en Espagne : le billet de confession signé par le curé de la paroisse. Une séculaire nostalgie s'emparait des catholiques espagnols ; bâtir le royaume de Dieu avec les cadavres des incroyants et instaurer, à l'intérieur du pays, la dictature de la croix. Ce rêve fut bien près de se réaliser.

De nombreux policiers furent grisés par ce pouvoir sans limites qu'ils détenaient. Ils s'enivrèrent de leur puissance. Car nul plaisir ne peut se comparer à celui de dominer les hommes et de disposer de leur sort. Ils torturèrent et massacrèrent sans discernement.

Marranito sut garder la tête froide ; il devina qu'une nouvelle puissance allait faire son apparition sur laquelle il faudrait bientôt compter : l'argent. Des fortunes se bâtissaient dans l'ombre. Notre homme sut deviner leur importance. Il rendit, par-ci par-là, quelques menus services qui lui valurent la gratitude des nouveaux seigneurs du régime. Le marché noir battait alors son plein. La guerre sévissait en Europe ; la France vaincue et l'Angleterre résistante cherchaient à sauver ce qui pouvait l'être encore. Les marchandises passaient par l'Espagne où s'effectuaient les transactions. Marranito évita de se

1. *Jefatura :* préfecture de police.

montrer trop zélé dans ses investigations. Il poursuivait sans merci les humbles intermédiaires, mais se gardait bien de découvrir les meneurs du jeu. D'autres policiers, moins habiles, furent destitués ou invités à plus de discrétion. Car les nouveaux maîtres du pays subissaient la contagion de l'argent. Ministres et hauts fonctionnaires, après les années d'épreuves et de privations, s'enrichissaient sans scrupule. Seuls les phalangistes de la première heure continuaient de croire à la pureté de leur cause ; on les écartait avec prudence en attendant de les réduire au silence. Le goût de l'or, telle une lèpre, défigurait le visage d'une révolution faite au nom de la sainte vocation historique de l'Espagne. Les jeunes intransigeants qui risquèrent leur vie poétiquement parce qu'ils croyaient leur cause juste et sans tache cédaient leur place aux profiteurs. Entre ceux qui, de 1936 à 1939, mouraient au nom de la camaraderie et de la nation et ceux qui amassaient des fortunes en chantant le *Cara al sol*[1], il y avait l'abîme d'une cause trahie. Le pays s'assoupissait et se résignait ; ne pouvant plus faire la révolution dont ils avaient rêvé, les jeunes se consolaient en se passionnant pour le football. La finale de la coupe disputée entre le Barcelone et le Real Madrid se substitua dans l'esprit de la jeunesse aux exigences du national-syndicalisme[2]. Une Espagne audacieuse et mystique se mourait ; un nouveau pays naissait, amorphe et bigot. Le cancer qui le dévorait s'appelait « argent ». Une révolution d'extrême droite était ainsi emportée par le même mal qui avait achevé celle de 1789 en France. L'Espagne connaissait son Directoire en attendant son Empire et sa Restauration.

On devinera aisément la colère du commissaire Marranito en apprenant le sort subi par Carlos Sanchez. Notre homme vit, dans un éclair, sa promotion compromise, sa carrière brisée. Il s'emporta contre ses deux subordonnés

1. *Cara al sol* sont les premières paroles de l'hymne phalangiste.
2. National-syndicalisme : mouvement politique fondé par José Antonio Primo de Rivera.

que l'effroi rendait muets. Il les traita d' « imbéciles », de « coquins », les menaça d'établir un rapport et de l'envoyer à Madrid.

— Savez-vous ce que je serais, messieurs, si j'avais agi comme vous ?... Agent de seconde !... Or, vous êtes inspecteurs, messieurs !... Et vous frappez à mort un jeune homme dont les parents jouissent de l'estime et de la considération générales, à Huesca !...

Marranito arpentait son bureau et s'arrêtait souvent devant les deux inspecteurs, plus morts que vifs, pour les injurier. Le visage rond et tranquille du commissaire était congestionné.

— Vous arrivez ici pour m'apprendre que cet infortuné garçon se trouve à demi mort à l'hôpital et que vous l'avez assommé en public ; que m'annonçait-on dix minutes avant que vous ne veniez ici ? La visite d'un chanoine envoyé par Son Excellence l'évêque de Huesca, lequel s'intéresse de fort près au sort du prévenu.

Il fit une pause et s'écria soudain :

— Que vais-je répondre au chanoine lorsqu'il me demandera des nouvelles de ce malheureux ?...

Le commissaire prit une voix douceâtre :

— Mes hommes l'ont assommé à coups de poing, de gourdin et de crosse, monsieur le chanoine.

Marranito se planta devant les deux inspecteurs terrifiés et leur cria d'une voix qui retentit dans les couloirs de la *Jefatura* :

— Des imbéciles, voilà ce que vous êtes ! Des idiots !... Une bande d'arriérés mentaux !... Allez-vous-en !... Sortez !...

Ils esquissèrent un mouvement de recul ; leur chef les rappela :

— Non, ne partez pas ! Attendez.

Ils obéirent. La sueur ruisselait sur leurs figures pâles d'émotion.

— J'ai une idée..., murmura Marranito en s'asseyant derrière son bureau chargé de dossiers.

Puis, comme s'il s'adressait à lui-même, le commissaire ajouta :

— Je suis trop bon. Je devrais rédiger un rapport...

Il leva les yeux et fixa ses deux subordonnés qui attendaient, pâles et muets, qu'on décidât de leur sort.

— Je vais vous aider, messieurs, bien que vous ne le méritiez guère. Je répugne en effet à briser votre carrière, ce qui arriverait très certainement si je me décidais à faire parvenir à Madrid un rapport complet sur cet incident.

Les visages des deux compères s'illuminèrent.

— Vous allez descendre sur-le-champ aux sous-sols, poursuivit Marranito imperturbable. Vous vous enfermerez dans une cave et vous vous battrez. Je dis bien : vous battre. Essayez de vous défigurer un peu plus. Ne craignez pas de vous assommer.

La plus grande stupeur se peignit sur les visages des deux policiers. Marranito fit une pause.

— Vous reviendrez ensuite dans ce bureau pour déposer plainte contre X pour mauvais traitements. Vous n'avez pas, vous m'entendez, vous n'avez jamais frappé Carlos Sanchez. La foule s'est ruée sur lui pour le lyncher ; vous avez lutté pour protéger le détenu. Vous avez compris ?

Les deux hommes acquiescèrent et se confondirent en remerciements, ravis de s'en tirer à si bon compte. Marranito les congédia après leur avoir, une nouvelle fois, recommandé de ne pas se battre « pour rire ».

Nos braves inspecteurs prirent des airs de conspirateurs pour descendre au sous-sol. Ils s'enfermèrent à clé dans une cave et, après avoir ôté leurs vestes, échangèrent quelques coups de poing en plaisantant. Le gros eut, hélas ! la malencontreuse idée de viser le nez de son camarade qui poussa un cri et se rua sur son collègue, auquel il assena des coups de poing et de pied qui n'étaient pas « pour rire ». Le gros, quoique débonnaire, sous cette avalanche de coups, perdit patience. Nos deux policiers s'empoignèrent alors pour de bon ; la cave retentit de coups, de jurons et de cris. Deux *policias armados* jouaient aux cartes ; ils entendirent ce tumulte, mais l'idée ne les effleura pas qu'il pût s'agir d'autre chose que d'un passage à tabac. Ils haussèrent les épaules, échangèrent un sourire et poursuivirent calmement leur partie.

3

L'abbé Risueño, on s'en doute, n'avait pas accepté de gaieté de cœur l'idée d'intervenir auprès du commissaire Marranito en faveur du fils de Lucas Sanchez. Mais l'Andalou le tenait à sa merci. Un mot de lui eût suffi pour que Monseigneur l'envoyât dans une lointaine paroisse. Comment le curé de Saint-Laurent eût-il deviné qu'il était victime d'une supercherie et que Sanchez ne possédait pas de preuve de son entretien avec l'abbé Pérez ? Mosén Risueño était d'un caractère franc et ouvert. L'hypocrisie lui demeurait étrangère. Ce mauvais prêtre, par un de ces étranges paradoxes dont la vie seule détient le secret, avait conservé intacte son âme d'enfant. Il faisait le bien et le mal avec une égale candeur. Il ourdissait des complots d'une naïveté telle qu'on avait peine à y croire. Cette naïveté sauvait le prêtre. Ses ennemis les plus acharnés à sa perte n'eussent jamais voulu croire qu'il pût agir avec autant d'inconscience. Habitués aux détours d'esprits compliqués et versés dans l'art de feindre, le comportement de ce prêtre fruste les déroutait. Ils s'efforçaient de découvrir les arrière-pensées d'un homme qui, bonnes ou mauvaises, n'avait que des idées. Ils observaient ce prêtre dans l'espoir qu'il leur livrerait un jour son secret. Mais Mosén Risueño n'avait pas de secret à livrer. Il pensait et agissait au grand jour. Rien ne pouvait surprendre davantage des Espagnols que cette absence de calcul.

L'abbé Risueño était le douzième enfant d'une famille de paysans chrétiens et pauvres. Il avait été élevé durement. Son père se levait matin et se couchait après minuit pour arroser de sa sueur une terre aride. Ce vieux paysan au visage ridé, aux yeux d'un noir intense, semblait un patriarche de l'Ancien Testament. Il aimait son champ, ses bêtes et son Dieu avec une égale rudesse. Il récitait les prières du matin et du soir avec une voix grave, presque coléreuse. Jaloux de son autorité, il n'admettait pas que ses enfants pussent le contredire. Encore moins lui désobéir. Ils n'y songeaient d'ailleurs pas. Ils formaient, autour de l'ancêtre, une tribu fidèle et unie. Aussi José ne répondit-il rien à son père lorsque celui-ci ordonna de sa voix caverneuse :

— Tu seras prêtre, mon petit. J'ai tout arrangé avec le curé. Il t'apprendra ce qu'il faut de latin pour entrer au séminaire. Tâche de t'y faire remarquer par ta piété. Obéis à tes supérieurs comme à ta mère et à moi-même. Dieu te bénisse.

José Risueño avait hérité de la rudesse paternelle et de la générosité de sa mère. Son cœur le poussait à comprendre et à aimer ses semblables ; mais ses façons demeuraient brusques. On disait de lui au séminaire qu'il avait « un cœur en or sous une écorce de marbre ». Rien de plus éloigné de ce caractère que les larmes et les atermoiements. On le vit pourtant souvent près de pleurer ; il s'en tirait avec une bourrade et une plaisanterie qu'un tremblement imperceptible dans la voix rendait douce comme une caresse d'homme.

Il fut nommé curé d'une paroisse rurale sise dans le Haut-Aragon, non loin de Jaca. Les paysans reconnurent en lui l'un des leurs ; ils apprirent à l'aimer. Mosén Risueño savait s'adresser à eux ; il comprenait leur vie qui avait été celle de son enfance ; leur travail, leurs espérances et leurs problèmes trouvaient en lui un écho profond. Il n'était pas, pour ces hommes pauvres et dignes, un « théologien », mais un curé.

Ce ne fut donc pas de gaieté de cœur qu'il quitta la campagne pour s'occuper de la plus riche paroisse du diocèse. Monseigneur aimait les affaires bien réglées et avait discerné en ce paysan naïf et dur à la peine un administrateur zélé. A Huesca, notre abbé connut les agréments d'une vie facile ; il prit goût à cette existence si différente de celle de son enfance ; les intrigues, les intérêts des uns opposés aux intérêts des autres ; ces mille mensonges que la vie citadine favorise divertirent ce prêtre. Il se mêla d'intriguer pour le compte de son évêque. Sa naïveté le servait mieux que les plus ingénieux calculs ; on le tenait au courant de tout ce qui se tramait à Huesca. Il se jeta bientôt dans cette mêlée d'intérêts et de rancunes médiocres comme un homme qui ne sait pas nager se jette à l'eau ; au milieu de l'ébahissement général. Sa franchise alliée à ses façons rudes lui valurent une réputation d' « homme redoutable » ; on le croyait capable des plus noirs desseins ; on ne voyait dans sa naïveté qu'une ruse pour mieux tromper ses semblables. Il obtint ainsi, sans coup férir, de nombreux succès. Mais ces succès l'enivrèrent et l'éloignèrent de Dieu. S'il devint un mauvais prêtre, il ne se leurrait pas sur lui-même. Car ses erreurs elles-mêmes gardaient un ton de virilité. Il était un mauvais prêtre comme Pierre, une certaine nuit, fut un mauvais apôtre : trop humain.

Le crime dont on accusait Carlos Sanchez n'était pas pour déplaire à cet homme loyal. Il souriait au contraire intérieurement dans la voiture qui le menait à Saragosse. « Ce gaillard-là ne ressemble pas à son père. Il me plaît, ce petit !... Bien sûr, violer une institutrice ?... Mais les satyres, j'en suis convaincu, seront plus près de Dieu que les bigots... »

Marranito, voyant entrer dans son bureau ce chanoine grand et carré d'épaules, au visage renfrogné et à la voix tonitruante, fut pris de panique. Il se demanda si l'évêque de Huesca n'avait pas délégué un boxeur professionnel déguisé en prêtre ; son front fut baigné de sueur à l'idée d'avoir à apprendre à cet homme décidé l'état de l'étudiant. Il se leva avec empressement, s'inclina devant le curé de Saint-Laurent et lui baisa la main.

— Alors ? Vous arrêtez mes meilleurs paroissiens, commissaire ? demanda Mosén Risueño en guise de préambule.

Interloqué, Marranito ne sut que répondre et se contenta de sourire stupidement en murmurant :

— Que voulez-vous, Mosén ?...

L'Andalou se tenait debout derrière le chanoine, tête baissée et ses deux mains jointes posées sur son ventre. Il commença de se lamenter et de gémir.

— Mon fils, monsieur le commissaire ! Un saint !... Un sage !.... Un savant !... C'est une calomnie, une abominable machination !... Je suis sûr que vous vous êtes aperçu de votre erreur !...

Il eût continué de pleurer si l'abbé Risueño, d'un geste énergique, ne lui eût imposé le silence.

— Où est-il, l'oiseau ? interrogea le curé.

Le commissaire tendit une chaise au prêtre en balbutiant :

— Asseyez-vous, Mosén !... J'aimerais vous parler... (Puis tournant le regard vers Sanchez, il ajouta :) En tête à tête.

— Sors d'ici, toi ! cria Mosén Risueño à l'Andalou qui disparut sur-le-champ.

Le commissaire mit en quelques mots le chanoine au courant de la mésaventure survenue à Carlos Sanchez à sa descente du train ; le policier passa, bien entendu, sous silence la volée administrée par ses subordonnés à l'étudiant et rejeta la responsabilité des incidents sur la foule qui avait voulu lyncher le jeune homme et les deux inspecteurs. A l'appui de sa version, Marranito ordonna qu'on fît venir les deux policiers.

On les trouva dans la cave, plus morts que vifs. On les emmena, tels deux pantins disloqués, devant le commissaire qui ne put s'empêcher de sourire intérieurement. Les deux malheureux, leurs vêtements déchirés, leurs visages tuméfiés et couverts de sang, avaient un aspect si pitoyable que le curé de Saint-Laurent, les voyant dans ce triste état, éclata d'un rire sonore. Le commissaire pouffa à son tour de rire ; l'hilarité devint bientôt générale. La plus grande consternation se peignit sur les traits des deux blessés qui comprenaient mal qu'on pût ainsi se moquer d'eux. Ils promenaient un regard ahuri autour d'eux. Leur étonnement ne fit que redoubler les rires. Les deux hommes furent enfin conduits à l'infirmerie ; ils y restèrent quinze jours à maudire toutes les institutrices et tous les étudiants d'Espagne. Leur infortune devait par la suite rapprocher ces deux hommes qui devinrent deux amis inséparables. Ce qui semble confirmer le dicton qui affirme : « A quelque chose malheur est bon... »

Après le départ des inspecteurs, Mosén Risueño voulut connaître les accusations formulées contre le fils de Sanchez. Marranito, qui était un fervent catholique en même temps qu'un homme rusé, tendit au curé le procès-verbal rédigé par ses subordonnés. Le chanoine put lire les dépositions de l'étudiant. L'abbé Risueño, à la lecture de ce document, fut pris d'une rage froide et très peu sacerdotale. Il jura intérieurement et s'emporta contre tous les dévots espagnols. « Je croyais que ce garçon était sympathique. Quoi de plus naturel pour un jeune homme au sang chaud que de chercher à violer une institutrice ? Mais voilà que ce malheureux ressemble à son père et qu'au lieu de reconnaître les faits, il invente une histoire à dormir debout !... Non content de mentir, il mêle encore le Seigneur dans ces affaires louches. Ah !... si Sanchez ne me tenait pas comme il me tient ! Je laisserais tomber ce garnement et prierais le commissaire de ne pas le relâcher. Ce serait une bonne leçon pour tous ces dévots qui en regardant une belle fille invoquent la Très Sainte-Trinité... »

C'est dans ces dispositions d'esprit très peu favorables que l'abbé Risueño, accompagné de Marranito, se rendit à l'hôpital.

Carlos Sanchez, à défaut de raison, avait retrouvé ses esprits. En se réveillant, il crut d'abord qu'on l'avait enfermé dans un asile. Il comprit bientôt qu'il n'en était rien et remercia le Seigneur qui veillait sur lui. Il voulut bouger sa tête ; des douleurs violentes l'en empêchèrent. L'étudiant chercha à se rappeler les événements depuis son départ de Madrid, mais ne le put. Une extrême confusion régnait dans son esprit dérangé. Il ne savait plus très bien comment ni par qui il avait été blessé et cherchait en vain *pourquoi* il avait quitté la capitale. On aurait dit qu'il avait vécu dans un songe. Il essayait de se souvenir des dernières journées comme un dormeur, en s'éveillant, cherche à rassembler les éléments épars d'un rêve fantastique. Le jeune homme se souvenait de son aventure dans le train, mais n'établissait aucun rapport entre elle et ses blessures. Il décida enfin de ne plus se fatiguer en essayant de comprendre le passé et de reprendre des forces pour l'avenir. Il offrit ses souffrances présentes et futures au Sacré-Cœur de Jésus pour le salut des âmes habitées par le Malin et s'endormit confiant comme un enfant.

La voix forte de l'abbé Risueño le tira de son sommeil. Le curé de Saint-Laurent dévisageait l'étudiant avec sévérité. Bien que Carlos Sanchez fût dans un état plus pitoyable encore que les deux inspecteurs, le curé, cette fois, ne fut pas tenté de rire.

— Tu as mal ? grogna-t-il.

Carlos sourit :

— Un peu.

— Tant mieux ! Tu offriras cette douleur à Notre-Seigneur en expiation de ton péché.

Le sourire de l'étudiant s'accentua :

— C'est déjà fait, Mosén.

— Pourquoi as-tu inventé cette histoire insensée plutôt que de reconnaître les faits ? demanda le curé de sa voix brusque.

— Je n'ai rien inventé, Mosén... Je dis la vérité.

Carlos raconta très simplement les événements ; il parlait avec tant de candeur que l'abbé Risueño, malgré lui, se sentit ému. Ce prêtre au cœur droit sut que l'étudiant disait vrai ; il eut vite fait aussi de deviner que Carlos ne jouissait plus de ses facultés mentales. Une pitié chaude et virile l'envahit. Il caressa maladroitement les cheveux noirs et bouclés et murmura avec une pudique tendresse :

— Dors, mon petit !... Dieu te garde !...

L'étudiant posa sur le prêtre un regard anxieux et demanda :

— Pourquoi êtes-vous venu ? Vous ne m'avez jamais aimé...

Ces dernières paroles firent mal au prêtre.

— Je ne te connaissais pas, mon enfant. Ton père est un coquin. Je te croyais semblable à lui. Mais pour t'avouer la vérité, je suis venu contre mon gré...

Il conta au jeune dément sa conversation avec l'abbé Pérez, comment Sanchez avait réussi à l'enregistrer et à quel chantage il s'était, par la suite, livré.

Carlos sourit, amusé.

— Pourquoi ris-tu ?

— Il vous a encore trompé, Mosén.

— Ton père ?

— Oui. Il ne peut pas avoir d'enregistrement...

L'étudiant fit une pause et conclut d'une voix où perçait une pointe d'ironie :

— Le magnétophone se trouvait à Madrid ; je l'avais emporté avec moi.

Cette déclaration inattendue laissa le curé de Saint-Laurent sans voix. Son visage changea plusieurs fois de couleur.

— Quel farceur ! s'écria-t il. (Et Mosén Risueño partit d'un rire sonore Puis il ajouta :) Merci, petit. Tu es un garçon sincère Je prierai pour toi.

Un autre homme que l'abbé Risueño se fût, après cet aveu, désintéressé du sort de Carlos Sanchez. Mais le curé de Saint-Laurent avait un caractère loyal. Il obtint donc sans difficulté que l'affaire du jeune homme fût classée. Puis, parce qu'il n'aimait pas qu'on se moquât de lui, l'idée lui vint de se venger de Sanchez. Comment atteindre plus sûrement l'Andalou qu'en lui soutirant de l'argent ? Cette pensée réjouit le chanoine qui, se tournant vers Marranito, lui dit :

— Écoutez, commissaire. Le père de ce jeune homme est un gros avare. J'ai des besoins pressants pour achever des travaux entrepris dans mon église. Faisons-lui croire que tout va très mal pour son fils et qu'une plainte a été déposée. Nous lui ferons verser une caution importante. Vous accomplirez de la sorte une action pieuse et gagnerez, du même coup, la moitié de la somme versée par notre homme.

Marranito accepta avec joie cette proposition. Qui donc refuserait de gagner de l'argent en faisant une bonne œuvre ? On discuta de la somme à demander. On convint que quinze mille *duros*[1] seraient un chiffre raisonnable.

Sanchez jura qu'on voulait sa mort, qu'il était pauvre comme Job, accusa le curé et le commissaire de chercher sa ruine, pleura ; puis, devant l'inutilité de ses supplications et de ses lamentations, passa aux menaces.

— C'est un chantage ! hurlait-il en épongeant ses joues grasses et luisantes de sueur. Je me plaindrai à Monseigneur ! J'écrirai au ministre de la Justice !... Je...

Marranito prit un air sévère.

— Comme vous voudrez, monsieur. L'affaire suivra son cours. Votre fils sera traduit devant les tribunaux, vous serez convoqué en qualité de témoin. Vous pouvez partir.

— Malheur ! gémit Sanchez. Que vais-je devenir, monsieur le commissaire !... Je suis un pauvre commerçant !... Ah ! quel malheur !... Je vais faire faillite !... Où trouverai-je tant d'argent ?... Dix mille *duros*, monsieur le commissaire, voilà le maximum que je puisse offrir.

— Inutile, monsieur. Quinze mille *duros* est le montant de la caution. Vous m'injuriez en marchandant de la sorte.

L'abbé Risueño savourait voluptueusement sa vengeance et devait accomplir des efforts surhumains pour garder un air grave. Sanchez alla jusqu'à se mettre à genoux ; il suppliait, levait les bras au ciel, implorait la Sainte Vierge. Rien n'y fit. Le pauvre cabaretier dut défaire sa ceinture et extraire, du revers de son pantalon, des billets soigneusement pliés qu'il vit partir, les yeux emplis de larmes. Jamais péché n'amusa autant l'abbé Risueño que celui qu'il venait de commettre.

Après le déjeuner, le curé de Saint-Laurent et Sanchez reprirent la route pour Huesca. L'Andalou, la chemise entrouverte, le corps baigné d'une sueur froide, songeait aux quinze mille *duros*. « ... Sainte Vierge du Pilar ! comment les récupérer ?... » Une idée traversa son esprit. « J'organiserai une tombola, se dit-il. J'en parlerai au chanoine Rodrigo. Nous l'organiserons ensemble au profit des œuvres de l'épiscopat. Je pourrai de la sorte majorer

1. Quinze mille *duros* : quelque sept cent mille francs.

mes prix... Les gens boivent beaucoup dans ces fêtes de bienfaisance... C'est cela... »

Cette idée sauva peut-être la vie à notre homme ; car le cœur de Sanchez, sans cette pensée consolatrice, eût bien pu cesser de battre.

4

Carlos Sanchez, guéri de ses blessures, mais plus fou que jamais, arrivait, une semaine plus tard, à Huesca. Convaincu de n'avoir échappé à la prison et au lynchage que grâce à la protection divine, l'étudiant croyait fermement avoir été choisi par le Seigneur pour annoncer l'Évangile à ses semblables. Il marchait avec gravité ; il lui semblait être entouré d'une aura mystérieuse. Il s'exprimait avec lenteur, esquissant, en parlant, des gestes généreux et nobles comme les saints, pensait-il, devaient en faire. Sa figure pathétique et ses paroles douces frappaient ses interlocuteurs de stupeur. Au siècle de la raison raisonnable, ce jeune homme exalté incarnait, à son insu, l'une des plus hautes figures de l'Occident chrétien : l'homme de foi. Carlos Sanchez ne doutait en effet jamais ; il croyait en Dieu et à l'Évangile le plus naïvement du monde. Il ne cherchait pas à *interpréter* les paroles du Christ ; il les vivait intensément. Elles étaient devenues sa seconde nature et faisaient partie intégrante de son être. Il les portait en lui comme une mère porte un enfant : amoureusement.

Sans doute est-il bien difficile, au XXe siècle, de comprendre une âme aussi naïve et aussi simple. Car le jeune homme n'avait rien d'un intellectuel. Il ne croyait pas seulement en Dieu mais encore à l'enfer, aux saints, au Diable. Non content d'y croire, il les voyait. Le monde lui apparaissait sous un éclairage fantastique ; les passants, les inconnus qu'il croisait cessaient d'être des hommes et des femmes pour devenir, sous le regard de l'étudiant, des âmes que le ciel et l'enfer se disputaient avec acharnement. L'univers, pour Carlos Sanchez, n'avait qu'une dimension : l'infini. Rien ne comptait vraiment, hormis cette lutte sans merci que les puissances du mal livraient à la grâce. Mais les paroles elles-mêmes se trouvent impuissantes à traduire la vision qu'avait du monde notre héros.

Le jeune homme n'était pas dans le monde, mais transporté hors du monde par son amour sans limites pour les âmes livrées au Malin. Il assistait en spectateur au combat que les ténèbres livrent à la lumière. Il était plongé dans l'infinie miséricorde de Dieu et son âme participait à la douleur sans bornes de Celui qui aima le monde jusqu'à lui livrer Son Fils. Sans doute Carlos Sanchez était-il fou ; mais sa démence, au lieu de l'en éloigner, l'avait rapproché de Dieu. On pourrait, sans forcer la vérité, affirmer que l'étudiant était fou d'amour. Car il aimait la terre et les hommes qui la peuplent d'un amour dont nul discours ne peut donner une idée. Cette charité qui le consumait dévorait son intelligence. Carlos Sanchez ne *comprenait* plus rien. Il était devenu incapable de raisonner suivant les règles de la logique formelle ; mais il *voyait,* en revanche, chaque jour, avec plus de lucidité. Ce qu'il voyait transportait son âme de pitié. Il lui semblait parfois qu'il allait mourir d'amour pour cette terre vouée à l'ignorance et livrée aux apparences. Le problème, bien entendu, demeure entier. Cette charité le rendit-elle fou ou la folie, en obscurcissant les facultés mentales de l'étudiant, ouvrit-elle à celui-ci les voies de la contemplation ? Il faudrait avoir soi-même traversé cet abîme d'ombre et de lumière pour pouvoir répondre à cette question. Ce qui est certain, c'est que Carlos Sanchez était atteint de folie mystique. Mais quel saint, en pareil cas, ne fut pas atteint d'une semblable maladie ?

Remedios accueillit son fils avec les embrassements, les soupirs, les trémolos dans la voix et les larmes qui étaient dans sa manière.

— Mon enfant ! s'écriait-elle. Fils de mes entrailles !... Vie de ma vie !... Parfum de mon existence !...

Carlos essuya patiemment les manifestations bruyantes de la tendresse maternelle. Il embrassa sa mère sur le front et sa première question fut :

— Où est Magda ?

— C'est ainsi que tu réponds à l'angoisse d'une mère, fils dénaturé ? Je pleurais et priais pour toi ; j'envoie ton père, qui est un honnête homme, à ton secours ; tu arrives et tout ce que tu trouves à me dire est : « Où est Magda ? »

Elle fit une pause et poursuivit d'une voix mélodramatique :

— Dans sa chambre. Enfermée à clé. Car ta sœur est une putain, mon garçon. Elle nous a avoué, à ton père et à moi, s'être mise toute nue devant un homme !...

Carlos pénétra sans frapper dans la chambre de sa sœur. Magda, étendue sur le lit, paraissait dormir. Elle ouvrit les yeux, vit son frère et, d'un geste instinctif, se protégea le visage. Carlos sourit tristement et, sans mot dire, s'assit sur le lit. Ils demeurèrent silencieux, attentifs seulement aux bruits qui montaient de la rue.

La voix sucrée de Luis Mariano parvint jusqu'à eux. « Granada... » Des odeurs de poussière et de friture imprégnaient l'air. La chaleur accablante collait à la peau.

— Je n'ai rien fait de mal, Carlos... J'ai menti par mépris... Je les déteste...

Magda parlait à voix basse. Carlos entendit ces paroles comme dans un songe et prit un ton solennel pour déclarer :

— Je sais, Magda. Le Seigneur veille sur toi. Tu es bonne.

Ces paroles, prononcées avec une gravité emphatique, auraient étonné n'importe qui. Les jeunes gens, hélas ! manquent entièrement d'ironie. La malheureuse Magda se précipita dans les bras de son frère et y éclata en sanglots.

— Je t'aime, Carlitos... Tu es bon !... Je n'ai que toi au monde...

Son frère la consola et la réconforta. Ils formaient ainsi enlacés une image touchante.

Magda essuya ses larmes, sourit, se leva, pivota devant son frère et demanda :

— Comment me trouves-tu ?

Il la regarda avec admiration :

— Très jolie.

— Vraiment ?

Son visage de madone s'illumina.

— J'ai un secret à te confier. Je n'avais pas osé te l'écrire de peur que maman n'ouvrît la lettre... Voilà !... J'ai un fiancé... Depuis l'année dernière. Nous nous écrivons. Je vais chercher ses lettres Poste restante. C'est le fils de Bragello. Je l'aime, Carlos !... Je l'aime tellement !

Carlos baissa la tête ; Magda s'agenouilla devant son frère ; leurs visages se touchaient presque.

— Tu m'en veux d'avoir gardé ce secret ? demanda-t-elle.

— Non, petite sœur... Mais comme tu as tort de placer ton amour en une créature ! Dieu seul saurait étancher ta soif d'infini ; Lui seul pourrait te rendre au centuple cette générosité ardente. Pourquoi t'attacher à ceux qui ne peuvent te payer de retour et doivent périr ? Tout homme est indigne d'être aimé autrement que d'un amour divin. Car l'amour est ce qu'il y a de meilleur en nous ; pourquoi donner à manger des perles à des pourceaux ? Garde ton amour pour Celui qui est Amour. Ne gaspille pas ce trésor qui est en toi, Magda. Sois avare de tes élans et de tes larmes.

Après une courte pause, Carlos poursuivit d'une voix exaltée :

— J'ai, moi aussi, un secret à te confier, Magda : j'ai vu le Christ. Il m'a choisi, moi le plus indigne parmi les indignes, pour annoncer aux hommes la venue de son règne.

Cet étonnant aveu ne surprit aucunement la jeune fille. Elle se contenta de joindre les mains devant sa poitrine et de proférer d'une voix admirative : « Oh !... » Car la jeunesse est l'âge des miracles. L'extraordinaire ne surprend que les âmes vieillies. Magda laissa son frère faire le récit de ses aventures. L'idée n'effleura pas la jeune fille que son frère pouvait avoir perdu la raison. Elle crut, avec une émouvante ingénuité, et se contenta de demander :

— Que vas-tu faire à présent ?

— Partir.

— Partir où ?

Il fit un geste vague. Elle le dévisageait avec un respect extasié. Un saint ! Un véritable saint !

— J'ai compris ! s'écria-t-elle soudain en se tapant sur le front. Tu vas partir comme Jésus-Christ pour prêcher et pour faire des miracles. Je pars avec toi. Des femmes suivaient Notre-Seigneur. L'Évangile le dit.

Il dut l'en dissuader. Magda, la mort dans l'âme, se résigna à rester auprès de ses parents. Elle enviait le destin héroïque de son frère et versa des larmes à l'idée de ne pas le partager. Ils se firent des adieux d'une puérile gravité.

Hélas ! Remedios écoutait aux portes. La douce intimité qui régnait entre le frère et la sœur lui fut insupportable. Elle souffrait de dépit et de jalousie. Elle se précipita dans la chambre conjugale pour prendre les mesures qui s'imposaient. Carlos ne partirait pas ! Jamais elle n'accepterait que son fils s'éloignât d'elle !

Lucas Sanchez, une serviette imbibée d'eau de Cologne posée sur le front, gémissait faiblement. La migraine lui arrachait ces plaintes. Les soucis, prétendait l'Andalou, étaient responsables de ses migraines. On comprendra qu'en cette chaude journée de juillet, après les vicissitudes qu'il venait de traverser, sa tête fût près d'éclater.

« Sainte Vierge ! murmurait l'Andalou. Une fille habitée par le vice, un fils fou !... Mère de Dieu !... Quinze mille *duros !*... Bien sûr, je pourrais les retrouver en organisant une tombola. Mais les billets envolés ne reviendront jamais... Ma tête, Sainte Vierge del Pilar !... Je me meurs !... Je ne peux plus supporter la vie !... Tuez-moi !... Emportez-moi !... Non, pas ça !... Je me dois à ma femme qui est une épouse chrétienne !... »

Il ferma ses yeux de Chinois rusé et rectifia la position de son corps. « ... Qu'allons-nous devenir, Cœur Sacré de Jésus ?... Les mauvaises langues sauront bientôt que mon fils est fou à lier ; je deviendrai la risée de la ville ; on me montrera du doigt ; Monseigneur me retirera son appui. L'évêque n'aime pas les gens malheureux. Mosén Risueño n'a pas manqué de me le rappeler... Quelle brute que cet homme !... Un prêtre, ça ?... Je respecte l'Église. Vous le savez ; mais ce paysan cupide, sans foi, ni honneur !... Ah ! ma tête... »

Il se tournait et retournait dans son lit en quête d'une position qui soulageât la violente douleur qu'il ressentait. Il finit par s'immobiliser sur le côté gauche. « Si sa mère était une femme raisonnable ! poursuivit Sanchez qui pensait à l'amour que Remedios vouait à Carlos. Mais les femmes se ressemblent toutes ; elles nous aiment tant que nous sommes jeunes et prennent ensuite le parti des fils contre nous autres, maris... » Il soupira profondément. « C'est une loi de la nature. L'instinct maternel, sans doute... » Il cessa de penser, puis reprit son monologue intérieur, ponctué, comme il se doit, d'invocations à la Sainte Vierge et au Cœur Sacré de Jésus. « Comment lui annoncer la nouvelle sans abréger ses jours ? La pauvre me paraît beaucoup vieillir. Il faut la ménager. Elle adore Carlitos. Un choc pareil risquerait de la tuer... » Puis, avec une sincérité qu'on pourrait nommer cynisme : « Évidemment, la solution idéale serait de le faire interner dans un asile. Il me semble que ces genres d'établissements sont gratuits. Mais, si j'en parle le premier, Remedios s'y opposera et s'écriera que je suis un monstre, un père sans entrailles. Mieux vaut attendre. Elle y viendra d'elle-même. Je commencerai par me récrier afin de mieux céder. Avec les femmes, il ne faut jamais avoir l'air de désirer quelque chose ; c'est le moyen de ne jamais l'obtenir... »

La porte grinça. Sanchez ferma les yeux et sentit Remedios s'approcher de lui. Elle se pencha sur le lit et d'une voix altérée appela :

— Lucas ?... Lucas ?... Tu dors ?

Il feignit de s'éveiller avec peine et entrouvrit ses yeux qu'il referma aussitôt.

— Quelle heure est-il, Remedios ?

— Deux heures moins le quart.

Sanchez gémit faiblement et murmura :

— Ma tête !...

— Je dois te parler de Carlitos...

— Tout à l'heure, femme. Rien ne presse. Il n'a rien fait de bien répréhensible ; ces veuves-là ont toutes le feu au derrière ; elles font des clins d'yeux aux jeunes gens pour ensuite crier au viol. C'est classique comme coup... Moi-même dans ma jeunesse...

— Il ne s'agit pas de cela, Lucas...

Remedios dit ces paroles d'une voix si ferme que Sanchez la regarda avec perplexité. « Il n'est guère pensable qu'elle sache déjà ! pensait-il. A moins que... à moins que Carlos ne soit encore plus fou que je ne le pensais... Seigneur ! sauvez-nous du déshonneur. Faites que Remedios, la première, parle d'asile et je Vous offrirai le plus beau et le plus gros des cierges ! Je marcherai pieds nus derrière l'image du Christ au Grand Pouvoir et réciterai une neuvaine en action de grâces. »

— Carlos ? demanda l'Andalou d'un air surpris.

Elle regarda son mari avec une sorte d'immense pitié et déclara avec fermeté :

— Carlos est fou, Lucas...

Elle fit une pause et, d'une voix où pointait l'émotion qui agitait son âme, Remedios ajouta :

— Carlos est fou. Il a perdu la raison, si tu préfères. Il se prend pour Jésus-Christ et veut s'en aller prêcher l'Évangile. Tu dois éviter cela, tu entends ?

L'Andalou s'assit sur le lit conjugal et fit signe à sa femme de parler plus bas.

— C'est toi qui es folle, femme. Les voisins pourraient nous entendre et croire tes paroles.

Remedios hésita. Elle dut s'adosser à l'armoire pour ne pas tomber et poursuivit avec tristesse :

— Peut-être est-ce de ma faute ; je voulais qu'il fît des études et devînt quelqu'un. Les livres lui ont tourné la tête... C'est de ma faute, répéta-t-elle dans un soupir.

Il s'approcha de sa femme et tendit une main molle. Remedios recula. Une expression de dégoût se peignit sur son visage.

— Ne me touche pas, Lucas... Jamais plus... Je suis morte à présent. Songe à moi au passé. Tu n'as plus de femme. J'aimais Carlos plus que je ne m'aimais... Il est né de ma douleur après s'être nourri de mon sang. Je ne veux pas de ta pitié ; mon malheur est moins grand que tu ne le penses. Car souffrir par celui qu'on aime est source de joie autant que de douleur.

L'Andalou fixait son épouse avec ébahissement. Il ne la reconnaissait pas. On eût dit qu'elle perdait à son tour la raison.

Elle redressa sa courte taille et son visage refléta l'énergie dont son esprit était plein.

— Tu vas téléphoner à Bragello et lui raconter les faits. Demande-lui d'envoyer une ambulance et deux hommes pour s'emparer de mon fils...

Un sanglot brisa sa voix.

— Je veux qu'on l'enferme... Il vivra désormais parmi les fous. Je te demande simplement de ne plus jamais mentionner son nom. Carlos est mon fils. Il n'a jamais existé pour toi, tu entends ?

Il acquiesça sans trop savoir ce qu'il faisait.

Il avait hâte d'en finir pour pouvoir se reposer d'émotions trop violentes. Il descendit dans la rue et entra dans un estaminet. Des marchands de bestiaux buvaient leur café et parlaient à voix haute avec un accent paysan. Sanchez les toisa avec dédain et pénétra dans la cabine. La malchance, hélas ! poursuivait notre homme. La grosse Antonia, qui sortait des toilettes, le vit et, intriguée, colla son oreille fine à la paroi de la cabine. L'Andalou parlait haut et fort. Elle n'eut aucune peine à surprendre sa conversation ; ce qu'elle apprit lui coupa le souffle. Elle quitta l'établissement à la hâte dans un frémissement de ses seins tombants.

La malchance voulut encore qu'elle rencontrât Magda, qui sortait pour acheter un paquet de café. La commère, pleine encore de dépit envers Sanchez, s'écria sarcastique :

— Alors, ma petite ? Il paraît que ton frère est de retour ?

— Oui, doña Antonia. Depuis ce matin.

— Il se porte fort bien, *évidemment ?*

Elle accentua ce dernier mot. La jeune fille prit peur.

— Pourquoi dites-vous cela, doña Antonia ?

— Pour rien, ma petite... comme ça !... Des paroles en l'air... Dieu vous garde tous, mes oiseaux !

Magda demeura comme clouée sur place. Après une brève hésitation, elle fit demi-tour et regagna l'appartement. Elle se précipita dans la chambre de son frère. Celui-ci se reposait des fatigues du voyage.

— Carlos ! murmura Magda.

— Oui ?

— Lève-toi et pars tout de suite ! Papa doit avoir entendu notre conversation. Quelque chose se trame contre toi. Je viens de rencontrer l'ignoble doña Antonia qui m'a demandé de tes nouvelles avec une bizarre insistance. Il faut fuir, Carlitos !

Le jeune homme se leva d'un bond. Son visage était blanc comme les neiges hivernales. L'épouvantail de l'asile d'aliénés se dressait devant lui.

— Comment faire ? demanda-t-il.

— Descends sous un prétexte quelconque ; je rassemble deux chemises, du linge et mes économies. Nous nous retrouverons au bout du Coso, devant les arcades.

Carlos acquiesça. Il quitta sa chambre et passa devant Remedios.

— Où vas-tu, fils ?

— Acheter des cigarettes. Je rentre à l'instant.

— Ne tarde pas. Ton père veut te parler.

Il atteignit le palier, la rue et, comme si toutes les polices du monde eussent été à ses trousses, courut jusqu'au lieu du rendez-vous. Sa sœur l'y rejoignit dix minutes plus tard et lui remit un paquet.

— L'argent y est, précisa-t-elle.

Il la remercia. Elle pleura et lui prodigua ses conseils sur un ton gravement enfantin. Ils s'embrassèrent avec effusion et Carlos partit enfin, son paquet sous le bras, pour l'aventure. Il songeait en marchant à saint Ignace de Loyola et à tous ces autres saints qui, comme lui, quittèrent leur famille et leur cité pour la plus grande gloire de Dieu. Cette pensée le réconforta. Notre héros ne doutait pas d'accomplir maints prodiges et d'opérer de multiples conversions. Il pria le Saint-Esprit de lui venir en aide.

Le ciel s'était insensiblement couvert de nuages noirs. Le soleil parvint à les déchirer. Un unique rayon vint se poser sur la tête de Carlos. Il crut y voir une réponse du ciel et récita quelques psaumes latins appris dans son enfance.

5

La première question qu'un missionnaire de la parole divine se pose est évidemment : où aller ? Carlos ne manqua pas de chercher une réponse à cette question. Il se trouvait place de la Cathédrale, caché derrière le palais de l'évêché et fort incertain du chemin à prendre. Des héros et des saints s'arrêtèrent ainsi aux carrefours avant de choisir leur voie. L'étudiant se dit que pour résoudre un problème, le plus simple était de le bien poser. Il avait, on le voit, l'esprit mathématique. « Ma fuite a dû s'ébruiter, pensa-t-il avec raison. La police bientôt entreprendra des recherches. On jettera la *Benemérita*[1] à ma poursuite comme si j'étais un brigand. Impossible donc de rester à Huesca. Les habitants de cette ville sont d'ailleurs fermés à la parole du Christ. Les commerçants et les bourgeois me lapideraient. Ils obéissent à l'Église qui les protège. De plus, « nul n'est prophète en son pays »... Cette première partie de son raisonnement achevée, le jeune homme fit une pause pour scruter le ciel menaçant. Un orage allait éclater. Il conviendrait donc de s'abriter de la pluie : « Jésus lui-même quitta sa province natale pour prêcher la Bonne Nouvelle aux Samaritains. Je dois imiter son exemple. Je partirai pour la Sierra. Les montagnards sont pauvres, et les pauvres sont les enfants préférés de Notre-Seigneur. » Ce discours, l'évêque aurait pu se l'approprier tant il abondait dans son sens. Monseigneur ne manquait pas une occasion de rappeler à ses administrés que les miséreux étaient plus près de Dieu que la plupart des

1. La *Benemérita* ou *Guardia civil :* police des routes à l'uniforme pittoresque.

riches. Il est vrai que ces paroles ne gênaient personne. Les riches ne prétendent pas frayer avec Dieu, mais avec des directeurs de banque. Ils applaudissaient aux propos de l'évêque se disant que les pauvres y trouveraient leur compte et renonceraient aux idéologies néfastes qui conduisent les nations à la faillite. Le Saint-Père lui-même parlait de la sorte ; SS Léon XIII avait même rédigé une fort belle encyclique que les bons patrons lisaient attentivement une fois par an.

Sa décision prise, Carlos se dit qu'il fallait passer à l'action. Il fit le signe de la croix, comme les « toreros » avant d'entrer dans l'arène et, abandonnant son abri, descendit la colline du côté opposé à la ville.

Il traversa d'abord un terrain vague, jonché de détritus, pour atteindre le quartier habité par les chômeurs et les mendiants. Ce quartier ne ressemblait à aucun autre. Aucune maison ne donnait à penser que des hommes vécussent en ces lieux, mal protégés des vents du Nord qui, en Aragon, soufflent avec une rare violence. On jugera de l'étonnement de Carlos lorsqu'il aperçut des toiles de sacs cachant l'entrée des cavernes. Ces toiles s'écartèrent et des regards, semblables à ceux des fauves qu'on vient de capturer, suivirent l'intrus. Un étrange silence régnait là. Carlos descendait par un sentier parsemé de cailloux. Il glissa ; des pierres roulèrent jusqu'au fond d'un étroit ravin et s'y arrêtèrent dans un fracas sourd. Un autre eût ressenti de l'inquiétude ; le jeune homme savait que le Dieu d'Abraham et de Jacob se tenait à ses côtés. Protégé par cette armure invisible et sûr de l'appui de Celui qui arma le bras de David contre le géant Goliath, le jeune homme n'éprouvait aucune crainte. Les miséreux de ce quartier ne pourraient rien contre lui.

Un chien noir, famélique, passa près de lui, le museau collé au sol. Carlos fit un geste pour le caresser et le chien s'enfuit. Des larmes envahirent les yeux du fou. Le spectacle de cette misère serrait son cœur. Il s'arrêta et d'une voix forte s'écria :

— Frères !... Je suis venu parmi vous pour vous apporter des paroles douces et consolatrices. Sachez seulement que vos malheurs font pleurer les anges et que Dieu bénit vos sueurs. Vous vous sentez oubliés. On vous tient, telles des bêtes, éloignés des cités habitées par les riches. Mais le Christ voulut naître à l'écart, dans une grotte semblable en tout point à vos cavernes...

Ces paroles excitèrent la curiosité de quelques habitants de ces bouges ; les enfants, les premiers, apparurent. Vêtus de loques, pieds nus, le visage sale et les cheveux en désordre, ils contemplaient ce personnage étrange avec intérêt. Carlos les regarda, sourit et leur adressa la parole en ces termes :

— Bénis, soyez-vous ! Vous incarnez, sans le savoir, l'innocence bafouée et crucifiée. Vos regards éteints, vos petits ventres ballonnés par la faim, vos jambes squelettiques crient pour vous ; ces cris parviennent au Père et réclament la justice...

Puis avec une infinie tendresse, il ajouta :

— Dieu vous aime !...

Les enfants eurent vite fait de comprendre qu'ils n'avaient pas affaire à un catéchiste. Les catéchistes venaient, le dimanche, accompagnés d'un prêtre, et leur faisaient apprendre par cœur le Pater et l'Ave Maria. Ils distribuaient ensuite des images pieuses et repartaient pour la ville. Cet étrange garçon, pâle et beau, qui pleurait en leur parlant de Dieu, les amusa. Ils se poussèrent du coude et s'esclaffèrent. Carlos les regarda avec douceur :

— Vous riez, mais sans savoir pourquoi. Mes paroles glissent sur vous comme la pluie sur cette terre trop dure pour se laisser amollir. Un jour viendra pourtant où cette eau creusera son lit pour devenir rivière et fleuve qui fertilisera vos âmes.

Pendant qu'il s'exprimait de la sorte, les parents de ces enfants s'affairaient dans leurs grottes. Les femmes s'emparaient de leurs nourrissons et se déchaussaient afin de paraître plus pauvres et d'inspirer plus de pitié ; les hommes s'efforçaient de trouver une expression aussi grimaçante que possible. Bientôt une véritable cour des Miracles entoura Carlos. Les bébés criaient à plein gosier ; les femmes gémissaient ; les estropiés agitaient leurs béquilles ou montraient leurs moignons. Des cris mêlés de sanglots s'élevèrent.

— Pitié !

— Une aumône pour mes deux jumeaux qui meurent de faim ; mes seins ne contiennent plus de lait !

Un cul-de-jatte qu'on avait traîné au premier rang s'agitait et jetait des cris à fendre les pierres.

Carlos fut pris de pitié devant ces misérables. Il ravala ses larmes et ouvrit le paquet préparé par sa sœur. Cent mains se disputèrent âprement trois chemises. Des insultes furent échangées.

— Tu ne l'auras pas !

— Ellc est à mci !

— A moi !

Les chemises furent déchirées en lambeaux et les regards exprimèrent alors une satisfaction générale. Tant il est vrai qu'on préfère le malheur commun au bonheur du voisin.

Carlos promena un regard mélancolique autour de lui et dit :

— Au lieu de vous réjouir de ma parole et de vous partager mon aumône, vous vous disputez comme des chiens. Personne ne profite de ma modeste offrande. Au lieu de vous affliger de ce résultat, vos yeux traduisent la joie méchante que vous en ressentez. Si vous n'apprenez pas à vous aimer entre vous qui avez en commun la pauvreté, comment les riches pourraient-ils vous aimer ? Aimez-vous les uns les autres, mes frères, afin que Dieu tourne vers vous son miséricordieux regard.

Ce discours, après les autres, fut mal accueilli. Les visages devinrent hostiles.

— Donne-nous de l'argent et nous le partagerons, opina le cul-de-jatte avec l'approbation de tous.

— L'argent que je pourrais vous donner ne transformera pas vos vies ; les quelques billets que je possède, en quoi pourront-ils améliorer votre existence ? Mais si l'amour du prochain vous habite...

— Balivernes ! s'écria une femme avec rage. Tu parles pour ne rien nous donner ! Nous connaissons cela. Les catéchistes aussi viennent nous tenir des propos semblables aux tiens. Ils portent de beaux costumes, mangent à leur faim et distribuent à nos enfants des images de

Notre-Dame del Pilar... Nous les déchirons, vos images !

— Bravo ! crièrent plusieurs voix.

— Assez de phrases !

— La charité ! hurla un autre.

— C'est cela, que fais-tu de la charité ?

Carlos étendit les bras pour réduire les mécontents au silence.

— Ce que j'ai vous appartient, dit-il. Je ne cherche pas à vous tromper mais à éclairer vos esprits...

Ces paroles produisirent un effet magique. Ceux qui entouraient l'étudiant se turent comme par enchantement, croyant que d'écouter le discours de Carlos était le prix qu'il fallait payer pour obtenir son argent. Il les contemplait avec bonté.

— L'Église vous ignore ; les riches vous oppriment. Qui donc vous aime, hormis ce Dieu qui voulut naître pauvre ?

— Ça, c'est vrai, fils, s'écria une vieille femme édentée.

— Très juste.

— Tournez donc vos regards vers Jésus-Christ, poursuivit Carlos. Nourrissez vos âmes d'espérance. Dieu ne vous abandonnera pas... Il se tient parmi vous. Son heure viendra qui sera celle de votre gloire. Alors vous prendrez les premières places parmi les archanges, tandis que ceux qui, en ce monde s'asseyaient aux premières places, seront relégués aux ténèbres extérieures.

Ces paroles, un évêque n'aurait pu les prononcer sans y apporter quelques adoucissements. Les habitants des grottes les accueillirent avec joie, non pour leur contenu, mais parce qu'elles marquaient la fin du discours.

Carlos sortit de sa poche dix billets de cent pesetas. Cet argent, fruit de l'épargne de Magda, le jeune homme s'en séparait avec joie. Car Jésus recommandait à ses disciples de n'avoir sur eux ni vivres ni argent.

— Qui donc parmi vous saura partager cette somme, tout ce que je possède, suivant les préceptes de la charité et les exigences de la justice ?

Vingt mains avides s'agitèrent :

— Moi !

— Moi !

Carlos jeta un regard triste sur cette foule et demanda :

— Allez-vous aussi déchirer ces billets ?

L'indignation la plus sincère se peignit sur les visages. Tous devinèrent à ces paroles qu'ils avaient affaire à un fou. Le cul-de-jatte proposa :

— Donne l'argent à qui te plaira ; nous nous en remettrons, pour le partage, à celui que tu auras choisi.

Les autres approuvèrent bruyamment cette proposition ; chacun pensait s'emparer de la somme dès que Carlos aurait tourné le dos.

Le fou regarda autour de lui. Un garçonnet se tenait à l'écart. Il souriait. On l'appelait l'Idiot. Il vivait, comme les chiens, tantôt chez l'un tantôt chez l'autre, recevant partout des coups qu'il subissait sans broncher et parfois de la nourriture qu'il engloutissait voracement. On ne lui connaissait pas de parents. Il couchait sous un pont. Le soir, on l'entendait chanter de tristes mélopées. Les enfants lui jetaient des pierres afin de le faire taire. Les femmes l'accablaient de leurs sarcasmes ; les hommes l'ignoraient. Il menait une existence à l'écart de tous, sans se plaindre. Son sourire d'imbécile-né ne le quittait jamais. Il souriait sans raison et en toutes circonstances, soit qu'on lui donnât à manger, soit qu'on le rouât de coups. Il semblait heureux pourtant. Au printemps il se mettait à danser. Les mouvements de son corps trop long provoquaient l'hilarité. A part les chansons qu'il entonnait le soir, jamais aucun discours cohérent ou incohérent ne sortait de ses lèvres. Certains se demandaient si l'Idiot n'était point muet. Cela paraît peu probable. Un muet saurait-il chanter ?

Carlos l'aperçut et lui fit signe d'approcher. L'Idiot se contenta de sourire.

— Viens ! dit Carlos de sa voix douce.

L'Idiot souriait et ne bougeait pas. La foule le prit à partie.

— On t'appelle.

— Vas-y, l'Idiot !

On le poussa. Il n'opposait aucune résistance. Carlos lui tendit l'argent.

— Veux-tu le partager comme tu l'entendras ?

La foule répondit à sa place :

— Ne t'inquiète pas pour lui. Nous accepterons son partage ; sois sans crainte.

Carlos voulut encore parler. L'Idiot s'éloigna avec l'argent. La foule prit peur et se lança à sa poursuite. Le garçon fut bientôt jeté à terre et piétiné. On lui arracha les billets qu'il tenait dans sa main ; on le couvrit d'insultes.

Carlos, transporté d'indignation, voulut le secourir. Mais la foule tenait à son butin. Des pierres commencèrent à pleuvoir sur l'étudiant. Les enfants, habitués à cet exercice, les lançaient avec une étonnante précision. L'étudiant s'écria :

— Vous ne pourrez rien contre Dieu...

Hélas ! plusieurs pierres l'atteignirent à la tête. Le sang jaillit. La douleur fut si vive que Carlos s'enfuit en courant. Il descendit jusqu'au fond du ravin et courut sur un lit de roches et de cailloux. Les enfants juchés sur une hauteur le harcelaient encore de leurs projectiles. Il trébucha et tomba. Une pierre plus grosse que les autres atteignit l'une de ses mains. Il la retira couverte de sang et ne put s'empêcher de jeter un cri. Sa plainte excita le zèle des enfants. Ils le poursuivirent. Carlos courait de plus en plus vite. Son cœur battait à se rompre.

La plaine bientôt s'ouvrit devant lui. Il courait encore, mais personne ne le poursuivait plus. Il s'arrêta enfin, épuisé et, la tête entre les bras, pleura longuement. Combien de temps resta-t-il ainsi, assis sur un rocher isolé dans le désert, à sangloter ?

Lorsqu'il releva la tête, l'Idiot se tenait devant lui, assis sur le sol, occupé à lécher son bras ensanglanté comme un chien sa blessure. Carlos le regarda et lui demanda :

— Que fais-tu ici ?

L'Idiot, pour toute réponse, retrouva son sourire. Carlos à son tour se demanda si le garçonnet ne serait pas muet.

— Comment t'appelles-tu ? insista-t-il.

Aucune réponse.

— Tu ne sais pas parler ?

L'Idiot sourit de plus belle.

— Je t'appellerai Santiago, conclut Carlos.

L'Idiot ne répondit pas. Carlos se leva. Le garçon l'imita.

— Où vas-tu ? demanda l'étudiant. Tu n'as pas de parents ? Va donc les rejoindre. Si tu me suivais tu serais à nouveau lapidé.

Il fit un geste de la main, et l'Idiot se protégea le visage avec ses deux bras. Carlos alors eut pitié. Un irrésistible besoin de pleurer s'empara de lui. Il prit la main du garçonnet et lui dit :

— Allons !

L'Idiot parut heureux. D'une voix monocorde, il se mit à chanter :

La luna nace
La luna muere
Pero la dicha
me queda[1].

Ayant achevé son refrain, il reprit sur le même air, d'une lancinante monotonie.

Las nubes nacen
Las nubes pasan
Pero la dicha
me queda[2].

Après les nuages vinrent les vents, les fleuves, les ans et, à la fin, les amours. Carlos marchait vite et prêtait une oreille distraite aux refrains de l'Idiot. Il finit pourtant par le questionner :

— Pourquoi la lune, les nuages, les vents, les fleuves, les années et les amours naîtraient-ils et mourraient-ils sans entamer ton bonheur ? Serais-tu réellement heureux ?

Cette question, comme les autres, demeura sans réponse. Mais Carlos sentit une mélancolie vague envahir son esprit. Se tournant vers son compagnon qui guettait

1. « La lune se lève,
la lune se meurt
et mon bonheur
demeure. »
2. « Les nuages se forment », etc.

ses moindres réactions d'un regard de chien fidèle, il murmura :

— J'ai le cafard, Santiago. Mon âme est lourde ; mon cœur se serre. Je pensais que les hommes voudraient du moins m'entendre. Ils ne se soucient que d'argent. La foi, au pays de saint Ignace, serait-elle à jamais éteinte ? Ou bien dort-elle sous une épaisse couche de cendres, et le vent ranimera-t-il l'incendie ?

La luna nace
La luna muere
Pero la dicha
me queda.

Cette fois, Carlos Sanchez écouta ces paroles avec attention. Il réfléchit pour leur trouver un sens et conclut avec tristesse :

— Peut-être es-tu dans le vrai, Santiago ?

Ils reprirent leur marche en silence. La Sierra s'approchait d'eux. Elle se dressait comme une barrière infranchissable. Le soleil l'éclairait de ses derniers rayons, lui arrachant des scintillements. Les montagnes, nues et pierreuses, recevaient, à cette heure, un éclairage intense. Les rouges et les violets s'assemblaient sans se détruire. Des nuages défilaient à toute allure, chassés par un vent chaud qui soulevait une âcre poussière.

Las ramas lloran al sol,
las tormentas
de luto las viste[1]...

chanta l'Idiot.

Carlos s'arrêta et fixa son compagnon. Alors seulement, il comprit. L'Idiot s'exprimait par chansons. Cette découverte plongea l'étudiant dans l'étonnement. Il demeura un long instant sans savoir que dire, puis, avec un sourire de compréhension, murmura :

— Merci, Santiago. Nous deviendrons de bons amis.

1. « Les branches pleurent le soleil,
l'orage,
de deuil les habille... »

L'étudiant hésita avant de poursuivre :

— Les gens te croyaient idiot. Ils s'étonnaient de t'entendre chanter et ne savaient découvrir dans ce chant le secret de ton âme. Tu parles le mystérieux langage des oiseaux et participes à l'harmonie de l'univers.

Puis, changeant de voix, Carlos ajouta :

— Tu as sans doute raison; l'orage menace. Nous allons chercher un abri pour nous protéger de la pluie en attendant que le soleil, demain, veuille réchauffer la terre de ses rayons.

L'Idiot alors commença de danser. Il bondissait en l'air, jambes écartées, et les joignait en touchant le sol. Son visage s'illuminait et son regard trahissait son bonheur. Carlos, devant les manifestations de cette joie, ne put s'empêcher de se sentir heureux à son tour.

Ils suivirent un étroit sentier qui tournoyait et grimpait. Ils marchaient se tenant par la main comme deux écoliers sages. Ils montèrent longtemps et durent s'arrêter souvent, tant la pente était raide.

Le soleil venait de disparaître. L'ombre recouvrait la plaine qui s'étendait à leurs pieds. Les lumières de Huesca faisaient, dans le lointain, songer à un nid chaud et intime. La Sierra se dressait, pâle aux sommets, noire au fond des vallées, telle une figure de la mythologie. L'air s'imprégnait de lourds effluves et s'humidifiait dans l'attente de la pluie.

Carlos promena son regard sur ce pays qu'il connaissait et dit d'un air las :

— La terre est belle, Santiago. Regarde. Respire. Tout le bonheur de vivre nous vient de Dieu qui a créé les merveilles qu'elle contient.

L'Idiot dansa de nouveau. L'étudiant poussa un profond soupir et reprit son chemin, suivi de son compagnon.

Ils découvrirent enfin une sorte de refuge construit pour les bergers. Des pierres posées les unes sur les autres avec un art grossier formaient les murs; un toit recouvert de tuiles sombres coiffait ce modeste abri; de la paille jonchait le sol. Ce refuge étroit leur parut un somptueux palais.

— Nous dormirons ici, Santiago, déclara Carlos.

Un bruit d'eau attira leur attention. L'étudiant tendit l'oreille et découvrit une source. Un mince filet d'eau jaillissait du rocher et rebondissait de pierre en pierre, emplissant par endroits des trous et des fissures, puis reprenait sa route vers la vallée. Carlos but dans le creux de sa main ; l'Idiot l'imita. Ils retournèrent à l'abri et, dans une besace abandonnée par un berger, trouvèrent du pain, une grande boîte de sardines à l'huile et un fromage de chèvre. Carlos ouvrit la boîte de conserve, en vida le contenu dans le pain qu'il avait auparavant coupé en deux et retourna à la source pour laver la boîte. Il alluma ensuite le feu de bois et fit chauffer l'eau. L'Idiot suivait ses allées et venues sans comprendre.

— Je vais nettoyer tes plaies et les miennes avec l'eau chaude, expliqua l'étudiant.

L'Idiot, transporté de bonheur, dansa avec frénésie. Carlos lui lava les mains, la figure, nettoya les plaies couvertes de poussière, puis les siennes propres.

Ils mangèrent ensuite avec appétit. Carlos surveillait son compagnon et veillait tendrement sur lui. Il trouvait pour soigner l'Idiot des gestes précis et maternels. Il aimait cet être candide que personne n'avait jamais aimé. Ils s'endormirent l'un contre l'autre, se tenant mutuellement chaud. Pour la première fois dans son existence, l'Idiot sentait une présence humaine près de son corps souffrant. Poussé par un obscur instinct, il se blottissait contre son compagnon, comme s'il eût craint, en s'éveillant, de se retrouver seul.

L'orage éclata. Des éclairs zébraient le ciel d'un noir intense ; le vent soufflait avec force ; le tonnerre grondait dans les vallées ; la foudre frappait les sommets de la Sierra. Mais ces bruits ne dérangèrent ni le sommeil de l'étudiant ni celui de son infortuné camarade. L'Idiot, dans ses rêves, dansait ; Carlos accomplissait, dans les siens, des miracles.

6

Les deux amis s'éveillèrent tard dans la matinée. La journée s'annonçait belle. L'orage avait nettoyé le ciel. Pas un nuage. L'herbe demeurait humide. On eût dit, sous le soleil levant, des milliers de larmes que l'espérance efface et que le bonheur essuie.

Carlos, le premier, quitta le refuge. Il promena son regard naïf sur la terre et le ciel ; du fond du cœur, il remercia le Seigneur. Il aspirait avec avidité l'air imprégné d'humidité. Des larmes de reconnaissance mouillèrent ses paupières.

— Vois, Santiago, la toute-puissance de Dieu. Les ténèbres recouvrent le ciel ; le vent souffle sur la plaine ; la foudre s'abat sur les hauts chênes ; l'homme s'attriste. Mais l'aube revient, éclairée d'un pâle soleil qui, amoureusement, l'une après l'autre, transforme les gouttelettes de pluie en diamants précieux ; le ciel s'approfondit et déploie sur l'univers un manteau d'azur ; l'homme retrouve l'espérance et sourit à la vie... Aime cette terre, Santiago. Aime-la comme Dieu l'aima, qui l'arrosa de Son Sang précieux. Songe à cela en foulant ces routes poussiéreuses que des missionnaires et des saints foulèrent avant toi. N'oublie jamais combien Jésus l'aima, cette terre souffrante et déchirée, tentée par le désespoir et parfois transportée d'espérance. Chéris les humbles travaux des hommes qui la labourent et la fertilisent de leur sueur ; pose un regard de tendresse sur les animaux qui rampent, courent ou volent et qui, chacun dans sa langue, chantent la gloire du Créateur. Protège la vie et ne te lasse pas de l'aimer. Plus tu seras près d'en désespérer, plus ton attente sera comblée par l'éternelle aurore du recommencement.

Sois comme ces pèlerins de la foi qui traversaient l'Europe, riches seulement de certitudes. Ne t'attarde pas sur le mal ; qu'importe son triomphe puisqu'il est éphémère ? La nuit la plus longue connaît son terme ; la mer la plus vaste et la plus déchaînée lèche des plages au sable doré... N'agis pas comme ces hommes qui, obsédés par les succès de Satan, vivent tournés vers le mal et cessent, du même coup, d'aimer... Emplis ton cœur d'une passion ardente et jalouse pour ce monde et pour ceux qui l'habitent. Vois-tu, mon doux et tendre ami, tous les péchés nous seront pardonnés, sauf un. Nos plus lourdes fautes trouveront grâce devant Dieu, hormis celle qui consiste à douter de Lui. Ni coups, ni blessures, ni insultes, ni sarcasmes — pas même le spectacle douloureux du triomphe de Satan — ne doivent nous détourner de Dieu...

Carlos s'arrêta de parler ; ce long discours, prononcé d'une voix mélancolique, semblait l'avoir fatigué. Il passa sa main sur son front, parut accomplir un effort et dit :

— Quittons cet abri où nous avons connu du bonheur et allons où la volonté de Dieu nous appelle.

L'Idiot avait écouté les propos de l'étudiant bouche bée et d'un air émerveillé. Il suivit Carlos et se mit à chanter de sa voix monocorde :

Un pajaro muere,
otro nace,
pero muchos cantan[1].

Carlos, familiarisé maintenant avec le langage de son étrange compagnon, approuvait de la tête. Ils reprirent leur route en silence, absorbés dans leurs pensées et l'esprit rasséréné.

Ils se trouvaient sur le sommet d'une colline située au pied de la Sierra. Un sentier tracé sur le flanc de la montagne montait en tournoyant. Ils le suivirent sans se demander où il pourrait bien mener. Qu'importe à celui qui court à la rencontre de son destin le lieu où ce destin deviendra destinée ?

1. « Un oiseau meurt,
un autre naît,
nombreux sont ceux qui chantent. »

Les heures passèrent. La chaleur devenait accablante. Le soleil brûlait le dos de nos pèlerins. Ceux-ci commençaient de ressentir la fatigue et s'arrêtaient souvent pour regarder derrière eux la plaine toujours plus lointaine. Ils reprenaient leur marche. Ils soulevaient en marchant une âcre poussière qui collait à leur palais et les faisait tousser. Carlos, les yeux baissés, luttait contre la chaleur et la lassitude ; l'Idiot, près de lui, le fixait de ses bons yeux de chien fidèle. L'étudiant devinait la fièvre muette exprimée par ce regard et ne voulait pas le rencontrer. Le pays autour d'eux était désertique ; nulle trace d'eau, pas un arbre ; rien que cette pente brûlée par le soleil, parsemée de cailloux. Au loin, les sommets rocheux de la Sierra se découpaient sur le ciel d'un bleu qu'on pouvait à peine fixer tant sa couleur blessait les yeux.

Ils s'arrêtèrent, reprirent leur ascension pénible, firent de nouvelles haltes et s'obstinèrent, malgré leurs pieds endoloris et leurs lèvres brûlantes de fièvre, à poursuivre leur chemin. Les heures succédaient aux heures. Aucune maison ne se profilait à l'horizon pour les réconforter. La plaine s'éloignait de plus en plus. Elle ressemblait maintenant à une mer étrange aux coloris subtils. Le soleil la faisait scintiller ; la réverbération posait sur elle comme un brouillard mauve.

Soudain, vers le milieu de l'après-midi, des sanglots troublèrent le silence des montagnes. L'Idiot suffoquait, à bout de résistance ; ses épaules tremblaient ; Carlos, le cœur serré, se tourna vers lui.

— Tu pleures, Santiago... Tu pleures et souffres. Mais songe à la saveur du pain que nous mangerons, à la transparence de l'eau que nous boirons. Ne te laisse pas aller au désespoir. Rien ne peut détruire un homme si Dieu ne l'a permis. Crois-tu donc que Dieu nous abandonnerait ?

L'Idiot dévisagea l'étudiant à travers ses larmes ; puis il les essuya avec le pan de sa chemise et retrouva son sourire d'imbécile-né qui évoquait la beauté triste d'une fleur fanée.

— Cette route est longue et semble ne mener nulle part. Elle ressemble à notre vie, longue et douloureuse, sans but pour certains d'entre nous. Mais, au bout de cette route, une maison nous attend avec sa miche et sa cruche d'eau fraîche.

Carlos fit une pause, essuya la sueur qui ruisselait sur sa longue figure d'exalté et regarda les pieds ensanglantés de l'Idiot. Alors il se baissa, souleva son camarade et l'aida à monter sur ses épaules. Il reprit ainsi son ascension, avec ce poids fraternel sur lui. La joue fiévreuse de l'Idiot touchait parfois celle du jeune homme. Leurs deux sueurs se mêlaient.

Ils atteignirent ainsi un village bâti sur la montagne. Le jour touchait à sa fin. Le ciel pâlissait ; le soleil rougissait les sommets de la Sierra et arrachait aux fenêtres des maisons des reflets d'or. Le son d'une cloche troubla cette paix : l'angélus.

Carlos n'avait pas vu le village qu'il découvrit soudain. Cette découverte le combla de bonheur. D'une voix douce, le jeune homme appela :

— Santiago !...

Mais l'Idiot dormait, épuisé, sur les épaules de l'étudiant. Celui-ci hésita et décida de ne pas le réveiller afin de lui faire la surprise. Il pressa le pas et croisa les premiers villageois. Ils avaient des figures ridées et portaient des vêtements noirs. Carlos les salua :

— Dieu vous accorde Sa paix, mes bons amis !

Ils regardèrent cet étranger avec méfiance et grommelèrent un « bonjour » rauque.

Le village se composait d'une unique rue et d'une place limitée par l'église, la maison paroissiale et un café. Au milieu se trouvait une fontaine ; autour de la fontaine, une dizaine de jeunes gens étaient assis à l'ombre de deux platanes. Ces jeunes gens avaient une expression grave et ne parlaient pas. Des femmes, de noir vêtues, assises sur le seuil de leurs portes, épluchaient des légumes ou brodaient. Un silence pesant régnait sur cette petite place. Carlos arriva. Il vit la fontaine et pensa s'évanouir.

— Dieu vous garde, mes frères ! Nous venons, mon camarade et moi, vous demander au nom du Seigneur un peu de pain, un toit pour nous abriter et un peu de cette eau qui vous vient de Dieu. Il saura vous rendre au centuple ce que vous nous aurez donné ; Sa bénédiction soit sur vous et sur vos enfants.

Les femmes levèrent les yeux; les jeunes gens ne bougèrent pas. Personne ne fit un geste. Nulle réponse.

— Nous gravissons depuis ce matin la Sierra sans avoir pu ni satisfaire notre faim ni étancher notre soif, soutenus par l'espoir de rencontrer des hommes. Mes frères ! nous venons de loin pour vous apporter la parole et la bénédiction du Seigneur.

Les hommes que Carlos avait croisés à l'entrée du village débouchèrent sur la place. Ils se tenaient en un groupe compact et menaçant. L'un d'eux s'avança vers le fou et repartit :

— L'exercice de la charité incombe à l'abbé Pérez, curé de notre village. Tu dois t'adresser à lui. Nous sommes pauvres et travaillons dur. Nous n'aimons guère les oisifs.

— Je vous comprends, mes frères ! Dites-moi du moins où se trouve votre curé afin que je m'adresse à lui.

L'homme qui avait parlé montra la montagne et répondit :

— Quelque part dans la Sierra...

Le désespoir se peignit sur le visage de Carlos.

— Je suis venu vers vous en ami. Je vous apporte la Bonne Nouvelle. Allez-vous nous laisser mourir de fatigue et de faim ?

— Qu'avons-nous besoin de tes sermons ? répliqua l'homme qui avait déjà parlé. Notre curé se charge de nous instruire. Il baptise nos enfants, marie nos jeunes filles et enterre nos morts. Que peux-tu nous apprendre que nous ne sachions déjà ?

Il s'exprimait avec sévérité et brandissait, en parlant, sa fourche.

— Je viens vous parler du Christ..., riposta Carlos.

— Du Christ ? Notre curé nous en parle chaque dimanche. Ses discours ne transforment pas le désert en terre fertile, ni les cailloux en épis de blé.

— L'abbé Pérez, reprit Carlos, vous entretient d'un Dieu mort-né : Celui qu'on adore dans les églises et qui protège les riches contre la juste ambition des pauvres. Je vous apporte l'enseignement de Jésus de Nazareth...

Des cris accueillirent ces paroles. Les jeunes gens se levèrent et ramassèrent des pierres. Une femme s'écria :

— C'est un hérétique. Il insulte nos croyances et s'insurge contre Notre Sainte Mère l'Église.

— Tu le vois, enfant, reprit l'homme à la fourche, tes paroles soulèvent l'indignation. Hérétique ou fou, je t'ordonne de poursuivre ta route. Nous n'avons que faire de tes discours inspirés par le Malin. Nous vivrons et mourrons comme nos pères et grands-pères ont vécu.

Il leva le bras et, avec force, conclut :

— Fuis, avant que nos pierres ne défigurent ton visage ; pars sans détourner la tête. Dieu te pardonne et t'accorde Sa paix !

Carlos promena un regard implorant sur les habitants de ce village ; ses yeux ne rencontrèrent que des figures fermées et des regards hostiles. L'étudiant hésita et reprit sa route. Il traversa la place dans un silence haineux et quitta le village. L'Idiot, sur les épaules de l'étudiant, dormait toujours. La fièvre brûlait ses joues. Carlos s'éloigna lentement. Il se tourna enfin et vit derrière lui les maisons grises à l'ombre du clocher. D'une voix forte il cria :

— J'apportais la parole du Seigneur ; vous avez refusé de l'entendre. Je vous annonçais Sa paix ; vous l'avez rejetée.

Il poursuivit alors sa route, mais dut bientôt s'arrêter. Il déposa son compagnon à terre. L'Idiot dormait d'un sommeil agité. Carlos caressa le front brûlant de son ami. « Santiago est malade. Une insolation sans doute, pensa l'étudiant. Je n'ai pas la force de le porter encore. Nous dormirons ici. »

L'ombre envahissait les vallées. La nuit tombait sur la terre assoupie. L'air se détendait et se saturait d'odeurs de thym et de romarin. Un oiseau jeta trois notes en l'air...

— Pourquoi les hommes refusent-ils de Vous entendre, Seigneur ? Pourquoi sont-ils fermés à l'amour ? Ils ont des oreilles et n'entendent pas le langage de la charité ; ils ont des yeux et ne veulent pas les emplir de Votre lumière...

L'étudiant prononça ces mots à voix haute et sur un ton mélancolique. Il s'endormit à son tour sur la terre jonchée de cailloux et refroidie déjà comme un cadavre. Ce contact fut doux à Carlos qui rêva d'eau transparente.

— Qui êtes-vous ? Que faites-vous ici ?

Carlos ouvrit les yeux et vit un prêtre penché sur lui. Il parlait avec une extrême douceur. Sa soutane, salie de boue et déchirée par endroits, soulignait la pâleur de son visage.

— Nous marchons depuis ce matin sans boire ni manger. Nous nous sommes arrêtés dans un village proche. Les villageois nous ont refusé l'hospitalité.

Le prêtre parut surpris.

— Pourriez-vous encore marcher jusqu'à la maison paroissiale ?

— Est-elle très éloignée d'ici ?

— Une demi-heure de marche, au plus.

— Je pourrai, répliqua Carlos. Mais mon camarade ne le pourra pas. Il est malade.

L'abbé Pérez, car c'était lui, hocha la tête.

— Nous le porterons, déclara-t-il.

Ils se levèrent, prirent l'Idiot par les aisselles et par les pieds et se mirent en route.

La nuit était claire. La lune éclairait le paysage. Le ciel avait une couleur d'argent.

Ils atteignirent le village. L'abbé Pérez ouvrit la porte de la maison paroissiale. Elle était grande et blanche, construite dans le style du pays. Mais les grandes pièces au parquet luisant étaient à peine meublées. Une table en bois blanc, quelques chaises et un grand lit.

— Déposons-le sur le lit.

Ils déshabillèrent l'Idiot et le couchèrent. L'abbé Pérez chercha dans une armoire quelques médicaments et les apporta. Il souleva le malade en le tenant par la nuque, lui fit avaler un comprimé et le laissa boire. L'Idiot buvait avec avidité, les yeux fermés. Carlos s'était assis sur une chaise et regardait le curé.

— Qui êtes-vous ? demanda celui-ci.

Carlos hésita .

— Je ne sais pas...

L'abbé Pérez ouvrit des yeux étonnés.

— Vous êtes perdus ?

— Non.

— Où allez-vous ?

Carlos fit un geste vague.

— Partout et n'importe où.

L'abbé s'assit face à l'étudiant et reprit :

— Je ne comprends pas... Je vous trouve étendus au bord d'un chemin en pleine Sierra, exténués de fatigue et de faim. Vous ne savez d'où vous venez et affirmez ne savoir où aller...

Une idée traversa l'esprit du prêtre :

— Vous seriez-vous enfuis d'un collège ? demanda-t-il.

— Non, monsieur le curé.

— Mais alors, qui êtes-vous ? Que faisiez-vous en pleine montagne ? Où vous rendiez-vous ? A Yesa, peut-être ? Les fêtes commencent demain...

Carlos hocha la tête.

— Je ne sais que vous répondre, monsieur le curé. Nous parcourons le pays en annonçant partout la Bonne Nouvelle.

L'abbé Pérez ne comprenait toujours pas.

— Quelle bonne nouvelle ?

L'étudiant répliqua avec tristesse :

— Que Jésus de Nazareth est né, qu'Il est mort pour le salut de tous les hommes...

Le visage du prêtre s'illumina.

— Ah ! je comprends... Vous êtes des missionnaires, vous appartenez à l'Opus Dei sans doute.

— Nous n'appartenons qu'à Dieu, Mosén...

— Je dois vous paraître lent d'esprit, mais j'avoue ne pas vous comprendre. Qui vous envoie ? Que voulez-vous ?

Carlos parla longuement. Il fit le récit de ses aventures à Madrid et à Huesca. Il dit la vérité avec simplicité. L'abbé Pérez l'écoutait avec attention, sans l'interrompre. Quand l'étudiant eut achevé son discours, le prêtre reprit d'une voix lasse :

— Je ne sais que penser de vos paroles et de vos

intentions, mon enfant. Je ne suis qu'un pauvre curé de campagne sans expérience aucune. Vous êtes venus vers moi au nom de Notre Maître Divin et c'est en Son Nom que je vous offre une modeste hospitalité. Cette maison est la vôtre ; ce qu'elle contient vous appartient. Ne possédant rien de précieux, je ne tiens à rien. Usez de mes humbles ressources comme il vous plaira. Mangez, buvez et reprenez des forces. Dieu vous assiste et daigne éclairer vos esprits !

Le jeune homme dévisagea l'abbé Pérez avec perplexité. Celui-ci ôta ses lunettes, dont il essuya doucement les verres.

— Vous ne nous condamnez pas ? Vous n'avertirez pas la *guardia civil* de notre présence parmi vous ?

L'abbé Pérez fixa son interlocuteur d'un air surpris et peiné à la fois.

— Pourquoi vous condamnerais-je ? Les desseins de Dieu sont impénétrables. Peut-être vous a-t-Il choisi ? Comment saurais-je, moi qui ne suis qu'un prêtre inexpérimenté, quelle est la volonté de Dieu en ce qui vous concerne ?...

Il parut réfléchir avant d'ajouter avec gravité :

— Je prierai pour vous, mon enfant.

Puis, après une nouvelle pause, il déclara :

— Je vous préviens seulement qu'il me faudra rédiger un rapport pour mes supérieurs. Je conterai les faits, répéterai vos paroles mais ne les interpréterai pas... Allez dormir, maintenant ! Vous semblez las.

Carlos, ne voyant qu'un lit, s'en étonna.

— Mais vous, monsieur le curé, où dormirez-vous ?

L'abbé Pérez sourit :

— Ne vous inquiétez pas de cela. J'ai l'habitude de dormir dans mon confessionnal. Dieu veille sur mon sommeil ; j'aime me reposer près de Lui...

Il se leva et quitta la maison paroissiale, après avoir ajouté :

— Vous trouverez du lait, des fruits et du pain dans la cuisine. Bonne nuit ! Dieu vous garde !

7

L'abbé Pérez traversa la place et se dirigea vers l'église dont la lune faisait scintiller le clocher. Des chiens aboyaient ; un cheval hennissait. Un silence pesant amortissait ces bruits et les engloutissait dans son sein.

Le cœur de l'abbé Pérez se serra. Il s'agenouilla sur les dalles, devant l'autel et, de ses bons yeux, fixa le tabernacle. Le récit de Carlos troublait ce prêtre. Le scepticisme n'était pas son fort. Il avait la foi naïve des enfants et croyait au pouvoir du Malin comme aux manifestations de la toute-puissance divine. Le monde, pour cet humble serviteur de Dieu, était plein de signes mystérieux. Il y reconnaissait la marque de la sainte présence. De cette présence, il ne doutait d'ailleurs jamais. Il lui suffisait d'entrer dans cette église pour sentir que Dieu n'était pas éloigné du monde. L'abbé Pérez fit le signe de la croix et récita cette prière : « Seigneur ! préservez-moi de l'orgueil et de la folie. Ne vous lassez pas de mes faiblesses. Accordez-moi la grâce de demeurer fidèle à cette paroisse, d'y accomplir mes modestes devoirs et d'y faire mon salut. Que votre douce pitié me soutienne à l'heure de mon agonie. Amen. » Il alla ensuite s'asseoir dans son confessionnal et s'y endormit.

Le lendemain matin, en ouvrant les yeux, Carlos vit l'abbé Pérez debout, près du lit. L'étudiant sursauta.

— Dieu vous bénisse ! dit le prêtre. Ne craignez rien. J'ai préparé votre petit déjeuner. Vous n'aurez qu'à réchauffer le lait. Je dois me rendre au catéchisme ; les enfants m'attendent.

Il partit. Carlos regarda son compagnon. Celui-ci venait de s'éveiller et souriait déjà. Ils se levèrent, burent dans la cuisine du lait chaud et mangèrent du pain blanc.

L'Idiot reprenait des forces. Il regardait l'endroit et les meubles avec curiosité, se demandant où ils pouvaient se trouver.

— Tu étais malade, expliqua Carlos. Une insolation. Je t'ai porté sur mes épaules. Un prêtre nous offre l'hospitalité. Nous sommes dans la maison paroissiale.

L'Idiot rit d'un rire stupide, puis dansa. Carlos ouvrit une fenêtre. Elle s'ouvrait sur la place où ils étaient arrivés la veille. L'eau coulait de la fontaine dans un bassin. Un âne coiffé d'un chapeau de paille était attaché à l'un des platanes. Des voix enfantines récitèrent en chantant :

Dieu est un pur esprit...

Une femme traversa la place, s'arrêta devant la fontaine et emplit d'eau une outre qu'elle chargea sur ses épaules. La chaleur devenait suffocante.

Ils attendaient le retour de l'abbé Pérez. Celui-ci arriva ; d'un air las, il s'assit sur une chaise et but une tasse de lait. Carlos l'observait avec curiosité.

— Comment va votre compagnon ? demanda le prêtre en fixant l'Idiot.

— Mieux. Nous allons, si vous le permettez, repartir...

— Comme vous voudrez. Je ferai un bout de chemin en votre compagnie. Un de mes paroissiens est décédé cette nuit ; je dois me rendre à dix kilomètres d'ici pour préparer l'enterrement et bénir le corps.

Il se leva, prit un manteau aussi usé et rapiécé que sa soutane et quitta la maison, suivi de Carlos et de l'Idiot. Ils gravirent en silence une pente abrupte, puis s'arrêtèrent pour reprendre haleine.

— Voici l'endroit où je me rends...

L'abbé Pérez montra un point dans la montagne. Carlos aperçut quelques maisons éparses.

— Nous allons nous séparer ici. Dieu vous garde, mes enfants !

Le prêtre prononça ces paroles avec douceur, puis s'éloigna d'eux. Carlos le regarda partir.

Deux heures plus tard, ils arrivèrent devant un village plus important. Ils arpentèrent une rue qui aboutissait à une vaste place. Des manèges et des baraques foraines y étaient installés. Des marchands de bestiaux exposaient leur bétail et marchandaient âprement les prix. Une foule nombreuse circulait parmi les baraques et les enclos où les troupeaux étaient parqués. Hommes et femmes, de noir vêtus, regardaient ce spectacle avec curiosité ; les enfants grimpaient sur les chevaux de bois ; les adolescents s'arrêtaient devant les baraques de tir. Des haut-parleurs diffusaient des paso doble. Moutons, chèvres, vaches et chevaux piétinaient sur place et soulevaient un nuage de poussière. Ces bruits, cette animation, cette chaleur plongèrent l'étudiant dans une exaltation extraordinaire. Il grimpa sur l'estrade d'une baraque où des lutteurs professionnels montraient leurs muscles et, d'une voix altérée, se mit à haranguer la foule. Les curieux crurent d'abord qu'il faisait partie d'une troupe de bohémiens et ne prêtèrent aucune attention à lui. Mais Carlos s'époumonait ; sa voix couvrait la musique et bientôt un groupe se forma pour entendre ses propos. Les lutteurs se regardaient entre eux et semblaient s'interroger.

— Mes frères ! hurlait le fou. Je viens vous apporter la parole de Dieu. Aimez-vous les uns les autres ; cessez de vous nuire et de vous envier...

La foule ricana. Un gamin qui se trouvait au premier rang des spectateurs s'exclama :

— Il se prend pour saint Pierre !

Les rires redoublèrent. Chacun se demandait qui était et d'où venait ce jeune exalté. Les uns prétendaient qu'il était prêtre et d'autres qu'il s'agissait d'un fou évadé de l'asile de Huesca. Un paysan s'écria enfin :

— Il est venu hier dans notre village. Il voulait prêcher et nous demander l'aumône.

Une femme entendit ces propos et les rapporta à sa manière :

— C'est un saint. Il va de village en village, accomplissant des miracles.

D'autres femmes reprirent ces paroles en les amplifiant

encore. Le bruit se répandit aussitôt qu'un saint se trouvait à Yesa et qu'il guérissait les malades.

Carlos, sourd à l'agitation que sa présence suscitait, continuait de pérorer :

— Le Seigneur m'envoie parmi vous afin de vous annoncer que l'heure de la divine pitié est proche... Malheur à ceux qui entendent et refusent de croire; malheur à ceux...

Un marchand de bestiaux s'était approché, mû par la curiosité. C'était un catholique fervent; il connaissait par cœur les Évangiles et, s'adressant à l'étudiant, demanda :

— Que dois-je faire pour gagner la vie éternelle ?

L'étudiant répondit, sans même prendre la peine de réfléchir :

— Partage tes biens avec les pauvres; donne ce que tu possèdes et va témoigner de la toute-puissance de Dieu...

Ces paroles soulevèrent l'indignation du marchand de bestiaux qui répliqua :

— Je suis marchand. Devrais-je donc distribuer mes animaux et me ruiner, moi et mes enfants ?

— Qu'importent les biens de ce monde ? riposta Carlos de plus en plus exalté. Seule la vie éternelle...

La foule applaudit ses paroles.

Notre homme prit peur et s'en alla trouver le curé de Yesa. Celui-ci, bien qu'âgé de quatre-vingts ans, demeurait fort lucide. Il ne tarda pas à saisir quel danger représentait un exalté qui prêchait ouvertement la révolte. Il se précipita chez le lieutenant de la *guardia civil.* Bien que onze heures eussent déjà sonné, ce militaire dormait encore. Il portait moustache, avait belle allure et partageait sa vie entre son épouse et sa maîtresse. On comprendra qu'il fût las chaque matin et ne se réveillât qu'avec peine.

Le curé entra dans la chambre à coucher du lieutenant. Dans un vaste lit, celui-ci dormait, une main sur la poitrine de sa femme et tenant dans l'autre le sein gauche de sa maîtresse. L'ecclésiastique se signa et secoua le militaire qui bondit hors du lit en criant :

— Aux armes !... Les rouges !...

Il vit le curé, comprit son erreur, s'aperçut de sa nudité

et s'enfuit pour revêtir son uniforme. Deux femmes, l'une grosse et sale, l'autre maigre et brune, traversèrent la chambre aussi peu vêtues que leur compagnon, en poussant des gloussements bizarres.

Le curé attendit. Le lieutenant reparut, vêtu de son uniforme vert olive et tenant dans sa main sa coiffure napoléonienne. L'ecclésiastique le regarda avec sévérité.

— Vous êtes un cochon !

— Monsieur le curé ! protesta faiblement le lieutenant.

— Un cochon, je le répète.

Le prêtre, grand et fort, les cheveux blancs ramenés sur le front, parlait avec véhémence.

— Un militaire qui se respecte doit savoir que la maîtrise de soi est la plus importante des vertus guerrières.

Le lieutenant se mit au garde-à-vous et répondit :

— Oui, monsieur le curé !

Celui-ci avait fait la guerre en qualité d'aumônier. Il se radoucit et poursuivit sur un ton bonhomme :

— Que vous ayez besoin de deux femmes, passe encore ! Mais pourquoi, diable, les mettre dans le même lit ? Vous vous devez de donner l'exemple...

Le militaire demeura au garde-à-vous :

— J'y ai songé, monsieur le curé ! Malheureusement il m'est impossible de les faire coucher dans des chambres différentes. Elles sont jalouses et passent leurs journées à se chamailler.

— Ah ! fit le curé que cette judicieuse remarque laissa sans voix.

Puis se rappelant le but de sa visite :

— Je viens vous prier de mettre votre autorité au service de l'Espagne et de la chrétienté.

— A vos ordres, monsieur le curé !

Le curé de Yesa manquait d'imagination. Il retrouvait inconsciemment le langage en vigueur durant la guerre civile.

— Un Juif marxiste et athée prêche la révolte à Yesa, lieutenant. Il sème la discorde parmi nous et prépare un soulèvement contre l'autorité. Allez l'arrêter !

— A vos ordres !

Le lieutenant coiffa son bicorne et appela ses troupes.

Deux *guardias civiles* se présentèrent. Le lieutenant les fit mettre au garde-à-vous et les harangua en ces termes :

— Soldats ! Un Juif est en train de soulever la population de Yesa contre l'autorité légitime de la République...

Nos trois militaires traversèrent le village sous les regards étonnés des passants.

Carlos continuait de crier, d'agiter les bras et de prêcher l'avènement du Christ. Les spectateurs eurent vite fait de comprendre qu'il s'agissait d'un fou. Ils se demandèrent quel profit ils pourraient bien tirer d'une aventure pareille. Un gamin de famille fort pauvre eut alors une idée. Il se mit à pleurer et cria :

— Je crois en tes paroles !... Je veux mériter le paradis et vais, pour le prouver, distribuer mes biens aux pauvres !

Il se précipita vers un troupeau de moutons parqués derrière une barrière en bois, sauta dans l'enceinte et commença de distribuer des animaux à d'innombrables cousins et parents qui se trouvaient à la foire. Il y eut un moment d'hésitation. Puis chacun bientôt voulut imiter cet exemple. La foule se rua vers les bestiaux. Poules, dindes, canards, ânes, vaches et chevaux furent pris de panique. Des cris s'élevèrent. Dans un vacarme indescriptible, les marchands affolés essayaient de reprendre leurs bêtes. Ils distribuaient au hasard des coups de bâton. La foule, ivre de rage, se jeta sur ces malheureux. Malmenés d'abord, piétinés et blessés ensuite, ils s'enfuirent, laissant leur bétail derrière eux. Ce n'était partout que gloussements, hennissements et piaillements.

Carlos, plus égaré que jamais, croyait assister à une réconciliation générale. Il pensait que les propriétaires des bestiaux les distribuaient aux pauvres, et s'écriait :

— Bénis soyez-vous qui suivez Ses préceptes !

Personne ne l'entendait. Chacun était occupé à s'emparer de ce qui ne lui appartenait pas. Des œufs, des fromages et des légumes étaient jetés en l'air ; les commerçants essayaient de se défendre. La mêlée devenait générale. On assenait des coups à droite et à gauche, au hasard. On renversait les caisses et les paniers. Les marchands avaient planté des tentes ; elles furent jetées à terre et des formes humaines s'agitèrent sous les toiles. On eût dit une révolution en miniature. Un nuage de poussière, si dense qu'il empêchait de voir à cinq mètres devant soi, enveloppait la place. Au-dessus de ce nuage, Carlos exultait de joie, criait et pleurait à la fois. L'Idiot voyant son ami chanter, s'était mis à danser.

Le lieutenant et ses hommes arrivèrent. N'y voyant rien, ils firent les sommations réglementaires. Des cris répondirent. Le lieutenant n'osa pas tirer. Il laissa ses hommes et leur dit qu'il allait téléphoner à Huesca pour demander des ordres.

— Rétablissez le calme ! leur recommanda-t-il.

Les *guardias civiles* voulurent obéir. Ils se retrouvèrent par terre, à demi inconscients, sans avoir eu le temps de comprendre ce qui leur arrivait.

Le curé observait d'une terrasse voisine le déroulement de cette émeute. Il distingua les soldats par terre, piétinés par la foule, et Carlos clamant sa joie. Il se crut perdu, et le spectre de la guerre civile se dressa soudainement devant lui. Il courut donc s'enfermer dans l'église, monta au clocher et sonna le tocsin. Ce fut le signal d'un nouveau sauve-qui-peut général. Des femmes aux cheveux en désordre, des enfants aux vêtements déchirés, des hommes ensanglantés s'enfuyaient. Chacun emportait avec soi, qui des paniers emplis de victuailles, qui des poules et des canards ; certains avaient passé une corde au cou d'une vache et l'emmenaient. Des blessés jonchaient la place, parmi les tentes, les baraques et les comptoirs renversés pêle-mêle. Les forains, sentant le danger et craignant qu'on ne les accusât d'avoir fomenté ces troubles, pliaient bagages après avoir pillé un peu partout. Les cris cessèrent soudain, comme par enchantement.

Carlos entendit le tocsin et voulut s'opposer au mouvement de panique qu'il déclenchait.

— Ne fuyez pas ! hurlait-il. L'Église ne pourra rien contre vous. Dieu bénit votre générosité et se tient à vos côtés. Ne craignez pas les Pharisiens !

Mais les Espagnols redoutaient l'Église et la *guardia civil*. Ils se dépêchaient de faire disparaître le fruit de leurs larcins et ne prêtaient nulle attention aux paroles insensées de notre fou qui, en vérité, ne l'avait jamais été aussi complètement qu'en cette journée mémorable.

La place fut bientôt vide. Les commerçants dépouillés de leurs marchandises guettaient le moment de s'emparer de l'étudiant. Les bagarreurs professionnels, qui aux premiers coups avaient jugé plus prudent de disparaître, réapparurent enfin. Ils chassèrent Carlos à coups de pied. L'Idiot le prit par la main et l'entraîna hors du village.

Les *guardias civiles* se relevèrent, époussetèrent leurs uniformes, recoiffèrent leurs bicornes et attendirent le lieutenant l'arme au pied. Ils devaient, deux mois plus tard, recevoir une décoration pour l'héroïsme dont ils venaient de faire preuve, en s'opposant à une foule surexcitée. Leur exemple incita bien des jeunes gens indécis à s'enrôler dans la *Benemérita.*

Carlos courait. L'Idiot le suivait avec peine. Ils s'arrêtèrent au bout d'une heure, à bout de souffle. L'excitation de l'étudiant tomba d'un seul coup. Aux crises d'enthousiasme succèdent ainsi chez les malades mentaux des moments de dépression. Il s'assit sous un chêne-liège et demeura muet, en proie à un accès de mélancolie. L'Idiot regardait son compagnon avec une tendre inquiétude. Enfin, le jeune homme déclara :

— Nous sommes dans le bon chemin, Santiago. La parole de Dieu touche les cœurs les plus endurcis. As-tu vu ces hommes qui distribuaient leurs biens dans l'allégresse générale ? Je te l'assure, mon ami, nous vaincrons cette Église réactionnaire et ignorante : la fraternité seule réunira les hommes ; la charité sera leur loi commune...

» Continuons de semer. Bientôt viendra le temps de la récolte.

Carlos ne croyait pas si bien dire.

Ils descendirent lentement dans une vallée encaissée et plantée d'arbres.

8

Son Excellence le gouverneur civil de Huesca répétait le discours qu'il prononcerait solennellement devant les hauts dignitaires de la Phalange, à l'occasion du vingtième anniversaire de la glorieuse croisade nationale. Il avait, en sa qualité de chef provincial du Mouvement [1], revêtu l'uniforme noir et la chemise bleue [2]. Le gouverneur, dans un vaste bureau aux plafonds décorés de fresques, se tenait devant une glace, les jambes écartées, une main dans son gilet, en un geste impérial.

« ... Nous avons, en changeant le cours de l'Histoire et en remontant aux sources de notre grandeur, asséné un coup fatal au communisme international ! Nous avons mon-tré... » (Son Excellence aimait à marteler les syllabes et à ponctuer chacune de ses phrases d'un vigoureux coup de poing sur la tribune. Il avait, aux actualités filmées, vu faire cela à Mussolini et cherchait, depuis lors, à l'imiter.) « ... que le Progrès (une pause), la Justice (il trouvait ce mot fort sonore), et la prospérité sociale peuvent... (nouvelle pause, plus longue que la précédente)... que dis-je, peuvent... *doivent* (trois accents sur ce mot ; un coup de poing sur la tribune) aller de pair avec le respect des institutions et des traditions, qui, au XVe siècle déjà, firent la grandeur de notre pays. (Ici un silence, pour que les applaudissements puissent crépiter.) En effet, camarades ! (ces paroles sur un ton familier) sous l'égide de Son Excellence Francisco Franco Bahamonde (nouveaux applaudissements), l'Espagne retrouve son rang dans le

1. *El Movimiento nacional* ou Phalange espagnole.
2. Uniforme des phalangistes.

concert des nations... (Il avait lu cette phrase quelque part et l'avait faite sienne.) ... Le Caudillo[1] apparaît, aux regards étonnés du monde, comme le champion de la chrétienté ; l'Espagne catholique, l'Espagne de la Reconquête, éclaire l'univers de la lumière de sa foi...

Soledad Lopez entra sans frapper. Elle traversa la vaste pièce et faillit tomber en glissant sur le parquet ciré.

— Je finirai par me casser les reins dans ce bureau ! Je t'ai déjà dit de mettre un tapis...

Le gouverneur rougit et bégaya :

— Mus... so... li...

— Mussolini a été pendu, riposta sa femme sèchement. Quant à ton idée de placer ta table de travail à un bout de la pièce, je trouve cela (quoi qu'en ait pensé ton Mussolini) parfaitement stupide...

— Tout de même, Soledad !

— Ah ! non. Ne recommence pas avec ton « tout de même » !...

Elle jeta un regard sévère sur son mari.

— As-tu pensé à notre conversation de la semaine dernière ?

— Tu veux dire à... un complot !...

Il rit comme quelqu'un qui vient de faire une bonne farce. Soledad remua sur son siège.

— Tu ne l'as pas trouvé, quoi !

Le gouverneur fut saisi d'étonnement.

— Non, avoua-t-il.

Soledad releva la tête et jeta, du bout des lèvres, cette simple phrase :

— Moi, je l'ai !

Il se leva d'un bond. Elle promena sur son mari un regard triomphant et lui fit signe de se rasseoir. Il obéit sans broncher, l'air penaud.

— Connais-tu Lucas Sanchez ?

— Le cafetier du Parc... Tu ne vas... Il a l'appui de Monseigneur...

D'un geste impérieux, elle lui ordonna de se taire.

— Il avait un fils qui poursuivait des études supérieures

1. Caudillo, chef ou führer.

à Madrid. Ce fils est devenu fou. Ses parents voulaient le faire interner... (Ce qui, de toi à moi, n'est guère élégant.) Bref, j'en viens au complot...

Elle fit une pause.

— Ce garçon s'est enfui. Il a pris la clef des champs. Tu me suis ?

— Puisque tu dis qu'il est fou !

— Raison de plus. Les communistes sont tous plus ou moins fous. Ils portent la barbe et ressemblent aux prophètes juifs.

Son Excellence se leva et se mit à arpenter son bureau de long en large ; une main dans le dos, l'autre dans le gilet et le regard rivé au parquet, il croyait ressembler à Napoléon et n'évoquait qu'un pingouin. Soledad, avec fierté, se pavanait.

— Admettons..., commença le gouverneur. De quoi l'accuser ?

— Voilà une question sensée ! s'écria Soledad. Laisse-moi achever mon récit. Le fou s'est enfui, te dis-je. Il est allé catéchiser les chômeurs qui logent dans les grottes, derrière l'évêché. Il leur a parlé du Christ. Rien à dire. Tout le monde a le droit d'en parler. Mais... Mais il leur a déclaré que les riches, avec l'appui de l'Église, les exploitaient ; que Dieu voulait la justice et non l'esclavage. Un véritable discours communiste !

Son Excellence n'en revenait pas. Un complot à Huesca ? Un véritable complot ? Si vite ? Il se vit promu ministre du Mouvement national, décoré de l'ordre d'Isabelle la Catholique ; sa photographie se trouverait dans *ABC* auprès de celle de l'évêque de Malaga. Il regarda sa femme avec émerveillement et lui dit tendrement :

— Quelle femme tu es, Soledad !

Le lieutenant-général Camaléon, gouverneur militaire de la province de Huesca, arrivait une heure plus tard au palais du Gouvernement.

9

Neuf heures sonnèrent. La foule des promeneurs se bousculait entre la place du Casino et le long des allées du Parc, jusqu'à la fontaine de Cupidon. Les jeunes gens, en bras de chemise, riaient et lançaient des compliments aux filles qui baissaient les yeux et souriaient de plaisir. De nouveaux visages faisaient leur apparition. Les étudiants regagnaient Huesca pour les grandes vacances. Ils venaient de Madrid et de Saragosse ; on les reconnaissait à leur allure plus désinvolte. Ils semblaient ravis de retrouver leurs amis de l'année précédente et d'ébaucher des idylles toutes platoniques avec leurs « fiancées ». Chaque Espagnol se doit en effet d'avoir une fiancée. Il se comporte à son égard en chevalier servant. Leurs relations se bornent le plus souvent à quelques paroles échangées pendant le *paseo;* à quelques sourires complices à l'heure de la messe quotidienne qui est de règle pour toute jeune fille respectable. Tout au plus le jeune homme parvient-il, au bout de quelques années d'assiduité, à dérober à sa fiancée un baiser maladroit. L'essentiel est, en tout cela, de tuer le temps et de se créer des bonheurs et des désespoirs qui maintiennent un adolescent en bon équilibre.

Les mères de famille, assises sur des bancs, observaient le va-et-vient de leurs enfants. Tous ces promeneurs faisaient un vacarme indescriptible et soulevaient, en marchant, des nuages de poussière. Personne ne semblait pourtant s'en apercevoir.

Mariana Tasta et la grosse Antonia étaient assises chacune au bout du banc. Elles s'épiaient à la dérobée et mouraient d'envie de se confier leurs secrets. Mais aucune ne voulait céder la première. Elles se tenaient droites et dignes, s'ignorant mutuellement et occupées uniquement l'une de l'autre. Une foule jeune et bruyante défilait devant les deux commères. Magda soudain parut, pâle et belle.

— Celle-là, elle ferait mieux de rester chez elle ! opina Antonia à voix haute.

— Et comment ! surenchérit Mariana Tasta. Après le scandale provoqué par son frère, paraître ainsi au *paseo !* Cette petite n'a aucun sens de l'honneur !

Les deux femmes échangèrent un sourire, se rapprochèrent l'une de l'autre et se serrèrent la main avec effusion.

— Je suis heureuse que nous soyons réconciliées, Mariana. De nous savoir fâchées, cela me peinait.

— Moi aussi, Antonia ! Mais laissons là ces souvenirs désagréables. Nous sommes deux bonnes amies, n'est-ce pas ?

— Pour sûr, Mariana !... Je prie tous les jours pour toi.

Elles gardèrent un instant le silence et, comme mues par un ressort secret, se tournèrent l'une vers l'autre, criant en même temps :

— Sais-tu ?...

Elles s'arrêtèrent, s'épièrent avec méfiance et se turent à nouveau.

— Qu'allais-tu dire, Mariana ?

— Rien, femme. Des banalités. Mais toi, qu'avais-tu donc à m'apprendre ? Après tout, c'est à toi de parler la première ; tu m'as offensée...

— Ah ! pardon..., se récria la grosse Antonia.

Mariana Tasta sourit.

— Qu'importe, Antonia ? L'une de nous doit commencer. Tu peux bien céder.

— Si tu me le demandes ainsi !... Voilà !

Elle se pencha vers la marchande de la place de la Cathédrale et d'une voix mystérieuse déclara :

— Sais-tu que le fils de Sanchez a été vu à Yesa ?

— A Yesa ?

— Parfaitement, à Yesa !

Mariana n'en croyait pas ses oreilles.

— Si loin ? demanda-t-elle. Mais qu'y faisait-il ?

Antonia ricana d'un air plein de sous-entendus.

— Tiens-toi bien, femme ! Il y avait foire à Yesa. Ce fou s'est mis à prêcher la révolte. Il a réussi à exciter la foule qui s'est ruée vers les baraques des marchands pour les dépouiller.

Mariana Tasta se mordit les lèvres de dépit. Elle regrettait presque à présent de s'être réconciliée avec son amie. Antonia enchaîna d'une voix triomphante :

— Et ce n'est pas tout, femme ! Carlos Sanchez n'est pas seul.

— Pas seul ?

La marchande de la place de la Cathédrale crut s'évanouir de rage.

— Tu en sais des choses, mon amie !

Antonia feignit de n'avoir pas entendu et poursuivit sur un ton toujours aussi mystérieux :

— Il est accompagné d'un jeune garçon.

— D'un garçon ?

Les yeux de Mariana Tasta lui sortaient de la tête.

— D'un garçon, oui. Un idiot. Il l'a ramassé dans le quartier des chômeurs où il est allé...

— Je connais ce quartier, coupa Mariana Tasta d'une voix sèche.

Les deux femmes se turent pour reprendre haleine. Antonia respira avidement ; sa poitrine frémissait.

— Mais toi, que voulais-tu me dire ? demanda-t-elle à son tour.

— Rien... Enfin presque rien...

Mariana Tasta arrangea sa jupe noire et dit d'une voix neutre :

— Sais-tu qui a fait libérer le fils de Sanchez de la prison ?

Antonia fit non de la tête.

— Tiens-toi bien, ma bonne amie ! Je te le donne en mille.

— ?...

— L'abbé Risueño !

— Ça, par exemple ! Mais c'est incroyable ! Le curé de Saint-Laurent et Sanchez se détestent... Pourquoi ?...

Antonia prit une attitude songeuse. Mariana Tasta, ravie de l'effet produit par les révélations qu'elle venait de faire à son amie et radoucie par le succès obtenu, ajouta :

— Et connais-tu la dernière nouvelle ?

— Quelle nouvelle ?

Antonia sursauta. Qu'avait donc Mariana à lui apprendre encore ?

— Le gouverneur vient de donner l'ordre d'arrêter et de jeter en prison le fils de Sanchez !

Une bombe explosant en plein milieu du *paseo* n'eût pas provoqué un étonnement plus grand : Antonia suffoquait. Toute sa chair en tremblait. Mariana, telle une araignée, l'épiait sournoisement.

— Jeter en prison ? s'écria Antonia entre deux hoquets. Mais c'est incroyable !

Une idée soudain jaillit dans son esprit.

— Mais pourquoi l'arrêter ?

Mariana Tasta regarda à droite, à gauche, se pencha sur son amie et murmura d'une voix à peine intelligible :

— Le fils de Lucas Sanchez n'est pas fou ; c'est un communiste.

Cette fois, c'en était trop pour Antonia. L'étonnement et la curiosité l'emportèrent sur son humiliation.

— Un communiste ? Qui l'eût cru, Sainte Vierge del Pilar ? Avec un père pareil !...

Sa voix brusquement cassa ; son visage pâlit, ses pupilles se dilatèrent. Elle se tourna vers Mariana Tasta :

— Mais l'abbé Risueño ?... Tu... Ce n'est pas possible !...

— Ne médisons pas, Antonia. Nous n'avons aucune preuve.

— Aucune preuve ? se récria Antonia. Il part pour Saragosse, fait libérer ce garçon condamné pour viol... aucune preuve, dis-tu !

Mariana soupira avec hypocrisie.

— Tu as raison, Antonia... Quel temps nous vivons !

— Ça, tu peux le dire !... Un prêtre ?... J'ai du mal à l'imaginer.

— Ces gens-là sont capables de tout, remarqua la marchande d'objets pieux... J'ai lu un livre. Il y était question d'un franc-maçon qui s'était fait prêtre dans le seul but de déshonorer l'Église.

Antonia remua son corps volumineux, prit un mouchoir et s'essuya le front ruisselant de sueur.

— Ces choses-là paraissent incroyables. Quelle perfidie !

Levant les yeux, elle s'écria :

— Que de larmes Notre Seigneur doit verser sur ce monde endurci !

Antonia croyait rêver. Elle aimait le mal. Elle avait toujours vécu dans l'obsession du péché, épiant ses semblables, se délectant de leurs faiblesses et de leurs vices. Voilà qu'un abîme insoupçonné s'ouvrait devant elle ! La joie mêlée d'inquiétude qu'elle en ressentait l'étouffait presque. Tant de perversité, tant de raffinement dans la perversité ! Les yeux à demi fermés, elle respirait avidement la puante odeur des perversions de l'esprit comme un prisonnier respire sa première bouffée d'air pur.

Mariana Tasta, sagement assise à ses côtés, avait retrouvé son masque de dévote exemplaire. Elle souriait pourtant intérieurement. Ces deux femmes vertueuses se coucheraient ainsi, après avoir récité leurs prières, l'âme agitée par des images troubles. Elles s'endormiraient en évoquant des orgies, d'abominables scènes où des diables cornus danseraient autour de vierges nues. Leur chair cireuse frémirait au contact de ces évocations impures... Mystères de l'âme humaine !

L'orchestre jouait *les Yeux noirs*. L'Andalou, assis à califourchon sur une chaise en bois blanc, derrière le comptoir, s'éventait avec un journal. Il semblait déprimé et agitait de sombres pensées. Les recettes avaient dépassé ses espérances. Mais les soucis accablaient Sanchez qui réfléchissait au moyen de s'assurer l'appui de Monseigneur.

« L'évêque n'aime pas les difficultés, songeait l'Andalou avec mélancolie. Il me dira quelques bonnes paroles et m'achèvera d'un coup de poignard dans le dos. Inutile d'ailleurs de chercher à l'intimider. Ces vieillards-là sont plus rusés que le Diable. Le seul moyen de l'attendrir serait encore de lui promettre quelques milliers de *duros*... Pourquoi Dieu s'acharne-t-il ainsi contre ma bourse ? J'ai pourtant gagné honnêtement cet argent !... Comment faire, Sainte Vierge del Pilar ? Déjà le président de l'Action catholique a feint tout à l'heure de ne pas me voir. Les gens dans le malheur doivent dégager une odeur particulière... Mon commerce risque de péricliter... Une si belle affaire, mon Dieu, et qui me permettait de soulager tant de misères !... »

Les musiciens rangèrent leurs instruments et quittèrent l'estrade. Sanchez demeurait accablé derrière son comptoir, regardant à peine ce qui l'entourait et surveillant les serveurs d'un air distrait. Il s'épongea le front, déboutonna sa chemise, essuya sa poitrine velue comme celle d'un singe et reprit son monologue.

« Réfléchissons, Sanchez ! Tu n'es pas plus bête qu'un autre. Ton fils est fou. Est-ce ta faute ? Tu n'es pas malade ; à moins que Remedios n'ait... Non, ce n'est pas possible !... Donc, cela pourrait arriver à n'importe qui. A Monseigneur lui-même, s'il avait des enfants. Bien sûr, ces raisons ne toucheront pas le cœur de notre évêque. Cet homme-là n'entend qu'un langage : celui de l'or. Tu dois donc l'attendrir avec des billets... Combien peux-tu donner, Sanchez ?... Pas beaucoup, bien sûr, puisque aussi bien tu es moins riche qu'on n'est tenté de le croire. Cinq mille *duros*... Monseigneur trouvera cela insuffisant. Tu connais cet homme ! Insatiable. Mettons dix mille *duros ?* Ce sera la ruine !... Mais songes-y, Sanchez, si tu ne le fais pas, c'est toute ton affaire qui s'effondre ; laquelle, bon an mal an, te rapporte... deux cent mille *duros !...* Oh !... il y a les frais. Beaucoup de frais ! Et les aumônes généreuses que tu verses aux œuvres de bienfaisance. Mais enfin, tu ne saurais te plaindre. " Il y a plus malheureux que nous ", aimait à dire ta mère.

» Pauvre mère !... Que dirait-elle si elle me voyait ainsi ? Une mère comprend toujours ses enfants. Remedios me déteste. Elle croit que je ne m'en aperçois pas. Mais quoi ! On ne peut, dans un pays catholique, répudier sa femme légitime. Ah ! si nous étions en France !... Il paraît que le divorce légal existe là-bas et que l'Église ne peut ruiner personne. Heureux pays !...

» Ma mère vit à Bordeaux. Peut-être est-elle morte ? Pauvre mère ! Elle aimait tant se rendre à Torremolinos en excursion ! La mer y est d'un bleu intense. Le soleil fait scintiller l'eau ; on peut à peine la regarder. Le sable chaud ressemble à ces lits sur lesquels on s'étend, rompu de fatigue, pour savourer le plaisir de la détente. On perçoit confusément le bruit des moteurs des bateaux qui partent... J'aimais bien Malaga !... La mer, le soleil et cette odeur d'iode, de poisson et de sable mouillé qui imprègne jusqu'aux vêtements ! Je fumais une cigarette sur le port et me sentais heureux !... Et ces sardines grillées qu'on mangeait avec des copains ! Quels bons vivants nous étions alors !

» Maman aurait pu rester. Je l'ai toujours pensé. Elle n'avait rien fait. Il est vrai que les phalangistes fusillaient tout le monde. Six mille fusillés en une semaine ! Il faut se représenter ce que cela signifie. Un milicien pris était aussitôt condamné à mort... “ Rébellion militaire ” : voilà le délit. Oh ! Je ne suis pas un rouge. Je crois en Dieu et à l'Église. Mais quel massacre, tout de même !

» J'aurais pu évidemment écrire à ma mère. J'avais son adresse. Mais il paraît que la censure ouvre les lettres. Je ne tiens pas à ce que l'on sache que ma mère est une exilée... »

L'Andalou s'arrêta de penser. Le bar, la piste de danse, les tables alentour, étaient maintenant vides. Un étrange silence pesait sur cette partie de la ville ; un de ces silences qu'on entend. Onze heures et quart sonnèrent.

« J'aime bien Carlos, reprit Sanchez pour lui-même, c'est un gentil garçon fort intelligent... Seulement voilà, il est fou, et je n'y puis rien changer. Je ne vais tout de même pas cesser de vivre parce que mon fils a perdu la raison ! Ces choses-là arrivent. C'est la vie, comme on dit. Chacun porte sa croix. Remedios en perd l'appétit et le sommeil... Elle est mère. Mais est-ce que cela arrange les choses que de jeûner et de veiller ? Il faut au contraire faire face aux événements. C'est mon principe à moi : ne jamais se laisser aller. Ma pauvre mère me le disait souvent : “ On ne vit qu'une fois, Lucas. " Certes, maman... Que ferais-tu à ma place ? Tu avais épousé un monarchiste qui a été fusillé par les rouges, tu es devenue la maîtresse d'un colonel républicain et je ne t'en blâme pas. Mais, moi, je ne suis pas une femme. Je dois donc lutter avec mes armes : l'argent ! On a beau dire : " L'argent ne fait pas tout " ; il facilite tout de même bien des choses. Je paierai donc. Le moins possible, c'est entendu. Mais je paierai. Il faut à tout prix éviter le scandale. Déjà le bruit de la maladie de Carlos se répand dans la ville. Les mauvaises langues doivent être à l'œuvre. Il faut leur clouer le bec... »

Il se leva péniblement pour s'en aller dîner. Avec sa chemise ouverte et tombant sur son pantalon, il ressemblait à ce qu'il était : un pauvre homme plus digne de pitié que de haine, plus misérable que méprisable.

10

Remedios allait de la cuisine à la salle à manger, la figure pâle, les traits tirés, les yeux rougis. Elle marchait comme une somnambule, voyant à peine sa fille et répondant par monosyllabes aux questions qu'on lui posait. Elle comprenait mal ce qui lui arrivait. Elle allait vingt fois par jour dans la chambre de Carlos. Elle ne pensait à rien. Elle mesurait le déchirant silence que creusent les absents. Il lui semblait, dans son étonnement, que Dieu se montrait injuste à son égard. Qu'avait-elle fait, cette femme si semblable à d'autres femmes, pour mériter un tel châtiment ? Elle tournait et retournait ces questions dans sa tête. Elle souffrait comme une bête, en silence. Une résignation empreinte de fatalisme oriental s'abattait sur elle. « La vie est comme elle est. Il faut l'accepter. On ne lutte pas contre la destinée. » Voilà ce qu'exprimait son regard las et plein d'indifférence. Remedios, toute à sa douleur, en oubliait de détester sa fille. Ce qui faisait la souffrance de cette mère était moins la maladie de son fils que le détachement de Carlos à son égard. Elle avait aimé cet enfant passionnément, jalousement. On le lui enlevait. La folie ? Non. Magda ? Pas absolument. Remedios n'osait admettre que le destin d'une mère fût de perdre ce qu'elle aimait le plus au monde : son fils. Tel un fauve pris au piège, elle se débattait encore, mais avec mollesse. Elle s'installait, sans le savoir, dans sa solitude. Elle y prenait des habitudes, comme un prisonnier s'habitue à sa cellule et à son existence de reclus. Elle rêvait encore de récupérer l'amour de ce fils, mais sans y croire et simplement parce qu'il vaut mieux rêver que pleurer. Remedios ne pleurait d'ailleurs pas. Elle avait la gorge serrée, mais les yeux secs.

A onze heures, Magda se leva pour sortir. Sa mère la regarda et demanda, d'une voix si lasse que la jeune fille sursauta :

— Tu sors, Magda ?

— Je vais respirer un peu, maman. Je serai rentrée dans une heure.

Remedios acquiesça. Magda avait lu de nombreux romans. Une expression l'avait étonnée : « Elle vieillit d'un coup. » La jeune fille n'y avait jamais cru. La jeunesse conçoit mal la vieillesse. Soudain, en voyant le visage ravagé de sa mère et son regard éteint, elle mesura le sens de cette phrase. Elle prit peur malgré elle et sentit qu'elle allait pleurer. Elle s'approcha de sa mère et, timidement, en détournant la tête, embrassa son front ridé ! Remedios ne réagit pas.

— Prends un châle, dit-elle seulement. Les nuits en été sont parfois froides.

Magda inclina la tête et rentra dans sa chambre pour prendre un châle qu'elle mit sur ses épaules rondes et blanches.

Elle suivit le Coso vers le collège des frères des Écoles chrétiennes, contourna cette sombre bâtisse aux fenêtres grillagées et atteignit l' « élargissement », le quartier situé à l'autre bout du parc. Elle passa sous les fenêtres du Gouvernement civil et devant le lycée avant d'arriver à un terrain vague.

Ramón Bragello l'y attendait, un brin d'herbe dans la bouche, sa veste bleue jetée sur les épaules et le col de sa chemise entrouvert qui laissait deviner sa peau veloutée. Il étudiait la médecine à Saragosse et venait d'avoir vingt-deux ans. Sa figure ronde et couverte de boutons, son nez court et retroussé sur des lèvres charnues lui donnaient un air de jeune fauve. De taille moyenne, mais avec un corps bien proportionné, il se tenait très droit en une pose nonchalante, tel un chat qui s'étire. Ramón, fils unique de parents riches et considérés, avait les défauts des enfants trop choyés en plus de ceux des garçons de son âge. Prétentieux, faussement désinvolte, méprisant et moqueur, il incarnait aux yeux de Magda l'homme dont toute jeune fille s'éprend. Ils se connaissaient depuis longtemps. Ils étaient « fiancés » à la mode espagnole, c'est-à-dire qu'ils avaient échangé quelques paroles au *paseo* et à la sortie de la messe. Elle l'aimait comme tous ceux qui aiment pour la première fois. Car on n'aime qu'une fois ; on court ensuite, des années durant, à la poursuite de cet amour, le seul qui marque un être, comme l'exilé court, dans son pays retrouvé, à la recherche des souvenirs éteints. Elle pensait à lui le jour et la nuit, le parant de toutes les qualités, construisant, avec cette cire molle des songes, une image aussi flatteuse qu'irréelle. Il lui écrivait, par le truchement d'un ami commun, de ces lettres qu'un homme mûr ne peut lire sans un sourire d'amertume, mais où elle croyait découvrir toute la beauté du monde. Elle opposait, dans son esprit, l'intelligence de Ramón et l'étroitesse d'esprit de ses parents, sa désinvolture et son cynisme, qu'elle prenait pour sincérité, à l'hypocrisie des habitants de Huesca.

Ils demeurèrent l'un devant l'autre à une distance respectueuse. Elle, pâle et belle sous l'éclairage de la lune, regardait avec effroi ce fauve qui la dévisageait avec des yeux moqueurs tout en mordillant le brin d'herbe qu'il tenait entre ses dents. Ramón prit un air renfrogné pour dire :

— Tu es folle de me glisser un billet devant mes copains ! Mes parents pourraient le découvrir et cela ferait un beau scandale, je te prie de le croire !

Elle baissa les yeux et répondit, honteuse :

— J'avais besoin de te voir en tête à tête. Pardonne-moi.

Il écarta les jambes, posa sa main droite sur sa hanche, l'autre tenant la veste jetée sur ses épaules, et déclara :

— Bon. Je suis là. Qu'avais-tu à me dire ?

Magda hésita, puis demanda brusquement d'une voix altérée et les yeux rivés au sol :

— Veux-tu m'épouser, Ramón ?

— Tu es folle ! Je dois achever mes études.

Puis avec une pointe de dédain dans la voix :

— Tu n'es d'ailleurs qu'une gamine...

Elle rougit et murmura :

— Je suis femme déjà...

— Qu'est-ce que cela prouve ?

— Je pourrais être mère...

— Tu nous vois avec un môme sur les épaules ? Mais tu as perdu la raison, ma pauvre ! Sans compter, ajouta-t-il avec brusquerie, que mes parents s'y opposeraient. Ils n'aiment pas beaucoup ton père, tu sais.

Elle sentit qu'elle allait pleurer et fit un effort pour se dominer.

— Mes parents ressemblent à tout le monde.

— Ce n'est pas l'avis des miens ! rétorqua le jeune homme avec un rire amer. Mon père méprise le tien. Il dit que c'est un faux dévot, un hypocrite...

D'une voix lourde de sanglots étouffés, Magda déclara :

— Je n'ai pas choisi mes parents, Ramón.

Le jeune homme haussa les épaules et dit d'un air indifférent :

— Remarque bien que, moi, cela m'est égal. Seulement je dois achever mes études et ne puis envisager mon avenir auparavant. Je dois hériter la clinique de mon père, tu comprends ?

Elle détourna les yeux. Une larme chatouilla le bout de son nez.

— Ramón ?...

— Oui ?...

— ... M'aimes-tu ?

Il rit et le brin d'herbe demeura collé à sa lèvre inférieure, gonflée et tournée vers le bas.

— Vous êtes drôles, les filles ! Vous posez toutes les mêmes questions !

Elle jeta sur lui un regard plein de détresse. Il avait rejeté sa tête en arrière. Elle voyait son cou et sa pomme d'Adam qui montait et descendait. Elle demanda, la gorge serrée :

— Tu sors avec d'autres filles, à Saragosse ?

— Tu ne crois tout de même pas que je vais rester enfermé toute la journée dans mon collège universitaire ?

— Mais alors..., balbutia-t-elle, son visage défait par la souffrance qui l'étreignait, tu m'es infidèle !

Il rit de cette remarque comme s'il se fût agi d'une farce. Le fauve éprouvait un secret plaisir à se faire les griffes sur cette proie qui s'offrait à lui, tremblante d'émoi.

— Infidèle ? se récria-t-il. Après tout, nous ne sommes pas fiancés ! Je te parlais, à Huesca, parce que j'étais trop jeune et ne connaissais rien à la vie. Maintenant, ajouta-t-il avec fierté, je suis un homme...

Elle ravala ses sanglots et demanda d'une voix que la douleur faisait frémir :

— Tu as été avec des femmes ? A Saragosse ?...

Il redressa sa taille et toisa Magda avec mépris.

— Évidemment ! Tous les étudiants y vont. « Chez Rose », s'appelait la maison. J'avais une rousse pour moi tout seul...

Magda leva sur lui un regard de chien qu'on écrase et jeta un cri déchirant :

— Une rousse ?...

Il lui semblait inconcevable que Ramón ait pu caresser une rousse. Cette simple idée l'emplissait de dégoût. Elle éclata brusquement en sanglots.

— Tu es ignoble ! cria-t-elle. Je te déteste !... Je ne veux plus te voir, tu m'entends ?... Jamais plus ! Tout est fini entre nous ! Je te rendrai tes lettres et la photographie que tu m'as envoyée... Je... je...

Sa voix se brisa.

Ramón haussa de nouveau les épaules.

— Comme tu voudras ! dit-il. De toute manière, entre nous, cela ne pouvait plus durer.

Puis, comme un crachat, cette phrase que Magda reçut en pleine figure :

— D'ailleurs, tu étais trop bête.

Elle leva vers lui un regard suppliant. Elle voulait à présent se raccrocher à ce pantin disloqué ; tel un naufragé qui s'accroche à une planche, Magda se refusait à accepter la réalité. Celui qui parlait ainsi ne pouvait pas être celui qu'elle aimait ! Il y avait sûrement une erreur. Ramón disait des choses qu'il ne pensait pas. Ses paroles dépassaient sa pensée. Ce garçon fort ne pouvait pas s'acharner contre elle avec tant de hargne. Il fallait dissiper cette erreur.

Elle vit, comme dans un rêve, la terre nue baignée dans la lumière de la lune ; elle devina la ville haute, juchée sur sa colline. Le paysage tournait autour d'elle à une vitesse vertigineuse.

Comment décrire les orages d'un cœur adolescent ravagé par les déceptions d'une première passion ? En amour, seule compte la première blessure. Après ?... La vie achève le blessé qui meurt en évoquant cette première image de son bonheur et de son malheur. On ne se relève pas de ces blessures-là. Elles vident un être de son sang, le laissent sans forces et sans espoir. L'oubli vient, bien sûr. Mais l'oubli n'est qu'une mince couche de poussière qui arrête l'hémorragie de l'âme sans toutefois cicatriser la plaie. On n'oublie jamais rien. Ni personne. Les vieillards le savent, dont on dit qu'ils retombent en enfance. Les agonisants aussi, qui revoient leur existence entière dérouler devant eux une suite tragique de souvenirs enterrés.

— Ce n'est pas vrai ! hurla-t-elle soudain farouchement. Tu mens ! Tu m'aimes encore, je le sens ! Tu cherches à me faire souffrir.

Il rit, et son rire glaça Magda d'horreur.

— Tu es plus bête encore que je ne le pensais ! répliqua-t-il. Tu n'es qu'une hystérique. Cela n'a rien d'étonnant avec un frère fou et un père syphilitique...

Il y eut un silence qu'on entendait. On percevait distinctement l'avide respiration du désert. L'air s'appesantit. Magda, les yeux dilatés, la bouche entrouverte, sentit comme un coup de poignard au côté gauche. Elle vacilla. Ramón semblait s'éloigner. Elle ne le voyait plus. Elle entendit les bruits qui montaient de la plaine endormie. Cela lui parut absurde. Une envie stupide de pleurer s'emparait d'elle. Mais ses yeux restaient secs. Elle demeurait *étonnée.*

Ramón, saisi de peur, s'approcha d'elle et posa une main puissante sur son bras délicat.

— Je ne voulais pas te faire de la peine. Pourquoi me regarder ainsi ? Il ne faut pas m'en vouloir... Tu m'as poussé à bout.

Elle entendait sans comprendre. Elle recula avec horreur. Ses lèvres tremblaient ; des frissons parcouraient son dos.

— Va-t'en ! murmura-t-elle.

Il s'éloigna vers le parc et la ville. Elle demeura seule. Un étrange silence s'était fait dans son âme. Magda n'osait bouger de peur de le troubler. En une seconde, le passé, le présent et l'avenir se présentèrent devant elle. Elle vit la jeune fille qu'elle avait été, la femme qu'elle deviendrait et la biche blessée qu'elle était en ce moment. Elle revit le Ramón *d'avant,* entendit les paroles de celui qu'elle venait de découvrir et comprit que son Ramón à elle venait de mourir sous ses yeux en même temps qu'il tuait la jeune fille qu'elle avait été. Tant de choses, tant d'années, tant de souvenirs peuvent se concentrer en un si court instant !

Elle jeta un regard implorant autour d'elle, comme pour bien se rappeler ce décor, et partit sans retourner la tête. Elle traversa le parc. Les allées étaient envahies d'ombre ; la lune éclairait les arbres et faisait, par endroits, scintiller le gravier qui recouvrait les chemins. Les fleurs respiraient avidement ; l'air était chargé d'effluves. Magda remarquait tout cela pour la première fois. Elle s'identifiait à la nuit. La jeune fille atteignit l'entrée du parc, passa devant le café de son père, installé dans la verdure. La piste, l'estrade, le bar, les tables et les chaises formaient là un décor bizarre. Elle le contempla longuement comme si elle y découvrait un secret. Puis elle traversa la place du Casino, prit la route de Saragosse et se dirigea vers l'ermitage de Saint-Georges. Ses pas la ramenaient, sans qu'elle y pensât, au décor de son adolescence. Sous ces arbres, elle venait, avec son frère, jouer et rêver. Elle recevait ses confidences de garçon grave et pathétique. Ici aussi, elle avait vu en secret pour la première fois celui qu'elle aimait. Ils avaient gravé leurs initiales sur le tronc d'un chêne. Elle le chercha longtemps sans le trouver. Elle s'assit sur l'herbe. L'eau de la source coulait dans un bruit de cristal. Des cris mystérieux s'élevaient de la terre. Magda fit un effort et cria soudain :

— Non !

Puis elle s'étendit sur la terre humide qu'elle frappa furieusement de ses poings fermés.

— Tu as été très malade. Une pneumonie. Le docteur assure que tu es sauvée maintenant.

Remedios dit cela machinalement et sans bouger de place. Magda ferma les yeux, les rouvrit et demanda d'une voix faible :

— Carlos, maman ?...

Remedios leva les bras et les laissa retomber.

— On l'a vu à Yesa, près de Jaca. Il prêche. La *guardia civil* le recherche...

Elle se tut, comme épuisée, puis ajouta comme pour elle-même :

— On finira par le retrouver...

Magda sourit et acquiesça. Mère et fille se dévisagèrent alors avec intérêt, comme deux êtres qui se retrouvent après une longue absence. Remedios avait encore vieilli. Elle paraissait tassée sur elle-même et ses yeux surtout, jadis si vifs, n'exprimaient rien, hormis l'ennui. Magda, le visage émacié et très pâle, d'où émergeaient des yeux ornés de longs cils, était d'une beauté plus parfaite encore qu'avant sa maladie. On eût dit une rose qui en une journée s'épanouit.

— Maman..., commença soudain la jeune fille.

— Oui ?...

— Est-ce que j'ai voulu ?... Enfin... Ai-je tenté ?...

— De te tuer ? Non. Nous t'avons retrouvée à l'aube à l'ermitage de Saint-Georges. Tu dormais un bras dans l'eau. La terre était humide. Tu avais la fièvre et tu délirais.

Magda parut soulagée. Une expression de bonheur se peignit sur son visage.

— Le suicide est un péché, murmura-t-elle.

Remedios haussa les épaules.

— Tout est péché, répondit-elle. Ce n'est pas tant la peur de pécher qui nous arrête que la fatigue. C'est fatigant de se tuer ! Nous mourons bien assez vite...

Elle parlait sans emphase et sur le ton dont parlent les paysans espagnols : avec une sorte de résignation lasse.

Magda entendait ces paroles et avait du mal à imaginer que ce fût sa mère qui s'exprimait ainsi.

Il y eut un silence. Remedios fouilla dans l'une de ses poches et en sortit deux lettres froissées.

— Le petit Bragello t'a écrit. Il exprime le désir de ne plus te revoir et réclame les lettres que tu possèdes de lui, ainsi qu'une photographie. Tu verras plus tard ce que tu décideras. Son père nous a écrit, à ton père et à moi, pour nous prier de te surveiller davantage. Je lui ai répondu qu'il ferait bien, par la même occasion, de surveiller son fils.

Elle dit tout cela sans un éclat de voix et comme s'il se fût agi d'une histoire quelconque arrivée à des tiers.

Magda sentit la blessure toute fraîche qui recommençait de saigner ; le sang afflua à ses joues très pâles et ses yeux soudain lui pesèrent. Elle fit un effort sur elle-même pour ne pas pleurer.

Remedios se leva et se dirigea vers la porte qui communiquait avec la salle à manger. Elle posa sa main sur la poignée, parut se raviser et, se tournant vers sa fille, dit :

— Cela fait très mal, Magda. Les imbéciles, dans le genre de ton père, prétendent qu'on en guérit. On ne guérit jamais de rien. On survit, voilà tout !

Magda, dans la pénombre, essaya d'apercevoir le visage de sa mère, mais n'y parvint pas. Remedios était comme fondue dans l'ombre.

— Maman !... T'ai-je fait beaucoup souffrir ?

Il y eut un silence qui parut interminable. Sa mère répondit enfin :

— Non, ma petite. Les enfants ne font jamais souffrir. Ils grandissent, voilà tout...

— Je voulais encore te dire...

Une cloche sonna. Le klaxon d'une automobile retentit. Un flot d'air brûlant parut envahir la chambre.

— Tu ne m'as jamais aimée, maman...

Magda ne put voir l'expression mélancolique de sa mère. Remedios, pâle et ridée, repartit :

— Tu te trompes, ma petite. Tu ne peux d'ailleurs comprendre... C'est... J'avais un fils... un homme...

La jeune fille eut pitié de cette voix. Elle savait maintenant discerner la souffrance.

— Carlos t'aime beaucoup, maman. Il était malade ces derniers temps. Il faut lui pardonner.

Remedios acquiesça :

— Je n'ai rien à lui pardonner. On ne pardonne pas à ses enfants. Dors, maintenant. Tu en as besoin.

11

Monseigneur menait une vie de retraité. Il n'avait conservé, de ses années passées au séminaire, que l'habitude de se lever matin. Il récitait son bréviaire en arpentant en long et en large un bureau meublé avec raffinement et dont les fenêtres s'ouvraient sur une cour intérieure plantée de cyprès. Des oiseaux chantaient, perchés sur les branches. Monseigneur, qui vouait un culte très particulier à saint François d'Assise, leur jetait de la mie de pain en criant de sa voix délicate : « Petit, petit, petit. » Les oiseaux, en entendant cet appel, accouraient au festin. Les plus audacieux se posaient sur le rebord de la fenêtre. Monseigneur rêvait de se faire photographier ainsi, entouré d'oiseaux, afin de faire des images qu'il distribuerait, avec une indulgence particulière, parmi les séminaristes. Il attendait pour convoquer le photographe que les moineaux vinssent manger dans le creux de sa main et même se poser sur son épaule. Il ne désespérait pas d'y parvenir. Chaque matin, il accoutumait les moineaux à sa présence et au son de sa voix afin de créer, suivant les théories de Pavlov, une association d'idées entre l'appel et la nourriture. Cet exercice de dressage l'occupait autant qu'il l'amusait.

Monseigneur aimait tous les animaux, exception faite des serpents qui lui inspiraient un dégoût justifié. Notre mère commune, Ève, ne fut-elle pas tentée par un de ces reptiles ? L'évêque possédait donc un canari jaune, et ses deux pékinois ne le quittaient jamais. Monseigneur les emmenait même dans ses tournées épiscopales.

En dehors des animaux, deux passions se partageaient le cœur de l'évêque : les cartes et la lecture. Il jouait aux cartes pour gagner de l'argent et lisait pour se distraire autant que pour s'instruire. Il passait donc le plus clair de son temps dans son salon à jouer à la canasta avec le chanoine Rodrigo, ou dans sa bibliothèque à méditer sur quelque livre de Mémoires. Monseigneur avait une prédilection toute particulière pour les auteurs français du XVIIe siècle, qu'il lisait d'ailleurs dans le texte. La Bruyère, Fénelon et Bossuet faisaient les délices de ce vieux prélat qui se piquait d'humanisme. Il avait en effet publié une traduction — épurée, bien entendu — des *Églogues* de Virgile et une autre de *l'Iliade*. Ces traductions lui avaient valu des lettres fort flatteuses d'écrivains-académiciens qui lui avaient fait entendre qu'un siège à l'Académie royale des belles-lettres lui revenait de plein droit. Monseigneur eut la naïveté de croire aux louanges et protestations d'admiration de ces écrivains illustres. Il montra ces lettres à ses intimes et leur fit entendre qu'il ne lui déplairait pas de siéger parmi ces gloires littéraires. On comprendra la déception et la rancune que le prélat conçut à l'égard des gens de lettres en voyant les années s'écouler, les décès d'académiciens se succéder, sans qu'on s'avisât de lui faire signe. Il est vrai qu'un critique littéraire de Madrid avait insinué, dans *ABC*, avec le plus grand respect et les plus perfides éloges, que les traductions de Monseigneur étaient très inspirées de celles d'humanistes distingués du XIXe siècle. L'évêque flaira une machination montée contre lui et répondit par une lettre ouverte où il traitait le critique d'athée et de franc-maçon. Cet incident pénible eut pour résultat de détourner Monseigneur des auteurs grecs et latins. Il se reporta sur le siècle de Louis XIV et commença par apprendre le français. A quatre-vingts ans passés, il le parlait presque sans accent. La tournure de ses phrases étonnait certes un peu les Français du XXe siècle. Car l'évêque de Huesca faisait un emploi fréquent de l'imparfait du subjonctif, et sans trop se soucier de la concordance des temps. Mais cela ajoutait un charme de plus à sa conversation et lui valait la sympathie des universitaires catholiques français, qui ne tarissaient pas d'éloges sur la pureté de son style et l'ample majesté de sa phrase qui évoquait celle de Bossuet. L'un de ces professeurs le qualifia même de « prélat de la Renaissance ». Nul compliment ne pouvait toucher davantage le cœur de l'évêque.

Il s'efforçait en effet de vivre comme ces hommes d'Église de la Renaissance. Il se montrait, dans les affaires intéressant le gouvernement de son diocèse, autoritaire, et menait, dans le privé, une existence fastueuse. Réactionnaire et même rétrograde dans ses opinions politiques et religieuses, il se voulait libéral dans ses goûts artistiques. Mais Huesca n'est pas Florence. Monseigneur, malgré ses ambitions, menait donc la tranquille existence d'un bourgeois aisé qui lirait Bossuet. Son palais, d'une architecture admirable, bâti au XVe siècle dans le style aragonais, avait subi de graves endommagements durant la guerre civile. L'évêque avait demandé et obtenu de diriger les travaux de restauration de l'édifice, et d'y apporter quelques modifications. La restauration de la façade, entreprise par un homme de goût, fut une réussite ; les modifications, hélas ! valurent au prélat quelques critiques formulées avec fermeté par les Beaux-Arts de Madrid. Monseigneur aimait les fresques et la décoration intérieure du règne de Louis XIV. Il s'inspira donc du château de Versailles pour faire décorer ses murs et ses plafonds. Les artistes appelés par lui à Huesca accomplirent un travail consciencieux. Ils copièrent de leur mieux les scènes mythologiques qui ornent les salles versaillaises. On devine l'effet produit par ces *modifications* sur les membres de la commission des Beaux-Arts. Monseigneur leur fit visiter son palais rénové, répétant avec une satisfaction de châtelain :

— N'est-ce pas admirable ?... Je me suis un peu inspiré, je dois l'avouer, des fresques qu'on admire à Versailles ! Il n'y a que cela au monde. Depuis les Grecs, encore que cela reste à prouver, le monde n'avait rien produit d'aussi parfaitement beau...

Les membres de la commission purent paraître ignares ; ils connaissaient pourtant Versailles et l'architecture espagnole. Ce qu'ils virent les laissa ébahis. Mais Monseigneur interpréta mal leur mutisme qu'il crut provoqué par l'admiration.

Aussi jugera-t-on de son étonnement lorsqu'il reçut de

Madrid un volumineux dossier où étaient consignés les griefs formulés contre lui par les académiciens « barbus et ignorants [1] ». Monseigneur cria partout qu'on cherchait à jeter sur lui un discrédit ; il accusa la franc-maçonnerie d'ourdir contre sa personne une abominable machination. Puis sa rancune devint de l'amertume. Il cessa, dans sa haine pour tout ce qui lui rappelait la capitale espagnole, d'appuyer le régime. Il traita Franco de « je m'en vais sans partir » et ne cacha plus ses sympathies pour la monarchie. Le roi saurait reconnaître les siens. Monseigneur espérait trouver en Don Juan un Louis XIV dont il serait le Bossuet.

En attendant l'heure de sa réhabilitation, l'évêque de Huesca continuait de vivre comme par le passé, entre ses deux sœurs demeurées vieilles filles, ses pékinois « Ponpon » et « Ponponita », son canari jaune, ses parties de canasta et ses livres préférés. Le soir, avant de s'endormir, il buvait une tisane à la menthe et priait pour son « cher troupeau ».

Monseigneur était depuis trente-deux ans évêque de Huesca. En 1936, les nationalistes s'emparèrent de la ville. Les rouges encerclèrent la capitale qui, pendant trois ans, fut bombardée jour et nuit. Les nationalistes tinrent bon. Le drapeau de la République ne flotta pas sur la ville assiégée. Le « siège de Huesca » rejoignit, au musée et dans les manuels d'histoire, celui de Saragosse, à la plus grande joie des patriotes.

Ce siège posa au prélat un cas de conscience aigu. Rester à Huesca, c'était s'exposer à tomber aux mains des républicains. Ceux-ci l'auraient fusillé. Partir, c'était déserter. Mais rester, c'était aussi approuver implicitement, par sa présence à Huesca, ses préférences pour le camp franquiste. Il est vrai que l'Église, depuis le début des hostilités, avait fait sien le drapeau rouge-jaune-rouge. Mais il faudrait bien, dans le cas peu probable où les républicains gagneraient la guerre, qu'il y eût des évêques dans le pays ; le problème paraissait insoluble. Monsei-

1. L'expression est de l'évêque lui-même.

gneur, après mûre réflexion, décida de parer au plus pressé : il partit.

Les phalangistes l'accusèrent de lâcheté. Monseigneur rétorqua qu'il ne devait de comptes qu'à Dieu et au Saint-Père et s'installa aux environs de Bordeaux où il attendit, dans une retraite paisible, la fin des événements. En 1939, il regagna son diocèse. Son retour n'eût rien de triomphal. Au cours du solennel *Te Deum* chanté à la cathédrale, de jeunes exaltés le huèrent. Il leur adressa un sourire évangélique et les bénit. Mais dans un pays où les hommes sont farouches et entêtés, les offenses s'oublient difficilement. Les habitants de Huesca se rappelaient, trop bien au gré de leur évêque, qu'aux plus noirs jours de la guerre leur pasteur s'en consolait à Bordeaux. Ils ne manquèrent pas une occasion de lui faire sentir qu'ils n'entendaient pas l'oublier.

Monseigneur, devant cette source d'hostilité, prit une sage décision : il se claustra dans son palais, évitant d'en sortir sous un prétexte ou un autre. Il renforça l'autorité de l'Église, dénonça les tièdes et créa une véritable police religieuse. Entendant demeurer le maître chez lui, il ôta tout pouvoir aux chanoines et secrétaires dont il avait des raisons de se méfier. Sa politique porta bientôt des fruits. Monseigneur devint la plus haute autorité de la province. On rechercha sa faveur avec empressement. Il eut encore la sagesse de se montrer indulgent et magnanime. On l'en loua. Il put, huit ans après son retour d'exil, se reposer en toute tranquillité sur sa réussite.

Il choisit pour le seconder un jeune prêtre ambitieux, l'abbé Rodrigo. Cet abbé se recommandait par deux qualités inestimables : il jouait à la canasta (assez mal pour perdre son argent) et parlait le français. Il sut en plus se montrer habile et demeurer humble dans son élévation. Cette modestie fit sa fortune.

Monseigneur vieillissait. Ses rhumatismes le faisaient souffrir. Sa vue baissait. Il s'en remit, pour le gouvernement de son diocèse, à son secrétaire qui devint bientôt tout-puissant. L'évêque ne pouvait rien entreprendre ni rien décider sans avoir consulté son secrétaire. Celui-ci cherchait à deviner les préférences de Monseigneur pour une solution ou l'autre; puis il émettait timidement cet avis. L'évêque rayonnait de bonheur, sans s'apercevoir que le pouvoir lui échappait et que l'abbé Rodrigo n'agissait qu'à sa guise. Qui dira encore, après cela, que la vieillesse est l'âge de la sagesse?

L'abbé Rodrigo, devenu chanoine honoraire de la cathédrale et secrétaire général de l'évêché, pouvait avoir entre quarante et quarante-cinq ans. De taille plutôt moyenne, quoique bien prise, le visage pâle, où brillaient deux yeux marron fort rusés dans l'art d'exprimer tous les sentiments, les cheveux châtains et bouclés, vêtu avec soin de soutanes toujours neuves, il ressemblait à l'idée qu'on peut se faire des abbés de cour. Il parlait avec lenteur et d'une voix insinuante, capable de traduire les plus imperceptibles nuances. Il jouait habilement de ses mains qui étaient longues, blanches et presque féminines. Son maintien était grave; son allure modeste. Il baissait souvent les yeux en parlant et même devant des inférieurs. Vis-à-vis de son évêque, il savait se montrer dévoué, efficace et discret. Il écoutait les confidences avec modestie et savait en garder le secret. Ses sermons, qu'il présentait toujours à Monseigneur pour qu'il y fît quelques retouches, attiraient une foule nombreuse, qui se pressait dans la nef de la cathédrale pour se bercer de la musicalité de ces phrases, aux périodes amples et majestueuses, auxquelles il n'y avait rien à comprendre, mais qui charmaient l'oreille comme le son d'un instrument de musique.

Monseigneur le complimentait et l'habile secrétaire rétorquait :

— Mes succès sont les vôtres, monseigneur. Sans vous je ne serais rien. Je vous présente un texte maladroit; vous y apportez quelques changements et l'ensemble en est transformé.

— Il est vrai, mon petit Rodrigo, que j'écris avec aisance et peut-être... (protestations du chanoine)... avec élégance. Mais je serais bien incapable de prononcer mes sermons d'une voix aussi persuasive, avec un art des nuances aussi délicat que les vôtres. Que voulez-vous? Je ne suis pas un orateur!

— Vous paraissez oublier, monseigneur, que les

auteurs illustres savent rarement s'exprimer en public. Prenez notre Lope de Vega ou notre Cervantès ; prenez, en France, un La Bruyère, un La Fontaine... tous de piètres orateurs.

— Certes ! déclamait l'évêque. Je suis la plume et vous le verbe...

— Dites plutôt que vous avez l'esprit et moi la voix...

Cet échange de politesses peut paraître excessif. Monseigneur se piquait de belles lettres et ressemblait, par certains côtés, aux gens de lettres dont il avait la vanité sans mesure.

On serait tenté de croire que le chanoine Rodrigo appartenait à l'espèce la plus ordinaire des ambitieux. Ce serait une grave erreur. Le secrétaire de Monseigneur appartenait à cette race d'hommes, infiniment plus rares, nés avec une âme de valet. Ils agissent sous le couvert des grands de ce monde et ne détiennent d'autre pouvoir que celui qu'ils usurpent par leurs flatteries et leur dévouement sans limites. Livrés à eux-mêmes, élevés aux honneurs, ils ne sauraient ni décider ni gouverner. Leur royaume est celui de la nuit, dont ils se contentent. Ils puisent, dans cette activité obscure, des voluptés sans fin. Ils aiment à disposer du sort de leurs semblables sans toutefois assumer la responsabilité de leurs actes. Vous plaignez-vous à eux d'une injustice dont vous avez été victime et dont ils sont coupables ? Les voilà qui aussitôt compatissent avec vous, se lamentant de ce que leurs supérieurs agissent sans les consulter, vous promettent une prompte réparation et jurent de s'employer au succès de vos vœux. Ils achèvent, par la suite, de briser votre carrière et de ternir votre honneur tout en protestant de leur innocence. Jouent-ils double jeu ? Non pas. Ils sont fidèles à leur vocation d'éminence grise. Le mensonge et la duplicité leur sont aussi naturels qu'à d'autres la loyauté.

Cette manière d'agir était naturelle à l'abbé Rodrigo. Il se disait, par exemple, le plus fidèle ami de l'abbé Risueño, qu'il rêvait d'exiler dans un village perdu et auquel il vouait une haine tenace. Pour le mieux détruire, il ne manquait pas une occasion de le louer devant l'évêque. Monseigneur était fort susceptible pour tout ce qui touchait à son autorité. Les louanges dont son secrétaire accablait le curé de Saint-Laurent éveillèrent sa méfiance, puis sa rancune. Il décida d'écarter ce prêtre riche et considéré. Mais l'Action catholique et la bourgeoisie de Huesca l'appuyaient. Il fallait donc agir avec tact afin de ne blesser personne.

Le chanoine sentit qu'il avait gagné la partie. Il loua de plus en plus la sage administration et la piété de son ennemi. Monseigneur tempérait ces éloges avec agacement.

— Vous êtes bien naïf, mon petit Rodrigo. Il vous reste beaucoup à apprendre et je tremble pour vous en songeant à ce qu'il vous arrivera lorsque je ne serai plus de ce monde.

» Vous dites que cet homme est un saint et qu'il m'est dévoué corps et âme ? Vous n'avez aucune expérience des âmes, mon ami. Cet homme est un intrigant, un mauvais prêtre. Il administre sagement sa paroisse, prétendez-vous ? Mais point n'est besoin de l'administrer ! Saint-Laurent est la paroisse la plus riche de la ville ; les quêtes y rapportent dix fois ce que rapportent toutes les autres paroisses ensemble. Non, croyez-moi, ce prêtre mérite une dure leçon d'humilité chrétienne. Il conspire contre moi avec les bourgeois et les phalangistes...

L'abbé Rodrigo protestait avec une feinte indignation :

— Vous êtes sévère, monseigneur !...

— Sévère ? Vous passez vos journées auprès de moi et vous savez comment j'emploie mon temps : suis-je sévère, Rodrigo ?

— Je dois reconnaître que vous agissez envers vos prêtres et moi-même comme un véritable père et que vos occupations sont celles d'un homme éclairé et revenu de toutes les vanités. Il me semble pourtant, et je vous demande humblement pardon de vous parler ainsi, que vous faites preuve d'injustice à l'égard de M. le curé de Saint-Laurent.

— Injustice ? Non pas, Rodrigo. J'ai l'expérience des hommes et des âmes. Je vous le dis comme je le pense et sans crainte de pécher contre la charité, tant je suis sûr de ce que j'avance : cet homme-là est un intrigant-né !

Puis, avec un regard méfiant :

— Mais pourquoi le défendez-vous ainsi ? Seriez-vous son ami ?

— Non, monseigneur. J'admire son esprit libéral, ses allures modernes. Je les admire d'autant plus que j'appartiens, hélas ! à l' « ancienne école » — comme on dit de nos jours — plutôt réservée. Savez-vous, monseigneur, que l'abbé Risueño, afin de ne pas s'éloigner des jeunes gens de l'Action catholique, qu'il dirige, les accompagne, chaque dimanche, au football et qu'il se démène et crie avec eux ? Quelqu'un me rapportait avec admiration qu'il lui arrivait même de faire des paris sur la victoire de telle équipe.

C'en était trop pour l'évêque. Monseigneur détestait les sports violents. Ces foules hystériques lui inspiraient un profond mépris.

— Vous trouvez cela bien, vous ?... Vous me décevez, Rodrigo ! Un homme qui a le goût et le respect de la culture admirer ces jeux brutaux et violents ? Quant à ce prêtre, qui sans respect pour l'habit sacerdotal, s'en va aux stades manifester comme un manant, je tiens à lui dire ce que je pense de son « modernisme » !... Demain, vous m'entendez, monsieur le chanoine ?, demain même, vous m'apporterez une lettre pastorale que je signerai, afin qu'elle soit lue dans toutes les églises de mon diocèse. Vous la rédigerez pour moi et j'y apporterai les modifications que je jugerai utiles. En voici l'essentiel : aucun prêtre de ce diocèse ne doit, sous peine de sanctions canoniques *graves,* fréquenter les spectacles publics sans le consentement exprès et toujours temporaire de son évêque. J'entends par « spectacle public » toute réunion où des foules s'assemblent pour se divertir... A ce propos, Rodrigo, connaissez-vous les pages écrites par Pascal sur le divertissement ?

— Je les ai lues en espagnol, monseigneur.

— En espagnol ? Mais c'est en français qu'il faut les lire ! Vous chercherez les *Pensées* dans ma bibliothèque et me ferez ce soir la lecture du passage en question.

Puis changeant de voix et redevenant l'évêque qui s'adresse aux prêtres du diocèse :

— Vous citerez : cinéma, théâtre, courses de taureaux, matches de football et autres « ball »... N'oubliez pas cet abominable jeu qu'on appelle « rugby », surtout ! Cela est bon pour les Américains qui sont des sauvages ! Mais un Espagnol ! Un prêtre espagnol ! Voilà, vous rédigerez cela dans les formes habituelles et m'apporterez le texte demain matin. Je le lirai après mon petit déjeuner.

Le chanoine prit une expression mélancolique.

— Je regrette presque de vous avoir parlé de cela, monseigneur. M. le curé de Saint-Laurent y verra certainement de la mauvaise volonté de ma part.

— M. le curé de Saint-Laurent ! s'écria Monseigneur, le visage empourpré. Ne me parlez plus jamais de cet homme-là. Aller se mêler — en soutane, Rodrigo ! — à ces foules stupides atteintes d'hystérie collective !... Vous appelez cela « modernisme », vous ? Laissez-moi rire !

Monseigneur riait en effet, mais de colère. Le chanoine se retira tristement et comme accablé. L'évêque s'aperçut de son air triste et voulut le réconforter.

— Allons, Rodrigo ! N'attachez pas trop d'importance à cet incident ! Dites à M. le curé de Saint-Laurent, s'il vous questionne, que Notre désir serait qu'il apprît à jouer aux échecs, jeu fort indiqué pour les prêtres de son espèce. Cela le reposera de ses exploits sportifs et vocaux. Dieu vous garde !

Des tapisseries des Gobelins recouvraient les murs. Trois fenêtres s'ouvraient sur la Sierra qu'on apercevait au loin. Le lit se trouvait dans une sorte d'alcôve. Le soir, Pancracia [1] tirait les rideaux derrière lesquels reposait l'évêque avec ses pékinois. Des meubles Philippe II donnaient à cette pièce un aspect austère et sobre. Monseigneur disait en montrant sa chambre : « Voici ma cellule. »

Onze heures sonnèrent à l'horloge de la cathédrale.

1. Pancracia, sœur de Monseigneur ; vieille fille et bigote.

Pancracia prit congé de son auguste frère et allait tirer les rideaux quand Ermenegilda[1] entra. Elle traversa la pièce, s'approcha de Monseigneur et lui dit d'une voix altérée par l'émotion :

— Le chanoine Rodrigo demande à vous parler. Il dit qu'il s'agit d'une affaire urgente et vous supplie de l'excuser.

Monseigneur était de bonne humeur. Il avait gagné dix *duros* à la canasta et fit signe à ses sœurs de se retirer et de laisser entrer son secrétaire.

Celui-ci pénétra dans la chambre à coucher de son évêque, le front baigné de sueur et le regard luisant. Ses souliers étaient couverts de poussière.

— Alors, monsieur le chanoine, vous voulez regagner l'argent perdu par vous cet après-midi ? La canasta vous réussit moins bien que les discours !... s'écria joyeusement le prélat en le voyant entrer.

— Monseigneur !... balbutia le secrétaire.

— Qu'y a-t-il ? Vous paraissez ému ? Désirez-vous boire un peu de tisane ? C'est excellent pour les nerfs...

L'abbé Rodrigo s'agenouilla près du lit et dit d'une voix altérée :

— Bénissez-moi, monseigneur. Je me vois contraint de dénoncer un de mes frères et voudrais être sûr que mon cœur est pur de toute arrière-pensée...

L'évêque regarda son secrétaire avec étonnement. Il traça sur sa tête le signe de la croix et demanda :

— Que se passe-t-il ? Calmez-vous, je vous prie.

— Il s'agit de l'abbé Risueño, monseigneur.

— Ah ! fit simplement l'évêque en fronçant les sourcils.

— M. le curé de Saint-Laurent, connaissant l'état de révolte de ses malheureux frères curés de campagne, les a, l'un après l'autre, invités à venir à Huesca. Il a réussi à les convaincre de rédiger un mémoire et de l'adresser au Saint-Siège...

Monseigneur devint pâle.

1. Ermenegilda, sœur cadette de Pancracia ; mêmes caractéristiques.

— Au Saint-Siège ? Mais cet homme est bien plus fou que je ne le croyais ! Quels arguments ont-ils trouvés pour justifier cet acte insensé ?

L'abbé Rodrigo baissa modestement les yeux.

— Allez ! Videz votre sac..., s'impatienta l'évêque.

— Je ne puis, monseigneur.

— Je vous ordonne de parler, monsieur le chanoine ! s'écria l'évêque d'un ton solennel.

— Je parlerai, mais à genoux.

Le secrétaire s'agenouilla de nouveau et continua d'une voix basse :

— Ils ont laissé entendre... Ils ont insinué que leur évêque ne jouissait plus de toutes ses facultés mentales et qu'il n'était plus en état d'exercer son ministère.

Le silence qui suivit cette phrase fut angoissant. Pas un bruit. Monseigneur semblait cloué sur place. D'une voix énergique, il demanda soudain :

— Ont-ils rédigé et signé ce document, monsieur le chanoine ?

— Oui, monseigneur.

— L'ont-ils envoyé ?

— Hier, monseigneur.

— Par quelles voies ?

— Par l'entremise de l'évêque de Barbastro qui m'a téléphoné pour me faire savoir qu'il le tenait à votre disposition.

— Parfait, monsieur le chanoine. Je vous remercie de votre dévouement, que Dieu saura récompenser. Veuillez ne parler de cette affaire à personne.

» Faites appeler sur-le-champ M. le curé de Saint-Laurent. Attendez-moi dans mon bureau. Je vous y rejoins. »

Monseigneur retrouvait son énergie. Il parlait d'une voix que son secrétaire ne lui connaissait pas et qui comblait cet homme abject d'un bonheur infini.

— Je voudrais encore ajouter quelque chose, monseigneur.

— Oui ?

— Un incident tragique passionne la ville en ce moment. M. le curé de Saint-Laurent y joue un rôle obscur, qui n'est peut-être pas sans liens avec ce que je viens de vous apprendre.

L'évêque fixa le chanoine et fit un geste comme pour dire : « Je vous écoute. »

— Le fils de Lucas Sanchez est devenu fou à Madrid. Dans le train qui le ramenait à Huesca, ce jeune homme a tenté de violer, puis d'étrangler une institutrice. La police l'ayant arrêté et mis en prison, l'abbé Risueño est parti pour Saragosse où il a obtenu la libération du dément.

Comment peindre l'expression de Monseigneur ? La surprise, l'étonnement, l'ébahissement, la perplexité, la ruse et la colère se peignaient tour à tour sur son visage rond. Il parut réfléchir et demanda soudain :

— Qu'est devenu ce garçon ?

— Son père voulait le faire interner dans l'asile de Santa-Teresa ; le jeune homme s'est enfui dans la Sierra. Il semble qu'il soit atteint de folie mystique. Il se prend pour Notre-Seigneur Jésus-Christ et prêche dans les villages.

— Mais c'est incroyable ! s'écria l'évêque, que toutes ces nouvelles plongeaient dans un abîme de réflexions.

— Le plus étonnant est la décision prise par Son Excellence le gouverneur civil de faire arrêter ce garçon en l'accusant d'appartenir au parti communiste.

— Le fils de Lucas Sanchez un communiste ?... Mais... Par exemple !

L'évêque demeura songeur.

— Écoutez-moi bien, monsieur le chanoine, commença Monseigneur, ne répétez à personne, à personne, entendez-vous ? ce que vous venez de m'apprendre. Nous écrirons à l'évêque de Barbastro pour qu'il veuille bien garder la plus absolue discrétion sur le document qu'il détient... Attendons encore avant de frapper et prions le Seigneur qu'Il daigne éclairer nos esprits. Il nous faut agir avec la plus extrême prudence, pour éviter que cette douloureuse affaire ne s'ébruite. La gloire de Dieu et l'honneur de Son Église exigent de nous la plus grande patience. Allez dormir à présent. Dieu vous bénisse. Je comprends que tout cela soit fort pénible pour un esprit candide comme le vôtre. Tâchez d'oublier, monsieur le chanoine.

L'abbé Rodrigo se confondit en excuses et quitta l'évêché l'âme inondée de joie. Jamais nuit ne parut plus belle au chanoine, qui venait enfin de détruire son adversaire.

On peut évidemment s'étonner de ce que le rusé secrétaire ait tant attendu pour révéler à l'évêque les agissements du curé de Saint-Laurent. Depuis quinze jours, en effet, des billets anonymes, envoyés par Paloma, lui parvenaient. La gouvernante de Mosén Risueño tenait le chanoine au courant des prolongements du complot tramé contre Monseigneur. Le premier mouvement du chanoine avait été, on le devine, de tout dévoiler à l'évêque. Mais l'abbé Rodrigo se méfiait de ses impulsions; il s'imposa d'attendre. La mésaventure de Carlos Sanchez, le rôle imprudent joué par son ennemi dans cette affaire lui fournirent les dernières armes dont il avait besoin pour frapper efficacement celui qu'il détestait. Son calcul, on le voit, s'avérait juste.

Monseigneur ne dormait pas. Les révélations que venait de lui faire son secrétaire le tenaient éveillé. L'évêque n'aimait guère les solutions directes; il cherchait par quels moyens il pourrait punir l'audace de ce prêtre indigne tout en étouffant l'affaire. Car Monseigneur était résolu à ne dévoiler à personne l'horrible machination montée contre lui. Trop d'ennemis l'entouraient, que cet incident eût réjouis! Une idée germait dans le cerveau du vieux prélat : pourquoi ne pas convaincre le gouverneur civil d'accuser l'abbé Risueño d'appartenir, lui aussi, à la cinquième colonne rouge? Cette idée, bien sûr, le chanoine Rodrigo l'avait eue bien avant lui. Mais comment Monseigneur s'en serait-il douté?

« Lopez est un imbécile, songeait le prélat. Il ne pense qu'à tirer les marrons du feu et qu'à se faire pardonner son appartenance à la Phalange. Il songe au futur régime. Je lui promettrai l'appui des milieux monarchistes en échange de ce même service. Ce brave homme sera ravi de m'obliger... »

Après avoir formé ces projets charitables, l'évêque de Huesca s'endormit d'un sommeil confiant.

12

Le lendemain matin, comme neuf heures sonnaient à l'horloge de la cathédrale, Sanchez franchissait le seuil du palais épiscopal et demandait à être reçu par l'évêque. Monseigneur, indécis encore quant aux moyens à prendre pour punir le prêtre révolté, accueillit l'Andalou le plus froidement du monde. « Il est au courant, songea celui-ci. Il va falloir jouer serré. Seigneur, venez à mon secours. »

— Je viens à vous, éminence, comme on va trouver un père, s'écria Sanchez en tombant à genoux devant le prélat. Le malheur frappe à ma porte ; mon fils bien-aimé a perdu la raison. Il parcourt votre diocèse en proférant des blasphèmes. Je suis au désespoir, éminence. Vous êtes mon seul espoir, vous dont le cœur paternel est le refuge des malheureux.

Cet habile discours plut à l'évêque qui aimait à s'entendre appeler « éminence ». Il leva les yeux au ciel, fit une moue expressive et demanda d'une voix radoucie :

— Que puis-je pour vous, Sanchez ?... Dieu envoie des épreuves aux âmes qu'Il chérit le plus, afin de les raffermir dans leur foi.

— Ah ! éminence, je me soumets à la Providence et m'incline humblement devant l'infinie sagesse de Dieu... mais une abominable erreur va être commise. On accuse mon malheureux enfant d'être communiste ; le gouverneur a donné l'ordre à la troupe de l'appréhender ; or, je vous jure, éminence, que mon enfant est un pauvre fou. Les livres lui ont tourné la tête. Comment serait-il communiste ?

L'Andalou sanglotait et baisait le bord de la soutane du

prélat. Celui-ci, assis dans son fauteuil, s'interrogeait sur les véritables intentions de Sanchez.

— Que puis-je faire pour vous, Sanchez? Vous connaissez la parole : « Rendez à César... » Le gouverneur incarne la plus haute autorité de l'État. Lui seul peut, s'il le juge utile, vous aider et revenir sur sa décision.

— Certes, éminence. Mais le gouverneur est mal conseillé ; des langues perfides ont dû lui faire croire que mon petit Carlos était un ennemi du régime. Vous seul pouvez, grâce au pouvoir que vous détenez de Dieu, éclairer Son Excellence. Mon honneur est entre vos mains, éminence !.... Ah ! quel malheur !

L'Andalou redoubla de sanglots. « Il ne cédera pas, songeait-il en même temps qu'il essuyait ses larmes. Seul l'argent peut encore le convaincre. »

— J'ai promis à la Sainte Vierge de lui faire un don magnifique, éminence ; je le remettrai entre vos mains qui sauront en faire le plus raisonnable des usages.

Le regard du prélat s'illumina. « Il offre de l'argent. Voilà qui change tout ! J'ai des besoins pressants pour l'achèvement de mon séminaire. Après tout, je trouverai toujours un prétexte pour écarter l'abbé Risueño. Sans compter que ce malheureux Sanchez est un catholique exemplaire... »

— Je ne doute pas de votre générosité, mon enfant. La Sainte Vierge vous soutiendra, j'en suis certain, dans cette pénible épreuve. Vous pourrez par la suite La remercier et j'accepte d'être l'intermédiaire de votre reconnaissance.

Sanchez faillit pousser un soupir de soulagement ; d'une voix candide, il demanda :

— J'avais l'intention de faire une donation de dix mille *duros*, éminence, et je vous remercie humblement d'accepter de distribuer cet argent comme vous l'entendrez.

— Cette somme soulagera bien des misères, répliqua le prélat, et je tiens à vous dire ici tout le bien que je pense de votre générosité.

Il se leva, tendit à baiser son améthyste à Sanchez et déclara d'une voix ferme :

— Je m'en vais de ce pas intervenir en votre faveur, mon enfant. Priez pour le succès de ma mission.

Sanchez se confondit en remerciements et quitta l'évêché le corps baigné d'une sueur glacée. « Dix mille *duros !* pensait-il. Ce garçon me ruinera !... Sainte Vierge, pourquoi vous acharner ainsi contre un pauvre commerçant ? »

L'évêque, après le départ de Sanchez, demeura songeur. L'argument de l'Andalou avait touché le cœur du vieux prélat. « Dix mille *duros,* se disait-il, ne sont pas à dédaigner ; je pourrai avec cette somme achever la construction du nouveau séminaire sans toucher au trésor du diocèse. Mes pauvres séminaristes seront enchantés... Sans compter que ce malheureux Sanchez est un catholique exemplaire. Il ne convient pas que le scandale éclate et ternisse l'honneur de l'un de mes enfants les plus dévoués... » Monseigneur cherchait ainsi à justifier son avarice. Il était, la veille encore, prêt à livrer le fils de Sanchez et Mosén Risueño à la justice de ce monde. Nulle considération ne l'eût arrêté ; pas même la crainte de faire arrêter et punir deux innocents. Car comment Monseigneur, qui était un homme fin et rusé, eût-il cru que ce jeune homme et ce prêtre, intrigant mais honnête, pussent appartenir au parti communiste ? Maintenant, après l'offre généreuse de l'Andalou, l'absurdité d'une telle accusation lui sautait aux yeux. « Quel but poursuit notre cher gouverneur en inventant cette histoire ? se demandait l'évêque. Lopez ne croit pas plus à la culpabilité de ce garçon que moi-même. S'il accepte de châtier un innocent, c'est qu'il espère en tirer un bénéfice ; lequel ? Voilà la question. Il serait utile, pour le succès de ma mission, de découvrir ses intentions... Quoi qu'il en soit, mon devoir est clair. Je ne peux pas laisser l'un des meilleurs éléments de mon diocèse aux mains des francs-maçons. »

Il faut dire que, depuis son séjour en France, Monseigneur voyait des francs-maçons un peu partout. Tous ceux qui s'opposaient, d'une manière ou d'une autre, à sa politique lui étaient aussitôt suspects. L'évêque se servait des francs-maçons comme d'autres des « communistes » et comme les Soviétiques des « réactionnaires » : cette appellation lui permettait, en agitant un épouvantail, d'écarter ses adversaires. On comprendra donc que le prélat ne voulût pas admettre qu'il n'y eût plus de francs-maçons en Espagne depuis l'avènement du franquisme. Ils lui étaient nécessaires.

La difficulté venait de ce fait qu'il était difficile d'accuser le gouverneur d'appartenir à la franc-maçonnerie. Une telle accusation eût en effet provoqué le rire à Madrid. Il fallait donc chercher ailleurs ; mais où ?

Monseigneur se leva péniblement. Ses rhumatismes le faisaient souffrir. Il accentuait ses souffrances par des grimaces, car il aimait à être plaint. Il s'approcha de la fenêtre et l'ouvrit, son regard plongea dans la cour plantée de cyprès. L'eau bruissait parmi les feuillages ; des géraniums égayaient l'architecture austère du vieux palais aragonais, qui ressemblait davantage à un couvent qu'à un lieu de séjour. La vue des arbres et des fleurs mit du baume au cœur du prélat qui appela d'une voix fluette :

— Petit, petit !...

Des moineaux s'envolèrent et vinrent se poser sur la balustrade ; Monseigneur leur jeta de la mie de pain et les contempla distraitement. Ponpon et Ponponita poussèrent des glapissements hargneux. On sait que les pékinois possèdent un mauvais caractère, exclusif et jaloux. L'évêque aimait à provoquer leur jalousie en ayant l'air de beaucoup s'intéresser aux moineaux. Mais ce matin, le prélat s'impatienta. Les chiens se turent, surpris, et s'en allèrent d'un air renfrogné.

Le chanoine Rodrigo entra et, après avoir plié le genou devant son évêque, se tint derrière lui à distance respectueuse.

— Ils viendront bientôt prendre leur nourriture dans le creux de ma main, mon petit Rodrigo. Ma présence ne les effraie plus. Ils savent que je ne leur veux pas de mal. Avez-vous déjà songé au merveilleux instinct des bêtes ?... J'ai, pour ma part, toujours pensé qu'on peut juger du degré de civilisation d'un peuple d'après l'attitude de ses habitants envers les animaux... L'Espagne, hélas ! est un pays barbare ; chats et chiens y sont torturés.

Le secrétaire acquiesça prudemment. Monseigneur se tourna vers lui, parut hésiter et reprit d'une voix mesurée :

— J'ai, cette nuit, agité de mauvaises pensées. Le Diable sans doute me les inspirait.

Il fit une pause, esquissa un geste court de ses mains potelées qu'il posa sur sa poitrine et poursuivit :

— Je songeais aux terribles révélations que vous m'avez faites hier. Ne voulant pas ébruiter l'affaire, afin de préserver de toute souillure l'honneur de Notre Sainte Église, l'idée m'est venue, à la faveur de la nuit, de prier le gouverneur d'impliquer notre curé dans cette autre affaire qui concerne le fils de Lucas Sanchez...

L'évêque soupira, fit le signe de la croix et reprit avec douceur :

— Le Seigneur a éclairé mon esprit. Il m'est apparu qu'il serait maladroit et peu charitable de laisser accuser l'un de mes prêtres d'appartenance au parti communiste. De plus, le fils de Sanchez est innocent ; je ne puis tolérer qu'on arrête le fils de l'un des plus exemplaires catholiques de mon diocèse.

L'abbé Rodrigo savait que l'Andalou venait de rencontrer l'évêque ; il ne fut pas long à deviner quels arguments avaient pu décider Monseigneur. Le chanoine avait de la sympathie pour Sanchez qui était son allié contre le curé de Saint-Laurent. Il joignit les mains, leva les yeux au ciel et s'écria :

— Notre Seigneur veille sur vous, monseigneur. Vous ne sauriez, avec un cœur aussi droit que le vôtre, commettre une pareille erreur. Dieu ne l'a d'ailleurs pas permis ; que Son Nom Très Saint soit loué !

— Amen ! répliqua machinalement l'évêque.

Puis, après une courte hésitation :

— Quel but le gouverneur poursuit-il en s'acharnant sur cet infortuné garçon ? demanda-t-il à voix basse et comme pour lui-même.

Ce problème visiblement l'obsédait. L'habile secrétaire baissa les yeux et opina d'un ton modeste :

— Il me semble, monseigneur, et je me permets

d'aventurer cette hypothèse en songeant aux propos pleins de fine psychologie que vous m'avez souvent tenus sur Son Excellence... il me semble, disais-je, que l'idée de cette accusation formulée contre le fils de don Lucas a dû germer dans le cerveau de l'épouse du gouverneur...

— Certainement, répliqua monseigneur en dévisageant avec un intérêt passionné le chanoine. Mais quel intérêt trouve-t-elle à s'acharner ainsi contre un malheureux dément ?

L'abbé Rodrigo sourit avec humilité, fit un geste vague et poursuivit sur le même ton d'hypocrisie :

— La situation de Son Excellence est fort délicate. Il redoute une restauration de la monarchie et voudrait faire oublier sa qualité de membre de la Phalange...

L'évêque acquiesça d'un air songeur et s'installa de nouveau dans son fauteuil. Il posa sur son secrétaire un regard pénétrant comme pour l'inviter à livrer toute sa pensée et demanda d'une voix lointaine :

— Je sais cela, Rodrigo. Mais quel rapport y aurait-il entre cette politique et le fait d'accuser faussement un malheureux jeune homme ?

— Je ne voudrais pas faire de jugement téméraire, monseigneur. Je crois pourtant que ce rapport existe. Son Excellence, en effet, craint que cette volte-face, qu'il aimerait accomplir, ne soit compromise à Huesca, petite ville où chacun connaît chacun. Il a donc — et je ne hasarde cette hypothèse qu'avec la plus extrême prudence — peut-être songé qu'il lui serait plus facile de faire oublier son passé politique dans une autre province... Quel meilleur moyen d'obtenir un avancement que de découvrir un faux complot et que de châtier de faux coupables ?

Ce discours plongea le prélat dans un abîme de réflexions ; son regard morne soudain s'éclaira ; un sourire malicieux creusa deux longues rides aux coins de ses lèvres pâles.

— Vous avez deviné juste, Rodrigo. J'en suis maintenant certain ; je ne puis que me louer de votre perspicacité.

Le chanoine rougit de plaisir ; l'évêque crut que c'était de modestie et s'écria joyeusement :

— Allons, Rodrigo ! Mes compliments ne doivent pas vous gêner. Songez qu'un homme d'Église doit posséder l'expérience des âmes.

— Je dois la mienne, fort pauvre en vérité, aux leçons que j'ai reçues de vous, monseigneur, qui savez lire dans les âmes comme dans un livre.

Ces louanges ravirent l'évêque qui retrouva définitivement sa bonne humeur et, du même coup, son appétit. Il se fit servir son petit déjeuner qu'il prenait à l'anglaise : œufs au bacon, tartines beurrées et thé au citron. Si l'on considère qu'il déjeunait à la française et soupait à l'espagnole, on ne s'étonnera pas de son embonpoint ; qu'il pût, à soixante-dix ans passés, manger autant et aussi voracement témoigne de l'admirable santé dont jouissait le prélat qui, en dehors de ses rhumatismes, ne souffrait d'aucune infirmité ; quant à son esprit, sauf aux heures qui suivaient ses repas, il demeurait, on l'a vu, fort lucide.

Le chanoine Rodrigo se tenait debout derrière son évêque. Le secrétaire, s'il se réjouissait que Monseigneur eût accepté d'aider Sanchez, s'inquiétait en revanche du sort de Mosén Risueño. Il craignait que, dans l'euphorie éprouvée par le vieux prélat à l'idée de toucher une somme considérable, celui-ci n'oubliât l'énorme faute commise par le curé de Saint-Laurent. Le chanoine connaissait profondément l'évêque et combien Monseigneur était jaloux de son autorité.

— J'ai une grâce à vous demander, monseigneur..., commença-t-il d'une voix douce.

L'évêque se retourna et brandit sa fourchette comme pour dire : « Allez-y ! »

— Il s'agit de Mosén Risueño... Son souvenir a troublé mon sommeil ; je me sens, en quelque sorte, responsable de son sort... Pardonnez son erreur, monseigneur... Excusez...

Le visage de l'évêque se rembrunit ; d'un geste violent il écarta l'assiette posée devant lui et après s'être soigneusement essuyé les lèvres, déclara d'une voix ferme :

— Je suis navré de vous entendre intercéder en sa

faveur, Rodrigo ; le curé de Saint-Laurent a commis le plus grave des péchés qu'un prêtre puisse commettre : le péché de révolte. Lucifer fut, ne l'oubliez pas, chassé du paradis pour ce même péché. L'abbé Risueño s'est révolté contre l'autorité de son pasteur ; il a cherché à induire ses frères en erreur et à les entraîner avec lui sur les voies de l'orgueil... Je vous interdis, vous m'entendez, Rodrigo ? je vous interdis d'insister... Ce prêtre sera puni comme il le mérite. Je briserai son orgueil... Comme cela...

Monseigneur fit semblant de serrer et de briser un invisible objet ; le chanoine esquissa un geste ; l'évêque l'arrêta.

— Inutile, Rodrigo. Cet homme-là mérite une dure leçon d'humilité chrétienne. J'en prends l'entière responsabilité devant Dieu. Je vous absous et vous adjure de garder une conscience tranquille. Vous avez fait votre devoir en me rapportant les faits ; je ferai le mien. Un pasteur doit récompenser et encourager, pardonner et oublier ; il doit aussi, parfois, punir...

Ayant ainsi parlé, l'évêque se leva, aussi majestueusement que ses courtes jambes le lui permettaient. Le chanoine fit une génuflexion.

— Laissez-moi méditer un peu à présent et veuillez annoncer à Son Excellence que, sauf empêchement de sa part, je déjeunerai chez lui tout à l'heure.

Le chanoine se retira, transporté de bonheur. Monseigneur s'installa dans un confortable fauteuil et s'assoupit aussitôt. Il somnolait ainsi après chacun de ses repas. Il appelait cela « méditer ».

Le gouverneur ne parvenait pas à deviner le motif de la visite de l'évêque ; il alla consulter sa femme. Soledad, après mûre réflexion, dut avouer qu'elle ne voyait pas plus que lui ce qui pouvait amener Monseigneur à s'inviter ainsi. Mais, en femme qui a lu de nombreux romans, et qui, de ce fait, est habituée aux plus inattendus dénouements, elle passa minutieusement en revue les différentes hypothèses qui s'offraient à son esprit. Elle envisagea donc la possibilité que Monseigneur voulût demander la grâce de Carlos Sanchez. Son Excellence n'était pas courageux ; le pouvoir de l'Église l'effrayait. Il eût donc accordé cette grâce sur-le-champ. Mais Soledad Lopez de Lopez ne l'entendait pas ainsi. Cette affaire, pour commencer, la passionnait. L'épouse du gouverneur souffrait de ce mal commun à toutes les femmes espagnoles : l'ennui. La vie à Huesca n'offrait que de rares distractions. Soledad avait une âme romanesque. L'opération « Tombeau du Christ [1] » comblait ses vœux les plus ardents. Elle avait l'impression d'avoir fomenté une aventure extraordinaire, digne du génie d'Alexandre Dumas. Elle en prévoyait, pour son époux et pour elle-même, les plus heureuses suites. La découverte d'un complot, le châtiment d'un prestigieux chef communiste ouvriraient toutes grandes les portes des plus hauts honneurs à celui qu'elle conseillait. Il lui fallait se retenir pour ne pas rêver à ce poste tant convoité : ministre du Mouvement national !

L'épouse du gouverneur n'était pas une intrigante. Son imagination excessive et son caractère passionné la poussaient, malgré elle, à inventer des affaires rocambolesques.

Elle agissait en tout cela avec une saine et robuste inconscience, appartenant à cette catégorie de gens dont on dit qu'ils ont « un grain de folie ». L'image ici se trouve juste. Soledad, femme naïve au cœur droit, croyait *tout*. Elle vivait les romans qu'elle dévorait, transportant la fiction dans la vie, mélangeant le réel et l'irréel. Athos, Vautrin, Julien Sorel, ces personnages faisaient partie de son univers quotidien. Elle se nourrissait de rêves qui coloriaient la triste uniformité des jours dans cette ville de province reculée.

Mais Soledad, quoique légèrement dérangée dans son esprit, n'était pas l'une de ces femmes neurasthéniques, comme on en rencontre tant en Espagne, qui passent du rire aux larmes et de la plus folle espérance au plus noir désespoir. Sa petite folie était rose. Toujours gaie, prête à

1. Les recherches policières avaient été pompeusement baptisées Opération « Tombeau du Christ » par Camaléon.

s'extasier devant toute chose, elle parlait, comme elle vivait, au superlatif. « Le plus merveilleux », « le plus terrible », « le plus angélique », comptaient parmi ses expressions favorites. Elle communiquait un peu de son enthousiasme candide à son époux qui, prudent et même timoré, n'eût sans elle jamais rien entrepris. Ainsi ces deux êtres, si dissemblables en apparence, se complétaient-ils et formaient-ils l'heureux couple qu'on connaît.

Soledad adjura son époux de rester ferme et de ne pas céder aux prières ni même aux menaces de l'évêque. Son Excellence, les yeux rivés au sol, faisait provision de courage. Ce fut donc un homme sévèrement admonesté par sa femme que Monseigneur trouva en face de lui comme il franchissait, à deux heures précises, le seuil du gouvernement civil.

L'évêque s'en aperçut aussitôt.

— Je suis venu, commença par dire Monseigneur, porteur d'un message. Mme de Carros, à qui j'ai fait part de vos mérites et de vos hautes capacités, se morfond à l'idée qu'elle a pu, par le passé, vous méconnaître et peut-être vous blesser. Elle m'a donc chargé d'une mission que voici fidèlement transmise.

Il toussa pour clarifier sa voix avant d'enchaîner :

— « Je compte de nombreux et fidèles amis parmi les royalistes. Il me déplairait (ce sont ses paroles textuelles) que la monarchie se passât de l'appui et des talents de notre gouverneur. J'aimerais, Monseigneur, par votre charitable entremise, me réconcilier avec Son Excellence afin de gagner son estime et peut-être son amitié. »

Il prit un temps et reprit :

— J'ai promis à Mme de Carros de vous transmettre fidèlement son message ; c'est à présent chose faite...

L'évêque garda le silence. La plus grande stupeur se peignit sur la figure du gouverneur ; Soledad Lopez de Lopez, aux dernières paroles de ce discours, était devenue rouge de fierté et de bonheur. Elle serait reçue chez Mme de Carros ! On offrait à son époux la paix et l'oubli du passé ! Rien ne pouvait toucher autant le cœur de cette femme simple, fort snob et, partant, légèrement ridicule.

Il va sans dire que l'évêque n'était porteur d'aucun

message. Son stratagème eût sans aucun doute réussi sans l'inintelligence du gouverneur. Celui-ci, en effet, depuis le début du repas, se répétait comme une leçon bien apprise : « Je ne céderai pas... Je ne céderai pas... »

— Je voulais aussi, reprit le prélat d'une voix indifférente, vous parler d'une affaire qui me tient à cœur. Il s'agit de ce malheureux garçon, le fils de Lucas Sanchez.

» Il semble que vous le soupçonniez à tort d'appartenir au parti communiste ; je vous donne l'assurance qu'il n'est que fou. Son père est un catholique fervent ; sa mère une sainte femme, et je crains, pour ma part, que son arrestation ne ternisse l'honneur de notre communauté chrétienne tout entière... Mais je m'en voudrais d'insister, cher gouverneur ; sans doute vous êtes-vous déjà rendu compte que cet étudiant infortuné a perdu la raison.

» J'avoue, ajouta Monseigneur en pouffant de rire, que ce fou tient des propos bien subversifs. Savez-vous, chers amis, qu'il a réussi, dans un village perdu dans la Sierra, à fomenter une petite émeute en prêchant aux marchands de bestiaux l'abandon de leurs biens ? La foule s'est ruée sur les baraques et le bétail, mettant tout à sac et s'emparant de ce qui ne lui appartenait pas.

» J'ai toujours pensé, poursuivit-il après une courte pause, que l'Évangile contenait des vérités explosives qui peuvent tourner la tête aux hommes faibles d'esprit. Dieu merci ! nous ne sommes pas en France ! L'Église de ce pays frôle sans cesse l'hérésie...

Le gouverneur redressa sa courte taille et répliqua en bégayant :

— Je... je...

Soledad grimaça. Elle voulait lui faire comprendre qu'il devait accorder à l'évêque la grâce de l'étudiant ; mais Son Excellence interpréta mal les singeries de son épouse et crut qu'elle s'impatientait de l'entendre bégayer. Il poursuivit donc d'une voix aussi ferme qu'il le pouvait :

— Je suis désolé, Monseigneur. Mon parti est pris. Ce garçon est un communiste ; il sera arrêté et jugé.

Soledad faillit s'évanouir ; elle foudroya son époux du regard. Le gouverneur cherchait à interpréter ces grimaces et ces regards courroucés et perdait toute contenance.

Monseigneur songeait aux dix mille *duros* que cet homme stupide allait lui faire perdre.

— Nous nous permettons de faire remarquer à Votre Excellence qu'en tant que pasteur et successeur des saints apôtres, nous sommes dans l'obligation de soutenir les bons catholiques qui nous ont été confiés par le Saint-Père. Il serait fâcheux, pour Votre Excellence comme pour Nous, qu'un désaccord fût rendu public entre le pouvoir temporel et le pouvoir spirituel que Nous représentons.

Ce discours solennel acheva de décontenancer le gouverneur. Soledad, qui avait parfaitement saisi les menaces voilées proférées par l'évêque, s'agitait sur sa chaise, faisait des gestes cabalistiques, remuait les lèvres ; une sueur d'angoisse perlait sur son front. Son Excellence épiait ses jeux de physionomie et comprenait de moins en moins ce que Soledad voulait de lui. Il crut qu'elle réclamait plus de fermeté de sa part et riposta sèchement :

— Je suis navré, monseigneur. Mais il serait vain d'insister. Nulle menace ne pourrait me faire revenir sur ma décision. Je fais mon devoir et le ferai jusqu'au bout.

Fort satisfait, il se tourna vers sa femme dont les yeux jetaient des éclairs ; le gouverneur rougit ; son crâne lisse s'empourpra ; ses grandes oreilles décollées, qui lui donnaient l'air d'un étrange animal, s'échauffèrent. Monseigneur se leva de table et conclut avec hauteur :

— Nous regrettons cet incident pour Votre Excellence autant que pour Nous. Nous ferons aussi notre devoir en désavouant publiquement Votre Excellence et son acharnement à faire passer un dément pour un dangereux communiste. Nous craignons que cet incident ne couvre Votre Excellence de ridicule.

Ayant ainsi parlé, l'évêque quitta la salle à manger sans que le gouverneur et sa femme, frappés de stupeur, songeassent à l'en empêcher.

Après quelques instants, Soledad explosa. Elle injuria son mari, le traitant d'imbécile et d'arriéré. Le malheureux ne savait plus à quel saint se vouer. L'évêché lui déclarait la guerre ; sa femme l'insultait. Il fut près de pleurer. Il fit remarquer à Soledad que l'idée du complot lui revenait ; qu'il avait cru bien faire en se montrant ferme. Soledad n'était pas rancunière, elle embrassa le crâne chauve de son mari et déclara d'une voix pathétique :

— Tant pis, Antonio ! *Alea jacta est.*

Le gouverneur ne comprit pas cette dernière phrase, mais fut heureux de voir la paix régner de nouveau dans son ménage. Ils allaient ensemble livrer bataille à l'Église ; après réflexion, l'idée n'en déplaisait pas à Soledad. Anne d'Autriche n'avait-elle pas lutté contre Richelieu ?

13

Cependant qu'à Huesca le gouverneur et le général Camaléon accéléraient les préparatifs de l'opération « Tombeau du Christ », Carlos Sanchez, accompagné de l'Idiot, poursuivait son pèlerinage de village en village.

Il se trouvait en pleine Sierra de Guara, chaîne de montagnes rocailleuses, striées de veines rouges. Des rochers aux formes étranges s'y dressent, à deux mille mètres de hauteur, dans un ciel d'un bleu intense. Ces montagnes désertiques, d'origine volcanique sans doute, décrivent un demi-cercle au nord-est de Huesca. On les croirait inhabitées ; quelques rares hameaux, bâtis à l'abri d'un énorme rocher ou dans un refuge protégé des vents du Nord, s'y cachent pourtant. On chercherait en vain leurs noms sur les cartes ; nulle trace ne s'y trouve de ces humbles nids d'hommes qui semblent un défi à la nature, puéril et grandiose à la fois. Les maisons, construites à même le rocher, semblent fondues dans la montagne. De quoi vivent ces paysans ? Cela demeure mystérieux. Ils vivent, et c'est tout. Ils possèdent quelques brebis et s'acharnent à semer du blé sur les flancs de la Sierra ; il pousse parfois, rachitique et comme frappé d'anémie. Ces moissons incertaines suffisent pourtant à justifier la présence des hommes en ces lieux déshérités.

Rien de plus impressionnant que cette Sierra de Guara, dressée comme un bastion au beau milieu d'un désert de pierraille. Elle n'a pas le pittoresque de la Sierra Morena ; elle n'évoque nul décor romantique peuplé de contrebandiers. Autour d'elle, l'infinie monotonie des plaines calcinées ; au-dessus d'elle, un ciel inaccessible. Des roches gigantesques, travaillées par les âges et les érosions, dressent alentour leurs silhouettes fantastiques ; les unes évoquent des profils humains ; d'autres, des amphithéâtres, des monuments étranges que les aigles, planant sur ces étendues désolées, ont choisi pour demeures. Un silence angoissant règne ici : ce silence des vastes plaines, que le cri rauque des oiseaux de proie, le chant monotone des grillons, le bourdonnement incessant des insectes, soulignent encore. Le soleil frappe la Sierra, s'y réfléchit comme dans un miroir. Nulle ombre sur le désert, hormis celle que dessine la montagne ; pas un arbre ; pas un ruisseau.

Les montagnards forment une race à part ; ils ont leurs coutumes, leurs lois et leur langage. Ils ressemblent à ces animaux farouches dont parle La Bruyère ; mais dans leurs yeux, on chercherait en vain l'envie ou la cupidité. Ils sont graves et dignes dans leurs vêtements noirs et sous leurs chapeaux à larges bords. Ils parlent à peine et toujours par monosyllabes. Ils semblent façonnés par le désert. Leurs mouvements lents, leur démarche prudente, l'expression noble de leurs regards traduisent l'infinie sagesse de ceux qui vivent hors du temps et de l'espace, dégagés des mesquines ambitions et des bas calculs qui rongent les autres hommes. Ils peinent sur une terre rocailleuse sans jamais se plaindre. Songent-ils à quelque chose ? On ne saurait l'affirmer. Ils rêvent.

Le gouvernement, touché de leur misère, leur a construit des villages neufs, dans la plaine ; il leur a amené l'eau, don suprême dans une région où il pleut dix fois par an. Ces montagnards ont refusé de quitter leurs hameaux sans eau courante ni électricité ; ils ont haussé les épaules devant les maisons blanches et confortables qu'on leur offrait. Les jeunes, après leur service militaire, quittent la Sierra pour mieux vivre. Les vieux se taisent ; ils savent que leurs villages sont condamnés à mort ; ils préfèrent finir leurs jours dans la dignité de leur misère plutôt que de mourir dans ces maisons sans âme parce que sans passé.

C'est à ces hommes, farouches et dignes, que Carlos annonçait le royaume de Dieu. Le bruit s'était répandu d'un bout à l'autre de la Sierra qu'un fou parcourait la région. On accueillait l'étudiant avec une lasse indifférence ; on le laissait parler ; on lui donnait à boire et à manger ; on lui indiquait le chemin du plus proche hameau. Carlos s'émouvait en leur parlant du Seigneur ; sa voix parfois se brisait et des sanglots lui échappaient malgré lui. Les femmes l'écoutaient en hochant la tête ; les hommes demeuraient silencieux, le regard absent. Plusieurs de ces montagnards contemplaient ce malheureux dément avec pitié ; ils le laissaient parler parce que cela semblait lui faire plaisir ; ils le nourrissaient par générosité plutôt que par gratitude. Car ces hommes étaient revenus des discours, comme de bien d'autres choses. Le malheureux garçon souffrait de cette indifférence à laquelle se heurtait son enthousiasme.

L'Idiot ne le quittait pas, marchant toujours à ses côtés et posant sur lui son regard de chien fidèle. Cet adolescent déshérité, qui n'avait rencontré dans sa vie que hargne et mauvais traitements, ne pouvait plus se passer de la protection et de l'amitié de son compagnon. Il aimait Carlos comme seules les natures simples savent aimer : totalement et sans arrière-pensée. Il se montrait heureux de tout, s'extasiait sur les choses les plus insignifiantes, ramassait, par exemple, des cailloux qu'il serrait dans ses mains comme s'il se fût agi de pierres précieuses ; tout en suivant son ami, il desserrait parfois ses doigts pour contempler ces pierres et poussait alors des gloussements bizarres. D'autres fois, il s'amusait à attraper des lézards qu'il examinait avec la plus grande attention et qu'il caressait tendrement. Carlos, redoutant que son camarade ne fût un jour mordu par une vipère, le blâmait parfois. L'Idiot lâchait alors sa proie et ses yeux se mouillaient de larmes. Rien ne touchait davantage le cœur de l'étudiant que le chagrin de son compagnon.

— Ne sois pas triste, Santiago, lui disait-il. Je ne veux pas te peiner ; je te gronde, mais pour ton bien... Je t'aime bien...

Le visage de l'Idiot aussitôt s'éclairait.

Les deux jeunes gens, après trois jours passés dans la Sierra, avaient le teint hâlé par le soleil. Ils marchaient sans répit, empruntant des sentiers zigzagants et s'arrêtant parfois pour manger ou se désaltérer. Le soir, l'Idiot se blottissait contre son ami, tel un chien auprès de son maître. Souvent une tristesse infinie s'emparait de Carlos. Il avait cru, dans son enthousiasme naïf, que son apostolat attirerait des foules nombreuses, que les hommes accourraient de toutes parts pour entendre la parole de Dieu. Il se heurtait partout à l'indifférence et à la lassitude générales. Il repartait alors tristement, remportant avec lui cet amour sans bornes que les hommes méconnaissaient. « Qu'y a-t-il de plus douloureux, se demandait-il souvent, que de posséder une vérité qu'on voudrait partager avec autrui et d'avoir à la garder pour soi parce que personne n'en veut ?... Les hommes m'écoutent et me laissent repartir après m'avoir traité de fou. S'ils savaient combien je les aime, eux, et cette terre triste et souffrante !... »

Le quatrième jour après son départ de Huesca, Carlos Sanchez prêcha dans un minuscule hameau appelé San Diego. Quelques femmes s'assemblèrent autour de lui et lui donnèrent un pain blanc et un fromage de chèvre. L'étudiant les remercia au nom du Seigneur et reprit sa route monotone. Il suivit un chemin escarpé qui menait à une chapelle juchée sur un piton, où l'image naïve d'une Vierge de la Douleur était vénérée. Elle était ouverte ; il y entra.

C'était une petite chapelle rectangulaire, pouvant à peine contenir une trentaine de fidèles. Pas un banc. Sur la pierre de l'autel, une image en bois sculpté de la Sainte Vierge, haute à peine de trente centimètres, vêtue de velours noir. Carlos se prosterna devant elle et sans savoir pourquoi, éclata en sanglots. Son front reposait sur l'autel et ses larmes ruisselaient sur cette pierre usée, polie par le temps.

En se relevant, il posa son regard sur le chemin de croix qui, de station en station, encerclait l'humble demeure de Dieu. Il s'arrêta devant la crucifixion et, d'une voix déchirée, lourde de sanglots, qui résonna longtemps dans l'église solitaire, s'écria : « Laissez-moi mourir, Seigneur !... Accordez-moi la grâce d'offrir ma pauvre vie pour cette terre que Vous avez tant aimée !... » Soudain, il sentit que cette grâce lui était refusée ; aucune voix ne lui parvint ; mais il sut, sans que cette révélation eût pris un caractère mystérieux, il sut par une intime et profonde conviction de tout son être, que sa prière ne serait pas exaucée. Alors il leva les bras vers l'image taillée dans la pierre qui représentait la mort de Jésus et, redoublant de larmes, s'écria : « Je n'en peux plus, Seigneur !... Je n'en peux plus ! » Après quoi, il quitta la chapelle précipitamment.

Il marcha toute la journée sans desserrer les lèvres. L'Idiot, attentif à la mélancolie de son ami, en oublia de ramasser les cailloux et de chasser les lézards. Il fixait ses bons yeux sur Carlos et son regard semblait dire : « Pourquoi es-tu triste, puisque je suis là et que je t'aime ? »

Ils arrivèrent, comme le jour mourait, à une sorte de plate-forme, au pied d'un rocher haut d'environ trois cents mètres, connu dans la région sous le nom du « Vieillard », parce qu'il ressemble en effet au profil d'un vieillard à longue barbe. Au pied de cette étroite plate-forme s'ouvre un autre abîme ; on aperçoit, à sept cents ou huit cents mètres de profondeur, un mince filet d'eau glissant paresseusement parmi des graviers et des herbes ; de l'autre côté, un second rocher : le « Pas de Roland ». Mais comme il existe plusieurs « Pas de Roland » dans les Pyrénées, il semble difficile de prêter foi à la légende qui situe la défaite du chevalier ici plutôt qu'ailleurs.

L'Idiot se pencha sur le gouffre et fut pris de tremblements. Carlos le rassura.

— Nous ne courons aucun danger, Santiago ; nous sommes à l'abri du vent ; cette plate-forme est assez large pour deux. Dormons ici. Demain nous reprendrons la route.

La confiance que l'Idiot avait en son ami était telle que ces paroles suffirent à le tranquilliser. Ils s'assirent donc à l'ombre du « Vieillard » et mangèrent leur pain et leur fromage.

La nuit envahissait la profonde vallée ; les derniers rayons du soleil éclairaient les sommets de la Sierra ; une brise légère agitait l'air ; on entendait au loin le tintement des troupeaux. Un aigle planait au-dessus de l'abîme, décrivant de vastes cercles, battant de temps en temps de l'aile, puis se laissant porter par différents courants ascendants et descendants. C'était l'heure tranquille où naissent les regrets : l'heure des souvenirs.

Il fit bientôt nuit. L'Idiot se coucha contre l'étudiant et s'endormit. Carlos caressa son compagnon d'un geste machinal et tendre. Ce fut alors que le désespoir, brusquement, s'empara de lui.

Il y a mille manières de désespérer comme il y a mille manières d'aimer. Le désespoir que connut Carlos Sanchez, en cette quatrième nuit de vie nomade, ne ressemble à aucun autre. Il fondit sur l'étudiant soudainement et sans que rien, si ce n'est l'incident de l'église, ne l'eût annoncé. Carlos, baigné d'une sueur froide, claquant des dents, avait l'impression de sombrer dans un abîme sans fond. Rien n'avait plus de sens. Aucune pensée ne traversait plus le cerveau du malheureux dément. Une nuit noire et sans étoiles l'entourait de toutes parts. D'invisibles fantômes cherchaient à s'emparer de lui. Carlos tremblait et pleurait. Il voulut prier ; en vain. Il demeurait comme frappé par la foudre. On eût dit qu'un virus avait terrassé son corps et son esprit : celui du désespoir.

Il vit se dérouler devant lui un film absurde et terrifiant. Il comprit brusquement que ni sa mission ni ses discours n'avaient de sens ; que les hommes demeuraient indifférents à ses paroles. Puis il vit, clairement, distinctement, comme surgis de l'abîme, des pauvres, des estropiés, des agonisants, des condamnés à mort ; ces malheureux apparaissaient, grimaçaient, gémissaient ou gesticulaient avant de céder la place à d'autres, plus malheureux encore ; Carlos assistait, muet de stupeur et de douleur, à cette sinistre farandole. Vint enfin la cohorte des damnés ; des âmes, telles des feuilles mortes balayées par le vent, étaient précipitées en enfer ; des adolescents, des hommes et des femmes mûrs, des prêtres, des prélats sombraient dans l'abîme en ricanant et blasphémant. Carlos comprit alors que, quoi qu'il fît ou dît, la douleur continuerait de régner sur cette terre et que Dieu avait permis que cette douleur existât. *Il y aurait toujours des âmes vouées à l'enfer !* Cette terrible pensée l'épouvanta ; le jeune homme se leva d'un bond et faillit se précipiter dans l'abîme ; il se contint néanmoins et, tombant à genoux, pleura longuement.

L'Idiot, réveillé en sursaut, se jeta dans ses bras.

14

Mosén Risueño eut vent que quelque chose se tramait contre lui de la manière la plus simple du monde. Il rencontra au *paseo* le chanoine Rodrigo, entouré d'une cour de jeunes gens pâlots et maladifs avec lesquels le secrétaire de l'évêque aimait à discuter théologie. Le chanoine évita de saluer le curé de Saint-Laurent. Celui-ci, pour mieux juger du degré de disgrâce où il était tombé auprès de Monseigneur, croisa, deux fois encore, l'abbé Rodrigo. Sans plus de succès ; l'habile secrétaire feignit de ne pas voir l'abbé Risueño et celui-ci en conclut que sa perte était maintenant assurée. Contrairement à ce que l'on serait tenté de croire, notre curé n'en fut pas accablé. Il en ressentit une sorte de soulagement, plus proche du mépris, toutefois, que de la lassitude.

Mosén Risueño n'était pas espagnol pour rien, et les Espagnols sont plus près des Orientaux qu'on ne l'imagine. Ils ont hérité des Arabes, qui pendant huit siècles occupèrent leur pays, un détachement profond pour toutes les adversités, ainsi qu'un pessimisme teinté de fatalisme. Un mot traduit cette attitude devant la vie ; et ce mot se retrouve sur toutes les lèvres et sous mille prétextes : *nada* (rien). Il suffit au voyageur de tendre l'oreille pour s'apercevoir de l'importance qu'il revêt et de l'emploi qu'en font les Espagnols. Ils le prononcent avec une secrète volupté et une pointe de mépris. Car ce *nada* traduit leur conviction la plus profonde. Il est le mot clé qui permet de pénétrer l'âme espagnole. Tout ici-bas équivaut au *nada ;* une seule chose mérite quelque attention : la mort. Demandez à un Espagnol ce qu'est la vie : *nada.*

L'abbé Risueño fut donc soulagé. Il avait longtemps et de toutes ses forces lutté contre le chanoine ; celui-ci venait de remporter la victoire. Le curé de Saint-Laurent ne s'en étonnait pas. Il acceptait sa défaite le plus froidement du monde, avec même, au plus secret de son âme, un frémissement voluptueux. Il souffrait pourtant à l'idée que son ennemi allait à présent jouir de son triomphe. Mais le mépris est, chez les Espagnols, plus fort que le dépit. L'abbé Risueño éprouvait plus de plaisir à mépriser son ennemi et à se mépriser lui-même qu'à se morfondre en regrets stériles.

S'étant assuré que le chanoine ne voulait pas lui souhaiter le bonjour, le curé de Saint-Laurent décida, pour soulager son âme, de lui crier son mépris. Il fendit la foule qui envahissait les allées du parc et fonça sur le secrétaire. Celui-ci le vit de loin et rapidement s'éloigna. Mais Mosén Risueño se lança à sa poursuite et réussit à le rejoindre à la Roseraie.

— Vous fuyez, Mosén ? demanda-t-il de sa voix rauque et forte.

— C'est-à-dire..., murmura le chanoine à bout de souffle.

— Auriez-vous peur de moi ?

— Dieu m'en préserve ! Qu'aurais-je à redouter d'un confrère ? Nous sommes serviteurs du même Dieu et je vous ai toujours témoigné de l'amitié.

— Vous avez tort, Mosén. Il me serait très agréable de vous gifler et ce qui me retient, c'est l'idée que mes coups vous seraient doux...

— Je ne comprends pas... Je me refuse à poursuivre sur ce ton une... Nous sommes deux prêtres, ne l'oubliez pas...

— Et alors, Mosén ? Si j'avais été auprès du Christ, j'aurais sans doute frappé Judas et demeure certain que Jésus m'aurait pardonné...

Le chanoine pâlit et se mordit les lèvres. Il redressa la tête et déclara avec emphase :

— Si vous essayez de m'insulter, je dois vous prévenir que vous n'arriverez pas à me mettre en colère.

— Vous insulter ? Même pas, Mosén !... Je voulais que vous sachiez que je vous méprise...

Le chanoine écouta ses paroles avec étonnement ; il se ressaisit pour déclarer :

— Je ne m'étonne plus à présent qu'on ait pu vous accuser d'avoir des sympathies pour les rouges ; vos paroles...

Mosén Risueño devina la nature de ces insinuations ; il redressa sa haute taille et, d'une voix coléreuse et menaçante, déclara :

— Je vous donne un conseil, Mosén : ne touchez pas au petit Sanchez ; travaillez à ma perte, si vous le désirez ; mais qu'un seul cheveu de Carlos Sanchez, un seul, vous m'entendez ? tombe par votre faute et je vous jure, j'en fais le serment devant ma conscience, je vous jure que je saurai vous retrouver...

Ces menaces firent pâlir le chanoine ; il comprit qu'il y avait une limite à ne pas franchir. Il protesta d'avoir intercédé auprès de Monseigneur en faveur du jeune homme. Comme le curé de Saint-Laurent voulait en savoir plus long, l'abbé Rodrigo lui conta, à sa manière, ce qu'on trouvait contre le fils de Lucas Sanchez.

— Je vous le répète, Rodrigo : laissez ce garçon tranquille, ou je ne réponds plus de ma patience.

Le *paseo* battait son plein. Lucas Sanchez avait retrouvé son sourire ; ses affaires s'arrangeaient. L'orchestre jouait *les Feuilles mortes ;* des couples dansaient sous les regards des membres de l'Action catholique ainsi que des commères de la ville.

Dans l'allée centrale et sur les bancs qui la bordent, des groupes s'étaient formés ; on venait d'apprendre, par un communiqué du gouvernement militaire, le déclenchement de l'opération du « Tombeau du Christ », et les langues allaient bon train. Les uns étaient étonnés d'apprendre que Carlos Sanchez était communiste ; d'autres feignaient l'indignation. Cette nouvelle secouait la petite ville et la sortait de sa torpeur. Des passions violentes éclataient pour ou contre l'étudiant. On prenait parti, comme dans une corrida, pour l'armée ou le jeune dément. Antonia et Mariana Tasta étaient aux anges ; on les pressait de questions ; elles rapportaient ce qu'elles savaient avec complaisance. C'était une guerre civile en miniature. Des rumeurs incontrôlables circulaient ; on affirmait que Carlos Sanchez était un saint et qu'il avait à Yesa ressuscité un mort ; d'autres, au contraire, donnaient pour certain qu'il était un chef communiste et se trouvait à la tête d'une bande armée, forte de quelque trois mille hommes venus de France pour déclencher une révolution. La fausse panique et le faux enthousiasme se donnaient libre cours. Il suffit de peu de chose en effet pour passionner un peuple fanatique qui s'ennuie depuis vingt ans.

Mosén Risueño alla trouver Mme de Carros dont il était le confesseur. On se souvient peut-être que cette femme élégante, épouse d'un avocat international, était le chef du clan monarchiste. Elle habitait une somptueuse villa, voisine de celle du chirurgien Bragello, dans l'avenue du Général-Franco.

Mme de Carros menait, dans cette maison encombrée de meubles anciens et de bibelots admirables, une existence oisive et fastueuse. Elle entretenait une nombreuse domesticité ; elle recevait de nombreux invités. Mais toutes ces occupations ne l'empêchaient pas de s'ennuyer. Elle avait pourtant onze enfants à élever ; cet exploit lui avait valu un diplôme ainsi que la bénédiction du Saint-Père.

Ses enfants étaient relégués au troisième étage ; une gouvernante allemande s'occupait des petits ; les grands étaient pensionnaires dans un collège madrilène. Elle voyait les premiers deux fois par jour, pour s'assurer sans doute qu'aucun ne manquait ; elle écrivait aux seconds une lettre mensuelle et collective, où elle s'inquiétait de leur santé et multipliait les conseils de labeur et d'assiduité qui sont, on s'en doute, les conditions premières d'un avenir aisé.

Mme de Carros descendait d'une famille ancienne et noble ; l'un de ses ancêtres avait, comme les *Comuneros*, lutté contre Charles V et fut, pour ces raisons, décapité. Cela explique la haine qu'elle vouait à la maison d'Autriche ainsi que son attachement aux Bourbons.

Elle avait deux soucis dans sa vie : fomenter des intrigues et rester belle. Elle n'avait qu'un vice : le goût des très jeunes gens. Bien entendu, Mme de Carros était une catholique exemplaire et fervente. Elle présidait une infinité d'œuvres telles que « le Tricot du nouveau-né », « la Soupe de l'orphelin », « le Repos du vieillard » et avait un nombre incalculable de pauvres, auxquels elle faisait, personnellement, la charité, le premier vendredi de chaque mois. Elle s'occupait aussi des prisonniers et leur rendait souvent visite. Elle s'était même appliquée à régénérer l'un d'eux — un fort beau jeune homme, condamné à cinq ans de prison pour vol à main armée; l'avait recueilli chez elle. Il était devenu son chauffeur. On devine à quelles insinuations perfides les mauvaises langues de Huesca se livrèrent. On alla jusqu'à trouver au dernier-né de Mme de Carros un certain air de ressemblance avec le bel Agapito (c'était son nom). Celui-ci, hélas! partit un jour en emportant les bijoux de la malheureuse. Un incident vint alors étayer les soupçons calomniateurs; Mme de Carros, par inadvertance, prit une trop forte dose de somnifère et faillit en mourir.

Les intrigues de Mme de Carros passaient rarement le seuil de son imagination. Elle ourdissait des complots imaginaires, remportait des succès fictifs et pleurait des défaites inexistantes. Son complot préféré était de convoquer quelques amies auxquelles elle lisait, d'une belle voix langoureuse, des poèmes où il était question du roi exilé, de son retour triomphant; de la gloire qui en rejaillirait sur les amis demeurés fidèles. On prenait pour lire ces vers des airs mystérieux; on communiquait en langage secret, connu seulement des initiés et qui aurait fait perdre ses cheveux au gouverneur s'il n'eût été déjà chauve.

— La bougie brûlera ce soir, téléphonait Mme de Carros à ses amies, au grand désespoir de Son Excellence qui cherchait en vain à percer ce code mystérieux.

La bougie brûlait en effet chez Mme de Carros; cela veut dire qu'elle récitait ses vers qui étaient fort mauvais.

Écoute, ô grand Roi, les gémissements de ton peuple !
Il pleure.
Dans la nuit qui l'entoure et que des corbeaux peuplent,
Il voit,
Tel un phare qui déchire les ténèbres,
L'image de son Roi qui s'avance...

On comprendra, devant cet échantillon de la poésie de Mme de Carros, que ses intrigues étaient peu sérieuses ; on comprendra, du même coup, pourquoi cette femme belle, riche et considérée, préférait à la vie madrilène celle de Huesca. Sur le grand théâtre de la vie, chacun cherche une scène à la mesure de son talent ; celui de Mme de Carros n'était qu'aux justes proportions de cette ville tranquille, où elle pouvait éblouir à peu de frais. Le vernis de culture qui recouvrait son pédantisme faisait l'admiration des notables de Huesca. On la louait par ignorance plutôt que par admiration. Mais seules comptaient les louanges aux yeux de Mme de Carros. On moquait son élégance ; ce en quoi l'on avait tort. Car elle était aussi belle et bien mise qu'elle était sotte : infiniment.

On introduisit l'abbé Risueño dans une pièce étroite attenante à la chambre à coucher de Mme de Carros ; une haute fenêtre s'ouvrait sur le parc ; on apercevait la masse sombre des arbres et, dans le fond, les lumières de l'« élargissement» ; le palais du Gouvernement émergeait, tel un paquebot étincelant, avec ses larges fenêtres éclairées. Malgré l'étouffante chaleur qui régnait au-dehors, la température demeurait douce chez Mme de Carros et notre curé put reprendre haleine. Il s'assit dans un fauteuil recouvert d'un riche tissu damassé et promena autour de lui un regard indifférent. Dans une vitrine éclairée par d'invisibles projecteurs, des statuettes de l'époque Ming ; au-dessus, un Greco représentait un homme, les yeux levés vers le ciel et le front ridé, baigné dans une lumière d'une irréelle douceur. Plus loin, face à la fenêtre, un secrétaire de style Louis XVI en acajou foncé et une bergère de même style tapissée de satin gris ; un divan, quelques chaises complétaient l'ameublement de ce coin où Mme de Carros ne recevait que ses intimes.

Mosén Risueño, tout étonné de se trouver chez sa pénitente, se demanda ce qu'il avait à lui dire. Il l'ignorait. Après quelques instants de réflexion, il finit par se rappeler qu'il souhaitait lui demander son appui pour sauver Carlos Sanchez. « Le gouverneur est un nigaud, pensa-t-il. Il craint cette femme, laquelle me témoigne une profonde amitié. Si je réussis à la convaincre de se ranger à nos côtés, il hésitera à poursuivre son dessein... »

L'admirable équilibre de la société espagnole issue de la victoire franquiste réside en cette union de la bourgeoisie et du clergé ; pas une femme influente qui n'ait son confesseur ; pas un prêtre qui ne cherche l'appui et la protection des familles puissantes. On peut affirmer, sans exagérer, que les luttes que se livrent ces prêtres pour devenir les directeurs de conscience de certaines femmes n'ont rien à envier à celles que les puissances du mal livrent à la grâce.

Mme de Carros était la femme la plus riche de Huesca et, partant, l'âme la plus disputée. Elle avait choisi, sans qu'il ait rien fait pour cela, l'abbé Risueño, alors qu'il n'était qu'un prêtre inconnu ; ce choix fut à l'origine du succès que devait connaître le curé de Saint-Laurent. Elle avait été touchée par la naïveté et l'inexpérience de ce prêtre campagnard, peu versé dans l'art de déjouer les intrigues. Elle lui prodigua des conseils et se plut à suivre son ascension. Elle lui témoigna une sincère amitié lorsqu'elle le vit, malgré ses triomphes, demeurer naïf, et devint sa confidente et son alliée. Lui sut ne pas l'ennuyer en l'entretenant de religion, ce qui, pour un prêtre espagnol, est un rare mérite. Il se contentait de prier pour sa pénitente, sachant qu'il ne pourrait pas transformer cette nature exaltée.

Elle entra quelques instants plus tard, vêtue d'une robe en velours noir qui moulait ses hanches. Un large décolleté laissait entrevoir la naissance de ses seins, fermes encore, malgré ses accouchements successifs. Mosén Risueño se leva ; elle lui tendit une main ornée de bagues et lui sourit avec douceur. Le noir seyait à son teint délicat et à ses cheveux blonds ; ses cils trop longs ombrageaient des yeux d'un vert profond.

— Je ne puis rester qu'un instant, Mosén ; dix heures viennent de sonner et j'attends des invités. Asseyez-vous.

Il obéit après qu'elle se fut, elle-même, assise.

— Vous faites une drôle de tête, Mosén ! Je crois avoir deviné ce qui vous amène ici...

Elle rit et, pointant vers le curé un index moqueur, s'écria :

— Avouez que votre plan ne tenait pas debout !... Chasser Monseigneur !...

Mosén Risueño devint écarlate ; interloqué, il balbutia :

— Vous saviez ?...

— Mais, mon cher, tout le monde sait cela !... On ne parle que de vous en ville !...

D'une voix plus sérieuse elle reprit :

— Vous m'avez d'ailleurs causé du chagrin ; pourquoi n'êtes-vous pas venu me trouver pour vous ouvrir à moi de vos projets ?... Je suis votre amie. Je n'aurais pas manqué de vous déconseiller ces démarches puériles auprès de vos confrères... Nous aurions trouvé un moyen de nous débarrasser de Monseigneur...

Elle se pencha vers son confesseur et, d'un air complice et moqueur, ajouta :

— D'autant plus que je suis entièrement de votre avis : Monseigneur devient ennuyeux au possible ! Il ne pense plus qu'à la canasta et ne voit qu'à travers l'abbé Rodrigo...

Elle rit à nouveau en prenant soin de lever la tête afin de montrer sa gorge qu'elle avait parfaite. Mosén Risueño, les yeux baissés, murmura :

— Ce n'est pas de cela que je venais vous parler...

— Ah ? dit simplement Mme de Carros.

— Il s'agit d'une affaire... Voilà... Lucas Sanchez a un fils...

Mme de Carros, cette fois, éclata de rire ; elle en oublia de montrer sa gorge et ses dents. Perplexe, l'abbé Risueño cherchait à deviner les raisons de cette hilarité subite.

— Décidément !... s'écria Mme de Carros entre deux hoquets.

— Pourquoi dites-vous « décidément » ?

Elle s'essuya les yeux avec un mouchoir finement brodé avant d'expliquer :

— Figurez-vous que cet après-midi, vers les trois heures, Monseigneur m'a téléphoné ; il me priait d'user de toute mon influence pour sauver ce garçon. Il paraissait beaucoup y tenir.

» Quelques instants plus tard, je reçois une lettre du chanoine Rodrigo, où il joint ses prières à celles de l'évêque ; et maintenant...

Mosén Risueño se leva ; l'émotion transfigurait son visage bovin. Certains visages semblent faits pour la tristesse ; mais certains autres, qui provoquent plus souvent le rire, lorsque l'émotion les bouleverse, deviennent pathétiques.

— Faites ce qu'ils vous demandent, madame ; aidez-nous à sauver ce garçon...

Mme de Carros le dévisagea avec attention.

— Vous vous intéressez à lui tant que cela ?

— Oui et non.

— Pourquoi voulez-vous tant le sauver ? C'est un fou à ce qu'on m'a dit...

— Oui... Un fou, certainement... Quelqu'un de propre, si vous préférez...

Il s'approcha de Mme de Carros qui l'observait avec une intense curiosité et posa ses mains épaisses sur les bras du fauteuil où elle était assise. Elle crut apercevoir une larme dans ses prunelles.

— C'est un innocent, madame. Il ne faut pas qu'il soit la dupe de nos mesquines intrigues... Il ne le faut pas...

Elle hésita et demanda avec douceur :

— Que dois-je faire, Mosén ?

— Parlez au gouverneur.

— Il ne m'écoutera pas.

— Faites-lui sentir que vos amis agiront à Madrid s'il ne cesse cette comédie stupide...

— Et s'il s'obstine ?...

Mosén Risueño parut désemparé ; Mme de Carros eut

soudain honte de surprendre l'émotion de cet homme fort.

— Mais ils peuvent le tuer, comprenez-vous ?... Il est innocent...

Elle fixa le curé dans les yeux et dit :

— On se trompe facilement sur les gens, Mosén. Je vous avais cru un mauvais prêtre.

Il ne put s'empêcher de rougir une nouvelle fois.

— Je le suis, madame.

— Pas tout à fait.

— Qu'en savez-vous ?

— Je suis femme, Mosén ; je devine bien des choses.

15

Il est difficile, lorsque les émotions se succèdent rapidement dans une conscience, de les analyser. Mosén Risueño avait, en voyant Carlos Sanchez à l'hôpital de Saragosse, éprouvé un mouvement d'irrésistible sympathie. Il crut d'abord qu'il ressentait de la pitié envers ce pauvre fou et s'aperçut, en rentrant à Huesca, que cette émotion dépassait la pitié, et la personne même de Carlos. Le curé de Saint-Laurent avait été touché par un certain accent qui éveillait en lui une vague mélancolie. Cette sensation ne peut se comparer qu'à celle ressentie par un homme qui revoit les paysages où se déroula son enfance. Les paroles de l'étudiant ramenèrent Mosén Risueño à ses années de séminaire. Il croyait alors à la sainteté ou, du moins, à la possibilité de sainteté qui est offerte à chacun de nous. Il n'avait apparemment jamais cessé d'y croire. Mais ses actes tendaient à nier cette possibilité.

De plus, l'existence même de Carlos Sanchez posait un problème de conscience aigu à Mosén Risueño. L'étudiant déclarait : « J'ai vu le Seigneur... » Comment nier cela ? Sans doute Carlos Sanchez était-il fou ; mais il pouvait aussi ne pas l'être. Ne commettrait-il pas une faute grave, plus grave peut-être que toutes celles qu'il avait commises jusque-là, en refusant d'envisager cette éventualité ?

C'est dans cet état d'esprit fort incertain qu'il apprit, par le chanoine Rodrigo, la grossière farce dont l'étudiant devait faire les frais. C'en était trop pour Mosén Risueño. Après avoir persuadé Mme de Carros, il décida de partir sur-le-champ pour la Sierra de Guara où se trouvait, disait-on, Carlos Sanchez.

Il rentra chez lui afin de prévenir Paloma de son

absence. Elle écouta ses paroles d'un air renfrogné puis répliqua d'une voix hostile :

— Je me préparais à vous annoncer mon départ, monsieur le curé. Il m'est désormais impossible de demeurer à votre service.

Elle se tenait très droite, malgré sa bosse, et drapée dans sa laideur comme dans un manteau. Elle s'attendait à ce que Mosén Risueño lui demandât les raisons de son départ et jouissait à l'avance des paroles blessantes qu'elle avait soigneusement préparées. La haine l'étouffait et enlaidissait encore sa figure repoussante. Le curé de Saint-Laurent se contenta de dévisager sa gouvernante et de hausser les épaules avec indifférence.

— Comme vous voudrez, Paloma. De toute manière, je dois moi-même quitter la ville dans quelques jours, pour rejoindre ma nouvelle paroisse...

Il dit cela d'un ton fort calme. Paloma crut qu'il maîtrisait son dépit ; un horrible sourire de sa bouche édentée enlaidit encore son visage de femme délaissée. Elle ne put s'empêcher de ricaner. Le curé sentit qu'elle le provoquait et mourait de l'envie de le blesser. Mais il était en esprit trop loin de cette ville, trop loin de ses intrigues et de ses rancunes pour relever ce défi. « Elle est trop laide pour être bonne », constata-t-il simplement ; et il partit.

La route sinueuse se faufilait à travers un paysage lunaire. Il faisait nuit ; mais la steppe et la Sierra baignaient dans une lumière intense. Le désert retentissait de mille cris rauques, de mille appels angoissés ; la terre assoiffée, ridée, comme un visage de vieille femme, exhalait une plainte âpre et douloureuse. On percevait comme en songe son souffle haletant ; ses flancs creux se soulevaient et s'abaissaient en des palpitations sourdes, étouffées par le chant monotone des grillons. L'abbé Risueño avait baissé la vitre ; rien ne le séparait plus de cette terre martyrisée. Le ronronnement fatigué du moteur berçait la méditation du curé. Le chauffeur, coiffé d'un béret, fredonnait un air en vogue.

L'abbé Risueño regardait tristement ce paysage qui défilait devant lui. Les cailloux luisaient comme des lames de couteau. L'émotion nouait la gorge du prêtre ; il entendait les battements précipités de son cœur. Un Français, habitué aux paysages paisibles et mélancoliques de son pays, peut difficilement comprendre l'attirance que le désert exerce sur les hommes qui y sont nés. Le désert comme la mer façonne ceux qui lui appartiennent, les marque à jamais. L'émotion ressentie par l'abbé Risueño ne peut se comparer qu'à celle du marin, absent depuis longtemps des côtes, et qui retrouve un jour la mer. Le désert et l'océan n'ont-ils pas une même et unique dimension : l'infini ? Ils renvoient l'homme à sa solitude ; mais cette solitude, qui incite au rêve et à la méditation, qui fait taire tous ses tumultes intérieurs et réduit l'homme au silence de la contemplation, n'est pas redoutable. C'est la solitude des amants comblés. Le désert n'est pas un paysage. On ne peut pas le regarder. Rien n'y arrête ni ne fixe le regard ; l'étendue illimitée éveille en celui qui la contemple une faim de tout l'être, une soif d'au-delà dans le temps ou l'espace.

Il ne faut point chercher ailleurs le secret de l'âme aventurière et mystique de la Castille et de l'Aragon. Ces deux pays forgèrent une nation et un empire parce que le désert les incitait à chercher d'autres terres, à découvrir d'autres continents, à les assujettir sous le joug d'une même foi. Nulle part ailleurs l'homme n'aurait pu concevoir d'aussi vastes desseins ; se sentir dévoré de cette soif que rien, ni les honneurs ni l'or, n'apaise. Le spectacle de champs labourés et de terres fertiles incite au repos et au labeur paisible. Les Castillans et les Aragonais devaient partir *ailleurs* parce que leur vocation était de toujours repartir.

Mosén Risueño comprenait soudain ce qui le liait à cette terre dépouillée. Qu'il eût pu séjourner à Huesca et s'y prêter à ces mille renoncements qui avilissent un homme l'étonnait maintenant. Qu'avait-il en commun, cet enfant du désert, avec les hommes de la ville ? Il retrouvait, en même temps que le désert, son Dieu. Une tristesse infinie envahissait son âme à l'idée qu'il s'était volontairement éloigné de Celui qu'il avait choisi de servir et d'aimer. Rien ne le détournait plus de cette douloureuse pensée.

Mais Mosén Risueño n'était pas homme à s'attendrir longtemps. Une énergie subite s'emparait de lui. Il devait éviter que Carlos Sanchez ne tombât entre les mains des gens de la ville. L'idée de déjouer les intrigues du gouverneur l'emplit d'une joie saine.

Des patrouilles en armes sillonnaient les routes ; à trois reprises la voiture dut s'arrêter. Les soldats, en apercevant un prêtre, s'écartaient avec respect. Un officier voulut persuader Mosén Risueño de ne pas poursuivre son chemin ou, du moins, d'accepter une escorte militaire.

— Un prêtre n'a rien à craindre des hommes, lieutenant.

Le chauffeur, qui n'était pas un prêtre, opina timidement que la plus élémentaire prudence... L'abbé Risueño se fâcha et déclara avec brusquerie qu'il préférait la protection divine à celle de l'armée.

— Je crains que les rouges ne respectent guère votre habit, monsieur le curé ! Ces gens-là...

— Qu'importe ce qu'ils respectent, jeune homme ! Et qui vous dit qu'ils ne le respectent pas ? Laissez-moi repartir, vous dis-je.

Le lieutenant rougit ; qu'on pût le traiter de « jeune homme » froissait sa toute fraîche virilité. Il lissa ses moustaches et repartit d'une voix ferme :

— Je ne puis assumer la responsabilité de vous laisser repartir sans escorte ; j'ai reçu des ordres formels...

L'abbé Risueño descendit de voiture et toisa l'officier Celui-ci était de petite taille. Il dut lever les yeux pour fixer ce prêtre décidé.

— Écoutez-moi, jeune homme. Je dois assister un moribond. Je n'ai guère de temps à perdre...

Le lieutenant balbutia quelques excuses ; le chauffeur voulut insister en représentant au curé le danger qu'ils courraient dans la Sierra. Mosén Risueño se tourna vers lui et demanda :

— Auriez-vous peur ?

Aucune insulte ne pouvait toucher davantage un Espagnol.

— Moi, peur ?... Allons-y, Mosén !

L'officier n'insista pas ; le curé de Saint-Laurent put poursuivre sa route. A trois heures du matin, ils franchirent le premier col. Partout des soldats en armes ; ils marchaient à la file indienne de chaque côté de la route et le chauffeur les injuriait sous prétexte qu'on les voyait mal et qu'ils envahissaient la chaussée. Il essayait ainsi de masquer sa peur. Quant à l'abbé Risueño, il ne savait s'il fallait rire ou pleurer de ce déploiement de forces.

L'aube verdissait le ciel ; les sommets de la Sierra émergeaient de la nuit dans une lumière irréelle. Une brise imperceptible se leva.

16

Carlos Sanchez était, on s'en souvient, décidé à mourir ; il offrait sa vie pour le salut des âmes tentées par le Démon. Mais l'ennui, pour ce futur martyr, était qu'il lui fallait découvrir un bourreau. Or, comment un chrétien pourrait-il désirer qu'un homme souillât ses mains du sang d'un innocent ? On devine la perplexité de Carlos. Il n'osait prier le Ciel de lui envoyer un bourreau ; il sentit d'autre part que seul le martyre donnerait un sens à son existence d'apôtre. Il décida, après mûre réflexion, de s'en remettre à la divine Providence, ce qui était, il faut l'avouer, le plus sage.

Ce 16 juillet, une chaleur accablante régnait dans la Sierra. Le jeune homme et son compagnon, après avoir mangé leurs provisions, se dirigèrent vers un hameau construit sur le flanc d'un coteau, dominant une vallée profonde. Ils marchaient vite afin d'y parvenir avant midi ; ils pourraient, dans ce hameau, s'abriter du soleil et attendre le soir pour poursuivre leur pèlerinage. L'Idiot était fort heureux ; il chantait à tue-tête et bondissait. Carlos, au contraire, agitait de sombres pensées.

Il s'arrêta soudain pour contempler le paysage qui s'offrait à ses yeux. Un silence étonnant régnait sur ces hauteurs. Ce silence lui procura une sorte de griserie ; il ferma les yeux un instant pour en mieux percevoir les imperceptibles frémissements ; puis il promena son regard autour de lui et ce spectacle grandiose lui arracha des larmes. Des aigles planaient en décrivant de vastes cercles. Rien ne troublait le silence. Carlos se demanda comment devant un spectacle aussi beau et aussi exaltant les hommes trouvaient encore le courage d'offenser Dieu. Il ne put se donner de réponse et, poussant un profond soupir, reprit sa route, les yeux encore emplis de tant de merveilles et le cœur battant.

L'Idiot, qui le précédait, poussa soudain des gloussements bizarres et revint en courant vers Carlos, les deux mains fermées. Il les entrouvrit pour montrer à Carlos un oiseau blessé que la peur faisait trembler.

— Tu vas l'étouffer, Santiago. Lâche-le donc pour que ses parents le retrouvent.

L'Idiot leva vers son ami un regard chargé de tristesse et Carlos ajouta :

— Du moins, desserre un peu ton poing... Ne lui fais pas de mal...

La figure du garçonnet s'illumina ; se penchant tendrement sur son fragile trésor, il posa, du bout des lèvres, un baiser sur l'oiseau.

Les deux amis marchèrent ainsi deux longues heures. Le soleil montait dans le ciel et la chaleur devenait étouffante. Carlos, tête baissée, priait ; l'Idiot n'était occupé que de l'oiseau malade qu'il tenait dans le creux de sa main et dont le corps menu palpitait d'émotion.

Ils approchaient du hameau quand ils aperçurent, venant à leur rencontre, deux hommes dont l'un portait la soutane. Carlos Sanchez s'arrêta ; l'Idiot vint se protéger derrière son compagnon. L'étudiant reconnut enfin la silhouette imposante de Mosén Risueño et s'avança vers lui. Ils échangèrent un bonjour cordial.

— Je suis venu jusqu'ici pour te mettre en garde, mon enfant. Le gouverneur de Huesca t'accuse d'être un dangereux agitateur communiste ; des troupes cernent la Sierra. Tu ne pourras pas échapper... Cet homme qui m'accompagne accepte de te conduire jusqu'à Jaca dans sa charrette. Là tu pourras, chez un notaire de mes amis, attendre que s'apaise l'émotion soulevée par tes discours... Tu n'as plus un instant à perdre, mon fils...

Carlos Sanchez regarda le curé de Saint-Laurent dans les yeux et répondit d'une voix douce :

— Pourquoi devrais-je me cacher, Mosén ? Dieu veille sur moi. Quelle plus sûre protection que la Sienne ?...

Mosén Risueño s'attendait à recevoir cette réponse ; il crut pourtant de son devoir d'insister :

— Je crains que tu ne mesures pas la gravité extrême de ta situation ; l'armée te recherche ; on te livrera à la police ; tu seras jugé ; les propos imprudents que tu as tenus seront utilisés contre toi... Tu pourrais être condamné à mort, tu comprends ?

Carlos, qui jusqu'ici était resté fort calme, fut soudain transporté de joie. Tournant les yeux vers le ciel, il s'écria :

— Dieu soit loué !... Merci, Seigneur, d'avoir daigné entendre ma prière !... Dieu soit loué !...

L'Idiot, voyant son ami heureux, voulut participer, à son tour, aux manifestations de joie de son compagnon ; il se mit à chanter et à danser.

Ce spectacle emplit l'âme de Mosén Risueño d'une amère déception. Il avait espéré et désiré avec ferveur que Carlos Sanchez ne fût pas fou. Hélas ! il l'était, bel et bien, et le curé dut se rendre à l'évidence. Il tourna le dos aux deux jeunes déments et repartit tristement, du pas dont on quitte un être aimé qui vient de vous décevoir cruellement. « Mon Dieu ! se dit le prêtre. Pourquoi ai-je cru que Vous auriez pu... ? » L'abbé Risueño cessa de penser ; il souffrait. Il se rendait seulement compte combien son espoir avait été grand ; il repartait, sans pouvoir, comme le vieux Siméon, remercier le Ciel d'avoir pu contempler la Lumière d'Israël. Il se sentait soudainement vieilli. Il avait la vague impression que Dieu s'était moqué de lui en décevant son attente... « Je n'ai pas le droit d'accuser Dieu. Tout cela est ma faute... »

Carlos Sanchez ne se lassait pas de remercier Dieu. Des larmes de bonheur mouillaient ses yeux. Puis, quand il eut assez prié et pleuré, il décida de précipiter les événements et de courir à la rencontre des soldats lancés à sa poursuite. L'Idiot avait du mal à suivre son compagnon qui, transporté de joie et l'esprit exalté à un point indicible, dévalait la pente abrupte en courant presque. Il agitait les bras et jetait des cris. L'Idiot, qui était moins fou que lui, le regardait avec inquiétude. Mais Carlos Sanchez ne prêtait plus aucune attention à son compagnon de route. Son esprit n'était plus occupé que d'une pensée : mourir au plus vite. Il ne doutait pas que les soldats ne le fusillassent sur place. Jamais condamné à mort, dans l'Histoire, ne courut d'aussi bon cœur vers le supplice.

Ce ne fut que vers le milieu de l'après-midi qu'il aperçut, marchant à la file indienne sur le versant d'une colline, une trentaine de soldats. Cette vision le transporta au-delà de toute mesure.

— Voici venue l'heure de nous séparer, Santiago. Il me faut maintenant aller à la rencontre de ces sbires, afin de verser mon sang pour le salut des pécheurs. Ne sois pas triste, mon ami, car je vais voir Dieu ! Ne pleure pas ma mort, car elle n'est pas la mort éternelle...

Il tourna la tête et fut au comble de l'étonnement de se retrouver seul. L'Idiot, voyant des soldats en armes et entendant les paroles de l'étudiant, avait jugé plus prudent de disparaître. Carlos Sanchez secoua la tête avec mélancolie et s'écria d'une voix pathétique :

— Toi aussi tu m'abandonnes[1]...

Les soldats virent donc arriver un jeune homme qui gesticulait et vociférait. La chaleur accablante ayant assoupi leur ardeur combative, ils ne lui prêtèrent qu'une attention distraite. L'idée ne leur venait pas à l'esprit qu'il pût s'agir de celui qu'ils cherchaient depuis l'aube. Comment eussent-ils pensé qu'un communiste viendrait ainsi à leur rencontre ?

Le jeune homme n'était plus qu'à trois cents mètres d'eux environ ; il leva les yeux au ciel et entonna le Salve Regina en tombant à genoux. Les soldats commencèrent à rire en échangeant des plaisanteries. Carlos Sanchez, les yeux clos, attendait la mort. Elle ne vint pas et il dut se relever.

— Je suis celui que vous cherchez ! s'écria-t-il.

Cette fois les soldats crurent qu'ils allaient étouffer. Le

1. N'oublions pas que Carlos Sanchez a poursuivi des études universitaires.

rire gagna jusqu'à l'officier qui commandait le détachement. Cette explosion de gaieté humilia fort le fou qui s'obstinait à répéter :

— Je suis celui que vous cherchez !...

Mais comment eût-on pu le croire ! Les soldats reprirent leur marche ; un capitaine d'infanterie se trouvait à la tête de la colonne. L'étudiant courut vers lui et tâcha de le convaincre. Tant d'insistance finit par agacer le capitaine.

— Écoute-moi bien, mon garçon ! Si tu continues à m'énerver de la sorte, je te promets que tu passeras la nuit en prison. Disparais ! prononça-t-il d'une voix dure.

La plus grande consternation se peignit sur les traits de Carlos Sanchez. Allait-on lui refuser la grâce de subir le martyre ? Il devança les soldats et une nouvelle fois s'agenouilla devant le capitaine que six heures de marche sous un soleil accablant avaient rendu de fort méchante humeur.

— Je vous affirme, monsieur l'officier, que je suis celui que vous cherchez !

Les rires redoublèrent ; le capitaine s'arrêta et jeta sur le jeune homme un regard furieux.

— Vas-tu nous laisser tranquilles, oui ou non ? Peux-tu seulement nous dire ce que tu désires ?

— Je souhaite que vous m'arrêtiez et me fusilliez comme vous en avez reçu l'ordre. Je suis prêt à mourir...

Ces paroles achevèrent d'indisposer l'officier ; il comprit néanmoins qu'il avait affaire à un extravagant et jugea plus sage de ne plus le contrarier.

— Je crains que vous ne fassiez erreur, monsieur. Nous cherchons un communiste qui se trouve à la tête d'une bande de plusieurs centaines d'hommes armés ; vous n'êtes point communiste et je ne vois autour de vous aucun rebelle. Veuillez donc nous laisser poursuivre notre chemin.

Les soldats étaient des gens fort simples ; les discours insensés de Carlos ne pouvaient que provoquer leur hilarité. Le rire secouait toute la colonne ; certains en pleuraient et tapaient sur l'épaule de leurs camarades.

— Il est complètement fou ! s'écriait un gros.

Le capitaine prenait son rôle fort au sérieux ; il n'aimait

pas que ses hommes se distraient ainsi de leur tâche ; dans quelques heures, ils auraient peut-être à livrer un combat décisif. Il n'était pas bon que des soldats espagnols s'amusassent à la veille de rencontrer l'ennemi. L'officier leur imposa silence d'un geste énergique et, se tournant vers Carlos, déclara :

— Je suppose, monsieur, que vous êtes un bon patriote ; c'est au nom de l'Espagne que je vous prie de nous laisser poursuivre tranquillement notre route.

Le malheureux Carlos ne savait plus que faire pour convaincre l'officier ; une idée traversa son esprit.

— Puis-je du moins savoir si celui que vous cherchez est vieux ou jeune ? Connaissez-vous son nom ?

— C'est un étudiant qui répond au nom de Carlos Sanchez.

Cette réponse ne put que ravir le fou qui, se relevant, prononça avec emphase :

— Mon nom est Carlos Sanchez. Je suis le fils de Lucas Sanchez, de Huesca. Veuillez donc m'arrêter.

On comprendra que, devant une telle obstination, le capitaine fût bien près de perdre patience ; il voulut faire un ultime effort pour écarter le jeune homme en lui montrant la photographie de l'étudiant recherché par la troupe. Mais l'étonnement et la stupeur faillirent l'étouffer, comme il répétait, au comble de la surprise :

— Ça, par exemple !... Ça, alors !

Carlos Sanchez, escorté par les soldats, qui se montraient ravis de regagner la plaine, était mélancolique. Malgré ses prières, le capitaine se refusait à le faire fusiller sur place. On devine la tristesse et l'amère déception du pauvre fou.

La déception du capitaine n'était pas moindre. Il avait escompté se couvrir de gloire et mériter son avancement par une action spectaculaire. Voilà qu'il regagnait la caserne sans même avoir fait tirer un coup de fusil ! Quoi de plus décevant pour un officier de carrière que de ne pas livrer bataille ? « Même pas un tué ! » songeait-il tristement. Ma femme sera désespérée. Elle avait déjà formé tant de projets sur l'augmentation de ma solde ! Et mes enfants, que vont-ils dire ? »

Ceci se passait, on le sait, le 16 juillet ; le 17, au matin, l'officier téléphona à l'état-major, pour annoncer la capture du chef communiste ; le 18, dans le discours que Son Excellence le gouverneur civil de Huesca prononça au pied du monument élevé à la mémoire de José Antonio Primo de Rivera, à l'occasion du 23e anniversaire de la glorieuse insurrection nationale, il put apprendre la nouvelle aux notables phalangistes. Cette victoire foudroyante remportée sur le communisme international fut saluée par des tonnerres d'applaudissements. *Le Journal de Huesca* — deux feuilles de papier mal imprimées et aussi fades à lire qu'un bulletin paroissial — publia le communiqué laconique signé du général Camaléon : « L'ennemi a été capturé ; le communisme subit un nouvel échec ; nos soldats se sont couverts de gloire. Vive l'Espagne ! »

Quatrième partie

1

Le régime franquiste tire son autorité et son apparente unité de la désunion et de l'incertitude où sont, en Espagne, les esprits quant à l'avenir de leur pays. Ceux qui en 1936 prirent les armes pour renverser la République ne s'accordaient que sur le but à atteindre dans l'immédiat ; mais chaque parti envisageait différemment l'avenir politique de la patrie.

Le général Franco, qu'on se plaît à traiter de fasciste, n'est apparu aux Espagnols que comme un pis-aller. Il n'a jamais eu de programme politique ; ses efforts n'ont tendu qu'à demeurer au poste où la victoire l'avait mis. Pour s'y renforcer, il a joué, avec une habileté machiavélique, les ambitions des uns qu'il opposait aux ambitions des autres ; s'appuyant tantôt sur les monarchistes contre les phalangistes, tantôt sur les carlistes et les conservateurs contre tous les autres, il réussit à maintenir son régime en agitant le spectre, tant redouté, de la guerre civile. Son gouvernement devint un signe de ralliement parmi les discordes qui séparent les différents partis politiques.

Il est par ailleurs difficile de se représenter la situation de l'Espagne pendant et après la Seconde Guerre mondiale. L'Allemagne nazie et l'Italie fasciste pressaient le général Franco de se joindre à elles ; les phalangistes le poussaient dans cette voie et rouvraient, pour exciter la haine contre les Anglais, la vieille blessure qu'est Gibraltar ; les gouvernements alliés, de leur côté, adjuraient le Caudillo de demeurer neutre et de ne pas ouvrir les portes de l'Afrique aux divisions allemandes. Les Français et les Juifs, fuyant l'invasion nazie, franchissaient les Pyrénées. Le Caudillo répugnait à s'engager trop, pour l'un ou l'autre camp. Il ne pouvait pourtant s'opposer aux Allemands si ceux-ci, comme il est prouvé qu'ils en étudièrent l'éventualité, décidaient d'envahir son pays. Il prit le seul parti qu'il pût prendre : il temporisa. Il repoussa, jour après jour, l'échéance, faisant valoir l'état misérable où la guerre civile avait plongé son pays, le peu de poids que son intervention aurait dans le cours des événements, étant donné la désorganisation de son armée. Bref, il lanterna le Führer, que les atermoiements du général auraient fini par fâcher si d'autres problèmes plus pressants n'eussent réclamé son attention. Car le Caudillo comptait sur le temps pour améliorer sa position et se contentait de donner des gages insignifiants, qui assoupissaient les esprits énervés. La célèbre « Division bleue » fut l'un de ces gages qu'il consentit à donner aux nazis, plus d'ailleurs pour endormir l'exaltation des phalangistes que pour satisfaire Hitler.

Le peuple comprit la manœuvre et l'approuva. Les Espagnols tremblaient d'effroi à l'idée que leur pays pouvait devenir un champ de bataille comme l'Italie par la suite. Ils venaient d'enterrer leurs morts et les ruines fumaient encore un peu partout. Les esprits réclamaient l'apaisement ; une trêve se révélait indispensable pour panser les blessures et reprendre haleine. Ceux qui s'étonnent de cette apathie politique des Espagnols devraient se souvenir que trois années de guerre civile ont coûté à ce pays plus d'un million de vies humaines. A ce million, il faut ajouter des dizaines de milliers d'exilés et l'effroyable misère des survivants ; on comprend alors que l'Espagne voulut, avant toute chose, se reposer et vivre. Cela explique aussi le peu de combativité de la génération née au lendemain de cet immense massacre.

La suite des événements donna raison au général Franco. On le loua de sa clairvoyance ; on le félicita d'avoir résisté aux pressions intérieures et extérieures ; on trembla rétrospectivement sur le sort de l'Espagne au cas où elle serait entrée dans la lutte aux côtés des Allemands. La chute de Hitler et l'effondrement de l'Allemagne nazie, au lieu d'affaiblir l'autorité de Franco, la renforcèrent.

Son habileté avait évité trop de deuils. Chacun s'étonna d'avoir échappé au vaste massacre.

C'est alors que des voix s'élevèrent pour réclamer qu'on vidât d'un seul coup l'abcès du fascisme en renversant le Caudillo et en instaurant la démocratie en Espagne. Rien n'eût été plus aisé. L'Espagne ne pouvait qu'opposer une faible résistance aux armées alliées. Mais l'époque était à la paix et au respect du droit international ; ne pouvant pas renverser le Caudillo par la force, ce qui aurait été contraire au droit et à l'esprit de la charte des Nations unies, on décida d'affamer les Espagnols, ce qui, de toute évidence, n'était interdit par aucune loi. On connaît les conséquences de cette demi-mesure.

De 1945 à 1949, la faim sévit en Espagne ; jusqu'en 1952, les cartes de rationnement durent être maintenues. Ce que furent ces années pour les humbles, on ne peut le décrire. Ce fut le règne du marché noir. Mais on sait ce que signifie cette expression pour les bourses modestes.

L'ingérence des Alliés dans des affaires strictement intérieures fut ressentie comme une offense par un peuple qui, de tout temps, préféra l'honneur au bien-être.

Mais il fallait au régime une raison d'être qui pût apparaître aux yeux de certains comme un programme politique. La guerre froide succédant à la guerre chaude fournit au Caudillo un argument de poids. Il se fit le champion de la lutte contre le communisme et le défenseur de l'Occident chrétien. Les Américains, qui passaient leur temps à établir des bases chez tous leurs alliés, et qui se sentaient pris d'une véritable angoisse devant la force croissante de l'Union soviétique, se tournèrent aussitôt vers l'Espagne ; Franco devint l'allié des États-Unis et ce coup de maître eut les effets les plus heureux parmi le peuple. Cette raison, si elle suffisait à convaincre les États-Unis de l'utilité d'une Espagne franquiste, n'eût sans doute pas suffi à en convaincre les Espagnols eux-mêmes. Le régime perdait de sa popularité ; l'hostilité se faisait de plus en plus grande dans toutes les classes sociales. Le Caudillo avait besoin de faire peur à son peuple en évoquant le spectre du communisme. Les événements, encore une fois, volèrent à son secours.

Au lendemain de la victoire des Alliés sur l'Allemagne nazie, quelques exaltés, dont on ignore s'ils furent des communistes ou des militants de gauche dupés par les premiers, s'avisèrent d'ouvrir une école de terrorisme dans le Sud-Ouest de la France. Leur but ? Créer une résistance à l'intérieur de l'Espagne et préparer le terrain pour un soulèvement général.

Des commandos franchirent la frontière. Ils assassinèrent quelques maires qui n'avaient commis d'autre crime que de l'être sous Franco, égorgèrent le bétail et incendièrent les moissons. On devine quel parti le Caudillo tira de ces incidents qu'il s'empressa de monter en épingle pour calomnier les républicains en général et pour provoquer, chez le peuple, la peur de leur retour.

2

L'arrestation de Carlos Sanchez fut connue à Madrid à un moment où les commandos terroristes venus de France avaient cessé leurs activités. Il devenait difficile de jeter sur les communistes la responsabilité des troubles, bien qu'ils fussent, à n'en pas douter, inspirés par eux. Les forces sur lesquelles s'appuyait jusque-là le régime se désagrégeaient. Des phalangistes passaient ouvertement dans l'opposition ; l'un des chefs les plus populaires de ce parti avait été jugé et incarcéré. Les monarchistes s'impatientaient ; après avoir joui des bienfaits d'un gouvernement qui les avait choyés et sentant que le Caudillo vieillissait et que, par conséquent, l'échéance dangereuse pour le régime approchait, ils préparaient la restauration monarchiste et s'apprêtaient à jouer le rôle de persécutés. L'Église elle-même, fait beaucoup plus grave, se séparait avec prudence d'un régime qui avait été le sien et manœuvrait habilement son passage dans le camp royaliste. Seul le peuple demeurait indifférent, du moins en apparence. Mais on sait que le silence d'un peuple est plus lourd à porter que sa colère. Chacun cherchait à interpréter cette indifférence ponctuée de grèves, de manifestations. Qui profiterait de la lassitude des masses ? Il faut avouer que les paysans et les ouvriers, condamnés à une misère séculaire, ne pouvaient guère s'intéresser aux luttes internes d'un régime qui leur devenait étranger.

On comprendra que la nouvelle de la capture d'un chef communiste dans la province de Huesca fût une aubaine pour les autorités franquistes. Elles s'empressèrent de convier les directeurs de journaux à accorder un maximum de publicité à cette affaire.

Le malheureux curé de l'Immaculée-Conception — l'abbé Sangria — prenait son petit déjeuner en lisant, comme il était accoutumé, l'*ABC*. Il parcourut l'article passe-partout et ses yeux tombèrent soudain sur la photographie de Carlos Sanchez. La foudre tombant à ses pieds n'eût pas provoqué chez ce brave prêtre un plus grand émoi. Il tourna et retourna le portrait dans tous les sens, relut l'article ; aucun doute n'était plus possible ; il s'agissait bien de celui qui se prenait pour un saint ! L'abbé Sangria crut qu'il allait défaillir. Il se hâta de prendre son médicament pour le foie et, pâle comme un moribond, gagna la rue Goya, fort animée à cette heure.

« Que vais-je devenir, Seigneur ? Moi qui croyais cette histoire enterrée ! Un communiste !... Quand je pense que c'est moi qui ai introduit ce garçon chez les Rosatonta !... Sainte Marie ! que puis-je faire ?... Si l'évêque apprend une histoire pareille, je suis fini !... »

Il décida, pour commencer, de se rendre chez doña Paz afin de la convaincre d'étouffer l'affaire. « Seigneur ! pourquoi prolongez-vous la vie de ces vieilles dames qui ne font qu'embrouiller tout ? »

— Lisez, je vous prie, déclara-t-il en lui tendant le journal.

Doña Paz, intriguée, parcourut l'article ; elle vit la photographie et se leva d'un bond, le visage altéré :

— Il faut éclaircir cette affaire, monsieur le curé ; je suis certaine que ce garçon est victime d'une machination effroyable. Je ne puis croire...

L'abbé Sangria essuya la sueur qui baignait son visage et répliqua d'une voix humble et implorante :

— Tout cela est pourtant clair comme le jour, doña Paz. Ce jeune homme n'était pas un saint, je vous l'ai toujours dit. Nous l'avons cru fou — la comtesse de Rosatonta et moi-même —, c'était tout simplement un agent provocateur...

La vieille dame toisa son confesseur avec hauteur. Elle se tenait, droite et digne, dans ses vêtements noirs, au milieu du vaste salon encombré de bibelots :

— Je vais partir pour Huesca afin de tirer cette affaire au clair.

Le curé de l'Immaculée-Conception quitta son fauteuil aussi dignement qu'il le pouvait et prit congé de doña Paz, l'air abattu.

Une fois dans la rue, il s'assit sur un banc pour reprendre haleine. Des vendeurs de journaux passèrent. « Un complot communiste à Huesca ! » criaient-ils. L'abbé Sangria poussa une sourde plainte. « Que vous aije donc fait, Seigneur ?... Voilà que cette folle s'avise de partir pour Huesca !... Que vais-je devenir ?... Il me faut rencontrer la comtesse. Elle seule saura me conseiller... » Et il s'en alla vers la rue Velasquez, la mort dans l'âme et du pas d'un bœuf qu'on mène à l'abattoir.

Au 57 de la rue Goya, l'agitation battait son plein. Alicia Cayetano, future duchesse de los Pepinos, venait d'apprendre la nouvelle. Elle continuait d'éprouver un vif plaisir à jouer le rôle de miraculée et crut que ce nouvel aspect de la question allait lui faire perdre la considération de ses voisins. Ses filles, auxquelles elle lut l'article et montra la photographie, poussèrent des gloussements qu'on pouvait interpréter de mille manières différentes. Mais comme elles étaient sottes depuis leur naissance, Alicia Cayetano n'y prêta guère attention.

— Mais c'est impossible ! protesta-t-elle. Ce garçon était un saint, j'en reste persuadée. Comment sinon aurait-il pu me guérir ?... Mon Dieu ! je vais défaillir.

Elle décida, en attendant de s'évanouir, de téléphoner à Bel-Avocat. Celui-ci était au courant de l'affaire. Il conseilla à sa cliente de se calmer.

— Envisageons, chère amie, l'affaire froidement. Il peut s'agir d'une erreur. Cela s'est déjà vu. En tout cas, je me tiens prêt à défendre ce jeune homme si vous me le demandez. Nous réussirons à démontrer son innocence.

Alicia Cayetano reprit courage et remercia l'avocat.

— Je savais que vous ne me laisseriez pas dans le désarroi. Venez me voir à cinq heures, Evaristo. Nous discuterons plus longuement et envisagerons les mesures à prendre.

Elle raccrocha comme on lui annonçait la visite de doña Paz. La vieille dame ne tarda guère à amener la miraculée à son propre avis : il s'agissait d'une machination montée contre l'étudiant ; on cherchait à jeter le discrédit sur un élu de Dieu. Alicia Cayetano, flairant l'aventure, se répandit en manifestations joyeuses et bruyantes.

— Nous ne pouvons abandonner ce garçon à son sort, conclut doña Paz avec une farouche énergie.

» Il a honoré notre immeuble de sa présence ; c'est ici qu'il vit Notre-Seigneur et opéra son premier miracle. Je ne puis laisser ce jeune homme devenir la victime des machinations des francs-maçons ; vous ne pouvez, pas plus que moi, et par gratitude envers lui, et en raison de votre foi en Dieu, vous désintéresser de lui. Il nous faut agir !

Alicia Cayetano applaudit ce discours. Les portes de l'aventure s'ouvraient toutes grandes devant elle. Notre fausse miraculée pensa rêver.

On avouera qu'à une femme rongée par l'ennui tant de péripéties ne pouvaient que tourner la tête. C'est ce qui arriva. Elle se passionna pour Carlos Sanchez, fit siennes les paroles de sa voisine et se convainquit sans peine que son devoir était de sauver le jeune Sanchez.

— Je le pense aussi, chère madame ! Nous lutterons pour que la vérité jaillisse ! Nous vaincrons ! s'écria Alicia Cayetano.

Les deux femmes se regardèrent avec attendrissement ; on eût dit que le sort de la chrétienté reposait entre leurs mains. Elles convinrent de quitter Madrid par la route, le soir même.

Doña Pilar crut, en ouvrant son journal, être plus grise encore qu'elle ne l'était ; puis, elle dut se rendre à l'évidence. Sans perdre un instant, elle se précipita chez doña Asunción qui, lasse de classer et relire les Mémoires de son époux défunt, trouva que cet incident imprévu bouleversait le rythme monotone de ses journées.

La concierge entra chez la future duchesse de los Pepinos, les traits altérés par l'émotion :

— Vous avez lu, doña Alicia ?

— J'ai lu, doña Pilar.

— Mais c'est épouvantable ! Un communiste !... Qui l'eût dit, doux Jésus ?

Doña Paz et Alicia Cayetano échangèrent un regard complice ; il déplaisait à ces femmes de mettre leur concierge au courant de leurs plans. Mais elles redoutaient qu'en propageant la nouvelle celle-ci ne compromît le succès de leur mission. Elles se concertèrent donc d'un regard qui semblait dire : « Tant pis ! S'il faut accepter une concierge pour sauver notre saint, nous le ferons. »

Elles mirent donc doña Pilar au courant de leurs craintes et de la décision qu'elles avaient prise. La concierge eut la réaction qu'on imagine : elle déclara qu'elle les accompagnait. Cette proposition consterna les deux femmes ; il y eut un long silence au bout duquel doña Paz dit :

— Je ne pense pas que votre présence puisse nous être fort utile à Huesca ; je crains d'autre part que doña Asunción ne vous laisse pas partir ainsi.

— Mais si ! s'écria doña Pilar radieuse. Elle viendra d'ailleurs, elle aussi. Vous verrez ! Je vais la prévenir.

Alicia Cayetano tira de ceci la seule conclusion qui s'imposait et elle le fit avec élégance :

— Que voulez-vous, doña Paz ? On ne peut pas demander à une concierge d'avoir du tact !

3

L'abbé Sangria arpenta les rues de la capitale en attendant de pouvoir se présenter devant la comtesse de Rosatonta. Celle-ci ne se levait jamais avant midi. Le curé de l'Immaculée-Conception se rendit au Retiro où il demeura longtemps à contempler les reflets du soleil sur les eaux de cette vaste pièce d'eau qu'on appelle le Lac. Il y serait resté plus longtemps encore si de jeunes couples ne se fussent avisés d'échanger des caresses et des baisers devant le prêtre qui, pour marquer sa juste indignation, se leva avec ostentation. Il quitta le Retiro et marcha jusqu'à la place de Cybèle où il acheta de nouveaux journaux, qu'il lut assis à une terrasse de café.

Cette lecture acheva de l'accabler. C'est donc au comble du désespoir qu'il se rendit, à midi, rue Velasquez.

A son grand étonnement, une grande animation régnait dans l'hôtel des Rosatonta. L'abbé Sangria s'enquit des raisons de cette agitation auprès d'un domestique qui lui répondit que la comtesse recevait quelques journalistes étrangers venus l'interviewer.

— Écoute, mon brave. Je dois absolument voir la comtesse. Dis-lui de ma part qu'il s'agit d'une affaire grave et urgente. Je l'attends dans la bibliothèque.

Il s'y rendit, en effet, et n'eut pas le temps de s'asseoir. La comtesse arriva, vêtue d'une robe bleue rehaussée d'un large col en soie blanche. Elle paraissait enchantée et s'avança vers le prêtre, le sourire aux lèvres. La première question qu'elle posa fut :

— Avez-vous lu, monsieur le curé ?

L'abbé Sangria voulut répondre, mais ne le put. « Elle sait déjà, et elle sourit avec une telle désinvolture ! Mais qu'ont-elles donc toutes ces femmes à s'aveugler ainsi ?... »

— Oui, j'ai lu, madame la comtesse. Je trouve cela épouvantable.

— Épouvantable ? s'écria joyeusement la comtesse avec son accent nasillard. Mais c'est formidable, au contraire ! De la publicité, monsieur le curé !... De la publicité gratuite !... *It's unbelievable !*

« Décidément, je ne comprendrai jamais ces Américains ! » pensa l'abbé Sangria avec amertume.

Il s'épongea le front, s'assit dans un fauteuil sans même en demander la permission et hocha la tête avec tristesse.

— Mais qu'y a-t-il, monsieur le curé ? Vous semblez malade...

— Il y a, madame la comtesse, que nous n'envisageons pas cette affaire de la même manière. Elle semble vous réjouir ; je crains qu'elle ne ruine ma carrière. Monseigneur...

— Mais je lui ai lu les articles ! Cela l'amuse prodigieusement !...

Le curé de l'Immaculée-Conception dévisagea la comtesse comme s'il la voyait pour la première fois.

— Vous êtes sûre ?... balbutia-t-il.

— Certaine. Monseigneur trouve tout ce remue-ménage fort drôle. Il veut même rencontrer cet étudiant.

On partagera sans effort l'ébahissement de l'infortuné curé qui en oubliait son peu de latin.

— Des journalistes venus de France, d'Angleterre, des USA, du Japon même ! nous attendent. Vous êtes célèbre, monsieur le curé ! Venez avec moi.

L'abbé Sangria se leva. Comme ils allaient franchir le seuil de la porte, un doute l'assaillit.

— De quels articles parlez-vous, madame la comtesse ?

— Mais de ceux de Judith Leeds ; le monde entier les reproduit et les commente.

Comment peindre l'expression du malheureux curé ? Sa figure devint si pitoyable que la comtesse s'en inquiéta ; ils regagnèrent la bibliothèque. L'abbé Sangria s'effondra dans un fauteuil et tendit, sans mot dire, l'exemplaire d'*ABC* à la comtesse de Rosatonta qui découvrit, du premier coup d'œil, la photographie et parcourut l'article avant de s'écrier :

— Mais c'est affreux !

L'abbé Sangria acquiesça d'un hochement de tête.

— Mais c'est impossible, voyons !... Il s'agit sûrement d'une erreur ! Il faut faire quelque chose !... Qu'allons-nous devenir ?

Ils se regardèrent avec consternation.

— Ces journalistes qui nous attendent, mais... c'est effroyable, monsieur le curé ! Ils vont apprendre cela ; ils vont nous couvrir de ridicule. Que va dire mon mari ?...

Elle semblait plus accablée encore que l'abbé Sangria, lequel l'était au dernier degré. Elle jouait nerveusement avec son collier de perles et ses bagues qu'elle faisait tourner autour de ses doigts. Un silence s'installa ; ils roulaient des idées sombres dans leurs têtes. On entendait derrière la porte le bruit des conversations ponctuées de grands éclats de rire ; par la fenêtre, on voyait le patio planté de cyprès et de géraniums ; l'eau des fontaines bruissait avec un son de cristal. Un gros merle vint se poser sur un cyprès et jeta trois notes d'une merveilleuse pureté en l'air. Puis tout redevint silence.

La comtesse, au bout de quelques minutes, se leva et tira le cordon d'une sonnette ; un domestique entra.

— Mauricio, veux-tu dire aux journalistes que je viens d'avoir un étourdissement et ne pourrai les rejoindre ?

— Bien, madame la comtesse.

Elle se rassit et reprit l'exemplaire d'*ABC* pour relire l'article.

— Quelle histoire ! murmura-t-elle.

L'abbé Sangria leva les yeux au ciel et poussa un long soupir comme pour dire : « A qui le dites-vous, madame ! »

Soudain, la comtesse déclara d'une voix ferme :

— Je ne vois qu'une solution, monsieur le curé. Je vais partir pour Soria...

— Huesca, madame la comtesse.

— C'est cela. Je vais partir pour la province. Je tâcherai de convaincre l'évêque, par l'intermédiaire d'une de mes amies qui habite Huesca, d'étouffer cette affaire au plus vite ; ce garçon est fou, monsieur le curé. Vous avez entendu comme moi ce que nous raconta le professeur Keffermann. Cette histoire ne tient pas debout.

Comme si elle s'adressait à elle-même, elle ajouta :

— Vous rendez-vous compte quel effet tout cela produirait à l'étranger ? On accuserait le gouvernement de s'acharner sur un pauvre dément afin de détourner l'opinion publique de ses difficultés intérieures... Nous...

L'abbé Sangria n'était plus capable de penser. Il fit oui de la tête. La comtesse rappela le domestique et ordonna qu'on préparât ses valises et qu'on avisât son chauffeur qu'il devait se tenir prêt à prendre la route de l'Aragon le soir même. Elle voulut aussi savoir quel était le meilleur hôtel de la ville et se renseigna par téléphone ; elle fut consternée d'apprendre qu'ils étaient tous également mauvais et se résigna à faire retenir une chambre au San-Lorenzo qui semblait être moins mauvais que les autres.

A une heure, l'abbé Sangria prit congé de la comtesse et regagna la rue Goya, l'air aussi accablé et aussi morne qu'il avait le matin. L'un des prêtres de la paroisse courut à sa rencontre pour lui annoncer qu'on lui avait téléphoné du palais épiscopal et que Monseigneur l'y attendait depuis onze heures. Un cerf blessé ne saurait avoir plus triste regard que celui que le curé de l'Immaculée-Conception posa sur le prêtre. « Me voilà perdu ! songea-t-il. Pourquoi me suis-je mêlé de toute cette histoire ?... Au diable doña Paz, ses chiens et ses millions !... Je vais perdre la plus riche paroisse de Madrid à cause de cette vieille folle qui voit partout des saints et des miracles !... Monseigneur va sûrement m'envoyer à la campagne, dans un village perdu. Et moi qui déteste la campagne !... »

Son Excellence Mgr Viudas, évêque de Madrid-Alcalà, appartenait à l'espèce la plus médiocre des ambitieux. Il était loyaliste non pas par conviction, ni même par calcul, mais parce qu'il ne pouvait, faute d'imagination, deviner l'avenir. Il agissait au jour le jour, parant toujours au plus pressé ; ce qui fait qu'il mécontentait tout le monde, sans s'en apercevoir. Sa pauvreté d'esprit atteignait la misère ; sa fatuité était tout comme sa sottise : incommensurable. Avec cela des manières douces, une voix caressante et des yeux qui, éclairés par l'intelligence, auraient pu être beaux.

On peut évidemment se demander comment un homme aussi terne que Mgr Viudas avait réussi à être nommé au gouvernement de l'un des plus riches diocèses d'Espagne. Personne, hélas ! n'aurait su répondre à cette question. Il y était ; cela étonnait tout le monde ; mais on s'étonnait plus encore de l'y voir rester. On cherchait à lui trouver, à défaut de lumières, une certaine ruse politique ; on y renonçait bientôt en constatant qu'il n'avait ni esprit, ni jugement, ni clairvoyance politique, ni même de l'habileté. On l'abandonnait à son sort, dont il se montrait fort satisfait, et à ses ambitions qui étaient fort médiocres. Le chapeau eût semblé à un tel homme le comble de la réussite en ce monde ; il en rêvait ; il pressait le gouvernement de le lui faire obtenir ; il pressait les jésuites d'intercéder en sa faveur auprès du Saint-Siège. Tous le lui faisaient entrevoir. On le manœuvrait ainsi avec des promesses qu'il prenait pour des réalités. Les jésuites avaient profité de sa faiblesse et de ses vues étroites pour le lanterner ; ils avaient obtenu de lui des privilèges et des bénéfices innombrables. L'un des leurs, le R.P. Martin, confessait Monseigneur. Le Père Martin était un fort habile homme, doué d'une rare sagacité et d'une profonde intelligence ; de plus, dévoué corps et âme à la Compagnie de Jésus. Cet ordre jouit en Espagne d'une haute réputation. Les jésuites possèdent les plus riches et les plus célèbres collèges d'Espagne ; ils dirigent des universités, des écoles techniques, etc. Leurs églises sont fréquentées par la meilleure société ; leurs prêtres confessent les plus hauts dignitaires du régime ; leurs prédicateurs attirent des foules considérables. Du nord au sud de la Péninsule, la Compagnie de Jésus est partout présente.

Il faut avouer que leur science comme leur piété les placent très au-dessus des autres religieux espagnols. Ils sont les seuls à n'avoir d'autre ambition que le triomphe de l'Église et son rayonnement ; les seuls aussi dont la foi ardente contraste avec la dévotion routinière qu'on trouve partout ailleurs. Ils se sont taillé une réputation de libéraux, ce qui paraît excessif ; le vrai, c'est qu'ils n'appartiennent pas à la fraction réactionnaire du pays. Leur but ? Former, à tous les échelons de la société espagnole, des cadres chrétiens et dévoués à l'Église. Ingénieurs, professeurs, médecins, avocats, instituteurs et simples ouvriers spécialisés sortent de leurs établissements, profondément marqués par un enseignement aussi complet qu'exemplaire.

Les jésuites semblent en effet les seuls à avoir réfléchi sur les événements tragiques de la guerre civile. Un peuple qu'on croyait profondément catholique se rua sur les églises et les couvents, les incendiant et massacrant les prêtres et les religieux. L'Église officielle se contenta d'en rejeter la responsabilité sur les communistes ; les jésuites, eux, en tirèrent d'autres conclusions dont celle-ci : l'Espagne n'était pas un pays aussi chrétien qu'on l'avait cru. La victoire du franquisme, au lieu de les satisfaire, les incita au travail. L'avenir dira si leur dessein pouvait se réaliser.

Le R.P. Martin, en tout cas, réussit à faire de la sottise de Mgr Viudas un bienfait pour l'Église. Il parvint à gagner sa confiance et son amitié et devint ainsi le véritable chef du diocèse, inspirant les décisions de Mgr Viudas et contrôlant ses velléités d'indépendance. L'enseignement dans les séminaires fut rendu plus sévère ; le recrutement des prêtres fut soumis à l'examen approfondi de chaque cas ; la mense épiscopale fut plus sagement administrée. Le relâchement du clergé dans ses mœurs cessa comme par enchantement. Ce n'était pas l'Inquisition, mais assurément une dictature.

On devine l'émotion du R.P. Martin en apprenant le comportement, pour le moins imprudent, de l'abbé Sangria. Le jésuite convainquit Monseigneur du danger que représentait pour l'Église un homme aussi peu sage à la tête de la plus riche des paroisses madrilènes. L'évêque ne voyait pas le danger ; il trouvait l'aventure fort plaisante et, de plus, se sentait lié à la comtesse de Rosatonta par les promesses qu'elle lui avait faites touchant son cardinalat.

Le confesseur s'emporta et déclara que l'honneur de Dieu passait avant toute autre considération, réclama des sanctions contre l'abbé Sangria. Monseigneur se fâcha, temporisa, finit par expliquer qu'on ne pouvait punir le curé avant de savoir comment s'achèverait cette aventure.

— Je crains, monseigneur, que vous ne saisissiez pas le ridicule où l'abbé Sangria nous a exposés. Même si ce jeune homme est reconnu innocent, et j'en doute fort, les imprudences de M. le curé de l'Immaculée-Conception auront placé l'Église dans une situation embarrassante. Supposez, monseigneur, que le bruit de cette aventure parvienne — à Dieu ne plaise ! — jusqu'aux oreilles de Sa Sainteté ? Approuvera-t-Elle qu'un prêtre catholique, curé d'une importante paroisse madrilène, se soit prêté à une farce grotesque dont un garçon, qui affirme avoir vu Notre-Seigneur, a été la victime ?

Monseigneur frémit ; il crut voir la pourpre cardinalice s'éloigner de lui et demanda d'une voix étranglée :

— Que faire, mon cher père ?... Si ce garçon est un communiste, nous sommes déshonorés ; s'il est un saint, nous le sommes également par la faute de l'abbé Sangria...

Le jésuite approuva de la tête et sourit :

— Je vois que Monseigneur apprécie parfaitement la situation.

Puis, changeant de ton, il poursuivit :

— Ce qui pourrait arriver de mieux pour les intérêts de l'Église — mais la charité doit nous empêcher de le souhaiter —, c'est que le tribunal ne se prononce pas.

L'évêque dévisagea son confesseur avec curiosité :

— Que voulez-vous dire, mon père ?

— Que ce qu'il pourrait advenir de mieux dans cette affaire est, l'accusation d'appartenance au parti communiste une fois écartée, que le tribunal refusât de se prononcer sur...

— Mais que deviendrait ce..., comment s'appelle-t-il déjà ?

— Carlos Sanchez, monseigneur... Il serait confié à une communauté religieuse, par exemple ; il pourrait y mener une vie exemplaire ; il y serait soumis à une surveillance discrète, mais rigoureuse, qui permettrait à l'Église de se prononcer plus tard, beaucoup plus tard...

Le R.P. Martin sourit une nouvelle fois avant de conclure :

— La prudence dont l'Église doit faire preuve en ce genre de circonstances n'est plus à démontrer.

— Certes, certes..., riposta Mgr Viudas, qui essayait, dans la mesure de ses capacités, de comprendre les suggestions de son confesseur.

Le prélat demeura perplexe et demanda soudain :

— Pensez-vous que ce garçon puisse être... ?

— Un saint ?

Le jésuite leva les yeux et les bras au ciel :

— Comment pénétrer les desseins de l'infinie sagesse de Dieu, monseigneur ?

— Le psychiatre qui assistait au déjeuner a pourtant...

— Je crains que si notre très saint fondateur, Ignace de Loyola, eût consulté un psychiatre, celui-ci aurait trouvé moyen de le déclarer fou.

— Mais alors ? demanda l'évêque. Vous croyez qu'il se pourrait... qu'il faudrait envisager ?...

Il fixa le religieux, comme pour le supplier de lui venir en aide. Le R.P. Martin avait un fin sourire sur les lèvres.

— Je crois, monseigneur, qu'il ne faut pas refuser à Dieu la possibilité qu'Il ait, dans sa toute-puissante sagesse, élu ce garçon ; je pense qu'il ne faut pas non plus se hâter d'ajouter foi aux dires de ce Carlos Sanchez...

Le prélat comprenait de moins en moins ; c'est dire qu'il n'entendait rien au galimatias de son confesseur.

— Mais enfin, mon père, que dois-je dire à M. le curé de l'Immaculée-Conception ?

— Le plus sage aurait été, je me permets de vous le rappeler humblement, d'écarter un prêtre aussi imprudent ; vous savez mieux que moi, monseigneur, ce qui vous en empêche.

Ayant ainsi parlé, le R.P. Martin toussa pour se donner une contenance et ajouta après avoir observé un court instant de silence :

— Il me semble que si vous décidez de lui pardonner son inexcusable maladresse...

Mgr Viudas donna quelques signes d'impatience.

— ... il me semble donc, poursuivit le jésuite d'une voix imperturbable, que vous pourriez lui demander de se rendre à Huesca afin de tout mettre en œuvre pour que cette affaire soit enterrée... Je pense, continua le R.P. Martin avec ironie, que si le gouvernement tient à punir quelques communistes, il peut très bien les trouver ailleurs qu'à Huesca ; les prisons d'Etat regorgent de prisonniers politiques, dont certains sont de vrais communistes.

Le curé de l'Immaculée-Conception se rendit à pied au palais épiscopal. Il avait en effet besoin de réfléchir ; trop de sombres pressentiments s'agitaient dans son cerveau. Il savait que Monseigneur l'attendait et devait s'impatienter. Mais, inconsciemment, l'abbé Sangria cherchait à retarder son entrevue avec l'évêque. « Je suis déshonoré », se répétait le malheureux prêtre en arpentant les rues de la capitale.

Les façades des immeubles réfléchissaient une chaleur torride ; la chaussée brûlante dégageait une odeur de goudron fondu. Pas âme qui vive dans les rues ; les volets des maisons demeuraient clos. Par moments, le vent se levait ; notre curé recevait en pleine figure une caresse fétide qui le faisait suffoquer. Il s'arrêtait souvent pour essuyer la sueur qui ruisselait sur son visage et sur son cou épais. Il croyait, par instants, s'évanouir et repartait bientôt avec lenteur. L'ombre et le soleil aveuglant se partageaient la ville ; mais l'ombre elle-même demeurait brûlante. La circulation était à peu près arrêtée ; quelques voitures étrangères parcouraient lentement les rues de Madrid. Aux terrasses des cafés, sur la Castellana et dans la Gran Via, on voyait des Français qui, le regard éteint, semblaient se demander ce qu'ils étaient venus faire en Espagne ; des Allemands et quelques Anglais rédigeaient consciencieusement des cartes postales. Ils ne semblaient pas incommodés par la chaleur, et l'abbé Sangria leur jetait des regards envieux.

Trois heures sonnèrent ; les Madrilènes commençaient de déjeuner. Le curé de l'Immaculée-Conception entra dans le palais épiscopal et s'assit sur un banc, dans un long couloir, afin d'y goûter quelques instants de répit. Les murs épais, le sol recouvert de marbre conservaient la fraîcheur; l'abbé Sangria eut l'impression de découvrir une oasis.

Le R.P. Martin ouvrit une porte, aperçut l'abbé Sangria et l'appela.

— Monseigneur vous attend depuis ce matin, monsieur le curé. Veuillez me suivre.

Le curé balbutia quelques excuses.

L'évêque finissait de déjeuner. Il essuya délicatement ses lèvres et, sur un signe imperceptible de sa main, les domestiques disparurent. Seul le R.P. Martin demeura auprès de Monseigneur.

L'abbé Sangria, écarlate et rond de partout, se tenait debout devant le prélat. Les jambes de l'infortuné prêtre tremblaient; des frissons secouaient son dos.

Mgr Viudas dévisagea le prêtre avec indifférence et demanda d'une voix douce :

— Vous n'ignorez sans doute pas ce que j'ai à vous dire, monsieur le curé ?

L'abbé Sangria hocha la tête sans qu'on pût interpréter ce signe; un silence s'ensuivit :

— Je suis désolé, monseigneur..., murmura-t-il enfin. Je ne sais comment... Je vous prie de pardonner cette imprudence...

Il leva sur son évêque un regard implorant; le prélat esquissa un geste large et répondit :

— Mon intention n'était pas de vous punir, monsieur le curé. Je sais que vous êtes un prêtre scrupuleux et zélé.

Il fit une pause. Le curé de l'Immaculée-Conception ne put s'empêcher de pousser un profond soupir; le R.P. Martin sourit.

— Connaissez-vous Son Excellence l'évêque de Huesca, monsieur le curé ? demanda soudain le prélat.

— Certes, monseigneur. Nous étions condisciples au grand séminaire de Vitoria. Je dois même dire que c'est

Son Excellence l'évêque de Huesca qui m'avait, par lettre, prié de m'occuper de Carlos Sanchez. Sans quoi, monseigneur, je vous supplie...

Mgr Viudas l'interrompit d'un geste de la main et dit d'une voix douce :

— Je vous fais grâce de vos excuses, monsieur le curé. Je n'ai jamais mis en doute vos excellentes intentions.

Il eut un hoquet, regarda sa main droite avec un intérêt passionné et poursuivit enfin :

— Je vous confie une mission délicate, monsieur le curé. Il y va de l'honneur de l'Église et je compte sur votre dévouement pour la mener à bien.

» Vous allez partir pour Huesca. Vous tâcherez de convaincre l'évêque de ce diocèse que l'intérêt de l'Église est que l'incident de cet étudiant soit clos dans les plus brefs délais. Vous direz à Monseigneur que des journalistes étrangers s'intéressent de trop près au sort de cet étudiant et qu'il convient d'entourer l'affaire de silence... — de mystère, si vous préférez. Vous ajouterez, dans le plus grand secret, que je me charge de convaincre le gouvernement du bien-fondé de notre position et de l'amener à notre propre vue de la question. Téléphonez-moi le résultat de vos démarches qui doivent demeurer, je vous le répète, secrètes.

Le prélat toussa et se leva ; l'abbé Sangria s'agenouilla ; Mgr Viudas le bénit avant de disparaître avec le R.P. Martin par une porte dérobée.

On devine le soulagement et la stupeur de l'abbé Sangria. En se levant, il eut un étourdissement ; il s'assit dans le fauteuil qu'occupait tout à l'heure Monseigneur et, après une courte hésitation, se versa une gorgée de vin. Il put enfin rassembler ses esprits, se dit qu'il avait échappé à la disgrâce, et cette pensée le rendit grave. Il s'attendrit encore sur lui-même et quitta le palais épiscopal transporté de bonheur et tout ébahi de ce qui venait de lui arriver.

La comtesse de Rosatonta avait, elle aussi, retrouvé ses esprits ; elle s'était empressée de téléphoner l'étonnante nouvelle à ses amis, qui pour des raisons diverses, décidèrent de l'accompagner dans son voyage. La marquise de los Picos s'ennuyait ; elle n'avait jamais mis les pieds à Huesca et pensait que cette ville se trouvait à l'autre bout du monde. Le critique Miguel Pitorreo, bien qu'il fût membre de l'Académie et qu'il publiât de nombreux livres, redoutait, avec raison, qu'on l'oubliât ; il pensa que des journalistes se trouveraient à Huesca et que ce serait une excellente occasion de faire parler de lui. La générale Adelante s'y décida par enthousiasme ; elle rêvait de sauver l'Espagne et croyait que le châtiment d'un communiste exigeait sa présence. Roberto Pocolisto accepta d'être du voyage pour des raisons moins avouables ; Mendoza parce qu'on paierait pour lui.

De leur côté, Alicia Cayetano et doña Paz préparaient également leur départ. Tout l'immeuble partait ; depuis la concierge jusqu'à doña Asunción, la propriétaire —, chacun croyait de son devoir d'aller sauver le saint qui avait honoré leur maison de sa présence.

Les journalistes étrangers, venus pour rencontrer Carlos Sanchez, ne tardèrent pas à deviner que quelque chose se tramait. Ils réussirent, en soudoyant un domestique de la comtesse, à apprendre ce qui se passait et partirent, les premiers, pour l'Aragon.

Le soir même, une dizaine de voitures quittaient Madrid pour Huesca. C'était presque, en plein XXe siècle, un retour aux temps des croisades.

4

A Huesca, l'émotion battait son plein. Deux nouvelles bouleversaient la ville et divisaient les esprits : l'arrivée de Carlos Sanchez, qui serait mené à la prison, et celle de journalistes étrangers, venus assister au procès. Les esprits s'échauffaient ; deux clans s'étaient formés, dont l'un exigeait que la culpabilité de l'étudiant fût démontrée et dont l'autre, tenant cette culpabilité pour certaine, réclamait un châtiment exemplaire. Mais deux faits nouveaux devaient compliquer cette situation déjà embrouillée.

Le premier fut un sermon de Monseigneur en personne, qui n'hésita pas à condamner l'attitude du gouverneur et à exiger la libération d'« un malheureux enfant, égaré dans les ténèbres de la démence, et qui mérite la pitié plus que le blâme ». Ce sermon eut un effet immédiat ; l'Action catholique et les diverses formations de même inspiration appuyèrent leur pasteur ; les fidèles furent ébranlés ; les tièdes, stupéfiés de voir la plus haute autorité religieuse s'opposer à la plus haute autorité civile.

Le second de ces événements, bien faits pour troubler les esprits, fut l'annonce de l'arrivée imminente de quelques personnalités madrilènes fort en vue. Une comtesse authentique se trouvait, affirmait-on, parmi elles, ainsi que deux académiciens. Le bruit se répandit que ces personnes avaient réservé des chambres « avec salles de bains » à l'hôtel San-Lorenzo ; une foule patiente se pressa devant l'hôtel. Point n'est besoin de dire que Mariana Tasta et son amie, la grosse Antonia, se trouvaient au premier rang des curieux.

Le 21 juillet, la Rolls-Royce de la comtesse de Rosatonta s'arrêtait devant l'hôtel. Des applaudissements crépitèrent. La comtesse, qui ne s'attendait pas à ce que son arrivée provoquât pareil enthousiasme, se tourna vers la foule et lui adressa son plus charmant sourire. Les applaudissements redoublèrent.

— Ils sont délicieux, ces gens-là ! dit-elle à Pitorreo et Pocolisto qui l'accompagnaient.

Elle pénétra dans le hall de l'hôtel laissant derrière elle une traînée de parfum, comme on laisse, parfois, des regrets.

Les jeunes gens, qui avaient aperçu cette femme élégante et qui respiraient encore ce parfum, décidèrent, à l'unanimité, d'être de son avis ; la rumeur ayant circulé qu'elle venait pour réclamer la libération de Carlos Sanchez, ils devinrent tous partisans du jeune fou.

La matinée se passa en commentaires ; les garçons se poussaient du coude et s'interrogeaient à voix basse :

— Tu as vu ce chic ?

— Quels yeux, mon vieux !

— Si elle devait travailler, elle n'aurait pas le temps de se farder autant, opinaient les femmes, inquiètes des propos tenus par leurs enfants.

Mais la comtesse avait réussi, en quelques instants, à introduire dans cette ville reculée, tassée sur elle-même, étouffant sous ses coutumes et ses tabous, comme un relent de péché poétique. Un rien suffit à éveiller le rêve chez ceux qui vivent dans l'ennui.

L'après-midi, l'arrivée de la marquise de los Picos fut saluée par des huées et des rires. Mais un sentiment d'inquiétude naissait : qui était donc ce Carlos Sanchez, qu'on avait vu naître et grandir, pour avoir de tels amis et jouir de tels appuis ?

Les journalistes étrangers parcouraient la ville, offrant à tous de l'argent en échange de renseignements sur l'enfance du fils de Lucas Sanchez. Chacun commençait, sans s'en apercevoir, à subir l'effet d'une hallucination collective. « Puisque tant de gens, et d'une aussi bonne réputation, s'intéressent à ce garçon, c'est qu'il n'est pas coupable ; peut-être est-il réellement un saint ? » Ce raisonnement, chacun le tenait en son for intérieur ; et tous cherchaient, dans leur mémoire, une anecdote à l'appui de cette opinion. Les uns se convainquirent de bonne foi ; d'autres, par calcul. Une légende se formait. Rien ne la détruirait plus.

Sur le Coso, devant l'immeuble habité par l'Andalou, un groupe de journalistes stationnait. Remedios et Magda, assises derrière les volets clos, les apercevaient sans en être vues. La mère et la fille vivaient, depuis la maladie de Magda, dans une parfaite et silencieuse entente. Elles parlaient peu et songeaient à Carlos.

Ce jour-là, elles savaient qu'on le conduirait en prison ; la voiture cellulaire passerait sous leurs fenêtres. Elles attendaient de l'entrevoir, l'espace d'un instant. La présence des journalistes, les rumeurs qui circulaient dans la ville provoquaient leur étonnement. Quoi ! l'on s'intéressait tant au sort de leur Carlos ?

Quelques jours seulement avant cette date, Remedios en eût ressenti quelque fierté. Mais une semaine suffit parfois à contenir la mesure d'une vie. Pour comprendre le changement qui s'était opéré dans l'âme de Remedios, l'analyse de ses sentiments ne servirait à rien. Elle avait compris d'un coup que son fils était perdu et qu'elle en était, en partie, responsable. Elle était sûre maintenant que le destin de son fils aurait pu être différent. Cette certitude, au lieu d'éveiller en elle de vives réactions, l'avait accablée. Remedios avait cessé de se mouvoir et de s'agiter. Son mari ne trouvait plus en elle une alliée. L'Andalou redoutait sa femme. On eût dit que l'attente d'un événement inéluctable soutenait seule ce corps tassé sur lui-même. Une atmosphère étrange régnait donc dans la maison. Un silence, semblable à celui d'une veillée funèbre, suscitait une crainte et une angoisse mal définies. On redoutait à chaque instant que ce silence cessât, comme on redoute, dans l'attente de l'orage, le premier coup de tonnerre.

Sanchez avait peur, mais ne savait de quoi. Comme s'il eût deviné les pensées de Remedios, il passait son temps à se justifier. Il cherchait des arguments qui pussent ébranler sa femme.

— J'ai payé, Remedios. L'évêque nous appuie. Nous le sauverons, répétait-il, comme un automate.

Remedios ne l'écoutait plus et se contentait de jeter sur son mari un regard qui le faisait frissonner. Ce regard n'exprimait rien.

Que se passait-il donc dans l'âme de Remedios ? Elle venait d'entrevoir un abîme et en subissait l'amère fascination. Cet abîme était celui du dégoût. Ceux qui n'ont jamais connu le vertige du mépris comprendront mal ce sentiment.

Une attente silencieuse, que rien ne trouble, emplit d'abord l'âme ; celle-ci semble ramasser ses forces dispersées ; puis, comme un torrent qui brise soudain le barrage le mépris submerge tout. Rien ne subsiste plus que le plaisir satanique de se mépriser soi-même, les autres, le monde entier. Cette forme de dégoût ressemble étrangement à un blasphème.

Remedios concentrait toutes ses forces et toute son énergie comme si elle eût voulu faire de sa vie le plus grand des blasphèmes. Déjà le flot du mépris montait en elle ; Remedios en reconnaissait le goût amer de fruit vert et de cendres. Ce mépris l'envahissait toute. Son passé, son présent et son avenir — son salut même — lui inspiraient un égal dégoût. Et, comme un accompagnement sinistre, cette pensée l'obsédait : « ... En finir !... En finir !... En finir !... »

L'Andalou ne comprenait pas Remedios ; sans doute n'avait-il jamais essayé de la comprendre. Un mari espagnol n'éprouve nul besoin de comprendre sa femme et Sanchez n'échappait pas à cette règle. Mais une entente tacite avait, depuis longtemps, rapproché les deux époux. Lucas Sanchez, qui craignait les ennuis plus que toute autre chose au monde, s'était habitué à l'idée que Remedios partageait ses ambitions et participait à ses intrigues. Elle s'y était en effet intéressée. Sanchez découvrait à présent en Remedios, avec une inquiétude mêlée de crainte, une femme nouvelle. Il s'était dit que le malheur de Carlos était la cause de cette transformation d'un caractère. Il feignait d'ignorer qu'un être humain peut soudain se transformer au point de devenir quelqu'un d'autre. Admettre cela, c'eût été admettre du même coup que Remedios n'était plus sa femme. Comment s'y fût-il résigné ? Il cherchait donc à la ramener à la raison. « C'est le choc, pensait-il. Cela passera. Il faut la comprendre : elle est mère. »

Mais le fossé se creusait, chaque jour plus profond, entre les deux époux. Lui s'efforçait de fermer les yeux et d'agir comme par le passé. Un étrange malaise s'emparait pourtant de lui dès qu'il regagnait son foyer. Il avait la pénible impression de vivre devant un juge silencieux et inflexible. L'Andalou se croyait innocent. N'était-il pas un bon catholique ? N'avait-il pas payé pour sauver l'honneur de son fils ? Ne faisait-il pas ce qui était en son pouvoir pour sauver sa vie ?

L'Andalou entra et se dirigea vers les deux femmes, assises dans la pénombre, derrière les volets clos. Il suffoquait. Sa chemise sale tombait sur son pantalon.

— Connais-tu les nouvelles, femme ?

Personne ne répondit. Une bouffée d'air brûlé par le soleil parut pénétrer dans la salle à manger. Il y eut un de ces silences dont on dit qu'on peut les couper au couteau. On entendait le bruyant bourdonnement des mouches.

— Des amis de Carlos sont arrivés. Une comtesse, deux académiciens, la veuve d'un général... Une marquise aussi. Ils sont descendus au San-Lorenzo. Ils viennent assister au procès...

Il parlait vite et semblait en proie à des sentiments contraires. Il murmura, comme pour lui-même :

— Je me demande comment il pouvait avoir des amis pareils... Des gens riches, des nobles...

Il se tut. Remedios fixait le trottoir d'en face d'un regard absent. Les journalistes buvaient du Coca-Cola, faisaient les cent pas, s'asseyaient sur le rebord du trottoir, puis discutaient entre eux avec animation. Ils avaient ôté leurs vestes et semblaient accablés par la chaleur.

Une heure sonna. Le Coso se vidait. Quelqu'un tourna le bouton d'un poste de TSF. On entendit clairement : « Pour Antonia Mayolita de la part de sa maman ; pour Ramon Quiroz et ses cousines Alice et Maria-Pilar, pour... » Remedios ferma les yeux ; ses paupières lui pesaient. Elle se dit qu'elle ferait bien de s'étendre, mais n'eut pas le courage de bouger. Elle regardait les journalistes avec une sorte de tendresse. « Pauvres petits ! Ils vont attraper une insolation. Évidemment, c'est leur métier. Il leur faut obtenir des renseignements pour gagner leur vie... » Puis, elle cessa de penser. Une voix robuste chantait :

Quisiera, quisiera,
quisiera volverme mariposa...

Remedios avait la gorge serrée ; elle eût aimé pleurer, mais ne le pouvait pas. Elle était plongée dans une sorte d'hébétement. Une insurmontable lassitude pesait sur ses épaules.

Sanchez toussa. Ce silence l'effrayait.

— Sais-tu qu'une femme fort riche et fort distinguée est arrivée, qui prétend avoir été guérie d'un cancer par Carlos ? Il lui aurait dit « Lève-toi » ; elle se serait levée, définitivement guérie. Il y a des dizaines de témoins... (Il réfléchit et murmura :) Si c'était un saint !...

Remedios ne répondit pas. Magda non plus. La mère et la fille regardaient le Coso, vide. Le soleil et l'ombre se disputaient la chaussée. Les journalistes demeuraient sur place comme s'ils eussent attendu un événement imprévisible. L'un d'eux était blond, avec des yeux bleus et un petit nez félin ; il portait une chemise rouge ; un blue-jean moulait ses hanches étroites. Il souriait souvent et réglait sans cesse son appareil photographique. Remedios pensa : « A force de le tripoter, il va le détraquer. » Puis elle cessa de penser. Il n'y eut plus que la chaleur, le poste de TSF de la voisine et les journalistes massés sur le trottoir.

L'Andalou se leva ; on entendit le grincement de la chaise, le soupir poussé par Sanchez, quelques gloussements bizarres et enfin le bruit de sa démarche pesante ; chaque pas résonnait avec force dans le cerveau de Remedios dont les lèvres, gercées par l'attente, tremblaient.

Puis on perçut le bruit d'une porte qu'on ouvre et Remedios sut que c'était celle de la chambre de son fils ;

elle tendit involontairement l'oreille. Sanchez remuait des meubles, ouvrait et refermait des tiroirs.

Remedios se leva, alla jusqu'à la chambre de Carlos, mais n'en franchit pas le seuil. Sanchez avait posé une grande malle sur le lit de son fils et l'emplissait de vêtements et d'objets ayant appartenu à Carlos. Il ne vit ni n'entendit sa femme ; il fouillait dans les tiroirs, dans les placards, sous les meubles, avec des grognements sourds. La chaleur lui arrachait des plaintes : « ... Je vais mourir, Sainte Vierge del Pilar !... Il me faut acheter un ventilateur !... »

Il leva brusquement les yeux et vit Remedios, immobile et muette dans sa robe noire comme la statue du Commandeur. Elle le fixait d'un regard qui ne trahissait ni curiosité ni aucun autre sentiment ; un regard las, indifférent. Sanchez rougit et balbutia quelques phrases confuses.

— C'est..., commença-t-il. C'est... (Il avala sa salive.) Si c'est un saint... Il y aura des reliques, tu comprends ?... Comme à Lourdes et à Fatima...

Sa figure grasse et empourprée le livrait tout entier. On pouvait y lire à l'œil nu les sentiments qui l'agitaient : cupidité, hypocrisie, crainte de paraître ce qu'il était.

Remedios ne disait toujours rien. Sanchez perdait toute contenance.

— C'est pas pour vendre... Nous pourrons... Des reliques, répéta-t-il le visage défait ; sur ses joues tombantes de grosses gouttes de sueur glissaient doucement.

Soudain Remedios sentit qu'elle allait pleurer. La honte l'étreignait ; un dégoût insurmontable s'emparait d'elle. Elle dut faire un effort héroïque pour murmurer :

— Tu dois aller au parc, Lucas. Les Madrilènes iront peut-être prendre leur café chez toi...

Il acquiesça machinalement et quitta hâtivement la chambre. Remedios entendit le bruit de la porte d'entrée. Elle rejoignit sa fille.

Magda demanda :

— Que faisait-il ?

— Il emplissait une malle avec les affaires de Carlos.

Sa voix se brisa ; elle accomplit un douloureux effort pour ajouter :

— Il voulait en faire des reliques...

Magda ne fit aucune réflexion. Remedios fixa de nouveau la rue et tout redevint soudainement calme.

— Tu crois qu'il passera aujourd'hui ? demanda la jeune fille.

Remedios haussa les épaules :

— Peut-être. Ils l'amèneront cette nuit. Ils craignent les journalistes...

Remedios ferma les yeux. Elle allait pleurer, elle le sentait. Ses nerfs, tels des ressorts longtemps comprimés, lâchaient brusquement.

— Pleure, maman. Il ne faut pas avoir honte...

— Je n'ai pas honte... C'est...

Elle éclata en sanglots longs, déchirants, entrecoupés de hoquets et de reniflements, mêlés de plaintes confuses. On eût dit que son corps se brisait ; les larmes se mêlaient à la sueur, ruisselaient sur la figure au masque tragique. Remedios rejetait la tête comme pour arrêter l'hémorragie de l'âme, buvait ses larmes, souffrait et jouissait à la fois. Elle se sentait heureuse de pleurer tout son soûl devant sa fille. Elle eût voulu pleurer encore, pleurer jusqu'au bout ; elle eût aimé mourir de honte et de dégoût.

Elle ne savait pas qu'on ne meurt jamais ni d'amour, ni de honte, ni même de douleur.

5

L'abbé Sangria fut, le lendemain de son arrivée, reçu par l'évêque de Huesca. Monseigneur accueillit son visiteur avec une tendre sollicitude ; il n'ignorait pas que l'Immaculée-Conception était la plus prospère des paroisses madrilènes et avait, on s'en doute, beaucoup de considération pour les gens fortunés. Il montra au curé madrilène son palais et les transformations qu'il y avait apportées. L'abbé Sangria joua l'extase ; il déclara n'avoir jamais rien vu d'aussi parfaitement beau. On ne saurait décrire l'effet que ces paroles enthousiastes produisirent sur l'évêque.

— Me croiriez-vous, monsieur le curé, si je vous disais qu'une commission des Beaux-Arts est venue examiner les travaux entrepris par moi et qu'elle a rédigé un rapport fort désagréable où il était écrit que j'avais abîmé l'un des plus beaux vestiges de l'art aragonais du XVe siècle ?

L'abbé Sangria jura qu'il ne pouvait pas croire une chose pareille.

— Mais si, mais si, monsieur le curé !... Ils ont écrit cela. Il faut néanmoins comprendre que les académiciens qui composent ces commissions, en matière de goût... laissent beaucoup à désirer. Ils sont rétrogrades, que voulez-vous ?

— Hélas ! vous êtes dans le vrai, monseigneur. Mais je me permettrai d'ajouter, si vous m'y autorisez, une seconde explication...

— Dites, monsieur le curé !

— Je crains, monseigneur, et c'est un grand malheur pour l'Espagne, que de nombreux académiciens ne soient secrètement anticléricaux ; certains prétendent même qu'il se trouve parmi eux des francs-maçons.

Monseigneur rayonnait.

— Je l'ai toujours pensé, monsieur le curé. A travers ma personne, c'est la dignité épiscopale qu'ils voulaient atteindre.

— Hélas ! monseigneur, l'Église compte encore des ennemis irréductibles qui cherchent à déshonorer les prélats.

L'évêque était ravi de se trouver devant un prêtre aussi compréhensif et aussi bien informé. L'abbé Sangria, en caressant la vanité du prélat, savait ce qu'il faisait.

— J'ai d'ailleurs lu les admirables traductions des Anciens que vous aviez publiées et me suis toujours étonné qu'on ne vous ait pas appelé pour siéger à l'Académie...

La figure de monseigneur s'empourpra ; il fit un geste qui signifiait : « Les hommes ne savent pas reconnaître mes mérites. »

— Là encore, monseigneur, je crains que la franc-maçonnerie n'ait agi, dans l'ombre, contre vous. Comment expliquer autrement l'indifférence des académiciens devant de tels chefs-d'œuvre ? Personne n'ignore qu'il y a plus de mérite à traduire, sans le trahir, un grand auteur qu'à écrire un roman.

— Vous êtes dans le vrai, monsieur le curé, la traduction...

L'évêque était au comble du ravissement ; il eût accordé n'importe quoi, sauf, bien entendu, de l'argent, à un prêtre aussi cultivé. Celui-ci voulut achever de conquérir l'évêque et reprit d'une voix qu'il s'efforça de rendre modeste :

— C'est parce que je m'incline devant votre haute intelligence et devant votre humanisme, digne, par l'étendue de votre culture, de celui des pontifes de la Renaissance, que je me suis mis dans une bien mauvaise situation dont vous seul, monseigneur, pouvez me tirer...

— Je suis tout prêt à vous secourir, monsieur le curé.

— Quelques amis, catholiques exemplaires, m'ont accompagné à Huesca. Parmi eux se trouvent deux académiciens, qui jouissent dans cette assemblée d'un prestige, je dois l'avouer, mérité. Il s'agit de MM. Roberto Pocolisto et Miguel Pitorreo...

— J'ai lu les livres du premier et suis attentivement la chronique littéraire du second.

— N'oubliez pas de le leur dire, monseigneur ; ils seront honorés de vous compter parmi leurs lecteurs.

L'abbé Sangria fit une pause et enchaîna sur ce même ton pénitent :

— Ils souhaiteraient poser, en termes définitifs, votre candidature pour le siège de Mgr Sifarla; je me suis témérairement engagé à vous convaincre d'accepter que mes amis s'occupent de cette élection, qui ne serait qu'un acte de justice...

L'évêque esquissa un geste, fort timide en vérité, de protestation.

— Je n'ignore pas, monseigneur, poursuivit l'abbé Sangria, que vous êtes, de par votre intelligence et votre piété, au-dessus de ces tristes vanités. Mais souffrez, je vous prie, que je plaide votre cause jusqu'au bout.

Monseigneur ne demandait pas mieux; il eût accepté cette offre sans difficulté, mais se dit qu'à y bien réfléchir mieux valait encore qu'on lui eût fait violence. Il laissa donc le curé madrilène plaider sa cause avec chaleur. Nulle musique ne pouvait davantage charmer ses oreilles.

— Je comprends que, malgré vos mérites et vos talents qui sont au-dessus de ce qu'on pourrait dire, vous préfériez aux vanités de ce monde l'existence pieuse et vouée à l'étude qui est la vôtre. Votre intelligence profonde vous place en effet d'emblée parmi ceux que les honneurs abaissent plutôt qu'ils ne les grandissent. La vraie grandeur se plaît dans la pénombre, trouvant en elle-même des satisfactions infiniment plus élevées que celles que les hommes pourraient lui accorder.

» Mais vous êtes évêque, monseigneur; c'est-à-dire le successeur direct des apôtres. En refusant d'honorer vos mérites, comme elle le devait, l'Académie a, du même coup, insulté la dignité épiscopale que vous incarnez. Votre esprit élevé, et revenu de toutes les vanités, a le droit de ne pas tenir compte de ces mesquins calculs des hommes ; mais l'évêque que vous êtes, monseigneur, ne saurait admettre qu'on bafouât la dignité épiscopale ; votre élection serait une juste réparation due à l'Église d'Espagne...

Le curé de l'Immaculée-Conception se tut, épuisé. Jamais l'abbé Sangria n'avait parlé aussi longuement ni, surtout, avec une pareille éloquence. Il en était le premier étonné.

Le visage de l'évêque trahissait les sentiments les plus médiocres de ceux qu'un homme peut éprouver : contentement de soi, fatuité, modestie feinte, faux embarras et surtout un bonheur allant jusqu'au ravissement. Il répondit d'une voix que l'émotion rendait tremblante :

— Merci, monsieur le curé... Je remets cette affaire entre vos mains... Je suis profondément touché... Merci encore...

L'abbé Sangria voulut se retirer ; c'était, comme on dit au théâtre, une fausse sortie.

— Mais vous allez partager mon frugal repas, monsieur le curé... Si, si !... J'y tiens...

Le curé, après avoir remercié l'évêque de l'honneur qu'il lui faisait, accepta l'invitation de bon cœur.

Ils se rendirent, avant de passer à table, dans la chapelle privée de Monseigneur où ils récitèrent une courte prière.

L'évêque aimait la bonne chère ; l'abbé Sangria l'appréciait plus encore. Ils firent honneur aux hors-d'œuvre, à la truite meunière, au gigot, goûtèrent à quelques fromages français et espagnols pour les mieux comparer et prirent enfin leur café. L'atmosphère était à l'optimisme. Monseigneur, que le vin rendait gai, évoquait ses souvenirs d'exil.

— C'est à Langon, expliquait-il, que j'ai bu le meilleur bordeaux ; un vin chaud, velouté et — vous aurez du mal à le croire — absolument inconnu. Un cultivateur des environs en possédait quelques plants ; il gardait pour lui sa production et je vous assure qu'un château-lafite n'aurait pu lui être supérieur.

L'abbé Sangria crut venu le moment de livrer bataille ; après maints détours, il découvrit à Monseigneur le but de son voyage à Huesca. L'évêque se montra plus que compréhensif.

— Vous pouvez annoncer à Son Excellence l'évêque de Madrid-Alcalà que je fais et ferai ce qui est en mon pouvoir pour étouffer cette affaire stupide ; assurez-le de mon appui total.

Le curé fut enchanté d'une victoire aussi complète et rapide ; il se méfiait pourtant, après ses mésaventures madrilènes, des bonnes paroles et se dit que « mieux vaut battre le fer pendant qu'il est chaud ».

— Ni Son Excellence ni moi ne doutons de vos sentiments et de votre intelligence, monseigneur. Malheureusement, chaque minute qui passe est une victoire de plus pour les ennemis de l'Église. Sans doute n'ignorez-vous pas que des journalistes étrangers se trouvent depuis hier à Huesca. Ils sont à l'affût de ce qui pourrait ternir l'honneur du catholicisme espagnol. Je crains donc, monseigneur, que les événements ne nous dépassent très rapidement.

L'évêque demeura songeur et, après un court silence, déclara :

— Le gouverneur, monsieur le curé, tient, pour des raisons qui paraîtraient ridicules à un homme de votre qualité, à poursuivre ce garçon. Je ne puis m'y opposer que dans la mesure de mes moyens ; ils ne sont pas négligeables ; ils ne sont pas non plus décisifs. Je dois tenir compte de la géographie politique de cette ville où trop d'intérêts, qui vous sembleraient étroits, se heurtent.

» Dans l'immédiat, une seule chose est en mon pouvoir : empêcher qu'on ne juge ce garçon. Je vais en effet interdire aux magistrats de la ville de se prêter à cette farce... Là s'arrête, dans l'immédiat, mon pouvoir.

Il poursuivit après une courte pause :

— Ensuite, nous pourrons manœuvrer... En tout cas je vous promets — et j'en fais également la promesse à Son Excellence Mgr Viudas — que l'affaire sera terminée d'ici trois jours.

L'abbé Sangria se confondit en remerciements. Monseigneur se leva et prit congé du curé. D'une voix qu'il voulait dégagée, il demanda :

— A propos, faites-moi savoir quand je pourrai rencontrer vos amis ; je serai ravi de les remercier personnellement des bonnes intentions qu'ils ont à mon égard.

— Ils se trouveront demain à la fête qu'offre Mme de Carros à son amie la comtesse de Rosatonta. Vous les y verrez si vous daignez honorer cette petite réunion de votre présence.

— Mais certainement ! Dites-leur que je m'en réjouis à l'avance.

« Hypocrisie ! pensa l'abbé Sangria comme il quittait le palais épiscopal. Il ne veut rien faire de définitif avant d'être sûr que je ne suis pas en train de lui mentir. Il n'a pas changé. C'est le même homme qui, au séminaire de Vitoria, ne prêtait sa version de grec que si on lui donnait la solution du problème d'algèbre... Il ne me reste qu'à convaincre la comtesse qu'il faut promettre l'Académie à ce malheureux — Dieu me pardonne ! — qui semble beaucoup y tenir. De toute manière, on en rencontre, dans cette auguste assemblée, de plus médiocres que lui. »

6

Le hall de l'hôtel San-Lorenzo était devenu le QG de l'insurrection ; comme dans tous les QG, le plus grand désordre y régnait ; comme dans tous les QG, on eût été bien incapable de savoir qui dirigeait les opérations. Chacun y intriguait pour son compte ; ces intrigues parallèles compliquaient la situation au lieu de l'éclaircir.

Pour commencer, personne ne semblait d'accord sur le but à atteindre ; la comtesse de Rosatonta se serait contentée de ce que le gouverneur acceptât de mettre l'affaire en veilleuse ; ses amis partageaient cet avis fort sage. Mais doña Paz ne démordait pas de son point de vue ; Carlos Sanchez était un saint ; il fallait exiger et obtenir sa réhabilitation complète. Alicia Cayetano, doña Asunción, et doña Pilar l'appuyaient.

Les deux partis, en attendant de se mettre d'accord, feignaient de s'ignorer ; doña Paz détournait la tête en croisant la comtesse dans les couloirs de l'hôtel ; la comtesse ne saluait pas Alicia Cayetano. Mais les deux groupes recherchaient activement un *modus vivendi* et (peut-être ?) une charte qui ralliât tous les suffrages. Ainsi des émissaires bénévoles circulaient-ils de l'un à l'autre de ces groupes, transmettant et recevant des messages. On avait l'impression de se trouver dans les couloirs d'un parlement, en régime démocratique. Chaque groupe posait des conditions extrêmes ; des exigences tout aussi inacceptables étaient formulées par l'autre groupe ; on cherchait ensuite les accommodements, chaque parti consentant une légère concession. Ces marchandages avaient l'avantage d'occuper tout le monde et de passionner la ville qui les suivait avec un intérêt incroyable. Les journalistes étaient aux anges ; ils croyaient assister à la répétition générale d'un vaudeville ; ils en photographiaient les interprètes et pariaient pour doña Paz ou la comtesse. Ces deux femmes étaient les chefs de leurs clans respectifs.

Le hall de l'hôtel San-Lorenzo était vaste et carré ; le sol et les murs étaient recouverts de faïence blanche et bleue, comme on en voit en Andalousie ; il y avait des plantes grasses un peu partout. A droite, la réception ; à gauche, le bar. La comtesse et ses partisans se tenaient près de la réception, assis en cercle dans des fauteuils confortables ; doña Paz et ses alliées, près d'une large fenêtre ouvrant sur un patio, au milieu duquel un jet d'eau entouré d'un bassin. De cinq heures à neuf heures, les deux groupes parlementaient, échangeaient des conditions, réclamaient des garanties.

Une foule dense circulait dans le hall. Le bar était pris d'assaut par les jeunes gens de la ville qui croyaient assister à une corrida. Des curieux voulaient apercevoir la comtesse et cet académicien fardé comme une femme, qui, en parlant, décrivait des gestes toujours soulignés par des éclats de rire. Le *paseo* se réfugiait dans ce vaste hall et la cohue y était telle qu'on ne pouvait se faire entendre de son voisin qu'en criant. Mais les Espagnols, même dans l'intimité, aiment à s'exclamer. Huesca vivait des journées mémorables.

L'abbé Sangria, après son entrevue avec Monseigneur, alla rejoindre la comtesse ; ils gagnèrent un salon fermé aux promeneurs où ils purent bavarder en toute tranquillité. Le curé conta sa conversation avec l'évêque ; la comtesse en fut enchantée.

— Je convaincrai Pitorreo et Pocolisto, monsieur le curé. Comme vous le dites si justement, il y en a de plus sots à l'Académie ; nous n'avons plus un instant à perdre ; si ce garçon passe en jugement, nous sommes perdus et déshonorés.

Pocolisto ne vit aucun inconvénient à ce que Monseigneur siégeât à l'Académie royale de la langue ; Pitorreo fut plus long à convaincre ; n'ayant aucune sorte de talent — pas même le plus médiocre —, il voulait se convaincre que ceux qui composent cette assemblée possédaient des mérites incontestables. Il fléchit pourtant devant les sollicitations de la comtesse, mais à contrecœur.

Les événements, on le voit, se précipitaient. La comtesse crut le moment venu de signer un accord avec doña Paz et de s'allier sur un programme précis. Elle envoya Mendoza préparer cette importante entrevue. La vieille dame accepta ; mais un problème de préséances se posait : qui céderait la première ? Qui ferait les premiers pas ?

— Mon grand âge et la justesse de mon raisonnement m'interdisent de céder devant la comtesse. Elle veut me voir, elle n'a qu'à venir.

Une telle exigence faillit créer un incident diplomatique, la comtesse refusant de paraître s'abaisser devant doña Paz. De longs conciliabules eurent lieu. On trouva enfin une solution satisfaisante pour les deux partis : doña Paz et la comtesse se lèveraient en même temps et se dirigeraient vers l'ascenseur. Elles y pénétreraient ensemble et la réconciliation y aurait lieu. Voilà qui fut accepté et exécuté sur-le-champ.

Après cette paix dans un ascenseur, les conversations proprement dites s'engagèrent dans la chambre de la comtesse.

— Madame, dit-elle en substance à doña Paz, M. le curé de l'Immaculée-Conception vient de rencontrer l'évêque. Celui-ci accepte de nous aider activement. Nous pouvons donc considérer comme acquis le salut de votre protégé. Nous ne sommes pourtant pas en mesure d'exiger une réhabilitation de Carlos Sanchez ; de telles exigences compromettraient en effet la cause même que nous défendons.

Ayant ainsi parlé, elle fit une pause ; les bracelets qu'elle portait aux poignets tintèrent.

— Nous autres Américaines, poursuivit-elle, sommes réalistes. Il s'agit de savoir ce qu'on peut ou non obtenir. Pour l'instant, notre but est clair : empêcher qu'on ne juge et condamne Carlos Sanchez comme communiste. Je vous offre donc de vous rallier à moi pour ce but précis.

Doña Paz était vieille et donc intransigeante. C'est dire qu'elle n'entendait pas céder.

— Malgré tout le respect que vous m'inspirez, madame la comtesse, je suis dans l'obligation de refuser votre raisonnement. Sans doute auriez-vous raison en Amérique ; en Espagne, non. Nous ne sommes pas réalistes et n'entendons pas le devenir.

» Ce garçon est un saint. Il a vu Notre-Seigneur, a été tenté par Satan, a accompli des miracles. J'étais sa voisine et puis témoigner sous serment de ces faits. J'ai entendu Satan, ainsi que les paroles et les prières de ce jeune homme ; j'étais présente le soir où il accomplit son miracle.

Elle garda le silence un bref instant et reprit avec animation :

— Nous sommes venues à Huesca, mes amies et moi-même, pour laver l'honneur de Carlos Sanchez de l'accusation insensée que vous connaissez...

— Mais il ne sera pas jugé, madame ! s'écria la comtesse avec un mouvement d'impatience.

— Comment cela ? Que voulez-vous dire ?

— Qu'il n'est pas question de juger ce fou ; qu'il faut au contraire éviter toute publicité sur son nom...

Doña Paz se leva avec une dignité toute étudiée et toisa la comtesse :

— Il se peut, madame la comtesse, que les saints soient des fous dans votre pays ; n'oubliez pas pourtant que vous portez un nom espagnol et que l'Espagne est la patrie de saint Ignace et de sainte Thérèse.

Ces paroles touchèrent la comtesse qui ne voulut pas paraître mauvaise Espagnole.

— Mais enfin ! rétorqua-t-elle. Le professeur Keffermann...

— Je sais, madame... Souffrez que je vous dise qu'une *véritable* (doña Paz appuya sur ce mot) Espagnole ne se serait jamais prêtée à cette bouffonnerie...

La comtesse de Rosatonta faillit étouffer ; doña Paz ne lui en laissa pas le temps.

— Ce Keffermann est-il chrétien ?

— Non..., balbutia Mme de Rosatonta.

— Vous permettez qu'un incroyant se mêle de juger un jeune homme qui aspire à la sainteté et vous vous obstinez à l'en croire plutôt que moi, qui suis espagnole et catholique ! Je ne vous comprends pas, madame...

La comtesse était fort ébranlée par la fermeté des propos que lui tenait la vieille dame. Après quelques instants de réflexion, Mary Rosatonta fit appeler un expert, l'abbé Sangria.

Le malheureux curé, quand il connut les exigences de doña Paz, crut perdre la tête.

— Vous allez tout compromettre par votre intransigeance, chère amie. Comment voulez-vous qu'un tribunal reconnaisse un fou pour saint ?

L'abbé Sangria parlait d'une voix accablée. « Elle va tout gâcher, pensait-il. Elle est bien plus folle que Carlos Sanchez. Pourquoi est-elle venue à Huesca ?... Mon Dieu !... Si elle pouvait... »

Doña Paz dévisagea son ancien confesseur avec sévérité.

— Carlos Sanchez a-t-il guéri doña Alicia Cayetano, oui ou non ? Étiez-vous présent lors du miracle, oui ou non ? La malade était-elle, oui ou non, étendue sur un brancard ?

— Certes, chère madame et chère amie, mais...

— Il n'y a pas de « mais », monsieur le curé. Vous êtes un lâche.

La comtesse était de plus en plus ébranlée par l'assurance de la vieille dame.

— Mais enfin, opina-t-elle, nous ne pouvons pas demander à un tribunal civil de déclarer que Carlos Sanchez est un saint !

— Nous n'avons pas cette intention, répondit doña Paz. Nous n'exigeons qu'une chose : que le tribunal déclare que Carlos Sanchez n'est pas communiste et qu'il rende hommage à sa piété. Le reste... c'est Dieu qui le dira.

Cette proposition, venant après d'autres qui semblaient infiniment plus dures, parut fort raisonnable à la comtesse. Elle signa donc la paix avec doña Paz ; les deux femmes scellèrent leur réconciliation par un baiser. Elles appelèrent Mendoza qui fut chargé de rédiger le communiqué que la comtesse lirait à la presse.

Une heure après, le hall de l'hôtel San Lorenzo ressemblait à un marché persan où tout le monde parle en même temps et où personne n'entend personne. La comtesse offrait un « cocktail » et toute la ville s'y était invitée. Le patron de l'hôtel souriait aux anges. Les visages rayonnaient.

A sept heures précises, la comtesse et doña Paz firent leur apparition, saluées par des applaudissements. On imagine mal le vacarme qui régnait alors dans le hall.

Les jeunes gens avaient bu quelques verres de xérès ; en apercevant la comtesse, ils cessèrent de se contrôler. « Bravo ! hurlaient-ils. Beauté !... Tous avec toi !... » La comtesse, pour la première fois de sa vie, se voyait promue au rang de vedette. Radieuse, elle envoyait à tous des sourires et des baisers. L'enthousiasme atteignait son paroxysme ; des chaises furent cassées, des fauteuils défoncés. Des jeunes gens se hissaient sur les tables et jusque sur le comptoir du bar ; ils s'y livraient à des danses trépidantes. Des hommes mûrs étaient gagnés par la contagion.

La comtesse fit un signe de la main pour réclamer le silence ; elle l'obtint, ce qui prouva son empire sur cette foule.

Mary Rosatonta déploya une feuille de papier ; les flashes des photographes crépitèrent. Elle lut ce qui suit d'une voix douce et caressante que son accent d'outre-Atlantique rendait plus enjôleuse encore. La foule se pâmait.

— Nous avons de bonnes raisons de croire que Carlos Sanchez, injustement accusé et poursuivi, ne sera pas condamné. Nous pourrions nous satisfaire de ce résultat. Nous entendons pourtant poursuivre notre effort afin d'obtenir une complète réhabilitation.

» C'est ainsi que nous refusons qu'après avoir insulté l'honneur du jeune homme dont la piété force l'admiration, les responsables de cette injustice réussissent à étouffer l'affaire. Nous voulons la justice, mais aussi *toute* la justice. Nous faisons confiance aux magistrats espagnols pour satisfaire notre vœu.

Elle replia son papier au milieu d'un vacarme indescriptible. Il est vrai que si elle avait lu une page de la Bible, le même vacarme se serait produit. Car la jeunesse de Huesca criait son admiration à la femme plus qu'à la protectrice d'un malheureux injustement poursuivi. La comtesse et doña Paz s'embrassèrent publiquement, ce qui provoqua un véritable raz de marée. « Et moi ?... Et moi ? » hurlèrent des centaines de voix.

— Pour vous tous !

Mary Rosatonta envoya un long baiser que chacun crut recevoir. Elle était, on le voit, foncièrement américaine.

7

L'abbé Risueño était de retour à Huesca depuis le 19 juillet au soir. Il demeurait chez lui, incertain de ce qu'il allait faire. Sa déception était profonde ; il avait espéré que Carlos Sanchez pût ne pas être fou ; cette espérance, sans qu'il sût pourquoi, l'avait empli de joie. Maintenant, le curé de Saint-Laurent ne doutait plus de la démence de l'étudiant. Cette découverte l'accablait et l'irritait à la fois. Il en voulait presque au malheureux garçon, comme si ce dernier avait été responsable de sa maladie. « Quel naïf je fais ! se disait Mosén Risueño. Comment ai-je pu penser que le fils de Lucas Sanchez pouvait être... ? ...Mais après tout, comment suis-je sûr de sa folie ? Il n'a rien dit de bien déraisonnable ; il s'exprimait avec fermeté... Mais non ! Il est bel et bien fou, je dois m'y résigner. Il criait et s'agitait comme un énergumène, à l'idée qu'il pourrait mourir. Un saint n'aurait pas réagi de la sorte. Je n'en sais trop rien, il est vrai, puisque je n'ai jamais encore vu de saint. Peut-être sainte Thérèse d'Avila inquiétait-elle ceux qui l'approchaient par ses propos enflammés ?... " Je meurs de ne pas mourir ! ", n'est-ce pas aussi un langage peu raisonnable ? Mon Dieu ! Comment savoir ? S'il y avait un signe ! Si on pouvait reconnaître les saints d'une manière certaine ! Ce serait sans doute trop facile. Je manque de foi — voilà la vérité. Quelque chose en moi se refuse à croire, alors que tout mon être aspire à s'incliner devant Dieu. Aurais-je vraiment perdu la foi ?... Ce serait affreux !... »

Le malheureux prêtre croyait ne pas douter de la folie de Carlos Sanchez ; il en doutait pourtant. Le curé de Saint-Laurent était tenté de se rendre auprès de l'étudiant et de s'agenouiller devant lui ; mais un reste d'amour-propre ainsi que la crainte de commettre un acte ridicule le retenaient chez lui.

Il apprit l'arrivée de la comtesse et de ses amis. Mêlé à la foule, il assista à la lecture de leur communiqué. Il trouva cette agitation si grotesque et si déplacée qu'il rentra chez lui, plus triste encore.

« Je devrais aller rendre visite à Mme de Carros, se disait-il. Elle pourrait intercéder en ma faveur auprès de Monseigneur. Je possède environ soixante-quinze mille *duros*. Pour une femme pareille, l'évêque oublierait certainement mes fautes passées et futures. »

Mosén Risueño raisonnait ainsi, mais n'agissait pas. Il semblait attendre encore. Au milieu de l'agitation provoquée par la pittoresque arrivée des Madrilènes, seul ce prêtre au caractère droit se souciait véritablement de l'étudiant.

Deux journées s'écoulèrent ainsi sans que Mosén Risueño fît ce qu'il pouvait pour parer à sa disgrâce. Pendant quarante-huit heures, il ne dépendit que de lui de demeurer à Huesca pour y mener l'existence aisée qui depuis longtemps était la sienne. Un geste eût suffi ; le curé de Saint-Laurent négligea de le faire. Il ne fut donc pas surpris, le 21 au soir, d'être convoqué à l'évêché. Il s'y rendit sans crainte et sans amertume.

Le chanoine Rodrigo l'accueillit avec un sourire empoisonné :

— Monseigneur vous attend, monsieur le curé.

Le curé de Saint-Laurent entra d'un pas ferme dans la bibliothèque de Monseigneur. Le prélat était assis dans un fauteuil droit, le dos tourné à une fenêtre qui s'ouvrait sur la Sierra lointaine. Ses pékinois dormaient à ses pieds.

Mosén Risueño s'inclina devant son évêque, baisa son améthyste et attendit debout, tête baissée, que Monseigneur daignât lui adresser la parole.

Il y eut un très long silence. L'abbé Risueño comprit que l'évêque cherchait à le déconcerter, et cette pensée l'emplit de pitié pour le prélat.

— Je tiens, monsieur le curé, à rendre hommage à vos admirables qualités d'âme et d'esprit ; vous êtes ce que l'on est convenu d'appeler « un curé modèle » ; quelqu'un m'a même rapporté que vous aimiez les sports violents...

Monseigneur parlait d'une voix douce où pointait une ironie acerbe. Il reprit :

— Je pense que l'Église d'Espagne aurait le plus grand besoin d'hommes à l'esprit ouvert, capables de parler le langage percutant du XXe siècle... D'hommes comme vous, monsieur le curé...

En prononçant ces paroles, il posa sur le prêtre un regard d'une cruelle moquerie.

— Les évêques espagnols et moi-même sommes des hommes qui appartiennent, hélas ! à une époque révolue ; rétrogrades, peu intelligents, fermés au courant du siècle... (L'évêque fit une pause pour permettre à Mosén Risueño d'élever une protestation ; le curé ne tomba pas dans le panneau, et le prélat poursuivit d'une voix sifflante :) J'ai souvent envisagé de faire appel à l'un de ces esprits modernes pour me seconder dans les affaires épiscopales... Un diocèse à administrer est une bien lourde tâche pour un vieillard accablé de rhumatismes, à la veille de comparaître devant Dieu. Mes prêtres ne trouvent plus en moi le pasteur ni le père capable de partager leurs aspirations. Je ne suis plus dans le coup, comme disent les jeunes...

Il fit une nouvelle pause pour examiner longuement le curé ; celui-ci demeurait imperturbable. On eût dit que ces discours s'adressaient à un autre.

— Me croiriez-vous, monsieur le curé, si je vous apprenais qu'il se trouve dans Huesca un prêtre qui est allé jusqu'à insinuer que je ne jouissais plus de mes facultés mentales ?

Mosén Risueño voulut parler ; d'un geste, Monseigneur l'arrêta.

— Remarquez, ajouta-t-il avec un sourire perfide, qu'il ne faut pas se hâter de le condamner... Il a agi, je le crois, poussé par une ambition sans limites. C'est, de vous à moi, une vilaine nature. Car il ne s'est pas contenté de calomnier son évêque, il a aussi essayé d'entraîner d'autres prêtres dans sa révolte.

Le curé de Saint-Laurent était devenu d'une pâleur extrême ; sa figure trahissait une souffrance intense, contenue au prix d'un douloureux effort. Monseigneur jouait avec lui comme le chat avec la souris ; il interprétait mal l'émotion qui défigurait ses traits. Ni crainte ni angoisse à l'idée d'avoir été découvert, un dégoût mêlé d'une amère pitié : voilà ce que ressentait l'abbé Risueño en voyant son évêque s'amuser ainsi de lui.

— Mon premier mouvement en apprenant une conduite si... (Monseigneur feignit de chercher un qualificatif qui fût à la hauteur de la situation...) si démoniaque, je ne trouve pas d'autre terme, a été d'appeler le révolté sur-le-champ et de le punir sévèrement. Mais un évêque est un père autant qu'un pasteur. Sur les instances pressantes de Mosén Rodrigo, dont le premier mouvement est toujours de pardonner, j'ai laissé...

Cette dernière phrase arracha au curé un sourire ironique ; l'évêque le trouva insolent et, se levant avec brusquerie, affirma d'une voix forte :

— Sur les instances du chanoine Rodrigo, oui ! monsieur le curé.

Mosén Risueño accentua son sourire. Monseigneur faillit étouffer de colère ; son visage pâle et rusé s'empourpra ; ses prunelles se dilatèrent. Il fit un pas en avant. Le curé était, hélas ! plus grand et plus fort que lui ; Monseigneur s'aperçut à temps du ridicule où il sombrerait s'il cherchait à toiser le prêtre. Mais cette supériorité physique de l'abbé Risueño rendit néanmoins le prélat à demi fou. Il s'emporta à un point qu'on ne saurait dire, allant jusqu'à frapper du poing sa table de travail et son fauteuil. Le prêtre demeurait de glace. Ce calme apparent accentua la colère de l'évêque. Ses clameurs retentissaient dans les couloirs de l'évêché. Dans la pièce attenante à la bibliothèque de Monseigneur, le chanoine Rodrigo, les yeux à demi clos, se laissait bercer par cette musique pour lui délicieuse. Ponpon et Ponponita n'avaient sans doute jamais vu leur maître dans un tel état ; ils jugèrent plus prudent de se réfugier sous un meuble.

— Jamais, hurlait [1] Monseigneur, vous m'entendez,

1. Ce verbe traduit, hélas ! fidèlement la manière dont s'exprimait Monseigneur.

monsieur le curé ? Jamais je n'ai vu un homme — à plus forte raison un prêtre consacré au Seigneur ! — à tel point dominé, aveuglé par l'orgueil !... Le Diable est entré en vous et s'est emparé de votre âme !

Mosén Risueño, tête baissée, essuya calmement cette tempête verbale. L'évêque enfin se rassit dans son fauteuil, prononça quelques phrases confuses et se tut d'épuisement.

Le curé de Saint-Laurent choisit cette trêve pour s'agenouiller devant Monseigneur et prononça d'une voix ferme :

— Je suis conscient, monseigneur, de la gravité de ma faute ; j'en demande pardon à Dieu, à la Très Sainte Vierge, aux saints apôtres et à vous, monseigneur, successeur de ces apôtres. Je suis prêt à racheter, avec l'aide de Dieu, mon péché, par tous les moyens et en quelque lieu que vous me fixerez.

» Je vous fais, comme au jour de mon ordination, serment de fidélité et d'obéissance ; je plierai ma volonté à la vôtre, monseigneur, pour la plus grande gloire de Dieu et de Son Église.

Ces paroles, prononcées par le chanoine Rodrigo, eussent prêté à rire ; par Mosén Risueño, elles avaient un accent d'une émouvante sincérité. L'aspect physique du curé de Saint-Laurent renforçait encore cette impression. Voir cet homme grand, fort, plein de vigueur et de santé, s'humilier ainsi, éveillait un sentiment d'admiration.

Le prélat n'avait nulle envie d'admirer ce prêtre ; il posa sur lui un regard sévère et reprit d'une voix sèche :

— Le salut de votre âme est en danger, monsieur le curé. Je dois, pour vous permettre de réfléchir à l'extrême gravité de votre faute et de faire une sainte pénitence, prendre des décisions également graves.

Il garda un bref instant de silence et continua d'un ton qui n'admettait nulle discussion :

— Vous partirez ce soir même de Huesca pour Jaca. Vous vous rendrez au monastère de San Pancracio occupé, comme vous le savez, par des trappistes. J'y ai envoyé mes instructions. Je dois néanmoins vous prévenir que vous ne sortirez ni de jour ni de nuit de votre cellule sans en avoir reçu l'ordre. Vous assisterez à la Sainte Messe et aux diverses prières et cérémonies religieuses auxquelles assiste la communauté; pour le reste, vous vous en remettrez aveuglément au R.P. Prieur, dépositaire de mon autorité. Vous m'avez compris?

— Fort bien, monseigneur.

— Vous ne rencontrerez personne avant votre départ de Huesca, que vous garderez secret à tous...

Ayant ainsi parlé, Monseigneur se leva et congédia Mosén Risueño.

— Je voudrais, monseigneur, vous faire un aveu qui m'est pénible...

Le prélat haussa les sourcils et fit un geste de la main comme pour répondre : « Je vous écoute. »

Le curé de Saint-Laurent conta fort brièvement ses démêlés avec Lucas Sanchez et finit par avouer à son évêque comment, avec la complicité du commissaire Marranito, il avait extorqué quinze mille *duros* à l'Andalou.

— Voici la moitié de cette somme, c'est-à-dire ma part — et, joignant le geste à la parole, Mosén Risueño posa devant Monseigneur une épaisse liasse de billets.

Le vieux prélat n'en croyait pas ses yeux; qu'un prêtre, qu'il venait d'admonester et de punir avec cette sévérité, pût lui remettre une somme aussi importante, cela l'étonnait au dernier degré. Mais comme il était aussi hypocrite qu'avare, il ne voulut pas trahir sa surprise et répondit d'une voix devenue plus douce :

— Vous avez mal agi, monsieur le curé... Très mal... Mais votre geste me touche, croyez-le. Je remettrai cette somme à don Lucas et lui présenterai vos excuses.

Mosén Risueño dut se mordre les lèvres pour ne pas sourire de mépris; il s'inclina profondément et sortit.

8

Depuis les manifestations hostiles au gouverneur et l'arrivée de la comtesse de Rosatonta, Soledad vivait dans la plus vive inquiétude. Sans oser toutefois se l'avouer, elle redoutait le pouvoir de Mme de Carros et de ses amies ; elle craignait qu'ils ne réussissent, avec l'appui de Monseigneur, à évincer son mari. Ces craintes l'empêchaient de dormir. De plus, elle souffrait cruellement dans sa vanité : une comtesse, une marquise et deux académiciens se trouvaient à Huesca. Et *elle ne les verrait pas !* Cette pensée l'accablait. Parfois l'envie la prenait d'aller chez Mme de Carros afin de rentrer dans ses bonnes grâces ; mais elle craignait de se couvrir de ridicule aux yeux de tous, se rendant compte maintenant que son idée de découvrir un complot à Huesca l'avait placée dans la plus fâcheuse situation. « Comment sortir de ce mauvais pas ? se demandait-elle vingt fois par jour. Antonio est un homme faible ; si je lui fais part de mon anxiété, il perdra la tête, et se méfiera désormais de mes conseils. Donc, il faut tenir ! Le pourrons-nous ? Voilà le problème. »

Effondrée dans une chaise longue, Soledad roulait de sombres pensées dans sa tête. « Ce soir, se disait-elle, tous les notables de la ville se retrouveront chez Mme de Carros. Monseigneur, les chanoines de la cathédrale, les curés de nos deux plus riches paroisses, les fonctionnaires du gouvernement civil... » (A l'idée que les chefs et sous-chefs du gouvernement civil assisteraient à cette réception, Soledad devint écarlate...) « Nous serons la risée de la ville... Pourquoi ai-je eu l'idée de faire arrêter ce garçon? Comment pouvais-je deviner qu'il jouissait de l'appui de tant de hautes personnalités?... Mon Dieu! Quelle histoire et comme je paierais cher pour me tirer de ce faux pas! »

Elle n'eut pas le temps de poursuivre ce monologue; un domestique entra et lui annonça que Mme de Carros demandait à la voir. Soledad crut défaillir; elle balbutia quelques phrases confuses. « Nous sommes perdus! pensa-t-elle avec découragement. Sans doute vient-elle m'apprendre une mauvaise nouvelle. Madrid a dû céder à leurs pressions et leur accorder la grâce de ce fou... Mon pauvre époux qui souffre du foie!... Mais pourquoi ai-je donc inventé cette histoire?... »

Elle se reprit et descendit au rez-de-chaussée. Mme de Carros l'y attendait dans un vaste salon où Son Excellence, une fois par an, recevait les délégations des maires de la province. Avant de pénétrer dans cette salle, Soledad commit une bien vilaine action : elle regarda par le trou de la serrure.

Mme de Carros arborait une élégante toilette; assise dans un fauteuil installé près d'une fenêtre, elle retouchait son maquillage, se mirant dans un poudrier en argent. Soledad se releva et, le cœur battant, se dirigea vers cette ennemie qu'elle admirait et qui, la voyant entrer, se leva et sourit avec grâce.

— Sans doute êtes-vous bien étonnée de me voir ici? demanda Mme de Carros avec une simplicité tout affectée.

Soledad voulut répondre, mais ne réussit qu'à balbutier des phrases où il n'y avait rien à comprendre. Elle se sentait gauche et maladroite devant cette femme élégante qui la fixait d'un regard dont le sens lui échappait. Ce regard la traversait jusqu'à l'âme. « Elle doit me trouver bien sotte, pensait Soledad. Avec elle, je suis toujours gauche. Que pense-t-elle de ma robe?... »

On eût dit que Mme de Carros devina cette pensée.

— Vous portez une robe ravissante, chère amie. Il faudra que vous me donniez l'adresse de votre couturière. A moins que ce ne soit votre *petit secret*...

Elle prononça ces dernières paroles en français et avec un sourire malicieux.

Soledad rougit de plaisir et demanda :

— Elle vous plaît ? Vraiment ?

— Vous en doutez ? Mais cette robe est ravissante, ma chère !

— Elle... est toute simple, expliqua l'épouse du gouverneur.

— L'élégance est toujours simple. Vous n'êtes pas de cet avis ?

— Si... Bien sûr... Mais enfin...

Elle s'aperçut que Mme de Carros était restée debout :

— Asseyez-vous, je vous prie, proposa Soledad d'un ton presque suppliant.

Elles étaient maintenant face à face près d'une grande fenêtre qui s'ouvrait sur la place du Gouvernement et sur le parc.

— Vous vous demandez sans doute quel est le but de ma visite ?

La malheureuse Soledad ne se le demandait que trop ; elle eut un sourire niais.

— Je suis venue en amie. Des malentendus se sont parfois élevés entre nous que je voudrais dissiper ; mais, auparavant, je voudrais vous poser une question : me permettez-vous de vous parler à cœur ouvert et de vous conseiller comme je conseillerais une sœur ou ma propre fille ?

Soledad commençait à s'attendrir ; ses yeux se mouillèrent.

— Vous êtes trop bonne...

— Mais non, mais non !... Seulement juste. Vous êtes une femme cultivée et intelligente ; j'ai beau ne pas aimer le régime que sert votre mari, je n'en éprouve pas moins à votre égard une sympathie réelle.

Ce préambule bouleversa l'épouse du gouverneur qui faillit éclater en sanglots ; elle se contenta de regarder Mme de Carros avec des yeux brillants de gratitude.

— Vous n'ignorez pas qu'une mienne amie, la comtesse de Rosatonta, est arrivée à Huesca. C'est une femme riche et puissante, qui jouit des plus hautes protections à

Madrid. Elle s'intéresse de fort près à ce Carlos Sanchez, incarcéré sous l'accusation d'appartenance au parti communiste. Elle a connu ce jeune homme à Madrid ; un psychiatre éminent l'y avait examiné et déclaré fou.

Mme de Carros se tut un instant qui sembla interminable à Soledad. Elle reprit :

— Si la comtesse exerce à Madrid une pression dans un sens ou dans un autre, il ne fait pas de doute qu'elle obtiendra gain de cause. Je l'ai empêchée d'agir avant de vous avoir rencontrée.

» J'ai cru deviner quel but vous poursuiviez en faisant incarcérer ce dément. (Se penchant vers Soledad et sur un ton d'intimité :) Car l'idée est de vous, n'est-ce pas ?

Soledad ne savait plus très bien où elle en était ; elle baissa la tête et rougit modestement.

— Je vous le répète, chère amie, votre plan était *très* ingénieux. Vous connaissez pourtant le dicton : « L'homme propose et Dieu dispose... » Comment auriez-vous pu deviner que ce garçon jouissait de la protection de la comtesse ?

Cette question n'appelait nulle réponse. Soledad buvait les paroles de Mme de Carros et se disait : « Comme elle est intelligente ! Elle comprend tout. » Mme de Carros comprenait surtout qu'elle pourrait manœuvrer Soledad comme elle l'entendait et cette pensée l'amusait beaucoup.

— J'ai bien réfléchi à votre situation, enchaîna Mme de Carros après un court instant de réflexion. Elle m'apparaît fort délicate. Vous ne pouvez décemment faire libérer cet étudiant sans perdre la face ; vous risquez, en ne le libérant pas, d'être désavouée par Madrid. Me trompé-je ?

« Non ! Non ! » fit Soledad de la tête, en posant sur son interlocutrice un regard plein d'admiration.

— Je veux vous aider. Je dois vous avouer que je le fais plus pour vous que pour votre mari, et j'ose espérer que ma franchise ne vous déplaît pas.

— Comment vous remercier ? demanda Soledad, qui ne s'apercevait pas que Mme de Carros la menait où elle voulait, en passant par où elle avait décidé de passer.

— Ne me remerciez surtout pas. Je vous admire et

votre défaite me peinerait. Après mûre réflexion, je ne vois qu'un seul moyen de vous tirer de ce mauvais pas...

Elle s'interrompit... Soledad, bouche bée, attendait le miracle. Il eut lieu.

— Vous allez vous joindre à nous, déclara Mme de Carros avec force.

— Comment cela ?

Soledad n'entendait plus rien à cette énigme. Elle cherchait à comprendre la proposition de Mme de Carros et ne réussissait qu'à l'embrouiller un peu plus.

— C'est très simple, expliqua Mme de Carros, imperturbable. Vous viendrez ce soir chez moi. J'y offre une petite fête en l'honneur de la comtesse et de ses amis de Madrid. Vous direz à tous qu'on s'est trompé d'individu et qu'on a arrêté Carlos Sanchez à la place d'un autre. Votre mari appuiera cette version ; après quoi, il fera libérer Carlos Sanchez...

Soledad rayonnait. Elle allait être reçue chez Mme de Carros ! Elle y rencontrerait la comtesse de Rosatonta ! On lui offrait une paix honorable ! N'en pouvant plus de bonheur, elle se mit à pleurer, ce qui inquiéta vivement Mme de Carros.

— Ma proposition ne vous convient pas ? demanda celle-ci.

Soledad fit oui de la tête ; puis, entre deux hoquets :

— C'est... Vous êtes trop bonne... Je... Vous êtes une véritable amie...

— Je vous répète, ma chère Soledad (vous me permettez de vous appeler ainsi, n'est-ce pas ?) que je vous admire trop pour que l'idée de vous voir humiliée ne me soit insupportable.

Soledad atteignait au maximum de l'attendrissement ; son âme était transportée de reconnaissance et de bonheur. Pour un peu, elle se serait précipitée dans les bras de celle qu'elle croyait sa plus fidèle amie ; c'est ce que Mme de Carros redoutait par-dessus tout. « Pourvu qu'elle ne m'embrasse pas ! se disait-elle. Je ne saurais réprimer un mouvement de dégoût. Comme elle est vulgaire ! » Pour échapper aux embrassades attendries de Soledad, Mme de Carros ajouta :

— Je veux aussi, chère amie, que votre plan — malgré cet échec dont vous n'êtes pas responsable — soit couronné du succès qu'il méritait. Je convaincrai la comtesse qu'elle obtienne à Madrid une nouvelle affectation pour votre époux.

Soledad protesta ; comment maintenant pourrait-elle s'éloigner de Mme de Carros ? Cette séparation lui serait trop cruelle.

— Votre intention me touche, chère Soledad. Mais une tête comme la vôtre doit maîtriser les élans du cœur. Il vous faut partir et, dans votre nouveau poste, gagner l'amitié des monarchistes. Nous aurons besoin, croyez-le, de femmes comme vous. D'ailleurs, ajouta-t-elle avec un sourire, je vous écrirai. Nous nous reverrons souvent, je vous le promets.

Son Excellence ne comprenait rien aux propos de sa femme. Il les entendait sans les comprendre. Elle était au comble de l'extase. Lui, au fur et à mesure qu'il entrevoyait mieux ce qu'elle voulait de lui, faisait une figure de plus en plus triste.

— Mais enfin, s'écria-t-il à la fin, je ne peux tout de même pas relâcher ce garçon après avoir, contre vents et marées, poursuivi ton idée !

— Puisque je te dis que c'est simple comme bonjour.

— Simple comme bonjour ?... Tout de même !...

— Ah ! non, ne recommence pas avec ton *tout de même !* Tâche de surveiller tes expressions chez Mme de Carros !

Le gouverneur se laissa choir dans un fauteuil. Il cherchait à voir clair dans cette affaire ; plus il l'examinait, plus elle devenait obscure. Il poussa une plainte étouffée :

— Mais que va dire Camaléon, femme ?

— Qu'a-t-il à dire ?

— C'est lui qui a dirigé l'opération « Tombeau du Christ » ; jamais il n'acceptera que je raconte qu'il a fait capturer un fou à la place du communiste que nous cherchions !

La réflexion de Son Excellence surprit Soledad. Elle n'avait pas songé à Camaléon. Que dirait-il en apprenant qu'on rejetait sur lui la responsabilité de cette affaire rocambolesque ?

— Camaléon est sourd, observa-t-elle sans grande conviction.

— Sourd, mais pas aveugle. Il montrera aux journalistes mes instructions écrites ; il... Ton idée ne tient pas debout, femme !

— Nous devons accepter la main que nous tend Mme de Carros, Antonio. Nous avons, elle et moi, longuement réfléchi ; cette solution paraît la seule possible. Il faut nous ranger avec le parti le plus puissant ; tant pis pour Camaléon ! De toute manière, il atteint l'âge de la retraite...

Le gouverneur parut accablé et repartit d'une voix douce :

— Tâche de réfléchir, Soledad. Si nous désavouons Camaléon, celui-ci découvre le fin mot de l'affaire et nous passons, aux yeux de tous, pour des crétins malhonnêtes. Cet homme-là est un esprit simple ; il rêve d'une nouvelle décoration, et croit l'avoir méritée en capturant Carlos Sanchez.

Soledad dut, la mort dans l'âme, reconnaître que son mari, cette fois, voyait juste. Impossible de se désolidariser d'avec le lieutenant-général Camaléon.

— Mais alors, Antonio, que faire ? Irons-nous à cette fête, oui ou non ?

Elle posa cette question d'une voix presque suppliante. Il rougit d'étonnement. C'était la première fois que Soledad lui demandait son avis. Il prit un air important pour répondre :

— Nous irons, femme. Je te le promets. Trois heures viennent de sonner. Avant sept heures, j'aurai résolu ce problème.

Elle le regarda avec cette admiration conjugale qui est la plus niaise des admirations.

— Je suis sûre que tu trouveras, Antonio.

Il quitta son bureau d'un pas décidé. Il se sentait, à cinquante-trois ans passés, devenir un homme.

9

Napoléon, au lendemain de la bataille d'Austerlitz, n'était pas plus heureux que Son Excellence le gouverneur de Huesca qui venait de remporter sa première victoire conjugale. Il se tenait debout devant une glace et se découvrait un visage viril. Cette image de lui l'emplissait d'étonnement. Habitué depuis plus de vingt ans à suivre docilement les conseils de sa femme, cette première victoire lui faisait l'effet d'une révolution. « J'ai eu tort de toujours céder, disait-il gravement à ce nouvel Antonio Lopez qu'il découvrait dans la glace. Les femmes aiment les hommes énergiques. »

Ce bonheur ne dura pas longtemps. Le gouverneur avait promis à Soledad de trouver une solution honorable à son problème ; la difficulté n'est pas de promettre, mais de tenir. « Récapitulons, se dit Son Excellence. Mme de Carros et ses amis sont les plus forts. Ils obtiendront la grâce de cet étudiant pour peu qu'ils le veuillent. Le ministre désavouera mon attitude. De quelles forces disposé-je ? D'un général sourd comme un pot qui, heureusement, représente l'armée. J'ai contre moi l'Église en la personne de Monseigneur, l'aristocratie et la haute bourgeoisie. Ma position est intenable, c'est certain... » Il reprit haleine, fort satisfait de cette première partie de son raisonnement. Le gouverneur savait, on le voit, bien poser un problème ; restait à le résoudre. « Donc, poursuivit-il en pensée, je dois céder sans avoir l'air de céder... Comment ?... » Il interrompit son monologue et s'assit dans un fauteuil, l'air accablé. Sa situation n'était guère enviable, on le reconnaîtra. « L'idée de Mme de Carros m'a tout l'air d'un guet-apens. Si je me range à son avis, j'accuse l'armée d'avoir capturé un fou à la place du chef communiste que nous cherchions ; et Camaléon, quoique sourd, entendra ce discours. Il se hâtera de convoquer les journalistes et je serai couvert de ridicule... » Le gouverneur caressa distraitement son front lisse. « Qu'eût fait Mussolini à ma place ?... Je le sais : il eût renvoyé les journalistes, mis l'évêque et ses amis en prison et fusillé le fou. Hélas ! l'Espagne n'est pas l'Italie. Les évêques sont chez nous pris au sérieux : on les respecte. Un homme, fût-il gouverneur, doit tenir compte de leur puissance... » Il se releva, se regarda dans la glace qui se trouvait au-dessus d'une vaste cheminée et, s'adressant à lui-même, prononça à voix haute : « Que faire, Antonio ? Tu es la principale victime du complot inventé par ta femme ! Pourquoi as-tu suivi ses conseils ? Une femme n'entend rien aux affaires de gouvernement. Trop tard pour te lamenter. Il faut agir ! » Il dit cela d'un ton décidé et regagna son fauteuil, l'air plus accablé encore. « C'est bien joli de se dire " Agis ! " Encore faut-il le pouvoir ! Je suis pris entre deux feux : l'armée et l'Église... » Soudain une idée lumineuse traversa son cerveau : « Je sais ! » hurla-t-il. Christophe Colomb n'avait pas dû jeter cri plus joyeux en apercevant le Nouveau Continent. « Je vais sonder l'état d'esprit de Camaléon. » Cette idée vaut qu'on l'admire ; un homme qui raisonne avec autant de justesse mérite, s'il le désire, de devenir ministre.

Camaléon, malgré sa surdité, entendit parfaitement les propos voilés du gouverneur ; il devina, bien qu'il fût militaire de carrière, qu'on voulait rejeter sur lui la responsabilité de ce « faux complot ».

— Mon cher Antonio, répondit-il avec fermeté, je comprends très bien que tu cherches à te tirer d'un mauvais pas. Je suis ton ami ; nous jouons ensemble aux échecs, mais mon amitié pour toi ne va pas jusqu'à assumer la responsabilité de tes fautes. Je suis militaire et me dois de veiller aux intérêts de l'armée. Si tu t'avisais d'agir comme tu viens de me l'indiquer, je rendrais sur-le-champ publiques les instructions écrites que tu m'as données. Elles étaient claires : capturer un dangereux communiste appelé Carlos Sanchez. De plus, j'enverrais un rapport détaillé au ministère de la Guerre.

Ces paroles convainquirent le gouverneur. Il fit mille protestations d'amitié au lieutenant-général qui ajouta :

— De toute manière, il n'est pas question de libérer ce garçon, même si, comme tu le prétends, il est innocent. L'armée avait une tâche à remplir. Je tiens à ce que le succès foudroyant de notre mission soit récompensé comme il le mérite.

Son Excellence le gouverneur civil saisit cette allusion au vol.

— Justement, cher Camaléon, hurla-t-il à l'oreille du général, j'ai pensé à toi pour la croix d'Isabelle la Catholique, qu'en dis-tu ?

— Je te remercie, cher Antonio. Mais je l'ai déjà.

Antonio Lopez devint cramoisi :

— Vrai... ment ? bégaya-t-il.

— En revanche, poursuivit Camaléon avec un fin sourire, la croix du Mérite agricole m'emplirait de joie ; c'est une bien jolie décoration. Mes parents, comme tu le sais, étaient agriculteurs...

Le gouverneur perdait contenance :

— La croix du Mérite agricole ? s'écria-t-il. Mais tu es militaire ! Cette distinction a été créée pour les agriculteurs et les éleveurs [1] !

— Justement, cher Antonio. J'ai pensé que ce serait assez original pour un militaire de carrière d'être décoré de cet ordre-là. Tu ne trouves pas ?

— Bien sûr... Mais... mais... à... quel titre... pourrais-je... ?

— J'y ai réfléchi et je crois avoir trouvé.

Le lieutenant-général Camaléon prit un temps avant d'expliquer d'une voix triomphante :

— Ton communiste menaçait les paysans ; j'ai réussi à écarter cette menace ; ne pourrais-tu, pour me marquer

1. Mauvais prétexte. N'importe qui peut en être décoré.

leur reconnaissance, me faire obtenir la croix du Mérite agricole ?

Lopez fit oui de la tête. Il ne se sentait plus le courage de discuter avec Camaléon. Celui-ci partit fort content de cette promesse et le gouverneur, resté seul, se sentit perdu.

Cependant, à Madrid, Mgr Viudas tâchait d'obtenir la grâce de Carlos Sanchez. Le complot imaginé par Soledad Lopez de Lopez devenait ainsi, à son insu, une véritable affaire d'État.

Si l'évêque de Madrid-Alcalá avait l'esprit le plus étroit qu'on puisse imaginer, le ministre de la Justice n'avait, lui, aucune sorte d'esprit, pas même du plus borné. C'était un homme grand et maigre avec des bras trop longs dont il ne savait que faire ; sur ce corps d'un mètre quatre-vingt-sept centimètres, une tête minuscule, d'où émergeaient deux yeux ronds, sans couleur ni expression aucune. Santiago Caracol — c'était le nom du ministre — membre de l'Opus Dei, tirait une grande vanité de son ignorance qui était, on doit l'avouer, étonnante. Cet homme n'avait rien lu, hormis son paroissien qu'il savait par cœur. Tout livre lui était suspect. Aussi surpris de son élévation que Mgr Viudas l'était de son épiscopat, il cherchait, par tous les moyens, à se maintenir au poste où on l'avait mis. Malgré son incommensurable sottise, Santiago Caracol avait deviné qu'il devait la place où la fortune l'avait élevé à son ignorance. Aussi se gardait-il bien d'acquérir des connaissances. Il se flattait au contraire de ne rien connaître en dehors des commandements de Dieu et de l'Église. Il avait fait au ministère installer une chapelle privée, où il passait quatre ou cinq heures par jour à remercier le Seigneur de l'avoir fait ce qu'il était : le plus sot parmi les sots.

Cet homme refusa d'entendre les paroles de Mgr Viudas. Un complot communiste à Huesca, cela pouvait servir les intérêts du gouvernement et donc de l'Église. Carlos Sanchez, qu'il fût ou non communiste, serait donc sacrifié aux intérêts de l'État. Lui, ministre de la Justice, par la grâce de Dieu (et un peu du général Franco), n'avait pas à entrer dans des considérations d'ordre sentimental. Des innocents étaient, depuis la création du monde, massacrés un peu partout ; un de plus ou de moins, cela ne changerait rien à l'affaire.

— Vous dites, monseigneur, que ce garçon est peut-être fou ; un homme qui a perdu l'esprit n'est pas un innocent. Le gouvernement dont je fais partie se trouve dans une situation délicate ; à Barcelone, à Valence, à Bilbao, des ouvriers sont en grève. Les grèves, cela saute aux yeux, sont dirigées par les communistes. L'arrestation de ce fou tombe fort à propos pour attirer l'attention du peuple espagnol sur les agissements du parti communiste. Vous voudriez, monseigneur, que nous laissions passer cette chance qui s'offre à nous ?

L'évêque regagna son palais. « Cet homme est un sot, se dit le prélat. Il n'y a rien à en tirer. »

Le R.P. Martin ne l'entendait pas ainsi. Il alla le lendemain trouver Santiago Caracol et lui parla en ces termes :

— Je viens parler à Votre Excellence au nom de Son Excellence l'évêque de Madrid-Alcalà. Celui-ci, avec la plus paternelle bienveillance, a réfléchi aux propos que Votre Excellence lui a tenus.

» Il ne peut, hélas ! malgré son désir, se ranger à vos avis. Avant de s'adresser directement au chef de l'État...

Ici, le jésuite prit un temps ; le ministre devint écarlate.

— ... Monseigneur tient à vous faire entendre les raisons qui le poussent à réfuter les arguments de Votre Excellence.

» Ce Carlos Sanchez jouit de la protection de la comtesse de Rosatonta, laquelle, Votre Excellence ne l'ignore sans doute pas, est alliée aux plus grandes familles d'Espagne ; des journalistes étrangers suivent, d'autre part, les développements de cette affaire avec un extrême intérêt. Il semble donc, et je ne fais que répéter les termes employés par Monseigneur lui-même, qu'il serait contraire et aux intérêts de la Sainte Église et à ceux de l'État de châtier cet étudiant. Votre Excellence sait, sans doute, que la question se pose de savoir si ce garçon a, oui ou non, vu Notre-Seigneur. Le curé de l'Immaculée-Conception a été, bien malgré lui, le témoin d'une scène fort troublante. Une dame fortunée et qui jouit de l'estime de tous, était, depuis de nombreuses années, atteinte d'un mal incurable. Ce jeune homme l'a bénie ; la malade s'est relevée, guérie... »

Son Excellence le ministre de la Justice commençait d'être troublé ; il voulut parler, le jésuite l'en empêcha :

— Je n'ignore pas qu'il ne nous faut accepter ces récits qu'avec la plus profonde méfiance ; l'Église, Votre Excellence pourrait me le faire remarquer, agit, en ces matières délicates entre toutes, avec une prudence extrême. Mais, et c'est là que se pose pour Monseigneur un problème : est-il sage de laisser punir un garçon que certains, peut-être à tort, considèrent comme un saint ?

Le jésuite dévisagea avec curiosité Santiago Caracol ; le ministre paraissait accablé. Il voulait un communiste et sentait que celui qu'il croyait tenir lui échappait. Sa figure eût inspiré une pitié sans bornes si la sottise qui s'y lisait à l'œil nu ne l'eût rendue ridicule. Il murmura :

— Monseigneur a sans doute raison, mon père. J'ignorais ces... complications. Nous ne pouvons pas, bien entendu, nous acharner contre ce garçon. C'est bien ennuyeux, croyez-moi !...

10

Six heures sonnèrent à l'horloge de la cathédrale. Le gouverneur compta les six coups avec la plus grande angoisse. Dans une heure, les premiers invités franchiraient le seuil de la villa de Mme de Carros ; Soledad mourrait de chagrin si elle ne pouvait pas être présentée à cette comtesse en l'honneur de qui la fête était donnée. Son Excellence, l'air terne et ennuyé, se lamentait. « Jamais Soledad ne me pardonnera cela, pensait-il avec amertume. Je lui avais promis d'arranger cette affaire ; je sens bien que je n'y réussirai pas. J'aurai beau expliquer à ma femme que tout cela est de sa faute, je sais qu'elle ne voudra rien entendre. Pauvre Soledad !... » A vrai dire, le gouverneur, tout en plaignant son épouse, s'attendrissait aussi sur lui-même ; car il brûlait, lui aussi, du désir de fréquenter le grand monde, incarné à ses yeux par Mme de Carros. La fatalité semblait s'acharner sur ce fils d'un apothicaire de village. N'y aurait-il donc pas de justice sociale ? Le gouverneur n'eut pas le temps de trancher cette délicate question.

Son secrétaire survint ; il semblait fort agité.

— Un câble secret vient d'arriver, Excellence. On le déchiffre en ce moment. Il est signé par Son Excellence le ministre de la Justice. Je crains bien que son contenu ne soit en rapport avec l'affaire de ce jeune homme...

Le gouverneur le craignait aussi. « Ils l'ont emporté, se dit-il avec amertume. Nous sommes perdus. »

Son Excellence se trompait. Les instructions du ministre, quoique fermes, étaient accompagnées de mille protestations d'amitié. Le gouverneur, craignant d'avoir mal compris, relut le message. Non seulement, il n'y était pas question de disgrâce, mais encore le ministre le remerciait-il de son « zèle patriotique » ! Il crut rêver.

Son Excellence, l'âme inondée de joie, convoqua de nouveau Camaléon. Le lieutenant-général arriva dix minutes plus tard, fort surpris.

— Je viens de recevoir de Madrid l'ordre de libérer sur-le-champ Carlos Sanchez, commença le gouverneur.

Camaléon posa sur son ami un regard soupçonneux.

— Où est-il cet ordre ?

— Le voici, signé du ministre de la Justice.

Camaléon n'en revenait pas :

– Par exemple ! s'écria-t-il. Si je comprends bien, on désavoue notre esprit d'initiative. C'est la première fois de ma vie qu'une telle mésaventure m'arrive.

— Je comprends tes sentiments. Nous sommes amis et je veux, malgré cet incident, te marquer ma reconnaissance. Tu seras chevalier de l'ordre du Mérite agricole.

Le lieutenant-général se leva et, d'une voix émue :

— Merci, Antonio, lui dit-il. Tu es un véritable ami.

Dès qu'il fut parti, le gouverneur poussa un soupir de soulagement. « Nous voilà sauvés, se dit-il. Je peux à présent faire libérer ce fou. Me voilà tiré de cette situation fâcheuse. Soledad pourra se présenter chez Mme de Carros. »

Dix minutes plus tard, un communiqué officiel apprenait aux habitants de Huesca que Carlos Sanchez, soupçonné à tort d'appartenir au parti communiste, allait être libéré.

Soledad dévisagea son mari avec angoisse ; il prit une voix dégagée pour lui demander :

— Es-tu prête, femme ?

Elle acquiesça sans comprendre. Il lui annonça, sans insister et s'en attribuant le mérite, ce qu'il venait de décider. Soledad croyait rêver. « Mon Dieu ! pensait-elle, est-il possible que je me sois à tel point trompée sur mon mari ? Je le croyais sot et indécis. Il vient de me prouver qu'il n'est ni l'un ni l'autre. » Cette pensée la rendit triste ;

elle se mit à pleurer[1]. Il voulut connaître la cause de ce chagrin subit.

— Je pleure de honte, expliqua-t-elle d'une voix étouffée par les sanglots. Je t'ai méconnu. Comme tu as dû souffrir, mon bon ami, de voir que ta femme se méprenait à ce point sur toi ! Je suis indigne de porter ton nom !...

Le gouverneur goûtait des instants délicieux ; il en oubliait de bégayer :

— Mais non, Soledad ! J'aimais à t'écouter, voilà tout.

La malheureuse redoubla de larmes.

— Ne cherche pas à me consoler. (Elle se moucha bruyamment.) ... Je sais que tu as souffert par ma faute. Je ne te respectais pas assez... Ah ! découvrir un homme après vingt ans de mariage !

Le gouverneur le découvrait aussi ; mais il n'est jamais trop tard pour bien faire. Il jetait des coups d'œil attendris à la glace et, s'y mirant, trouvait que... mon Dieu ! n'est-ce pas ?...

La fête battait son plein. On eût dit un jacassement de perruches. La comtesse, fêtée, adulée, allait de l'un à l'autre de ces groupes. Le jardin s'emplissait. Le champagne échauffait les esprits ; chacun parlait un ton au-dessus de la normale. Le brouhaha des conversations couvrait le bruit de l'orchestre.

Seule doña Paz demeurait lucide. Elle se tenait droite, ombre noire au milieu des couleurs chatoyantes, telle la Justice.

Monseigneur arriva et voulut s'asseoir en prétextant sa fatigue mais, en réalité, parce que sa petite taille lui donnait un complexe d'infériorité. Mme de Carros lui présenta la comtesse et les deux académiciens :

— Je suis bien aise de vous rencontrer, messieurs, dit le prélat à Roberto Pocolisto et à Miguel Pitorreo. Je voulais vous dire, pour commencer, quelle admiration j'ai pour

1. Ce qui semble confirmer cette remarque . le don des larmes appartient de préférence aux plus sots.

vous. Il y a longtemps que je lis ce que vous écrivez avec un intérêt toujours accru et un émerveillement de tous les instants. Comme je vous envie d'être des créateurs, moi qui ne suis capable que de traduire — médiocrement — les auteurs que j'admire !

Se tournant vers Pitorreo, il ajouta :

— Votre chronique littéraire notamment me ravit. Quelle intelligence ! Quelle justesse de ton ! Que d'aperçus nouveaux ! Je ne vois nul autre critique à vous comparer. Aucun autre ne possède, à un tel degré, cette culture étendue sans laquelle la critique littéraire n'est qu'un compte rendu. Comme j'approuve vos idées sur la littérature contemporaine !

Pitorreo était charmé par l'intelligence du prélat. L'académicien reconnut, modestement, qu'en effet aucun autre critique ne possédait cette culture sans laquelle... Il déplora que la jeunesse ne s'intéressât pas assez à cette « merveilleuse discipline de l'esprit » qu'est l'étude des langues grecque et latine. On parla d'Homère, d'Ovide, de Virgile, d'Eschyle et de Platon. Mme de Carros tenait ce jour-là un véritable bureau d'esprit.

— M. le curé de l'Immaculée-Conception m'a fait part, messieurs, de votre désir de présenter ma candidature à l'Académie royale des Belles-Lettres. J'avoue m'être opposé à cette démarche : que sont mes mérites auprès des vôtres, messieurs ? Je craignais, et crains encore, de faire bien piètre figure au milieu d'hommes aussi éminents que vous, par leur science comme par leur esprit. Je dois vous l'avouer, messieurs : je suis confus de ce que mes pauvres écrits aient trouvé grâce à vos yeux.

Les académiciens à leur tour firent assaut de politesses, protestèrent que Monseigneur était vraiment trop modeste, qu'ils avaient lu ses traductions avec une profonde admiration [1], qu'il symboliserait à l'Académie ce type humain devenu, hélas ! si rare : le prélat humaniste.

1. Absolument faux

A l'intérieur de la villa, dans un salon étroit aux murs recouverts de boiseries, se tenait la conférence des Trois Grandes : la comtesse de Rosatonta, doña Paz et Mme de Carros. Cette dernière venait d'apprendre à ses alliées la démarche qu'elle avait effectuée auprès de Soledad. La comtesse l'approuva ; doña Paz, toujours digne, argua d'une voix sévère :

— Vous avez, madame, agi avec les meilleures intentions du monde ; je ne vois pour ma part, aucun inconvénient à ce que Carlos Sanchez soit libéré au plus vite. Mais la question n'est pas tant de le faire libérer que d'obtenir qu'un tribunal reconnaisse son innocence et sa haute vertu.

Se tournant vers la comtesse, la vieille dame ajouta :

— Nous sommes tombées d'accord sur ce point, Mme la comtesse de Rosatonta et moi. Aucun arrangement, s'il ne s'accompagne de cette réparation publique, ne saurait nous satisfaire.

Mme de Carros demeurait perplexe. Comment en obtenir autant ?

— Je crois, dit-elle, que nous devons, dès que l'épouse du gouverneur sera ici, la convaincre de nous aider. En tout cas, je suis d'avis qu'il faut nous montrer aimables envers elle, puisque aussi bien tout dépend d'elle.

Les trois femmes tombèrent d'accord sur ce point. Elles examinèrent ensuite les demandes des uns et des autres.

— Tant que Carlos Sanchez sera en prison, déclara Mme de Carros, nous aurons tout à craindre de ceux qui peuvent, en changeant d'avis, ruiner le succès de notre mission. Un seul moyen de nous les attacher : leur accorder ce pour quoi ils ont bâti cette histoire. Êtes-vous de cet avis ?

— Absolument, répliqua doña Paz. Rien ne doit être livré au hasard.

— Le gouverneur, reprit Mme de Carros, qui a eu l'idée d'inventer ce complot, désirait, par ce moyen, obtenir une nouvelle affectation. Pourrons-nous satisfaire ce désir ?

— Très facilement, affirma doña Paz. Je connais personnellement le ministre de l'Intérieur, qui serait ravi de m'obliger.

— L'évêque veut siéger à l'Académie royale.

— Ce sera fait, dit la comtesse.

— Dans ce cas, nous tenons la victoire ! s'écria joyeusement Mme de Carros.

Les trois femmes rejoignirent les invités. A ce moment, des cris hostiles retentirent le long de l'avenue du Général-Franco.

— Mon Dieu ! s'écria Mme de Carros. Le gouverneur !

C'était en effet Son Excellence et son épouse qui, entourés d'une foule hostile, hésitaient à quitter leur voiture. La comtesse vola à leur secours. S'adressant à la foule :

— Vous faites erreur ! s'écria-t-elle. Son Excellence vient d'ordonner qu'on libère Carlos Sanchez. Le gouverneur est à présent à nos côtés.

La foule aussitôt vira de bord :

— Vive le gouverneur ! s'écria-t-elle.

— Vive Soledad Lopez de Lopez !

— Vive la Justice !

Le gouverneur descendit de sa voiture, salua de la main et remercia en termes chaleureux la comtesse de Rosatonta.

— C'est à moi de vous remercier, Excellence. J'ai su que vous acceptiez de libérer cet infortuné garçon. Votre geste...

Elle s'interrompit en voyant apparaître Soledad et dut accomplir un effort surhumain pour ne pas éclater de rire. L'épouse du gouverneur, tremblante d'émotion à l'idée de serrer la main d'une comtesse authentique, était plus ridicule que jamais. Guindée dans une robe rouge à pois blancs, fardée comme un clown, elle faisait irrésistiblement songer à ces marionnettes en carton-pâte qu'on peint de couleurs vives. Elle souriait niaisement. Son visage trahissait une joie simple et profonde. Mary Rosatonta se mordit les lèvres, esquissa un sourire plein de grâce et se dirigea vers Soledad :

— Quelle ravissante robe, chère madame ! Comme elle vous sied bien !...

Soledad vivait l'un de ces instants qu'on n'oublie pas. Elle accentua son sourire. La comtesse reprit d'une voix douce :

— Je sais, chère madame, que vous vous êtes intéressée au sort de mon protégé. Comment vous en remercier ?

Son Excellence et son épouse, tout en devisant avec la comtesse, pénétrèrent chez Mme de Carros. Soledad croyait rêver. Elle fréquentait enfin ce « grand monde » qu'elle admirait tant ! Comme un enfant, le soir de Noël, contemple le sapin et les cadeaux disposés autour, la femme du gouverneur fixait ces personnages importants d'un regard où l'admiration l'emportait sur la curiosité.

Doña Paz, Alicia Cayetano, Pocolisto et Pitorreo entourèrent Soledad. Celle-ci, légèrement grisée par les attentions qu'on avait pour elle, faisait mille manières. Elle riait pour un oui et pour un non, trouvait de l'esprit aux plus sots, découvrait des allusions pleines de finesse aux propos les plus insignifiants. Le champagne la rendait loquace. La malheureuse vivait un songe merveilleux et ne se doutait pas que tous ceux qui l'entouraient se moquaient d'elle en leur for intérieur. Jésus n'a-t-Il pas dit : « Heureux les pauvres d'esprit ? » Heureuse, Soledad l'était à un point qu'on ne saurait imaginer.

La marquise de los Picos, plus lasse et l'air plus ennuyé que jamais, se tenait assise à l'ombre d'un cèdre centenaire. Soledad lui fut présentée par Mme de Carros. La marquise fit à l'épouse du gouverneur le récit de ses démêlés avec des fantômes. Soledad croyait aux fantômes comme elle croyait à tout. Les deux femmes s'entendirent à merveille.

11

Carlos Sanchez attendait à Illescas, avec une sainte impatience, qu'on décidât de le transférer à la prison de Huesca. Il ne doutait pas d'être condamné à mort par le tribunal qui le jugerait ; comme mourir pour sa foi était son vœu le plus ardent, on devine que cette éventualité l'emplissait d'une joie céleste. Il brûlait de l'envie de subir le martyre ; cela étonnait ses gardiens qui étaient des esprits simples pour qui la vie était le plus précieux des biens. Ils rassuraient l'étudiant qui redoutait parfois qu'on le libérât. « Mais oui ! on te fusillera », lui disaient-ils avec une tranquille bonhomie. Carlos Sanchez exultait de bonheur. Mais l'administration est, hélas ! toujours lente. Ce ne fut que le 21 à l'aube que l'ordre arriva de transférer le prisonnier à Huesca.

Carlos Sanchez embrassa les soldats qui l'avaient arrêté et qui regardaient leur prisonnier avec un étonnement mêlé de pitié. L'étudiant les remercia et leur promit à tous le paradis, ce qui leur sembla, on peut le supposer, une promesse de gascon. Le jeune homme monta dans une voiture cellulaire traînée par des chevaux.

Ces bonnes dispositions ne devaient guère durer. Les lubies des fous passent comme elles viennent. Deux incidents changèrent l'état d'esprit de l'étudiant. Ils peuvent paraître insignifiants ; mais on n'ignore pas que les incidents les plus insignifiants prennent, dans un cerveau malade, des proportions extraordinaires.

Ce 21 juillet, la chaleur était suffocante. Pas une brise. La terre elle-même exhalait un souffle torride.

La voiture cellulaire, en avançant, soulevait une poussière grisâtre, au goût âcre. Carlos Sanchez était assis sur une banquette ; il était dans un état d'extrême agitation et parlait à voix haute bien qu'il fût seul dans la voiture.

Une abeille vint troubler ce rêve éveillé. Elle pénétra dans la voiture et parut prise de panique ; elle cherchait désespérément une issue, se cognant aux parois dans un bourdonnement affolé. Carlos Sanchez prit peur ; cette abeille pouvait, dans son affolement, le piquer ; Dieu seul sait pourquoi il imagina qu'on meurt d'une piqûre d'abeille. Le fait est que l'insecte, dans son cerveau malade, prit les proportions d'un monstre abominable. Carlos se protégeait le visage avec les bras ; l'abeille ne songeait aucunement à le piquer, mais à retrouver sa liberté. C'était une abeille mince et menue, dorée au soleil, noire dans la pénombre qui régnait dans la voiture. Elle manquait encore d'expérience ; au lieu de se poser pour reprendre des forces, elle s'agitait vainement comme ces personnes qui, ne sachant pas nager, tombent à l'eau.

Carlos se dit qu'il allait être piqué, qu'il allait mourir et que la grâce du martyre lui serait refusée. Cette crainte insensée s'empara de lui. C'est alors qu'il décida de tuer l'abeille, non par un réflexe instinctif, mais froidement ; il déchaussa son pied gauche et la guetta. Toutes les énergies du jeune homme se concentrèrent sur ce crime. Un effroi mêlé de haine défigura ses traits.

L'abeille se posa enfin, ivre de fatigue et d'émoi. Carlos ferma les yeux et frappa de toutes ses forces. Le silence se fit. L'étudiant rouvrit les yeux. Son regard se posa sur l'abeille. Elle n'était pas morte. Son corps mince avait été coupé en deux ; la moitié supérieure se refusait à mourir. Carlos vit ce corps disloqué bouger encore ; les ailes, les pattes fines battaient l'air dans une frayeur d'agonie.

Aucune parole ne saurait décrire l'ébahissement de notre fou. Il essuya son front baigné de sueur, voulu crier, détourna les yeux, mais une force irrésistible le poussait à assister jusqu'au bout à l'agonie de l'abeille. Celle-ci se raidit ; ses pattes, faiblement, s'agitèrent encore. Le drame s'achevait dans les cahots de la voiture cellulaire. Drame insignifiant, sans témoins — aux conséquences imprévisibles pour le meurtrier.

Celui-ci, glacé d'horreur, cherchait en vain à rassembler

ses esprits. Une personne sensée aurait aisément résolu ce problème. Elle se serait dit que des milliers d'abeilles étaient journellement tuées dans le monde et qu'il était ridicule de s'apitoyer sur le sort d'un insecte, alors que des millions d'êtres humains meurent chaque jour de faim.

Mais un fou ne peut raisonner. Carlos, les yeux encore emplis de l'agonie de cette abeille, fut pris de tremblements. Il prit les deux tronçons de ce minuscule cadavre et les lança farouchement à travers les barreaux de sa cage. Mais l'obsession de cette mort le poursuivait. Il eut beau prier, se repentir : le bourdonnement de cette bestiole emplissait encore l'air, la détresse muette de ces pattes secouées par la peur de mourir le bouleversait encore. Il se répétait sans cesse : « Je l'ai tuée !... Je l'ai tuée !... »

Cet incident, pour pénible qu'il fût, l'étudiant aurait pu, malgré son trouble, le surmonter. Mais une nouvelle épreuve l'attendait peu avant son arrivée à Huesca.

Les soldats qui escortaient le prisonnier avaient reçu la consigne la plus formelle de veiller sur sa vie et même sur sa santé. Ils furent pris du scrupule de le faire voyager sous ce soleil torride et firent halte en rase campagne, afin de lui donner à boire et de lui permettre de marcher pour se détendre.

Un figuier se dressait sur le bord de la route. Carlos s'assit à son ombre, l'air accablé. On n'apercevait âme qui vive à l'horizon ; pas un champ labouré. Rien que l'infinie monotonie du désert.

Un paysan survint. Il traînait un petit âne attaché à une corde. L'homme était gros ; une blouse noire tombait sur son pantalon rayé ; un chapeau de paille coiffait sa tête carrée. L'âne marchait lentement, remuant les oreilles et la queue pour se débarrasser d'un essaim de mouches bleues qui voltigeaient autour de lui. C'était l'un de ces ânes, comme on en voit tant en Espagne, de pelage gris, avec un regard triste et bon. Il suivait docilement le paysan. Carlos regarda l'animal avec tendresse ; une envie folle de pleurer s'empara de lui. C'est à cet instant précis que l'âne, effrayé, fit un geste brusque et réussit à se libérer et à s'enfuir. Le paysan proféra un blasphème et se lança à la poursuite de l'animal. Les trois soldats qui surveillaient Carlos Sanchez se mirent à rire et à encourager le paysan.

— Cours, homme !... Cours !...

— Ça te fera maigrir !...

— Essaie de le rattraper !...

Excité par la chaleur et par les cris, le paysan rattrapa l'âne ; de la main gauche, il tenait la corde ; il leva la droite et de toute la force de son poing frappa l'âne sur le museau. Les rires des soldats redoublèrent :

— Assomme-le, va !...

— Tue-le, grand-père !

— Décoche-lui donc un coup de pied, l'animal !...

L'homme, qui s'énervait, leva le poing de nouveau. Deux, cinq, dix coups... L'âne cherchait à fuir ; le paysan le tenait ferme.

Carlos, comme hypnotisé, assistait à ce spectacle ; il ouvrit la bouche, mais ne put proférer aucun son. Il voyait cette main épaisse, rouge, se lever et s'abattre avec rage sur le pauvre animal. Son cœur battait à se rompre ; ses jambes tremblaient. Il parvint enfin à jeter un cri ; tous les regards se tournèrent vers lui. Le capitaine roulait une cigarette ; il comprit, au premier regard, ce qui bouleversait son prisonnier.

— Cesse de t'acharner sur cette bête, homme !...

— Elle m'appartient, répondit le paysan d'un ton farouche.

— Je t'ordonne de cesser de le battre...

Le paysan obéit et repartit calmé, suivi de l'âne. Carlos, tremblant encore d'émotion, se dirigea vers la voiture cellulaire dans laquelle il s'engouffra, sans en attendre l'ordre. Il s'assit sur la banquette et, la tête entre les mains, pleura. Il comprit que l'offrande d'une vie ne pourrait jamais racheter tout le mal qui pesait sur le monde ; que l'orgueil avait parlé en lui plus fort que l'amour. Quel pouvoir, hormis celui de Dieu, pourrait contrebalancer le mal ? Cette découverte le laissa consterné.

Il se dit enfin qu'il était plus facile de mourir que de vivre et refusa la facilité. Il demanda à Dieu de faire de son existence une longue et douloureuse prière et pria le Seigneur de lui pardonner son orgueil.

La voiture avançait lentement. Le soir tombait ; le ciel pâlissait ; la terre s'assombrissait. Carlos se leva, colla son visage aux barreaux de la vitre arrière et son regard fiévreux erra sur la plaine. Dans le lointain, la Sierra de Guara se profilait ; les derniers rayons du soleil couchant éclairaient ses sommets. L'étudiant demeura un long moment à contempler ce paysage grandiose. L'émotion noua sa gorge ; ses yeux s'emplirent de larmes. « Comment ai-je pu souhaiter la mort et mépriser cette terre tant aimée de Dieu ? se demanda-t-il avec amertume. Comment n'ai-je pas compris qu'il est infiniment plus facile, pour un homme de foi, de mourir pour Notre-Seigneur que de témoigner pour Lui en aimant chaque jour davantage ce pays et les hommes qui l'habitent ?... » Il ne se comprenait plus.

Le convoi croisait des groupes de paysans qui regagnaient leurs villages. Leurs rires troublaient le majestueux silence qui régnait sur le désert. Carlos, l'âme transportée d'un bonheur extasié, ne se lassait pas de regarder cette campagne que la nuit commençait à recouvrir. Il se disait qu'il aimait cette plaine nue et sèche d'un amour farouche et passionné ; qu'il l'aimait au-delà des paroles ; cet amour qui l'emplissait lui arrachait des larmes. Comme il était loin maintenant de ses idées de martyre ! Comme il s'étonnait d'avoir souhaité mourir ! « Mourir n'est rien, pensait-il encore. Tandis que vivre !... Apprendre à aimer, à s'enivrer d'amour !... »

Le pauvre garçon ne savait comment exprimer toute la reconnaissance envers Dieu dont son âme était emplie. « Vous m'avez ouvert les yeux, Seigneur, et je Vous en remercie. Je Vous demande humblement pardon de Vous avoir offensé en méprisant cette terre pour laquelle Vous avez versé Votre précieux sang. »

La Sierra, petit à petit, s'estompait ; Carlos n'apercevait plus qu'une masse informe d'un rouge violacé. Il se dit que c'était là-bas qu'il avait annoncé la venue du royaume des cieux. Cette pensée l'assombrit.

Soudain il vacilla ; il venait de songer à l'Idiot. Le souvenir de son compagnon lui fit mal. « J'ai abandonné cet être sans défense et ne m'en suis pas soucié, tant l'orgueil m'aveuglait. Qu'est-il devenu ? Peut-être erre-t-il encore dans la montagne ? Il est sans doute affamé ; la nuit l'épouvante. Il se retrouve abandonné, lui qui n'avait que moi au monde pour le protéger contre la méchanceté des hommes. Il pleure sur sa solitude... » A l'évocation de l'abandon où se trouvait son compagnon, Carlos Sanchez éclata en sanglots. « Seigneur ! me pardonnerez-Vous jamais de m'être désintéressé du sort de ce garçon que Vous aviez placé sur ma route, afin que je veille sur lui ? » Le jeune homme se rappelait avec douleur toutes les heures passées avec l'Idiot ; il revoyait en imagination le visage naïf de son ami ; il lui semblait retrouver le bon regard de celui qui l'avait suivi avec une confiance aveugle. Ces images s'incrustaient avec force dans son cerveau et il devait faire effort pour ne pas crier de douleur.

La voiture s'immobilisa. Le capitaine ouvrit la portière arrière et engagea Carlos à prendre un peu de repos.

— Dans une demi-heure nous serons à Huesca, ajouta l'officier.

Carlos descendit de voiture. La route traversait le désert. Des platanes la bordaient et ces arbres étaient les seuls qu'on pût voir dans ce paysage désolé. Ils semblaient irréels.

Le paysage baignait dans une lumière mélancolique. Il ne faisait plus jour et pas encore nuit. C'était comme une trêve majestueuse. Aucun bruit. Carlos, le visage sale de larmes mal essuyées, promena un regard triste autour de lui avant de s'asseoir, adossé à l'un des platanes qui bordent la route. Il demeura un long moment absorbé dans ses pensées. Les soldats de l'escorte, à l'écart, parlaient à voix basse et roulaient des cigarettes. Le jeune homme les fixa d'un regard attendri. Que faisaient-ils avant d'avoir revêtu l'uniforme ? Quelle profession exerçaient leurs parents ? L'étudiant eût aimé tout savoir sur eux, afin de les mieux connaître. Éprouvaient-ils comme lui ce que cette heure avait d'unique ? Étaient-ils comme lui transportés du merveilleux bonheur de vivre ? Que pensaient-ils de lui ? Sans doute le prenaient-ils pour un fou. « Suis-je fou, Seigneur ? se demanda Carlos avec angoisse. Qu'est-ce que la folie et le bon sens ? Peut-être suis-je vraiment fou, puisque je Vous aime tant et que je chéris tant ce pays. Si la folie consiste à trop aimer, rendez-moi plus fou encore ! »

Les phares d'une automobile balayèrent la route. On entendait le bruit du moteur. L'automobile parvint à la hauteur du convoi et s'arrêta. Deux *guardias civiles* en descendirent ; ils saluèrent le capitaine, échangèrent avec lui quelques paroles et partirent d'un rire sonore en tournant la tête vers l'étudiant. Carlos comprit qu'ils parlaient de lui. Il baissa la tête, honteux. « Je n'ai rien fait, pensa-t-il. Je ne suis pas communiste. Tout cela s'arrangera à Huesca. Je ne veux pas mourir, mais vivre pour rendre témoignage à Dieu. » Il regarda l'automobile. Son cœur se mit à battre avec précipitation. Derrière la vitre de la porte arrière il apercevait maintenant le visage de l'Idiot. Le garçon fixait la campagne d'un regard hébété. Carlos voulut crier ; aucun son ne sortit de ses lèvres que l'émotion faisait trembler. « Ce n'est pas possible, se disait-il. Il doit s'agir d'une erreur. Je rêve peut-être. » Il regarda avec plus d'attention ; c'était bien l'Idiot. Quelque chose dans l'expression de son visage parut pourtant changé à Carlos. Quoi ? Le jeune homme le comprit enfin et cette découverte lui arracha des larmes. L'Idiot avait sans doute été battu, car son visage semblait tuméfié.

Les événements alors se précipitèrent. Carlos crut vivre un cauchemar.

La portière derrière laquelle se tenait l'Idiot s'ouvrit brusquement ; une ombre traversa la route en courant. Des cris mêlés d'injures retentirent. Les soldats et les deux *guardias civiles* dégainèrent leur revolver et se lancèrent à la poursuite du fuyard.

— Halte-là, ou je tire ! cria l'un des *guardias*.

Carlos avait du mal à comprendre ce qui se passait. Il restait cloué sur place. Le crépuscule conférait à cette scène un air de fantasmagorie. Une détonation déchira le silence ; des ombres s'agitaient dans la campagne. Des pensées et des sensations diverses se succédaient à un rythme accéléré dans l'âme de Carlos. L'infortuné jeune homme ne savait plus ce qui lui arrivait. Une idée traversa soudain son esprit : ils allaient tuer Santiago ! Cette idée faillit lui arracher un cri. Comme poussé par une force irrésistible, Carlos se lança à la poursuite de ces ombres. Le silence se peuplait de cris qui faisaient, dans le cerveau de l'étudiant, un tumulte indescriptible. Il courait en aveugle, trébuchait, tombait, se relevait et reprenait sa course folle. Il distinguait à peine parmi les ombres qui, de toutes parts, s'agitaient.

— Santiago !... Santiago !... criait Carlos, les yeux emplis de larmes.

— Halte-là ! criaient des voix.

— Arrêtez-le ! répondaient d'autres.

— Par ici ! entendait-on ailleurs.

Le terrain s'abaissait en pente douce ; puis la plaine s'étendait à perte de vue. Carlos courait de plus en plus vite ; l'angoisse étreignait sa poitrine. Les larmes brouillaient sa vue. Il se dirigeait au hasard, guidé par ces cris dans la nuit... « On va le tuer ! se répétait-il. On va le tuer !... Ce n'est pas possible ! »

Il distingua soudain la silhouette de l'Idiot. Le garçon courait en zigzag. Carlos se lança à sa poursuite ; l'Idiot accéléra son allure. Ils étaient éloignés d'à peine une dizaine de mètres.

— Santiago ! criait Carlos.

L'Idiot n'entendait pas.

— Santiago !

Une nouvelle détonation retentit. L'Idiot courait toujours. Carlos se rapprochait de lui et entendait déjà le souffle haletant de son ami. L'étudiant étendit le bras ; le garçon se retourna, ses yeux s'exorbitèrent ; il vacilla et s'écroula brusquement. Le jeune homme se précipita sur son ami ; déjà, celui-ci ne vivait plus. Mortellement blessé, il avait parcouru une vingtaine de mètres avant de tomber. Carlos secoua son corps... Alors une panique insensée s'empara de lui. Il fut secoué de tremblements convulsifs ; il claquait des dents et se mordait les lèvres. Les soldats se rapprochaient. « Ils vont me tuer !... Ils vont me tuer, moi aussi ! » Carlos reprit la fuite. Deux coups de feu encore... Il eut l'impression qu'une main étrangère se posait sur son épaule. Il voulut se retourner et comprit brusquement qu'il était touché. Il porta sa main droite à hauteur de son épaule et la retira pleine de sang. Alors, sans qu'il sût pourquoi, il éclata en sanglots. « Je ne veux pas mourir, songeait-il. Je ne veux pas mourir. » Un long frisson secoua son corps de la tête aux pieds ; il eut l'impression d'étouffer. Il voulut crier, mais ne le put. « J'ai froid », se dit-il. Toutes ces sensations durèrent quelques secondes à peine. Il gisait par terre évanoui quand les soldats le rejoignirent.

12

Le grand complot inventé par Soledad aurait dû se terminer comme il avait commencé : dans l'euphorie. La décision prise par le gouverneur de faire libérer Carlos Sanchez avait été accueillie avec faveur. La réception offerte par Mme de Carros avait été l'occasion d'une réconciliation générale. L'heure était à l'apaisement. Chacun tirait de cette affaire rocambolesque les avantages escomptés. Monseigneur siégerait à l'Académie ; Caméléon serait décoré de l'ordre du Mérite agricole ; Son Excellence recevrait un avancement qui lui permettrait de passer dans le clan monarchiste en faisant oublier son passé de phalangiste ; Soledad venait de faire son entrée dans le grand monde.

La comtesse et ses amis obtenaient gain de cause : l'affaire serait étouffée. Il n'y aurait pas de scandale. Seule doña Paz boudait encore. Elle avait espéré que Carlos Sanchez serait jugé. La vieille dame se consolait en se disant que Dieu saurait reconnaître les siens.

Aussi jugera-t-on de la stupeur et de l'émotion que la nouvelle de l'incident tragique que nous venons de relater souleva à Huesca. Soledad, pâle comme une morte, se refusait à croire qu'une chose aussi absurde pût arriver. Elle fixait son époux d'un regard égaré et ne se lassait pas de répéter :

— Ce n'est pas possible, Antonio... Il doit s'agir d'une erreur.

Le gouverneur voulait encore l'espérer. Minuit sonnèrent à l'horloge de la cathédrale. Son Excellence arpentait son bureau en long et en large. Soledad, effondrée dans un fauteuil, se tordait les mains. Elle levait sur son mari un regard implorant.

— Il n'est peut-être que blessé, hasarda-t-elle.

Le gouverneur acquiesça machinalement. Il attendait des nouvelles de Casas. C'était un hameau sis à cinq kilomètres de Huesca. On y avait transporté l'étudiant. Le chirurgien Bragello s'y était aussitôt rendu pour examiner le blessé. Cette attente dans cette chaude nuit de juillet devenait hallucinante. Chacun soudain s'interrogeait : qui serait responsable de cette mort ? Soledad, au bord des larmes, se disait qu'elle n'avait pas voulu cela. Qui donc l'avait voulu ? Ce complot, inventé un jour d'ennui et de désœuvrement, s'achevait tragiquement. Ce dénouement imprévu plongeait tous les comparses dans un désarroi profond.

La nouvelle faisait rapidement le tour de la ville. Une foule dense se rassemblait devant l'immeuble habité par Sanchez. L'Andalou savait, mais n'osait pas encore parler à sa femme. Remedios croyait que les gens attendaient l'arrivée de son fils. Cette mère infortunée avait retrouvé le sourire. Son Carlos allait être libéré. Elle avait préparé la chambre du jeune homme ; le lit était fait.

Magda, elle aussi, ignorait tout. Elle allait et venait avec agitation et riait souvent. La jeune fille s'était tant reproché d'avoir incité son frère à quitter la ville ! Maintenant, elle respirait, soulagée. Tout rentrerait dans l'ordre. Le cauchemar allait prendre fin.

L'Andalou, son visage gras baigné de sueur, se rongeait intérieurement. Comment apprendre à ces femmes, sans les tuer, que Carlos était sur le point d'expirer ? « Ce n'est pas de ma faute, se disait-il. Sainte Vierge de la Douleur ! Vous savez que je suis innocent. »

La foule grossissait de plus en plus. Des femmes pleuraient ; les hommes avaient pris un air grave. Ce qui frappa surtout Remedios, ce fut leur silence. Un silence étrange et douloureux. « Un silence de mort », se dit-elle. Cette pensée la bouleversa.

Elle se tourna vers sa fille. Leurs regards se croisèrent, chargés d'une même angoissante question. Les deux femmes se tournèrent alors vers l'Andalou. Il semblait pâle. Remedios restait muette ; sa pomme d'Adam se soulevait et s'abaissait. Sa figure trahissait une stupeur douloureuse.

— Lucas ?... balbutia-t-elle.

L'Andalou détourna son regard. Personne n'osait troubler le silence. Soudain Remedios, devenue comme folle, se précipita vers la fenêtre de la salle à manger et l'ouvrit. Elle parut au balcon et promena un regard étonné sur la foule qui se taisait toujours...

— Non ! hurla Remedios. Non !... Allez-vous-en !... Allez-vous-en ! Il n'est pas mort. Ce n'est pas vrai. Partez !... Partez !...

Un frisson parcourut cette foule. La voix de Remedios n'était pas une voix humaine. On eût dit les cris d'un chien qu'on étrangle. Cette voix résonna longtemps dans la nuit chaude. L'air pesant en parut vibrer.

Remedios se tut et rentra dans la maison. Magda pleurait. L'Andalou, pris de peur, perdait toute contenance.

— Il n'est pas mort..., répétait Remedios.

Elle posa sur son mari un regard qu'on ne peut décrire : implorant, angoissé, égaré, étonné surtout :

— Lucas ! supplia-t-elle. Réponds-moi : il n'est pas mort, n'est-ce pas ?

Sanchez baissa les yeux. Remedios comprit brusquement que tout était perdu.

— Je veux le voir, implora-t-elle d'une voix lasse.

— Il n'est pas à Huesca... C'est à Casas... Bragello est allé le soigner... Il n'est peut-être que blessé...

Elle le dévisagea longuement. Il ne put soutenir ce regard qui exprimait un absolu mépris.

— Tais-toi, Lucas, murmura-t-elle.

Remedios pleurait. De longs sanglots semblaient la déchirer. On eût dit que son corps se défaisait, que chaque sanglot lui arrachait une partie de son âme. La douleur terrassait cette mère. Remedios était seule devant sa douleur, seule devant cette mort qui lui enlevait sa dernière raison de vivre. Elle perdait avec ce fils tout ce qui donnait encore un sens à sa pauvre vie.

— Plus rien ! balbutiait-elle d'une voix étranglée. Plus rien !... Fini !...

— Dieu..., hasarda Lucas timidement.

Ce ne fut plus un cri, mais un hurlement rauque et déchirant.

— Dieu ?... Tais-toi, Lucas. Tais-toi ou je te tuerai ! Dieu ? Je crache sur ce Dieu-là !... Je crache dessus, tu m'entends ?

Le gouverneur et Soledad attendaient toujours. Monseigneur arriva. Il semblait très ému.

— C'est donc vrai ? demanda-t-il.

Son Excellence fit oui de la tête. Soledad sanglotait. Monseigneur s'assit dans un coin. Le bureau du gouverneur s'emplissait : la comtesse, doña Paz, Pitorreo, Pocolisto, le chanoine Rodrigo, l'abbé Sangria. On eût dit une veillée funèbre. C'en était une. Tous se taisaient. On entendait, dans le silence, le bruit que faisaient les pensées de chacun.

La sonnerie du téléphone retentit ; le gouverneur décrocha. Les regards se tournèrent vers lui. Ils exprimaient une même pensée : *il ne doit pas mourir !*

— Oui, docteur... Vous êtes sûr, docteur ?... C'est cela : transportez-le à Huesca.

Il raccrocha. Tous attendaient une réponse à leur question muette. Elle vint au bout d'un long silence.

— Il est perdu. On le transporte à Huesca. Le docteur Bragello affirme qu'il ne passera pas la nuit.

Une stupeur se lisait sur tous les visages. Soledad poussa un cri étouffé. Le gouverneur était livide.

— J'avais donné l'ordre qu'on le libérât. L'ordre n'est pas arrivé à temps. Il s'agit d'un affreux malentendu.

Personne ne répondit. La farce devenait tragédie. Ses auteurs n'en revenaient pas. Ils demeuraient accablés, absorbés dans une morne rêverie.

Des cris retentirent dans l'antichambre. La porte s'ouvrit soudainement. Remedios parut, vêtue de noir, les cheveux en désordre, les yeux emplis de larmes, le visage sale. Son regard erra de l'un à l'autre. Soledad se leva, tremblante. La malheureuse croyait vivre un cauchemar. Elle murmura d'une voix plaintive :

— Ce n'est pas de ma faute... Je...

Remedios n'entendait pas.

— Où est-il ?

Sa voix parut se briser.

— Il arrive. On le transporte à l'hôpital, répondit le gouverneur.

— Je ne veux pas... Il doit mourir chez lui...

— Comme vous voudrez...

Remedios regarda l'une après l'autre toutes les personnes présentes et demanda soudain d'une voix douce :

— Pourquoi ?... Il ne vous avait rien fait...

Le convoi arriva à Huesca à une heure moins le quart. Le mourant, étendu sur un brancard, fut transporté chez lui. Remedios le coucha dans le lit conjugal. La foule, silencieuse et grave, attendait sur le Coso, dans l'escalier de l'immeuble, sur le palier. On entendait des chuchotements, des reniflements, quelques sanglots.

Carlos Sanchez respirait à peine. Sa figure émaciée était livide ; ses pommettes, luisantes. La fièvre le consumait. Ses lèvres, sèches et gercées, demeuraient closes.

Remedios s'assit à son chevet. L'attente de la mort commença. Elle fut longue. Les heures s'égrenaient l'une après l'autre. Ce corps jeune opposait une résistance farouche à la mort. Remedios suivait avec angoisse les péripéties de cette lutte et fixait le visage de son fils d'un regard immobile. Elle découvrait qu'on meurt seul et que nul amour, même le plus haut, ne peut franchir la frontière qui sépare la vie de la mort. Il n'y avait plus rien d'autre à faire qu'attendre. Remedios attendait en silence. Elle ne priait pas, ne pensait pas. Elle vivait l'agonie de Carlos.

Le cœur du blessé battait à se rompre ; jamais Remedios n'avait, avec autant d'angoisse, avec une telle avidité, épié les battements d'un cœur. Ils s'accéléraient, semblaient s'arrêter, repartaient à nouveau. Chaque hésitation de ce cœur coupait la respiration de Remedios. Penchée en avant, son visage touchait presque celui de son fils.

Vers les trois heures, Carlos ouvrit les yeux. Il reconnut

sa mère et lui sourit. Elle but ce sourire. Aussitôt le jeune homme se prit à divaguer.

— Qui est là ? demanda-t-il.

— C'est moi, mon enfant. C'est ta maman. Dors, mon petit.

A partir de cette heure commença aussi l'agonie de Remedios. Carlos souffrait. Les yeux clos, les bras croisés sur sa poitrine, la tête comme enfoncée dans l'oreiller, le visage luisant et crispé, il respirait à peine. C'était une respiration courte, rauque, avide. On n'entendait que ce bruit et celui du cœur qui battait à se rompre. Mais soudain le mourant poussa un cri sourd, comme étouffé. Remedios se leva, et se précipita dans la pièce voisine, où Magda, assise sur une chaise, sanglotait.

— Magda ! cria Remedios. Il souffre. Il gémit... Je n'en peux plus, mon petit. Je n'en peux plus !...

Magda entra dans la chambre et recula, terrifiée. Carlos, dans son délire, rejetait ses draps ; ses mains s'agrippaient fiévreusement à son pantalon de pyjama. La souffrance recouvrait son visage d'un masque. Le jeune homme avait les yeux fermés. Il poussait parfois des cris qui se terminaient en une sorte de gémissement. Magda crut défaillir. Elle n'avait jamais rencontré la mort et ne se l'était pas imaginée ainsi. Le spectacle de cette souffrance la glaçait d'horreur.

Carlos parut se calmer. On n'entendit plus que son souffle court et les battements de son cœur. Mais cette trêve fut de courte durée. Les plaintes reprirent, entrecoupées de gémissements sourds. Remedios reprit sa place au chevet de son fils. Le silence de cette nuit d'été pénétrait dans la chambre. Remedios se disait que c'était absurde de mourir par une nuit pareille. Elle se levait de temps en temps, caressait le front de Carlos, moite de sueur. Ses cheveux d'un noir d'ébène étaient collés aux tempes et mouillés comme s'ils eussent été trempés par la pluie. Remedios aurait voulu dire tant de choses ! Elle aurait voulu dire à son fils qu'elle l'avait aimé plus qu'il ne l'avait jamais cru ; qu'elle savait à présent ce qui l'avait éloigné d'elle ; qu'elle comprenait et partageait son mépris. Elle ne parlait pourtant pas, attentive seulement aux plus imperceptibles réactions de ce corps qui se débattait furieusement contre la mort.

Ceux qui n'ont jamais vu mourir un être jeune comprendront mal ce que ce combat d'un organisme encore plein de vie peut avoir de pathétique. La mort, pour un vieillard, n'est souvent qu'une longue somnolence qui aboutit à un sommeil plus profond. Pour un jeune homme, la mort est un *accident*. Aussi un corps jeune résiste-t-il à mourir. Il lutte de toutes ses forces demeurées intactes contre ce mal insidieux. Il *refuse la mort* comme quelque chose d'étranger.

Remedios et Magda assistaient impuissantes à ce terrible duel. Carlos souffrait, gémissait, refusait sa douleur. La mère et la sœur, bouleversées, demeuraient silencieuses. Elles ne pouvaient même pas aider cet être chéri à mourir !

A quatre heures, il y eut une rémission. Carlos s'apaisa, ouvrit les yeux et demanda à boire. Il paraissait détendu et parlait d'une voix faible, mais distincte :

— Mosén Risueño !... appela-t-il.

Magda se précipita au-dehors. Le curé de Saint-Laurent attendait dans l'escalier de l'immeuble, assis sur une marche.

— Il a repris connaissance, murmura Magda. Il vous appelle.

Le prêtre entra dans la chambre. L'odeur de la mort imprégnait l'air. La chaleur accablante se concentrait entre ces quatre murs où un pauvre fou refusait de mourir.

Remedios se retira. Mosén Risueño s'assit sur le lit. Carlos eut un sourire plein de douceur.

— ... confession, murmura-t-il.

Le curé de Saint-Laurent fit oui de la tête. Carlos avait du mal à parler.

— J'ai péché par orgueil... J'ai souhaité la mort... J'ai tué une abeille...

Le prêtre sentit qu'il allait pleurer. Il leva les yeux au ciel. Mais le ciel se taisait. L'abbé Risueño prononça d'une voix étouffée : *Ego te absolvo...* Un sourire angélique illumina la figure de Carlos Sanchez. Il fit un effort pour dire :

— J'aime ce monde, Mosén... La terre... Il y avait...

— Dors, mon enfant.

Mosén Risueño se leva. Quelque chose brouillait sa vue. Ce prêtre pleurait pour la première fois peut-être de sa vie. Il n'avait pas honte de pleurer.

Carlos reconnut encore sa mère.

— Maman ! dit-il faiblement.

Remedios se disait qu'elle allait mourir de douleur, qu'elle souffrait trop, que sa douleur était déjà trop lourde à porter. Mais elle savait aussi qu'il lui faudrait vivre et que vivre deviendrait pour elle un supplice trop lent.

Carlos perdit à nouveau connaissance et ne devait plus sortir du coma. Le silence de la nuit envahit la chambre. Carlos râlait. De temps en temps, il poussait un faible cri. Les heures se succédaient, lentes et inexorables. La foule au-dehors priait et pleurait. L'abbé Risueño, abîmé de douleur, errait à travers la ville. « J'ai tué une abeille... J'aime ce monde, Mosén... » Ces paroles poursuivaient le prêtre.

L'aube naissait. Le ciel pâlissait et verdissait. Une brise légère se leva. L'air s'imprégna de l'odeur du thym et du romarin. Carlos ne luttait plus. La mort avait déjà vaincu ; seul le cœur prolongeait encore son inutile combat. L'agonisant ne souffrait plus ; il pleurait. Des larmes glissaient lentement sur ses joues, devenues couleur d'ivoire. Mais son teint déjà se plombait ; sa tête s'enfonçait de plus en plus dans l'oreiller. Cinq heures sonnèrent. Trois minutes plus tard, Carlos rendait le dernier soupir.

Remedios se leva et, d'un geste machinal et tendre, essuya les larmes qui continuaient de glisser sur le visage de son enfant.

Carlos semblait se reposer du long combat qu'il venait de livrer. Vêtu d'une chemise blanche et d'un complet noir, soigneusement coiffé, les mains enserrant un crucifix posé sur la poitrine, un sourire illuminait ses traits. L'expression de son visage était douce et sereine. Rien ne s'y lisait plus du long calvaire qu'il venait de traverser.

A six heures, la foule fut autorisée à défiler devant le corps. Remedios se tenait debout près du cadavre de son fils ; elle ne pleurait plus, mais se sentait lasse ; une sensation de froid parcourait son corps. La grande cloche de la cathédrale s'ébranla pour sonner le glas. La foule récitait le *De Profundis* et la litanie des morts.

Carlos Sanchez était mort ; chacun se demandait ce qui était mort avec lui. Seul Mosén Risueño aurait pu le dire. Assis sur l'un des bancs qui bordent l'allée du parc, il pleurait sur Carlos et, sans qu'il sût pourquoi, sur l'Espagne.

Vallangoujard, juillet 1960.

DU MÊME AUTEUR

La Guitare
Julliard, 1957
Seuil, 1984
et « Points », n° P580

Le Colleur d'affiches
Julliard, 1958
Seuil, 1985
et « Points », n° P614

Tara
Julliard, 1962
Pocket, 1980
Seuil, « Points Roman », n° R405

Gerardo Laïn
Christian Bourgois éditeur, 1967 et 1997
Seuil, « Points Roman », n° R82

Le Vent de la nuit
prix des Libraires
prix des Deux-Magots
Julliard, 1972
Seuil, « Points Roman », n° R184

Le Silence des pierres
Julliard, 1975
Seuil, « Points Roman », n° R552

Sortilège espagnol
Julliard, 1977
Fayard, 1996
Gallimard, « Folio », n° 3105

Les cyprès meurent en Italie
Julliard, 1979
Seuil, « Points Roman », n° R472

La Nuit du Décret
prix Renaudot
Seuil, 1981
et « Points », n° P250

La Gloire de Dina
Seuil, 1984
et « Points », n° P590

La Halte et le Chemin
Bayard, 1985

Séville
Autrement, 1986

Le Démon de l'Oubli
Seuil, 1987
et « Points Roman », n° R337

Mort d'un poète
Mercure de France, 1989
Gallimard, « Folio », n° 2265

Une femme en soi
Seuil, 1991
et « Points » n° P591

Andalousie
Seuil, 1991
et « Points Planète », n° P116

Tanguy
Julliard, 1992
Gallimard, 1995
et « Folio », n° 2872

Le Crime des pères
prix RTL-Lire
Seuil, 1993
et « Points », n° P198

Carlos Pradal
en collaboration avec Yves Belaubre
F. Loubatières, 1993

Rue des Archives
Gallimard, 1994
et « Folio », n° 2834

Mon frère l'idiot

Fayard, 1995
Gallimard, « Folio », n° 2991

La Tunique d'infamie

Fayard, 1997

De père français

Fayard, 1998

Colette. Une certaine France

prix Femina essai, 1999
Stock, 1999

Droits d'auteurs

Stock, 2000

L'Adieu au siècle
journal de l'année 1999

Seuil, 2000
et « Points », n° P815

GROUPE CPI

Achevé d'imprimer en janvier 2001 par
BUSSIÈRE CAMEDAN IMPRIMERIES
à Saint-Amand-Montrond (Cher)
N° d'édition : 48500. - N° d'impression : 010351/1.
Dépôt légal : février 2001.
Imprimé en France